KB119090

살인의 고백

상

살인의 고백 告白

상

마치다 고
장편소설

권일영 옮김

한겨레출판

차례

안세이(安政) 4년인 1857년에 가와치노쿠니(河內国) 이시카와 군 아카사카 촌 아자 스이분(水分)에 사는 농사꾼 기도헤이지의 큰아들로 태어난 기도 구마타로(城戸熊太郎)는 마음 여리고 굼뜬 아이였는데, 자라면서 대책 없이 난폭해지더니 메이지(明治) 20년인 1887년에는 음주, 노름, 여자 때문에 신세를 망쳐 완전히 무뢰한이 되고 말았다. 서른 번째 생일이 지난 지 얼마 되지 않은 무렵이다.

　부모로부터 사랑을 흠뻑 받고 자랐는데 어찌 그리되고 말았을까?

　그래서는 안 되는 거 아닌가?

　하지만 그래선 안 되는 것 아니냐며 대충 넘어갈 수 없는 것이, 구마타로가 그렇게 한심한 인간이 되고 만 데는 생모인 다카가 그를 낳은 지 삼 년 만에 병으로 세상을 뜨자 헤이지가 후취를 얻은 일이 관계있을지도 모르기 때문이다.

후취인 도요가 구마타로를 의붓아들이라고 못살게 굴지는 않았다. 생모가 아니라서 구마타로를 더 소중하게 키웠고 헤이지도 어려서 생모를 잃은 구마타로를 측은하게 여겨 애지중지했다.

사람이란 알 수 없는 존재라 소중히 여기며 애지중지한다고 꼭 좋은 것만은 아니다. '너 참 똘똘하구나' 하며 오냐오냐 해주면 멍청한 주제에 자기가 똑똑한 줄로만 아는 자신만만한 멍청이가 되어 남에게 폐를 끼친다.

그런데 '얼간이', '못난이', '멍청이'라고 욕을 먹으며 자라면 제 분수를 깨닫고 어디 두고 보자, 하는 마음이 좋은 방향으로 작용해 세상에 이로운 사람이 된다.

구마타로는 걸핏하면 '똘똘하다'는 소리를 듣고 자랐다. 종이에 낙서만 조금 해도 "글자 연습을 하다니, 대단하구나"라며 크게 칭찬받고, 밥그릇을 깨뜨려도 "기운이 넘치네" 하는 칭찬을 들었다. 그렇게 자랐기 때문에 열 살 무렵에는 터무니없이 건방진 꼬마가 되었다.

그렇지만 구마타로는 머리가 좋은 아이였다.

언제부턴가 부모님이 저토록 칭찬하지만 사실 자기는 그

리 대단하지도 않고 똘똘하지도 않은 게 아닐까 생각하고 있었다.

집에 있을 때야 부모님도 칭찬하고 이웃도 친절하게 대해주지만 집에서 조금만 멀어지면 어른들은 도깨비처럼 무서운 얼굴로 "요 꼬마 녀석" 하고 소리치며 구마타로를 호되게 꾸짖었다. 왜 야단을 치는 걸까. 구마타로가 마당에 열린 비파나무 열매를 따 먹으려 할 때 이웃 어른들은 야단치지 않고 오히려 "비파 먹는 거니? 장하구나"라며 칭찬했다. 추어올리고 떠받들어주었다. 구마타로는 이 차이를 도무지 이해할 수 없었다.

자기가 그리 대단하지도 않고 똑똑하지도 않을지 모른다는 사실을 또렷하게 알게 된 때는 게이오(慶應) 3년인 1867년. 도쿠가와 막부의 15대 쇼군 히토쓰바시 요시노부 공이 통치권을 조정에 돌려주고, 구마타로가 팽이돌리기를 홀로 익혔을 무렵이었다.

구마타로는 자신만만했다.

촘촘하게 감은 팽이 줄이 너무 멋져 구마타로는 가만히 그걸 들여다보았다. 질리지도 않았다.

'나는 어쩜 이리 팽이 줄을 잘 감을까. 우와.'

이런 생각이나 하며 계속 멍하니 있으면 순 멍청이다. 그래봐야 팽이는 돌지 않는다. 이윽고 구마타로는 날렵한 손놀림으로 팽이를 허공에 휙 던졌다. 팽이는 회전하며 땅에 떨어져 씽씽 돌아갔다. 팽이가 돌아가는 모습을 보고 있자니 주위에 있던 어른이 "잘 돌리는구나", "참 잘하네" 칭찬해주고 어떤 아주머니는 "끝내주네"라고까지 했다. 구마타로는 "난 어쩜 이리 잘하지" 하며 코를 벌름거렸다.

나만큼 팽이를 잘 돌리는 녀석은 없다. 의기양양한 구마타로는 어딜 가나 팽이를 가지고 다녔고 장소를 가리지 않고 돌려댔다.

그런 구마타로가 나른한 어느 봄날, 연못가를 지나는데 근처에 사는 고마타로(駒太郎), 이치요시(市吉), 시카조(鹿造) 같은 꼬마 일고여덟 명이 모여 떠들고 있는 것이 보였다. 뭐 하는 걸까 궁금해 살펴보니 하하하 웃으면서 팽이를 돌리고 있었다.

"팽이라면 그냥 지나칠 수 없지."

구마타로는 아이들에게 다가가 자기도 끼워달라고 했다. 고마타로는 "좋아"라며 허락해주었다. 으헤헤 하고 구마타로는 슬쩍 웃고 여느 때와 마찬가지로 팽이 끈을 칭칭 감아 그걸 가만히 들여다본 뒤 쉭 하고 팽이를 허공에 던졌다.

땅에 떨어진 팽이는 씽씽 잘 돌아갔다.

구마타로는 "으헤헤, 기분 좋다"라고 기뻐하며 아이들이 칭찬해주기를 기다렸다. 그렇지만 꼬마들은 아무리 기다려도 구마타로를 칭찬하지 않았다. 칭찬은커녕 팽이를 돌리고 으스대는 구마타로를 이상한 물건 보듯 바라보며 입을 다물고 있었다. 왜 그러지? 의아해하는 구마타로에게 고마타로가 말했다.

"구마야, 뭐 하는 거니?"

"뭐 하긴, 팽이 돌리지."

"혼자 돌리면 어떡해."

"그러면 둘이 돌려야 하니?"

"아니, 우리 팽이술래잡기 하는 거라니까."

"팽이술래잡기가 뭐야?"

"구마야, 너 팽이술래잡기도 몰라?"

고마타로가 눈을 크게 떴다.

팽이술래잡기는 규칙은 술래잡기 놀이와 같지만 한 가지 제약이 있다. 술래나 다른 아이들 모두 손바닥 위에 팽이를 돌려 그 팽이가 도는 동안만 움직일 수 있는 것이다.

피하는 아이나 그 아이를 잡으려고 뒤쫓는 술래나 손바닥 위에 팽이를 돌려 균형을 잡으며 뛰어다녀야 한다. 팽이가 멈추거나 떨어지면 바로 그 자리에 서서 다시 손바닥 위에 팽이를 돌린다.

고마타로는 구마타로에게 규칙을 설명하고 "구마가 나중에 끼었으니까 술래다"라며 재빨리 줄을 감더니 획 하고 멋진 손놀림으로 팽이를 허공에 던져 손바닥으로 받아냈다. 팽이는 손바닥 위에서 잘도 돌아갔다.

고마타로는 그 팽이를 떨어뜨리지 않도록 조심하면서 쪼르르 연못 저편 잡목 숲 쪽으로 달려갔다.

그걸 본 이치요시, 시카조, 반타(番太), 산노스케(三之助) 같은 아이들까지 산뜻한 손놀림으로 획 팽이를 허공에 던져 어렵지 않게 손바닥으로 받더니 쪼르르 사방으로 달려나갔다.

이번에는 구마타로가 눈이 휘둥그레졌다. 구마타로는 허공에 던진 팽이를 손바닥으로 받아본 적이 한 번도 없었기 때문이다.

잘 돌리는구나.

구마타로는 혀를 내두르며 자기가 해낼 수 있을지 두려워했다.

그렇지만 이내 겁낼 일 없다고 생각했다. 부모님이나 이웃 아주머니들이 잘한다, 잘한다 했고, 심지어 끝내준다는 소리까지 들은 나다. 해본 적은 없지만 시카조 같은 녀석도 할 줄 아는데 내가 못할 리 없다. 구마타로는 마음을 추스르며 여느 때처럼 팽이 줄을 꽁꽁 감은 다음 멍하니 들여다보지 않고 팽이를 다른 때보다 좀 높이 휙 던졌다. 동시에 고마타로나 다른 꼬마들처럼 손바닥을 팽이 쪽으로 내밀었다. 그렇지만 평소와 다른 각도로 던진 게 화근이었는지 팽이는 엉뚱한 방향으로 날아가 돌지도 않고 땅바닥에 굴렀다. 구마타로는 손바닥을 앞으로 내민 채 엉거주춤 볼썽사나운 자세로 으아아 외치며 창피한 꼴을 보이고 말았다.

구마타로는 엉뚱한 방향으로 날아간 팽이를 따라 엉거주춤한 자세를 보인 자신이 얼마나 볼품없을까 생각했다.

얼굴이 화끈 달아올랐다.

그러나 팽이를 손바닥으로 받아내지 못한 구마타로는 고마타로라면 몰라도 시카조, 반타 같은 녀석들이 할 수 있는데 내가 못할 리는 없다, 그러니 못 받은 건 어쩌다 한 번 아닐까 하는 생각도 했다.

구마타로는 다시 끈을 감아 팽이를 눈높이로 휙 던졌다.

마찬가지였다. 팽이는 엉뚱한 방향으로 날아갔고 구마타로는 다시 손바닥을 앞으로 내밀고 으아아 하는 소리를 지르며 우스꽝스러운 꼴을 보였다.

왜지? 왜 안 되는 거야? 구마타로는 으앙 하고 울고 싶은 걸 참으며 팽이를 주우러 갔다.

안 되는 게 당연했다. 팽이를 손바닥 위에서 돌리려면 끈을 당기듯 던져 될 수 있으면 몸 가까이에서 수직 낙하하게 해 손바닥으로 떠받치듯 받아내야 한다. 그런데 구마타로는 팽이를 수평으로 던지고 달려가 그걸 받으려고 했으니, 이런 식으로는 몇 백 번을 해도 팽이를 손바닥 위에서 돌릴 수 없다.

그렇지만 스스로 팽이의 달인이라고 생각하던 구마타로는 안 된다는 사실에 화가 치밀어 그런 요령을 깨닫지 못했다. 이럴 리가 없는데, 이럴 리가 없는데, 하는 생각만 하며 팽이를 쫓아가 주워 들었다. 게다가 속이 바짝바짝 타들어가자 그 동작은 차츰 거칠고 흐트러져 마침내 팽이를 내팽개치고 그걸 쫓아가는, 영문을 알 수 없는 광기 어린 짓이 되고 말았다.

그 미친 듯한 행동을 숲속 나무 뒤에서 지켜보던 고마타로는 옆에서 역시 어처구니없다는 듯이 보고 있는 반타에게 물었다.

"저 녀석 뭘 하는 거지?"

"글쎄."

반타는 이상하다는 듯이 고개를 갸웃거렸다.

"뭘 하고 있는 걸까?"

술래가 쫓아오지 않아 이상하게 여긴 시카조, 산노스케를 비롯한 다른 꼬마들도 다가와 고개를 갸웃거리며 의논한 끝에 결국 구마타로가 팽이를 손바닥 위에 돌리지 못한다는 결론에 이르렀다.

"하하하. 팽이를 잘 못 돌리는구나. 멍청이냐?"

꼬마들은 신이 나서 "못 돌리는 구마", "못 돌리는 구마"라고 놀려대며 구마타로를 둘러싸고 보란 듯이 손바닥 위에 팽이를 돌렸다.

못 돌린다는 건 잘 돌리지 못한다는 이야기, 즉 팽이를 잘 돌릴 줄 모른다는 뜻이다.

구마타로에게 이런 굴욕은 처음이었다.

어쨌든 구마타로는 술래라 다른 아이들은 구마타로를 보면 피해 도망쳐야 한다.

그런데 다들 도망치기는커녕 구마타로 바로 옆까지 와서 히죽히죽 웃으며 버티고 서 있다. 이건 술래로서 굴욕이다. 곱절로 굴욕적인 건 그들이 그렇게 행동하는 까닭은 구마타로가 팽이를 손바닥 위에서 돌리지 못하기 때문이니 팽이 달인으로서도 굴욕이다. 게다가 자기보다 아래로 여겼던 아이들이 쉽게 해내는데 자기는 못한다니, 구마타로는 화가 치밀었다. 구마타로에게는 인간으로서의 존엄이 상처 입을 만한 굴욕이었다.

"뭐 하는 거야? 얼른 팽이 돌려서 쫓아와야지."

이 말을 듣자 구마타로는 더욱 속이 탔다. 하지만 구마타로는 힘을 짜내 말했다.

"금방 돌릴 거야."

"그럼 빨리 돌리지 뭐 해."

그렇게 말하더니 고마타로는 보란 듯이 능숙한 손놀림으로 팽이를 허공에 던져 손바닥으로 받았다.

"네가 팽이를 돌리면 우린 도망칠 거야. 자, 어서 돌려."

"도, 돌릴 거야. 기다려."

이러지도 저러지도 못하게 된 구마타로는 온 신경을 집중해 획 팽이를 던진 다음 손바닥을 앞으로 내밀며 팽이를 뒤따랐다. 하지만 마찬가지였다. 팽이는 풀숲에 떨어져 데굴데굴 굴렀고 구마타로는 무슨 추상적인 행위를 하는 듯한 자세로 볼썽사납게 멈췄다. 꼬마들이 웃음을 터뜨렸다.

이때 구마타로는 몸 안에서 서로 다른 두 가지 액체가 밀치락달치락하는 느낌이 들었다. 욱 하고 힘을 주어 숨을 멈추었지만 그건 잠깐이었다.

한줄기 눈물이 흘러내리자 그다음에는 둑이 무너지듯 걷잡을 수 없이 눈물이 쏟아졌다. 그렇게 눈물이 흐르자 도저히 더는 견딜 수 없었다. 구마타로는 몸 안에서 치미는 소리를 쏟아내며 울었다.

꼬마들은 가차 없이 "우와, 운다. 울어"라며 놀려댔다. 구마타로는 파도처럼 밀려드는 슬픔이라는 감정에 몸을 맡기고 계속해서 엉엉 큰 소리로 울었다. 꼬마들은 울음을 그치지 않는 구마타로를 놀려대며 호수 건너편 둔덕 쪽으로 달려갔다. 구마타로는 한동안 혼자 울다가 이윽고 울음을 멈추고 팽이를 주워 씩씩대며 집으로 돌아갔다.

곤고산(金剛山)* 중턱에 안개가 끼어 있었다.

구마타로는 이 일을 겪고 난 뒤 부모와 주변 어른들이 거짓말을 한다는 사실을 깨달았다. 내가 '잘한다'느니 '끝내준다'느니 말하지만 전혀 그렇지 않다. 나는 사실 아주 형편없다. 그런데 잘한다고 부모님이 나를 추어올린 까닭은 뭘까.

구마타로는 고민 끝에 이렇게 생각했다.

모든 것에는 수준과 기준이라는 게 있다. 나는 그것이 하나라고 생각했었다. 즉 부모님이나 할머니의 것이 단 하나의 수준, 기준이라고 생각했다. 그런데 세상에는 또 다른 수준, 기준이 있었다.

부모님, 할머니는 내가 팽이를 잘 돌린다, 끝내준다며 칭찬했지만 밖에 나가면 잘 돌리는 것도 아니고 끝내주는 것도 아니다. 오히려 서툴렀다.

---

* 해발 1,125미터로 오사카 일대에서 가장 높은 산.

결국 부모님, 할머니가 지닌 기준은 다른 사람들의 수준과 기준에 비해 형편없이 낮다는 이야기다. 그런데 나는 열 살 난 꼬마인데 왜 이리 생각이 많을까. 하기야 이건 또 다른 이야기지만, 하고 구마타로는 생각했다. 즉 구마타로는 이때 비로소 세상을 접했던 셈이다.

이런 일은 구마타로에게만 일어나는 일이 아니라 누구에게나 있을 법한 일이다. 그렇지만 이 일은 구마타로의 인생을 결정했다고 해도 지나친 말이 아니었다.

왜냐하면 구마타로가 나중에 스스로 털어놓았듯이 1867년 그 즈음 가와치에 사는 농사꾼이나 농사꾼의 자식 가운데 구마타로처럼 사변(思辨)이 많은 인간은 거의 없었기 때문이다. 생각이 바로 말이기에, 생각하는 내용이 말로 바뀌어 입으로 나간다. 전혀 에두를 줄 모르고 솔직하고 직설적이며 명확한 것이 가와치 농사꾼들의 말이었다.

다른 사람의 말이나 행동에 의문이 있으면 "대체 뭐라는 거야?"라고 아무렇지도 않게 묻는다.

그런 가운데 홀로 사변적인 구마타로는 자기 생각을 공유할 사람도 없었고, 가와치 사투리 말고는 다른 말도 몰랐기 때문에 당연히 내성적이고 내향적인 성격이 되었다. 물론 구마타로가 그런 사실을 또렷하게 자각했던 것은 아니지만 이

18

문제는 그에게 틀림없이 근본적인 불행이었다.

부모님이나 주위 어른들이 모든 일을 세상 사람들보다 낮은 수준, 기준으로 판단한다는 걸 알게 된 구마타로는 심한 열등감을 느꼈다.

아무것도 아닌 일로 부모나 주변 어른이 칭찬하면 구마타로는 창피해 견딜 수 없었다. 당신들이 아는지 모르겠지만 이건 바깥세상에서는 아주 창피한 짓이라며 구마타로는 몸부림쳤다.

구마타로는 언제부턴가 부모님이 하는 말이 창피한 게 아니라 그 말에 따르는 것 자체가 창피하다고 여기게 되었다.

메이지 4년인 1871년, 폐번치현(廃藩置県)이 실시된 해에 구마타로는 열네 살이 되었다. 지배 세력이 아주 복잡하게 얽혀 있던 가와치는 요 삼 년 사이에 오사카 부에서 가와치 현이 되더니 이해에 사카이 현으로 바뀌었다.

메이지 새 정부가 여러모로 혼란을 겪고 있었기 때문이다.

정부가 그 모양이었으니 백성의 삶은 고되었다.

물론 구마타로네도 모든 식구가 일해야만 끼니를 이었다. 이미 열네 살이 된 구마타로를 오냐오냐하고 있을 수는 없었다. 아버지 헤이지는 구마타로에게 "언제까지고 그렇게 뒹굴

뒹굴 지낼 순 없다. 소라도 돌봐"라며 일을 시키기도 했다.

그야 농사꾼이라면 당연히 소를 돌봐야 한다고 구마타로는 생각했다. 불을 때 여물을 쑤어 먹이지 않으면 소는 죽는다.

그렇지만 구마타로는 아버지의 말에 따르는 게 창피하고 내키지 않아 따를 수 없었다. 그러나 생각을 제대로 설명할 수 있는 말이 없었기 때문에 할 수 없이 못되게 굴며 "싫어"라고 내뱉고 밖으로 뛰쳐나가고 말았다. 헤이지는 워낙 온화하고 너그러운 아버지라 더는 억지로 시키지 않고 구마타로의 버르장머리 없는 행동도 그냥 받아넘기고 말았다.

밖으로 나간 구마타로는 할 일이 없었다. 신사 경내에서 특별할 것 없는 나뭇가지를 멍하니 바라보며 야릇한 표정을 짓거나 개울에 들어가 송사리를 잡고 방귀나 날리며 돌아다녔다. 구마타로는 스스로를 싸움에 진 싸움닭이라고 여겼다. 한 번 진 싸움닭은 잡아먹힐 거라고 생각했다.

'때 묻은 슬픔에 오늘도 가랑눈이 내린다. 때 묻은 슬픔에 오늘도 바람마저 스쳐 지난다*' 같은 멋들어진 표현은 할 줄 몰랐지만.

구마타로는 점점 허무와 퇴폐에 빠져들어 마침내 뭔가에

---

* 일본의 시인 나카하라 주야가 쓴 시 〈때 묻은 슬픔에〉의 첫 연.

진지하게 온 힘을 다해 매달리는 일을 창피한 것으로 여기게 되었다.

그렇다고 구마타로가 불성실했던 것은 아니다. 구마타로는 될 수 있으면 착실하게 살고 싶었다. 하지만 한눈팔지 않고 착실하게 지내는 게 과연 성실한 건지 진지하게 고민했다.

곁눈 팔지 않고, 즉 주변을 전혀 생각하지 않고 착실하게 산다는 것은 일종의 에고이즘이 아닌가 하는 생각이 들었다.

구마타로는 그런 생각을 어떻게 설명해야 할지 적합한 말을 찾을 수 없었다.

그래서 헤이지는 구마타로가 왜 이렇게 삐뚤어지고 말았는지 짐작도 못했다. 헤이지는 어떻게든 아들이 올바른 길로 돌아오기를 간절히 바랐다.

아버지의 애처롭고 절실한 바람이었다.

1871년 여름 어느 날. 헤이지는 헛간 옆을 지나다가 구마타로가 짐수레 위에 드러누워 피리도 없이 피리 부는 시늉을 하며 뱃구레를 들썩이는 모습을 보았다. 참으로 멍청해 보이는 꼬락서니였다. '저건 그야말로 백치로군.' 헤이지는 한심해서 눈물이 날 지경이었지만 그래도 어떻게든 구마타로를 올바른 길로 되돌리고 싶은 마음에 스스로를 다독이며 말을 걸었다.

"구마야, 무얼 하고 있는 게냐?"

피리도 없이 피리 부는 시늉을 하며 배를 들썩이는 멍청한 짓을 하고 있다가 느닷없이 들려온 아버지의 목소리에 구마타로는 심장이 덜컥 내려앉을 만큼 화들짝 놀랐다.

구마타로는 얼른 얼버무려 그런 멍청한 짓은 하지 않은 척하려고 했다. 그렇지만 아버지가 분명히 보았으니 얼버무려 봤자 빤한 거짓말이 될 뿐이다.

그래서 구마타로는 솔직하게 대답하기로 했다. 얼버무리지 않고 당당하게 임하면 자연히 길이 열리리라. 그럴 리 없으려나? 이렇게 생각하면서도 구마타로는 의연하게 말했다.

"보면 몰라? 피리 불지."

"피리 불다니, 피리 같은 건 없잖느냐?"

"그야 피리는 없지. 없지만 사이라쿠지(西楽寺) 스님이 인생은 앞날을 알 수 없는 법이라고 했어. 그러니 언제 어느 때 피리를 불어야 할지 모르잖아. 그래서 그럴 때를 위해 잠깐 연습한 거야."

"무슨 멍청한 소리냐. 내가 보기엔 한심하구나. 그럼 너, 피리 불 줄 아느냐?"

"전혀 못 불지. 흉내를 냈을 뿐이야."

"그렇다면 연습이 되지 않지. 그런 한가한 짓 할 시간이 있으면 나랑 논에 가서 김이나 매자. 말 먹일 꼴도 베어야 하고."

"그렇지만 난 피리 연습이……"

"피리가 뭐 어쨌다는 거냐?"

아버지가 호통을 쳤다. 구마타로는 슬펐다.

피리 부는 흉내는 그만하고 농사일을 거들어라. 지극히 당연한 말씀이다.

그렇지만 구마타로는 그 지당한 말씀을 도저히 따를 수 없었다.

구마타로는 수레 옆에 잡초가 땅바닥에 달라붙어 자란 모습을 보고 아아, 썩은 줄 알았던 풀이 살아 있네, 라고 생각했다. 그리고 또 구마타로는 생각했다.

나도 그러고 싶다. 그럴 수 있다면 얼마나 편할까. 하지만 그렇게 하면 남들이 뭐라고 할까. 하하, 구마 녀석 그렇게 뻗대더니 아버지가 시키는 대로 하고 있네. 하하, 착하다는 칭찬을 듣고 싶은 건가? 근성이 없는 녀석이로군. 시키는 일을 해서 칭찬받는 일쯤이야 누구나 할 수 있지. 그걸 꾹 참고 딴 짓을 열심히 하는 게 멋지지 않은가. 그런데 저 구마 녀석은, 하하, 착실해, 하하. 논에서 잡초나 베고 있네. 이렇게들 생각할 게 틀림없다. 그렇게 되면 너무 괴롭다. 답답하다. 바로 그 때문에 나는 이런 있지도 않은 피리나 불어대며 괴로워하고 있는 거다. 아버지는 그걸 전혀 이해하지 못하고 "너, 피리 불 줄 아느냐?"고 똑바로 바라보며 묻는다. 나는 그게 슬프다.

진짜 바보처럼 구마타로는 진지하게 그렇게 믿었다.

그렇지만 열네 살인 구마타로는 그런 심정을 제대로 설명할 수 없었고 그렇다고 교묘하고 치밀한 농담을 늘어놓으며 숨기거나 발뺌할 수도 없었다.

"난 창피하다니까."

이렇게 말하고 구마타로는 수레에서 뛰어내려 냅다 달아났다.

"어디 가는 게냐, 이 녀석아."

헤이지는 호통을 쳤지만 쫓아가지는 않고 그 자리에 우두커니 서 있었다. 헤이지는 슬펐다. 아들이 대체 어쩌다가 저리 삐뚤어진 녀석이 되고 말았는지 의아했다. 헤이지는 한동안 그 자리에서 움직이지 않았다.

갈 곳도 없이 도망친 구마타로가 다케미쿠마리 신사 안으로 들어가자 회마당* 앞 야트막한 동산 꼭대기 같은 곳에서

---

* 일본의 신사나 사찰에서 '회마'를 걸어두는 건축물. '회마'는 소원 성취의 대가로 진짜 말 대신 말 그림을 그려 바치는 나무판을 말한다.

아이들이 즐겁다는 듯 재잘거리는 모습이 보였다. 남은 있지도 않은 피리를 불다가 이런 꼴이 되었는데 뭐가 즐거워 저리 재잘거리는 걸까. 구마타로가 궁금해하며 다가가니 아이들은 땅바닥에 둥근 원을 그리고 그 안을 씨름판 삼아 힘을 겨루며 노는 중이었다.

팽이돌리기 이후 구마타로는 여럿이 하는 놀이에 낄 때면 신중했다. 팽이돌리기뿐만 아니라 연날리기 같은 다른 어떤 놀이를 해도 구마타로는 둔한 아이였다. 큼직한 못을 땅에 박아놓고 하는 못치기를 할 때면 못이 박히지 않았다. 죽마를 타고 놀 때면 세 걸음도 가기 전에 넘어졌고 달리기를 하면 뒤처졌다.

체력이 남들보다 떨어지지는 않았다. 그러나 왠지 심각하게 힘을 주려고 하면 그 기묘한 허영심, 진지하게 안간힘을 쓰면 웃음을 살 거라는 생각이 브레이크로 작용해 무슨 일에나 어중간하게, 힘을 제대로 싣지 않고 대충하게 되었다. 그리고 이것은 실제로 도움이 되는 지혜이기도 했다.

온 힘을 다해 맞붙었다가 패배하면 놀림감이 되고 만다. 하지만 대충 하는 척하면 결정적인 굴욕을 피할 수 있다.

구마타로는 죽마에서 떨어지면서 도사(土佐) 지방의 민요인 〈요사코이부시〉*를 불러 주위에 있던 아이들을 웃겼다.

구마타로는 땅바닥에 떨어진 뒤에도 아픔을 참고 노래했다. 집에 돌아오니 발이 부어올라 사흘이나 꼼짝도 하지 못했다.

"구마, 너도 할래?"

한 아이가 묻자 구마타로는 바로 "응" 하고 대답하고는 허리띠를 바짝 조였다. 피리 때문에 마음이 흔들려 될 대로 되라는 자포자기 상태였기 때문이다.

구마타로가 씨름판 안으로 들어서기만 했는데도 아이들은 웃었다. 구마타로는 원래 둔하다. 그런 구마타로가 마치 힘센 장사처럼 씨름판으로 들어서자 아이들이 "하하, 구마가 아주 센 척하네"라며 웃었던 것이다.

웃고 싶으면 웃어라. 나는 힘이 세다고 해서 존경받는 게 창피하다. 너희처럼 그저 힘을 찬미하며 의문을 품을 줄 모르는 단순한 녀석들은 내 마음을 이해하지 못하지.

그렇게 생각하면서 구마타로는 짐짓 건방진 표정을 지으며 발뒤꿈치를 들고 윗몸을 편 채 상대를 똑바로 마주보고 앉아 준비 자세를 취했다.

구마타로와 마주한 상대는 농사꾼의 아들 고이데(小出)였다. 고이데의 아버지는 큰 규모로 농사를 지었다. 고이데는

---

* 요사코이 마쓰리 때 부르는 민요. '요사코이'는 '밤에 오시옵소서'라는 뜻.

체구는 그리 크지 않지만 하반신과 팔 힘이 센지 이미 네 명을 이긴 상태였다. 구마타로에게 이기면 다섯 명을 이기는 셈이다. 갸름한 얼굴에 콧날이 오뚝한 고이데의 얼굴은 상큼한 쿨민트 같았다. 구마타로는 속이 메슥거렸다. 저런 얼굴을 하고도 창피를 모르다니.

영차 하고 일어났다. 그리고 두 사람은 서로 상대편 겨드랑이 밑으로 손을 집어넣어 정면으로 맞섰다.

고이데는 오른쪽 위팔을 잡고 팔 힘을 이용해 메치기를 시도했다. 여느 때 같으면 구마타로는 에구구 하며 힘없이 땅바닥에 넘어져 이상한 소리를 질렀으리라. 하지만 이때 구마타로는 무슨 영문인지 일찍 지고 싶지 않은 기분이었다.

있지도 않은 피리를 불다가 아버지와 어긋나고 말았다. 약한 녀석이나 강한 놈이나 너무 아무런 의문도 품지 않고 그저 강해지려고만 하는 게 싫었다. 부잣집 아들 고이데가 상큼한 쿨민트 같은 얼굴이라 비위가 상했다. 그런 모든 것들 때문에 부아가 났다. 땅바닥에 구르며 익살을 부려도 아이들이 웃지 않을 거라고 느꼈기 때문인지도 모른다.

오른쪽 샅바를 잡은 구마타로는 끙 하고 힘을 주었다. 그러자 고이데는 왼쪽 팔을 원래 상태로 되돌려 공격을 받아내며 오른쪽에서 거세게 밀어붙였다. 구마타로의 몸이 오른쪽으로 기울었다.

끄으으웅. 구마타로는 젖 먹던 힘을 다해 버텼다. 그렇지만 고이데는 계속해서 더 세게 밀어붙였다. 구마타로의 몸이 크게 오른쪽으로 기울어 얼굴이 하늘을 향했다.

이제 끝인가? 구마타로는 분하다는 생각이 들었다.

큰 나무의 가지들이 팔을 펼친 저 너머로 푸른 하늘이 살짝 보였다.

구마타로는 몸이 더 구부러지지 않을 정도까지 휘어져 누가 보기에도 고이데가 이긴 걸로 보일 무렵, 오른손 힘을 갑자기 빼면 어떻게 될까 하고 생각했다.

고이데는 온 힘을 다해 체중을 왼쪽에 싣고 있다. 나는 지금 그 힘에 맞서고 있다. 이건 내가 공격을 당하고 있는 것처럼 보이지만 다른 관점에서 보면 내가 고이데를 떠받치고 있는 셈이기도 하다. 그런 내가 갑자기 힘을 빼면 어떻게 될까. 받침대를 잃은 고이데는 틀림없이 바닥에 엎어질 것이다. 어차피 이런 상태로는 질 게 뻔하니까 한번 시험 삼아 해볼 가치는 충분하지 않을까?

그렇게 생각한 구마타로는 혼신의 힘을 다해 끙 하고 몸을 일으키려고 했다. 하지만 고이데는 끄떡도 않고 오히려 세 곱절쯤 되는 힘으로 밀어붙였다. 그 순간 구마타로는 불쑥

28

오른손의 힘을 빼고 바로 오른쪽 발로 고이데의 왼발을 찼다. 그러자 고이데는 견디지 못하고 허공에 붕 뜨더니 바닥에 처박혔다. 입에 씨름판의 흙이 잔뜩 묻었다.

일어난 고이데는 더 이상 상큼한 쿨민트 같은 얼굴이 아니었다. 흙투성이가 되어 떡밥을 먹고 싶어 안달이 난 잉어 같은 얼굴을 하고, 거의 울상이었다. 옷은 찢어졌고, 손가락을 삔 모양이었다.

그런 모습을 본 구마타로는 어라 하는 생각이 들었지만 동시에 놀라기도 했다.

팽이돌리기나 다른 문제들을 겪으면서 점점 허무와 퇴영에 빠져 진지하게 행동하지 않았기에 확실하진 않지만 구마타로는 사실 자기가 둔하고 힘이 없다고 믿었다.

그런데 네 명을 이길 만큼 센 고이데를 집어던졌다. 구마타로는 그게 너무도 의외였다.

구마타로만 놀란 게 아니었다. 씨름을 지켜보던 아이들도 놀랐다.

지금까지 힘없고 둔해 웃음거리로 여겼던 구마타로가 느닷없이 고이데를 집어던졌다. 아이들은 자기 눈을 의심했다.

구마야, 너 사실은 센 거니? 다들 그렇게 묻고 싶었다. 그렇지만 농사꾼의 자식들이다. 말로 묻기보다 이쪽이 더 빠르다는 듯이 다케다(竹田)라는 아이가 "이번엔 나하고 붙자"라며 씨름판으로 천천히 올라왔다.

살이 두둑해 아무래도 세 보이는 아이였다. 영차 하고 일어서더니 쿵쿵 묵직하게 발을 구르며 다가왔다. 구마타로는 이내 씨름판 가장자리까지 밀렸지만 조금 전에 했던 것과 같은 방법으로 적당한 틈을 보아 왼쪽으로 몸을 기울이면서 다리로 후렸다. 그러자 다케다 녀석은 폭 고꾸라지며 울퉁불퉁 튀어나온 나무뿌리에 코를 박아 코피를 흘리며 울었다.

세 번째 상대도 집어던지고 나서야 구마타로는 아하 하고 깨달았다.

자기가 씨름을 잘하지 못한다는 건 알고 있었다. 굳이 따지자면 약한 편이다. 다만 다른 아이들이 모르는 요령 같은 걸 터득했을 뿐이다.

구마타로는 그 요령을 기발한 지혜나 꾀라고 생각했다.

사실은 잘 못한다. 그렇지만 기발한 지혜나 꾀를 써서 센 상대를 이긴다. 그러니 이건 적은 병사를 이끌고 백만 대군을 물리친 다이난 공(大楠公)*이 쓴 전략 같은 것이다. 나는 다시 태어난 다이난 공이다. 얕잡아 보다가는 큰코다친다.

----
* 본명은 구스노키 마사시게. 이 작품의 배경인 가와치 지역 출신으로 가마쿠라 시대에서 남북조시대에 걸쳐 활약한 장수.

그런 생각을 하며 흥분한 구마타로는 이어서 씨름판에 올라온 오비(帯)라는 별명이 붙은, 오토모 지역에서 이사 온 집안의 아이에게는 먼저 공격하는 적극성을 보였다. 상대의 턱을 정수리 쪽으로 쿡쿡 들이받으며 마구 몰아세웠다.

상대는 턱이 들려 절로 몸이 젖혀진 채 뒤로 물러났다. 구마타로는 기회라고 여겨 정수리가 좀 아팠지만 참으며 계속 치받았다. 바위 위에서 고개를 쭉 뽑은 거북이 꼴이 된 오비는 마침내 씨름판에서 밀려났다.

어엿한 승리였다.

스스로를 다이난 공으로 여기며 자신감이 붙은 구마타로는 그 기세를 몰아 상대방을 압도했다. 기발한 지혜나 꾀를 쓰지 않고도 승리를 거두었다.

구마타로는 다섯 번째 상대에게도 불쑥 힘을 빼고 다리를 후리는 요령으로 이겼다.

아이들은 그제야 비로소 "구마가 씨름을 잘하는구나"라고 감탄하고 칭찬했다. 이렇게 해서 구마타로는 힘이 세다는 소문이 스이분에 사는 아이들 사이에 파다하게 퍼졌다.

그렇지만 구마타로는 자기가 일종의 속임수를 써서 이겼기 때문에 언젠가 싸움이 제대로 붙으면 자기가 약하다는 사실이 들통나리라고 생각했다.

메이지 5년, 1872년 가을에 구마타로의 속임수가 들통날 뻔했다.

들판을 스치는 바람 소리가 바뀌고 공기도 맑아졌다. 이코마와 가쓰라기로 이어지는 곤고산 산등성이가 더욱 또렷해졌다며 농사꾼들이 탄식할 무렵이었다. 구마타로는 오비, 시카조, 고이데와 함께 마을 안을 걷다가 누가 떨어뜨렸는지 알록달록한 끈목과 삼십 센티미터쯤 되어 보이는 육각형으로 깎은 참나무 막대기를 보았다.

먼저 발견한 사람은 구마타로였다.

"뭐가 떨어져 있네."

구마타로의 말을 들은 시카조는 "진짜"라고 하면서 쪼르르 달려가 막대기와 끈목을 주워 들었다.

뒤따라온 구마타로가 "좀 보자"라고 하자 평소 겁쟁이인 시카조가 뜻밖에 "안 돼, 싫어"라고 말했다.

"뭐가 안 돼? 보여달라면 보여줄 것이지."

"안 돼."

"왜 안 돼?"

"보여달라고 하고 돌려주지 않을 거잖아. 그러니 안 돼. 이건 내가 주운 거야."

"무슨 소리야. 내가 먼저 봤잖아."

"그렇지만 주운 건 나야."

"잔말 말고 이리 줘봐. 안 주면 때린다."

구마타로가 겁을 줬지만 시카조는 고집스럽게 끈목과 막대기를 건네지 않았다.

겁쟁이 주제에 말을 듣지 않자 구마타로는 화가 났지만 섬뜩한 느낌이 들기도 했다.

어쩌면 이 시카조란 녀석은 사실은 내가 힘이 세지 않은데 눈속임으로 센 척하고 있을 뿐이라는 사실을 꿰뚫어본 게 아닐까 하는 생각이 들었기 때문이다.

실은 옳은 생각이었다.

구스노키 마사시게는 짚 인형으로 병사를 만들어 상대편을 속였다. 그처럼 구마타로는 다른 아이들이 구마타로는 강하다고 믿게 만들고 그 아이들의 믿음을 자기 스스로도 받아들이고 있었다.

구마타로는 겁을 주는 여러 가지 말을 익혔다.

때론 큰 소리로 윽박지르고, 때론 나직한 목소리로 속삭였다. 화가 나면 무슨 짓을 저지를지 모른다는 이미지를 마을 아이들에게 심어주려고 높은 곳에서 뛰어내리기도 하고, 악을 쓰면서 이나리 신사의 도리이를 때려 부수기도 했다. 그런 때면 왠지 힘이 솟았다. 들통나서 야단맞는 게 아닐까 겁

33

이 나서 한 달쯤은 잠도 제대로 이루지 못했다.

구마타로는 그런 식으로 자기가 강하다는 이미지를 조작
해냈지만 실제로는 알맹이가 없었다. 우선 씨름에서 이긴 뒤
로 구마타로는 제대로 된 싸움을 한 적이 없다. 구마타로가
겁을 주면 아이들은 대개 엉거주춤 물러났는데, 거기에다 장
난치듯 '팔 찍기'와 '허벅지 차기'를 하면 상대방은 아파서
어쩔 줄을 몰랐다.

둘 다 구마타로가 독창적으로 만든 기술이다. 먼저 '팔 찍
기'는 자연스럽게 주먹을 쥔 다음 가운뎃손가락을 구부린 채
로 삐죽 내밀고 그 손톱에 엄지손가락을 얹어 될 수 있으면
뾰족한 주먹을 만들어 상대의 위팔을 세게 찌르는 공격이다.
살짝 찌르기만 해도 아프다. 그러니 세게 찍으면 상대방은
으어어어 하고 이상한 소리를 지르며 한동안 꼼짝도 하지 못
한다. 날카로운 통증과 묵직한 통증이 한꺼번에 오기 때문이
다. 팔 찍기를 당하면 대개 멍이 든다.

'허벅지 차기'는 단순하다. 그냥 무릎으로 상대방 허벅지를
차기만 하면 된다. 하지만 구마타로는 무릎으로 차는 위치가
달랐다. 허벅지 정면도 안쪽도 아닌 옆 근육을 노린다. 여기
를 찍히면 상대는 한쪽 발로 깡충깡충 뛰며 아파하다가 한동
안 절룩거리며 걸었다. 하지만 상대가 피하거나 반격하는 제

대로 된 싸움이라면 통하지 않을 장난 같은 공격이라 상대방이 웃으며 받아주기 때문에 효과가 있는 기술이다.

이때도 구마타로는 시카조에게 "말 듣지 않으면 이거 먹인다"라고 농담하듯 팔 찍기를 하는 모양새로 주먹을 쥐어 보였다. 그런데 시카조는 전혀 웃지 않고 "그게 뭐 어쨌다고"라며 세게 나왔다. 위팔을 노렸지만 근육을 정통으로 찍지는 못했다. 구마타로는 제대로 공격해야만 하는 건가 싶어 풀이 죽었다.

별것 아닌 일로 어떻게 해야 할지 몰라 난처해진 구마타로가 시카조를 쳐다보니 시카조는 임금의 성스러운 은총을 거부하는 무지몽매한 백성, 돌로 만든 거북 같은 얼굴로 끈목과 막대기를 꼭 쥐고 있었다. 그 얼굴을 보고 구마타로는 제대로 때려야겠다고 마음을 굳혔다. 그렇지만 될 수 있으면 때리고 싶지 않은 마음도 있어 일단 다시 경고했다.

"잠깐 빌려달라면 빌려줘. 안 그러면 때릴 거야, 너."

하지만 시카조는 여전히 고집을 부렸다.

"때릴 테면 때려봐."

"에잇, 그럼 때려주마."

구마타로는 시카조의 광대뼈를 향해 꽉 쥔 주먹을 뻗었다. 퍽, 부웅. 구마타로가 머릿속에 그린 건 주먹을 얻어맞고

나가떨어지는 시카조의 모습이었다. 그렇지만 실제로는 픽 하고 주먹을 맞았을 뿐 시카조는 충격을 받은 것 같지도 않았다. 시카조는 창백한 얼굴로 더욱 고집스럽게 끈목과 막대기를 꼭 껴안았다.

구마타로의 주먹이 비실비실한 솜방망이 펀치였기 때문이다. 운동 능력이 특별히 떨어지는 것도 아니다. 그런데 이렇게 힘없는 주먹밖에 날리지 못한 이유를 구마타로는 도무지 알 수 없었다.

어쩌면 때리는 순간 상대방에게 미안한 마음이 들었는지도 모른다. 또는 너무 힘껏 때리면 상대가 더 거칠게 반격할지도 모르는데, 그렇게 되면 사실은 힘이 약한 자기가 흠씬 두들겨 맞을지도 모르니 적당히 힘을 빼는 편이 나을지도 모른다는 공리적 생각이 구마타로의 마음 깊숙한 곳에 숨어 있었을지도 모른다.

어쨌든 구마타로는 사람을 때리는 일에 심리적인 저항감이 있었다. 그러면서도 비실비실한 주먹을 자꾸 뻗다가 자기 이미지가 무너지는 게 두려웠다.

헤헤헤, 구마 너 센 척하더니 그게 뭐냐. 그런 비실비실한 주먹으로 뭘 해. 구마, 이 녀석 사실은 별 볼 일 없구나.

틀림없이 다들 그렇게 여길 거라고 구마타로는 생각했다.

고개를 돌려 다른 아이들 얼굴을 살폈다.

다들 표정 없는 얼굴로 말이 없었다.

돌부처들이 쭉 늘어선 듯했다.

그 순간 구마타로는 과연 내가 저 아이들에게 강하다고 여겨져야만 하는 걸까, 하는 생각이 들었다.

구마타로는 다이난 공이라면 어떻게 했을지 머릿속으로 떠올려보았다.

나는 원래 세지 않다. 이렇게 약한 내가 강해 보이는 것은 모두 다이난 공을 닮은 기발한 지혜와 꾀 덕분이다. 다이난 공은 거느린 병사가 많지 않았다. 중과부적이다. 이렇게 표현하면 다이난 공에게는 미안하지만 어떤 의미에서는 약하다는 이야기다. 짚 인형으로 자기 편 병사가 많아 보이게 하거나 끓는 물과 인분, 큰 바위를 적 병사들이 보도록 늘어놓거나 하는 건 약자가 강자에게 이기기 위한 기발한 지혜, 꾀다. 즉 내가 씨름에서 쓰는 기술이나 팔 찍기와 마찬가지다. 그러면 다이난 공은 왜 그랬을까? 물론 이기기 위해서다. 왜 이겨야만 했던가? 충성심 때문이다. 그럼 나는 뭔가. 나는 무얼 위해 머리를 짜내고 꾀를 부려 강하게 보여야 하는가? 충성심인가? 그렇지 않다. 내가 센 척해서 시카조에게 이긴다고 해서 나라님이 기뻐할 리 없다. 그건 아니다. 그러면 효심인가? 이것도 아니다. 오히려 불효다. 그럼 나는 이기면 기분이 좋아지기 때문에 이런 짓을 하는 건가? 나는 사람을 때리면 기분이 좋은가? 그렇지도 않다. 조금은 기분이 좋아질지 모르지만 역시 사람을 때리는 일은 싫다. 원래 나는 대뜸 힘을 사용하는 일에 아주 서툴다. 그런데 내가 이런 생각들을 하는 것은 왜일까? 내가 역시 좀 이상한 건 아닐까? 주변 사람들은 누구도 이런 고민을 하지 않을 테고 물론 이런 문제를 화제로 삼지도 않는다. 아마 이런 생각을 하는 사람은 이 주변에서 나뿐이리라. 보라, 저 녀석들 얼굴을. 저 나이가 되도록 콧물을 흘린다. 그건 그렇고, 문제는 왜 내가 이런 녀석들 눈치를 보느라 죽마에서 떨어지며 노래를 부르기도 하고 기발한 지혜나 꾀를 부리기도 하는가 하는 점이다. 그게 도무지 이해되지 않는다.

구마타로는 이런 식으로 고민하다가 어렴풋이, 그럼 정의 때문인가…… 하고 생각했다.

충효라는 말도 있지만 충의라는 말도 있다. 의(義). 다시 말해 나는 대뜸 힘을 쓰거나 다짜고짜 욕망을 드러내며 모든 일을 거칠게 처리하는 일들에 저항하는 정의의 형태로 내 지혜와 꾀를 사용하는 게 아닐까? 자기가 하는 행동의 근거를 발견한 듯한 기분에 구마타로는 시카조에게 한 걸음 더 성큼

다가갔다.

나는 정의를 위해 센 척하는 거다. 이런 뒤틀린 관념을 품은 구마타로는 지금은 어떻게든 시카조를 혼내줘야겠다고 생각했다. 그렇지만 주먹은 너무 약하다. 어떻게 하면 좋을까. 궁리하던 구마타로가 시카조의 오른팔을 잡자 시카조는 "싫어, 싫어" 하며 왼손으로 끈목과 막대기를 안고 몸을 틀었다.

그러나 구마타로는 팔을 놓지 않았다.

시카조가 계속해서 "싫어, 싫어" 하면서 빠져나가려고 하는 바람에 구마타로는 팔을 잡은 채 한 걸음 성큼 더 다가갔다. 그러자 시카조는 "아야야, 아야야, 아야야" 하며 소리를 질렀다.

시카조의 오른손이 등 뒤에서 꺾인 모양새가 되었다.

힘을 거의 주지 않은 구마타로가 의아해하며 "왜 그래?" 하고 물어도 시카조는 아프다고 소리만 지를 뿐이었다. 그제야 구마타로는 자기가 결과적으로 시카조의 팔을 꺾은 셈이라는 사실을 깨달았다. 구마타로는 작심하고 팔을 더 꺾었다.

"어때? 항복이지?"

"아파, 아프단 말이야. 아야."

"항복이냐고."

"팔 꺾여. 팔 꺾인단 말이야."

"그래, 꺾을 거야."

"정말 아파. 진짜 꺾여."

"너 그럼 그거 좀 빌려줄 거야?"

"그럴게."

"그럼 용서해주지."

구마타로는 손을 놓았다. 그러나 시카조는 왼손으로 오른쪽 위팔을 쓰다듬으면서 여전히 끈목과 막대기를 겨드랑이에 끼고 내놓지 않았다.

"뭐 하는 거야? 얼른 이리 줘봐."

"그렇지만 이건 내가……"

"또 꾸물거릴 거야? 팔 꺾이고 싶어?"

구마타로가 한 걸음 다가서자 시카조는 그제야 천천히 끈목과 막대기를 내밀었다. 구마타로는 그걸 받아들고 찬찬히 들여다보았다.

별 볼 일 없는 끈목과 막대기로구나, 하는 생각이 들었다.

구마타로는 시카조가 왜 이런 끈목과 막대기에 집착했는지 도무지 이해되지 않았다. 그렇지만 고집을 부리기는 자기도 마찬가지였다. 다만 다른 점은 자기는 정의를 위해 고집을 부렸다. 그게 다이난 공의 생각과 행동을 이어받은 자기와 시카조의 차이다. 그렇게 생각하며 구마타로는 억지로 마음을 정리했다.

구마타로는 울상이 된 시카조에게 끈목과 막대기를 돌려주기로 마음먹었다. 하지만 그냥 주면 재미가 없을 것 같았다. 구마타로는 뒤에서 돌부처 같은 표정으로 자기와 시카조의 말을 듣고 있던 녀석들을 돌아보았다.

"어때, 멋진 끈목이랑 막대기지?"

그러고 나서 끈목과 막대기를 건넸다.

"진짜 멋진 끈목이네."

"진짜 멋진 막대기야."

"구마야, 좋은 거 주웠구나."

구마타로는 '무슨 아첨을 떠는 거야?'라고 생각했다. 이런 별 볼 일 없는 끈과 막대기가 뭐가 좋다고. 쓸데없는 부화뇌동이다.

구마타로는 아이들과 어울려 실컷 끈목과 막대기를 칭찬한 다음에 시카조에게 돌려주었다.

시카조는 어쩔 줄 모르는 표정이었다.

"어? 이거 나한테 주는 거니?"

바보 같은 표정으로 물었지만 원래 바보 같은 얼굴이라 표정 변화는 그리 없었다.

"네가 주운 거니까 네가 가져가야지."

상상도 못한 말을 들은 시카조는 콧등에 살짝 주름을 잡더니 고양이가 생선 냄새라도 맡는 얼굴로 끈목과 막대기를 받아들었다. 그러고는 얼른 품 안에 넣고 돼지처럼 뿌듯한 표정을 지었다. 만족한 것이다.

구마타로도 뿌듯했다.

'팔 찍기', '허벅지 차기'에 이어 '팔 꺾기'를 익혔기 때문이다. 팔 꺾기는 구마타로의 마음에 드는 기술이었다.

무엇보다 힘을 줄 필요가 거의 없고, 따스한 봄바람을 맞으며 히죽히죽 웃는 표정을 지으면서도 상대를 울릴 수 있었다.

상대편 팔을 잡아 비틀기만 하면 그만이다. 그러면 젖 먹던 힘을 다해 남을 패는 우악스러운 짓을 빙긋 웃으며 비난할 수 있다. 또 '팔 찍기'와 '허벅지 차기'는 서로 반쯤 장난칠 때나 썼지만 '팔 꺾기'는 제법 그럴듯한 싸움에도 써먹을 수 있다.

팔 꺾기를 터득한 구마타로는 자기가 실은 형편없이 약하다는 걱정을 봉인할 수 있었다.

그 뒤로 구마타로는 싸울 때마다 이 '팔 꺾기'를 사용했다. 대부분의 아이들은 팔을 꺾이면 반쯤은 울상, 반쯤은 웃는 표정을 지으며 "항복, 항복"이라고 소리쳤다.

그러던 어느 날, 그런 정도로는 넘어갈 수 없는 일이 일어났다.

구마타로가 시카조의 팔을 비튼 지 네댓새 지난 오후였다. 아이들은 다시 회마당 앞에 모여 씨름을 하고 있었다.

왈그락달그락, 왈그락달그락. 영문을 알 수 없는 소리가 마을 쪽에서 들려왔지만 아이들은 그런 소리는 아랑곳없이 씨름에 정신이 팔려 있었다.

애들은 역시 애들이었다. 그야말로 영문을 알 수 없는 기괴한 재앙이 느닷없이 몰아닥쳐 자기들을 망칠 거라고는 상상도 하지 못했다.

그런 의미에서 구마타로 역시 어려서……라고 해야 할까, 오히려 더 들뜬 상태였다. 자기가 연출한 인간적인 박력이란 연막, 그리고 정의를 위한 기발한 지혜와 뙤라고 굴뚝같이 믿는 잔기술로 주위 아이들을 계속 내팽개치던 중이었기 때문이다. 구마타로는 상큼한 얼굴의 고이데와 맞붙어 이긴 다음 "자, 다음은 누구냐?"라며 의기양양하게 소리쳤다.

그렇지만 모두 구마타로를 당해낼 수 없다고 생각했기 때문에 씨름판에 들어서는 녀석은 없었다. 이때 구마타로와 또래인 고마타로는 이런 생각을 했다.

'내가 한판 붙어볼까? 그렇지만 어차피 질 테니 내키지 않

아. 그런데도 자꾸 붙어보고 싶다는 생각이 드는 건 구마가 어딘가 수상하기 때문이야. 들떠서 떠드는 꼴을 보면 힘이 세다는 느낌이 도무지 들지 않아. 왠지 우리를 속이는 것 같다고나 할까, 얼버무린다는 느낌이 들어. 분명히 지겹게 얻어맞았지만 왠지 졌다는 생각이 들지 않는단 말이야. 그래서 이번에 확실하게 붙어볼까 생각하고 싸워보면 역시 또 내동댕이쳐지니. 이게 정말 어떻게 된 걸까?'

고마타로가 그런 생각을 하며 머뭇거리고 있을 때였다.

"형씨, 씨름 잘하네. 나랑 한판 붙어볼까?"

이런 소리가 들려왔다. 마치 야쿠자 같은 말투라 대체 어떤 놈인가 싶어 놀란 구마타로와 아이들이 소리가 난 쪽을 돌아보니 회마당 옆에 열두세 살쯤 되는 남자아이가 서 있었다.

못 보던 아이였다.

옥색 바탕에 기분 나쁜 소용돌이무늬가 그려진 옷을 입었는데, 머리털은 곱슬곱슬하고 뺨은 발그레했다.

눈꼬리는 치켜 올라가고 입술은 새빨개 왠지 기분 나쁜 녀석이었다.

콧날이 오뚝해서 전체적으로 상큼하게 생긴 고이데를 추하고 괴상하게 만든 괴물 같았다.

"너 말 한번 잘한다. 어디 사는 놈이냐?"

고마타로가 앞으로 나서며 묻자 녀석은 빨간 입술을 찡그리며 으헤헹 하고 웃었다.

남을 완전히 무시하는 웃음이라 다들 화가 치밀었다.

"왜 웃어?"

"아, 미안. 화났어?"

"화 안 나게 생겼어? 뭐가 우스운데?"

"아, 화내지 마. 너희처럼 별 볼 일 없는 것들이 멋모르고 날 보고 어디 사느냐고 물으니 웃기지."

"제정신이 아니구나. 까불다간 얻어맞는다."

"별로 까부는 거 아닌데. 어차피 너흰 여기서 남의 땅이나 부치는 가난뱅이 농사꾼 자식들이잖아. 나한테 큰소리치지 않는 게 좋을걸."

"그러는 넌 뭔데? 양반집 아들이라도 된다는 거야?"

"아니. 농사를 짓는 집이지."

"그럼 마찬가지잖아. 이걸 그냥, 콱."

"마찬가지가 아니지. 농사를 지어도 너희처럼 가난뱅이가 있고 우리 집 같은 사람도 있고. 뭐, 이런 이야기는 집어치우자."

괴상하게 생긴 녀석은 여전히 빈정거리는 건방진 말투였다. 무시당한 고마타로는 부아가 치밀었지만 녀석이 너무나 자신만만하게 나오는 바람에 슬쩍 움츠러들어 구마타로에게 "구마야, 뭐라고 좀 해봐"라며 자기는 슬그머니 꽁무니를 뺐다.

구마타로 역시 좀 움츠러들었다.

녀석이 하는 말에는 근거가 있는 듯했고 차림새나 생김새에서도 재앙처럼 으스스함이 느껴졌다.

그러나 정의를 위해 꽁무니를 뺄 수 없는 구마타로는 두려움을 참고 입을 열었다.

"진짜 건방지게 지껄이네. 그런 소리 하려면 너 나랑 한판 붙어보자."

"으헤헹."

녀석이 또 웃었다.

"너희가 하는 씨름과 우리가 하는 씨름은 달라. 아까 봤더니 너희 씨름은 사기야."

그 말을 듣고 구마타로는 오싹했다.

틀림없이 구마타로가 하는 씨름은 속임수라 마을의 멍청한 꼬마들만 상대한다면 천하장사지만 제대로 된 씨름판에서는 전혀 통하지 않을 것이다. 그 사실을 구마타로는 스스로 잘 알고 있었다.

들통이 난 건가? 그렇게 생각하는 구마타로의 가슴팍에서 땀방울이 흘렀다.

구마타로는 '저 녀석이 내 비밀, 그러니까 모든 상황을 연출해서 강자가 되었지만 결국 가짜라는 사실을 모두 알고 있는 건가' 생각하고 전율했다.

구마타로는 녀석의 모습을 다시 살피다가 오싹함을 느꼈다.

덥수룩한 머리카락에 오뚝한 콧날, 살짝 붉은 기운이 도는 뺨, 치켜 올라간 눈꼬리가 그 옆에 서 있는 낯익은 아이들에 비해 너무도 이질적이었다. 사악한, 그야말로 재앙 같은 존재가 거기 서 있는 느낌이었다.

저 녀석은 날 전혀 두려워하지 않고 게다가 내가 하는 씨름이 속임수라는 사실을 간파했다. 저놈은 대체 누구지?

구마타로는 부르르 몸을 떨었다.

처음 보는 사악한 녀석은 여유작작하게 팔을 앞으로 늘어뜨린 채 서 있었다. 여유가 넘쳐 좌우로 건들거리는 듯도 했다.

하지만 마을 아이들 앞이다. 상대하지 않을 수 없다. 구마타로는 속으로는 떨렸지만 내색하지 않고 "그래, 덤빌래?"라며 녀석을 불렀다.

"으헤헹, 나하고 씨름하자고? 으헤헹, 그 솜씨로는 아직 멀었어. 형씨, 이름이 뭐야?"

"내 이름 말이냐? 그러는 넌 이름이 뭐냐?"

"으헤헹, 나? 난 숲속의 작은 도깨비라고나 해둘까? 으헤헹."

녀석은 코웃음을 치며 느린 걸음으로 씨름판에 오르더니 "까불고 있네"라고 말하는 구마타로 옆으로 바짝 다가와 느닷없이 에잇 하고 덤볐다.

구마타로는 방심하다가 갑작스러운 공격을 받았다. 비겁한 놈이라고 생각하는 동시에 녀석의 냄새가 지독하다는 걸 깨달았다.

사악한 녀석의 몸에서는 지독한, 시체 썩는 듯한 냄새가 났다. 너무 냄새가 심해서 힘을 주지 못한 구마타로는 씨름판 가장자리까지 밀려나고 말았다. 그렇지만 구마타로는 냄새가 난다는 생각과 동시에 어라 하는 생각도 들었다.

그토록 큰소리 뻥뻥 치고 남을 비웃던 태도에 비하면 힘이 너무 약했다. 상대는 죽을힘을 다해 밀고 있는 듯한데 구마타로가 버티기에는 아무 어려움이 없었다.

이게 뭐지? 구마타로는 의아해하며 오른손으로 녀석의 허리띠를 잡고 에잇 하고 왼쪽으로 흔들어보았다. 녀석은 간단하게 왼쪽으로 흔들렸다.

다음에는 오른쪽으로 흔들어보았다. 역시 쉽게 흔들렸다.

뭐지, 이 녀석은? 그렇게 떠벌려놓고 이렇게 약하다니. 아니면 무슨 비책이라도 있는 걸까?

구마타로는 경계하면서 다시 오른쪽, 왼쪽으로 흔들어보
았다.

녀석은 간단하게 흔들리며 엉덩이를 이리저리 실룩거렸다.
그런데도 녀석은 자기가 그렇게 쉽게 흔들린다는 사실을 깨
닫지 못했는지 힘도 없는 주제에 구마타로의 가슴팍에 머리
를 들이밀며 계속 쿡쿡 찔러댔다.

으으, 이거 냄새가 너무 심하네.

녀석이 풍기는 독한 냄새를 견디지 못한 구마타로는 녀석
이 어쩌면 뭔가 비책을 숨기고 있다가 엄청난 기술로 순식간
에 역전을 시키려는 게 아닐까 하는 걱정을 하는 한편, 더 참
다가는 코가 문드러질 거라는 생각을 했다. 끙 하며 힘을 준
다음 발을 성큼 내디뎌 녀석의 왼발을 후리면서 오른손으로
내팽개쳤다.

부웅. 녀석의 몸은 허공을 훌쩍 날아 땅바닥에 호되게 내팽
개쳐졌다.

별거 아니었잖아? 그건 그렇고 냄새가 너무 심하네. 도대
체 저 녀석한테 왜 이렇게 지독한 냄새가 나지? 의아해하며
씨름판에서 내려오자 마을 아이들은 구마타로를 추어올리며
동시에 쓰러진 녀석에게 "고소하다" "잘난 척 떠벌리더니 내

팽개쳐졌네"“뭐가 으헤헹이야?"“별 볼 일 없는 녀석이"라며 다들 한마디씩 던졌다.

그런데 아무리 기다려도 숲속의 작은 도깨비는 일어날 줄을 몰랐다.

"뭐야, 저 녀석? 도무지 일어나지 않네."

"어떻게 된 거지?"

"죽은 거 아니야?"

누가 그렇게 말하자 아이들은 바로 입을 다물었다.

왈그락달그락, 왈그락달그락. 마을 쪽에서는 여전히 이상한 소리가 들려오고 있었다.

고마타로가 쓰러진 녀석에게 달려가 말했다.

"야, 정신 차려."

"으음."

녀석이 고통스러운 듯이 신음했다.

"죽지 않았어. 완전해 패대기쳐져 쑥스러우니까 일어나지 않은 거야."

고마타로는 고개를 돌려 이렇게 말하며 웃었다. 그리고 녀석의 멱살을 잡고 말했다.

"야, 그만하고 일어나지 못하겠어?"

그래도 녀석은 일어나지 않고 끙끙거리기만 했다.

다시 "야, 못 일어나?"라고 얼굴을 들이댄 고마타로는 고개를 돌리며 소리를 질렀다.

"악, 냄새!"

고마타로는 속이 메슥거렸다.

큰소리 뺑뺑 치면서 마을 아이들을 우롱한 주제에 막상 진짜 한판 붙으니 맥없이 홀랑 넘어가 될 대로 되라는 듯 계속 일어나지 않고, 결국에는 이런 지독한 냄새를 풍긴다.

어처구니없는 놈이네. 고마타로는 화가 났다.

구마타로보다 훨씬 직선적이고 거친 고마타로가 "일어나지 못하겠어, 이놈아?"라며 호통을 치자 작은 도깨비는 으악 하고 비명을 질렀다.

"일어나지 않으면 한 번 더 걷어찬다, 인마."

고마타로가 으름장을 놓자 작은 도깨비는 천천히 일어났다. 왼쪽 팔이 길게 늘어져 덜렁덜렁 흔들렸다. 고마타로는 그 팔을 보고 물었다.

"너 그 팔 어떻게 된 거냐?"

작은 도깨비는 대답하지 않았다.

"어떻게 된 거냐니까?"

고마타로는 그렇게 말하며 작은 도깨비의 팔을 잡았다. 덜렁거렸다. 팔을 잡힌 작은 도깨비는 다시 으악 하고 비명을 지르며 땅바닥에 무릎을 꿇고 주저앉았다. 고마타로는 다른 아이들을 돌아보며 말했다.

"구마야, 이 녀석 팔 꺾였어."

"참말로?"

구마타로는 당황해서 어쩔 줄 몰랐다.

왠지 가해자가 된 기분이 들었다.

작은 도깨비는 왼쪽 팔을 잡고 하늘을 올려다보며 산소가 부족한 붕어 같은 얼굴로 고통스러워했다.

구마타로는 작은 도깨비에게 말했다.

"잘 들어. 내가 팔을 꺾었지만 난 너하고 씨름을 했어. 팔 꺾인 건 네가 요령 없이 넘어졌기 때문이야. 난 몰라. 관계없어. 알았어? 알았지?"

그렇게 말한 구마타로는 마을 아이들에게 "자, 가자"라고 말하고는 앞장서서 뒤편 참배길에 있는 계단을 내려갔다.

아이들은 이따금 뒤를 돌아보면서 구마타로를 따라 걸었다. 회마당 앞에는 숲속의 작은 도깨비 혼자 남았다.

땅바닥에 그려진 둥근 원 안에서 작은 도깨비는 오래 괴로워했다.

녹색으로 물든 얼굴이 썩은 잉어 같았다.

아이들은 지하야 쪽을 향해 줄지어 강가 길을 걸었다.

고마타로가 말했다.

"구마야, 너 하지 않아도 될 말을 한 거 아니니?"

구마타로는 작은 도깨비의 팔을 꺾은 일 때문에 속으로는 끙끙 앓고 있었지만 내색하지 않고 대꾸했다.

"뭐가 하지 않아도 될 말이란 거지?"

"너 아까 그 녀석에게 누가 물어도 스이분에 사는 기도 구마타로에게 당했다고 하지 말라고 했잖아."

"그랬지."

"그런 말 하지 않는 게 나았을 텐데."

"왜? 그렇게 해두지 않으면 그 자식이 집에 가서 부모가 누구에게 당했느냐고 물으면 스이분 사는 구마타로란 놈이 그랬다고 말할 게 빤하잖아? 그러면 어떻게 되겠냐? 내게 앙갚음을 하려 들겠지. 그래서 누가 물어도 스이분 마을에 사는 기도 구마타로에게 당했다는 소리는 하지 말라고 입을 막아둔 거야. 그게 왜 하지 말았어야 할 소리지?"

"그게 아니라니까. 네가 아무 말도 하지 않았다면 그 녀석은 네가 어디 사는 누군지 전혀 몰랐잖아."

"무슨 소리야?"

"네가 네 입으로, 나는 스이분에 사는 기도 구마타로라고 가르쳐준 셈이잖아."

"으악."

"그래서 그런 소리는 하지 않는 게 나았을 거라는 거지. 안 그러니?"

"맞아. 진짜 앙갚음을 하러 올까?"

"그야 오겠지. 팔을 완전히 꺾어놓았으니까."

"큰일이네."

구마타로는 크게 후회했다.

이 무슨 실수란 말인가. 고마타로 말이 맞다. 뭐가 다이난 공이 다시 태어났다는 거냐? 나는 얼빠진 녀석이다. 자기혐오에 사로잡힌 구마타로에게 고마타로가 말했다.

"구마야, 그런데 말이야."

"뭐?"

"아까부터 들리는 저 소리 말이야."

왈그락달그락하는 소리가 또 울려 퍼졌다.

"맞아. 무슨 소리지?"

구마타로는 건성으로 대꾸했다.

구마타로와 아이들은 왈그락달그락, 왈그락달그락 요란한 소리를 내는 물레방아 근처로 가서 섰다.

"이게 무슨 소리지?"

구마타로와 아이들은 궁금해하며 강가 길에서 소리가 나는 쪽으로 걸어 들어갔다. 그리고 마침내 그 소리가 나는 곳에 이르렀다.

수로가 지나는 언덕에는 키 작은 풀이 자라고, 그 너머로 물레방앗간이 있었다.

산 쪽으로 물안개가 피어올라 공기가 습기를 머금었다.

튼튼하고 큼직한, 여기저기 이끼가 낀 으리으리한 물레방아였다. 수로를 타고 온 물은 풍부해서 물레방아는 힘차게 돌아가고 있었다.

그뿐이라면 아무 문제 없이 순조롭고 자연스러울 테지만 한 가지 문제가 있었다. 방아굴대 부분에 정체를 알 수 없는 이상한 쇳덩어리가 끼어 있었던 것이다. 그게 수로 바닥과 물레방앗간 옆에 부딪치며 왈그락달그락, 왈그락달그락 이상한 소리를 냈다.

도무지 정체를 알 수 없는 괴상한 쇳덩어리였다.

범종 조각, 금강불 불상의 머리, 신사에 있는 커다란 방울 파편, 냄비, 솥, 가래 조각, 부엌칼 같은 것들이 그물을 얽는 끈으로 도저히 풀 수 없게 잔뜩 뒤엉켜 있었다. 그것이 방아굴대와 물을 떠올리는 국자처럼 생긴 부분에 걸리는 것이다.

"누가 이렇게 해놨지?"

"그 녀석 아닐까?"

"그 녀석이라니, 누구?"

"그 녀석 말이야, 그 숲속의."

"작은 도깨비?"

"그래, 숲속의 작은 도깨비."

구마타로가 묻자 고마타로가 대꾸했다.

"으음."

구마타로는 생각에 잠겼다.

맞아. 그 정체를 알 수 없는 녀석이라면 이런 짓을 저지를 지도 모른다. 그야 나 역시 있지도 않은 피리를 불며 배를 꿀 렁거리는 짓 정도는 한다. 그렇지만 이렇게까지 영문을 알 수 없는 짓을 하려는 생각은 하지 않는다. 크흠.

"크흠, 크흠."

"구마야, 뭐라고 그러는 거니?"

"뭐라니, 뭐가?"

"그 크흠, 하는 게 무슨 뜻이야?"

"아, 아냐. 별 뜻 없는데. 그보다 이거, 역시 네 말대로 그 숲속의 도깨비 녀석 짓일 거야."

"역시 그런가?"

"그야 그렇겠지. 그 녀석 이외에 이런 짓을 할 놈이 있겠
냐?"

"그건 그래. 어떡하지?"

"어떡하긴. 어쩌고저쩌고해봐야 이럴 수도 저럴 수도 없지
뭐."

구마타로가 대답하자마자 왈그락달그락하는 소리가 한층
크게 들리더니 바로 조용해졌다. 다들 어떻게 된 일인가 싶
어 물레방아를 보니 이제 돌지 않았다. 물레방아 아래쪽의
수면이 막혀 물이 넘치는 중이었다.

"어쩌지? 물레방아가 멈췄어."

"저 쇳덩어리에 감긴 끈인가 그물인가가 수로 바닥에서 돌
이나 뭐에 걸린 것 같지 않아?"

"그럼 어떡하지?"

"이걸 어떡하지?"

다들 지켜만 보고 있는 중에 밀려드는 물의 힘을 견디지
못한 물레방아가 마침내 삐걱삐걱 소리를 내기 시작했다. 그
러더니 갑자기 힘없이 휙 돌면서 덜컹덜컹 공회전을 했다.
물의 압력을 이기지 못해 돌아가면서 수면 아래 잠기는 국자
처럼 되어 있는 부분 밑창이 모두 빠지고 만 것이다. 굴대와
축을 연결하는 부분도 빠져나간 모양이었다. 막혔던 물이 갑

자기 흐르자 물줄기는 그 표정을 완전히 바꾸고 사나워졌다. 아이들은 찍소리도 못하고 수로를 바라보았다.

잠시 후, 고이데가 무척 감동한 표정으로 누구에게랄 것도 없이 중얼거렸다.

"엄청나네. 나 물레방아 망가지는 거 처음 봤어."

"나도 처음이야."

시카조도 물길에서 눈을 떼지 못하며 말했다.

아이들은 말없이 흐르는 물을 바라보았다.

습한 공기, 물안개, 풀잎에 매달린 물방울, 덜컹거리며 잘게 흔들리는 물레방아에 붙은 이끼. 그런 것들을 말없이 바라보고 있었던 것이다.

이 일이 있기 조금 전, 스이분 마을 농사꾼 아카마쓰 긴조는 자기 논 쪽에서 나는 왈그락달그락, 왈그락달그락 하는 귀에 익지 않은 소리를 듣고 끈적끈적한 불쾌감을 느꼈다.

왜 저런 이상한 소리가 나는 걸까.

긴조는 작두콩 깍지처럼 생긴 담뱃대 대통을 화로 모퉁이에 탁탁 두드리고 일어섰다.

아카마쓰 긴조는 고집이 센 사내였다.

자기가 이해할 수 없는 일은 모두 옳지 못한 일이라고 생각해 호통을 치고 꾸짖으며 배척했다.

또 긴조는 절약하는 사내였다. 인색하다는 표현이 더 어울릴지 모른다. 몇 푼 되지 않는 돈을 아끼려 이리 뛰고 저리 뛰었다. 제 것을 내놓아야 한다면 방귀도 아까워했다. 그런 긴조가 끔찍하게 아끼는 논 쪽에서 이상한 소리가 나는 걸 듣고는 가만히 있을 리 없다.

내 논에서 무슨 이상한 소리가 나네. 또 이웃 꼬마들이 장난질을 쳤을 테지. 한번 혼쩌검을 내야겠어. 내 논에서 내 허락도 없이 무슨 짓을 하는 거야? 그러다 혹시 논에 무슨 문제라도 생기면 어쩌려고. 살펴보러 가야겠군.

긴조는 으르렁거리며 집을 나섰다.

맑고 기분 좋은 오후였다.

하지만 긴조는 마음이 편치 못했다. 집 밖으로 나오니 정체를 알 수 없는 소리가 더욱 크게 들렸기 때문이다.

도대체 무슨 짓들을 하는 거야. 긴조는 자기 논 쪽으로 향했다.

논이 가까워지자 소리가 더 커졌다. 긴조는 걸음을 서둘렀지만 물레방앗간 근처에 이르자 갑자기 왈그락달그락, 왈그락달그락 하는 소리가 뚝 그쳤다.

대체 어떻게 된 걸까. 의아해하며 논두렁길을 걷는데 물레방앗간 앞에 마을 꼬마들이 모여 있는 모습이 보였다. 역시 저 녀석들이 장난질을 친 건가? 긴조는 화가 치밀어 "넘덜!" 하고 소리쳤다. 제 딴에는 '이놈들'이라고 소리치려 했는데 화가 난 나머지 '이'라는 소리를 입 안에서 꺼내기도 전에 삼켜버리고 '놈들'이란 발음도 혀가 꼬여 '넘덜'이 되고 말았다.

긴조가 왔다는 사실을 제일 먼저 눈치 챈 건 반타였다.

반타는 물레방아 같은 건 영원토록 변함없이 흔들리지 않고, 절대 망가지지 않을 줄 알았다. 그런 물레방아가 어이없이 망가지고 그에 따라 수로의 물 흐름이 변하는 모습을 보고 반타는 말로 할 수 없는 불안을 느꼈다. 그래서 더는 보지 못하고 문득 고개를 돌려 뒤편의 곤고산을 보고 있었던 것이다.

그런데 무섭게 생긴 어른이 잔뜩 화가 나서 이쪽으로 오는 것이 보였다. 무의식중에 반타는 앗 소리를 지르고 친구들에게 말했다.

"어쩌지? 누가 와."

"어디 오는데?"

뒤를 돌아본 고마타로가 아카마쓰 긴조를 보고 말했다.

"이런, 안 돼."

"뭐가 안 돼?"

"뭐가 안 되느냐니. 아카마쓰 아저씨잖아."

"아카마쓰 아저씨가 누군데?"

"너 아카마쓰 아저씨도 몰라?"

"몰라."

"이 근방에서는 저 아저씨를 아카마쓰라고 부르지 않아."

"그럼 뭐라고 부르는데?"

"아카니시(赤螺)* 아저씨라고 부르지."

"그게 무슨 말이야?"

"그만큼 지독하다는 소리지. 이 물레방아가 망가진 걸 보면 우리가 망가뜨렸다면서 물어내라고 할 거야."

"그런 말도 안 되는 일이. 우리는 그냥 보고만 있었잖아."

"그렇지만 상대가 아카니시 아저씨라니까. 우리가 아무리 설명해도 듣지 않을 거야."

"그럼 어쩌지? 도망칠까?"

"안 돼. 벌써 저기까지 왔어."

"참말이네."

고마타로와 반타가 그런 이야기를 나누는 사이에 물레방아 앞에 이르러 문제가 생겼다는 사실을 깨달은 긴조는 입술을 부르르 떨며 화를 냈다.

---

* 한번 돈을 손에 쥐면 좀처럼 놓지 않는 쩨쩨한 사람을 뜻한다.

이놈의 자식들. 너희가 감히 내 물레방아를 망가뜨렸느냐. 내가 누군지 알고. 그런데 내 물레방아를 이런 으이그, 아무 짝에도 쓸모없는 꼬맹이들이 도대체 무슨 생각으로 부순 거야? 나의 소유물인 물레방아를 망가뜨리다니. 이렇게 보잘것 없는 녀석들이 내 물건을, 그게 설사 지푸라기 한 가닥이라고 해도 내 것인데, 그걸 망가뜨리다니. 결코 용납할 수 없어. 어쨌든 나는 네놈들을 절대로 용서하지 않을 테다.

그런 뜻을 담아 긴조는 아이들에게 소리쳤다.

"요놈들!"

단 한 마디였다. 하지만 그 한 마디로도 의미는 충분히 전달되었는지 아이들은 겁에 질린 눈으로 긴조를 쳐다보았다. 긴조는 위압적으로 말했다.

"너희들, 내 물레방아에 무슨 짓을 한 거냐? 망가졌잖아. 그냥 넘어갈 수 있을 줄 알아?"

긴조가 무섭게 호통치자 시카조는 너무 겁이 났다.

시카조는 똥구멍이 뜨끔거렸다. 자기만 따로 떨어진 느낌도 들었다. 손가락 끝이 애벌레처럼 부풀었다가 쉭 하고 쭈그러들어 바늘만큼 작아졌다. 두려운 나머지 정신적으로 동요하는 바람에 감각에 이상이 생겼기 때문이다. 시카조는 불쑥 "찻물 때가 빠질 거야"라고 중얼거렸다. 무슨 뜻인지 도무지 알 수 없는 말이었다.

시카조는 그렇게 중얼거리고 이런 말은 틀림없이 할머니들이나 하는 거라고 생각했다.

시카조네 집에는 할머니가 없었다. 그렇게 생각하면서도 시카조는 다시 "찻물 때가 빠질 거야"라고 중얼거렸다. 그런 시카조에게 긴조가 말했다.

"요 녀석, 뭐가 찻물 때라는 거냐. 놀리는 거냐?"

오싹. 시카조는 심장이 오그라들었다. 더는 찻물 때가 빠질 거라는 소리는 나오지 않았다. 시카조는 공포 때문에 머릿속이 마비되어 침과 콧물을 흘렸다. 눈물도 고였다. 그때였다. 구마타로가 앞으로 나서며 말했다.

"아저씨, 무슨 소리를 하는 거죠?"

"무슨 소리? 날 놀리려고 들다니 대단하구나, 요놈."

긴조가 마구 호통을 치는 바람에 구마타로는 잠깐 겁이 났다. 그렇지만 구마타로는 다시 히죽히죽하며 "놀리려고 하는 거 아니에요"라고 비아냥거리는 말투로 대꾸했다. 그런 모습을 보고 고마타로를 비롯한 아이들은 구마타로가 보통 배짱이 아니라며 감탄했다.

그렇게 말대꾸하다가는 긴조가 귀를 잡고 위로 당겨 수로에 처박을 게 분명하다고 생각했기 때문이다.

실제로 긴조는 당장이라도 그렇게 하려는 듯 무시무시한 얼굴로 화를 냈다.

구마타로에게 배짱이 있었느냐 하면 그렇지도 않았다. 구마타로 역시 시카조와 마찬가지로 잔뜩 겁을 집어먹었다. 성미가 고약한 긴조를 화나게 만들었다가 어떤 꼴을 당하게 될지 상상만 해도 미칠 것만 같았다.

그처럼 공포에 질리기는 마찬가지였지만 구마타로는 시카조와 달리 차분해졌다. 머리가 맑아지고, 이상하게 죽일 테면 죽이라는 침착한 상태가 되었다.

그렇다고 실제로 침착해진 것은 아니었다. 심장은 아주 빨리 뛰고 시간 감각이 이상해졌다. 시간이 형체를 갖추고 살갗 가까이를 소용돌이치며 스쳐가는 듯했다. 마음속은 그토록 끔찍했는데도 겉으로는 차분해 보였다. 고마타로나 반타나 그런 구마타로를 배짱 좋은 남자라고 생각하며 바라보았다.

그 시선은 수로를 흐르는 물의 파도를 바라보는 시선과 전혀 다르지 않았다.

몸속은 싸늘하게 식었는데 살갗은 무서우리만치 뜨거웠다. 몸 안에서는 뭔가가 무시무시하게 빠른 속도로 질주하고 있는데 몸은 유난히 느릿하게 움직이는 듯한 감각. 구마타로는 그런 이상한 감각 때문에 처음에는 당황했다. 내가 왜 이러지? 잠시 의아했지만 이내 그런 감각을 써먹자, 즉 겉으로는 묘하게 차분해 보이는 걸 이용해서 자기가 엄청나게 배짱 두둑한 사람으로 보이게 만들자고 작정했다.

그러자 공포는 반쯤 극복한 셈이 되었다.

하지만 완전히 극복할 수는 없었다. 이런 속임수가 자기 몸에 가해질 폭력에 대한 공포까지 지워주지는 못했기 때문이다.

구마타로는 공포라는 십자가를 등에 진 어릿광대였던 셈이다. 그러나 고마타로와 시카조, 반타 같은 아이들이 구마타로의 그런 속마음을 알 리 없었다.

'구마는 배에 철판을 다섯 장쯤 깔았는지 배짱이 두둑하고나'라고 생각했다. 오해다.

공포의 십자가를 등에 진 어릿광대, 구마타로에게 긴조가 호통쳤다.

"놀리는 게 아니라고? 무슨 소리냐. 놀리는 거지. 내 물레방아를 망가뜨리고 웃음이 나와?"

"좀 진정하세요, 아저씨."

"물레방아가 망가졌는데 어떻게 진정해, 이 바보야."

"아저씨, 물레방아를 우리가 망가뜨렸다고 생각하세요?"

"그럼 누가 망가뜨렸겠어, 이 멍청아."

"그건 아저씨 오해예요. 이 물레방아 망가뜨린 건 진짜 우리 아니에요."

"거짓말이 통할 것 같으냐?"

"거짓말 아니에요. 우리가 여기 왔을 땐 벌써 거의 망가져 있었어요."

"얼버무리고 넘어가려는 게냐, 멍청아?"

"거짓말 아니에요. 진짜라니까. 그렇지, 얘들아?"

구마타로가 뒤를 돌아보자 아이들은 "그래, 맞아"라고 작은 소리로 말하며 고개를 끄덕였다. 그 모습을 본 긴조는 "그래, 너희 짓이 아니라고?"라고 했지만 바로 "아니, 그럴 리 없어. 너희가 아니면 달리 누가 이런 짓을 저지르겠어? 아니지, 아니야. 날 따라오너라"라며 구마타로의 귀를 잡아당겼다. 구마타로는 다른 우주에서 온 이질적인 자가 자기 귀를 건드린 듯한 두려움을 느꼈다. 얼른 그 손길을 뿌리친 구마타로는 그제야 화를 내며 "어지간히 하세요, 아저씨"라고 소리쳤다.

어린아이의 뜻하지 않은 반격을 받은 긴조는 흠칫 놀랐다.

구마타로가 말했다.

"내 말 잘 들어보세요, 아저씨. 우리가 망가뜨리는 걸 봤어요?"

"그건 못 보았지. 그렇지만 너희는 여기 있었잖느냐. 그러니 너희가 한 짓이 빤하지."

"빤하다니. 그러면 우리가 그랬다는 증거는 없네요?"

"도둑놈이 외려 큰소리라더니. 아까부터 너희가 여기 있었던 게 증거 아니냐."

"바보처럼. 우리는 여기 그냥 있었을 뿐이에요."

"얼렁뚱땅 넘어갈 작정이냐?"

"얼렁뚱땅 아니에요. 그렇다면 좋아요, 우리하고 함께 오사카에 가죠."

구마타로의 결연한 말투에 꺼림칙한 느낌이 든 긴조는 웅얼거렸다.

"오, 오사카에 가서 어쩌자는 거냐?"

"오사카에 가면 재판이란 걸 해준다고 하데요. 옛날식으로 이야기하면 나란히 문초를 받자는 거죠. 우린 거짓말하지 않았으니까 무서울 거 하나 없어요. 그렇지만 아저씨는 우리가 하지 않은 일을 억지로 했다고 윽박지르니 아저씨는 조사받고 감옥에 갈지도 모르죠."

"무슨 허, 헛소리를, 멍청이."

긴조는 허세를 부렸지만 낭패한 기색을 감추지 못했다. 그 틈을 노리고 구마타로가 앙칼지게 말했다.

"헛소리 아니에요. 난 사실을 말하는 거예요. 그리고 우리는 진짜로 물레방아를 망가뜨린 녀석을 안다고요."

"참말이냐?"

"참말이죠."

"누, 누구냐? 누구 짓이지?"

"그건 오사카에 가서 말할 거예요."

"지금 말해."

"오사카에 가면 할 거니까 됐어요."

"난 오사카에 가지 않을 거다."

"왜 가지 않아요?"

"어쨌든 가지 않을 거야."

"어쨌든 가지 않겠다니 알 수가 없네."

말문이 막힌 긴조는 "무서우니까"라고 속마음을 털어놓고 말았다. 아주 작은 목소리였다.

"어째서죠? 사실대로 말하면 무서울 거 하나 없는데 오사카에 가지 않겠다니. 아니면 우리가 물레방아 망가뜨린 게 아니라는 건가? 그럼 누가 그랬는지 지금 말해도 되는데."

구마타로는 여전히 되바라지게 밀어붙였다.

구마타로에게 밀린 긴조가 떨떠름하게 말했다.

"그게 아니다. 그럼 그렇다고 치자."

"그게 무슨 말이죠?"

"너희가 물레방아 망가뜨린 게 아니라면서."

"아니죠."

"그렇다면 그런 걸로 치자."

"그럼 처음부터 그러실 일이지."

마침내 구마타로가 긴조를 구워삶았다.

처음에는 공포 때문에 마비된 머릿속을 이용한 속임수였지만 아이들이 보기에는 대단한 배짱으로 비쳤고 긴조에게는 되바라진 밉살맞은 꼬마라는 인상을 남겼다. 그렇지만 긴조는 물레방아 수리비를 누구에게 내놓으라고 해야 좋을지 어떻게든 알아내고 싶었다. 긴조가 사분사분하게 말했다.

"그건 알았으니까 물레방아 망가뜨린 게 누군지 가르쳐다오."

"예, 그러죠. 물레방아를 망가뜨린 건 숲속의 작은 도깨비예요."

"뭐?"

숲속의 작은 도깨비라는 말을 듣고 긴조는 버럭 화를 냈다.

"남을 골리면 못써, 이놈아. 계속 오냐오냐하지는 않을 거라고."

"왜 화를 내요?"

"화가 안 나겠냐? 숲속의 작은 도깨비라니, 그런 헛소리가 통할 줄 알아, 이놈아?"

"헛소리 아닌데. 틀림없이 그 녀석이 자기는 숲속의 작은 도깨비라고 스스로 밝혔어요."

"스스로 밝혀? 그럼 뭐냐? 네가 그 작은 도깨비와 직접 이야기를 나누었다는 소리야?"

"이야기했죠. 했으니까 알지 않겠어요?"

"그럼 그 녀석이 물레방아를 망가뜨리는 걸 봤냐?"

구마타로는 '보았다'고는 하지 않았다.

그저 '괴상한 녀석이었다'면서 우선 숲속의 작은 도깨비의 옷차림과 생김새를 이야기하기 시작했다.

"괴상한 녀석이었어요. 우선 머리카락이 덥수룩했죠. 덤불 숲처럼. 많이 말랐고요. 열두세 살쯤 되었을 거예요. 우리 고장 말씨가 아니라 다른 곳 사투리였죠. 콧날은 오뚝하고 입술이 새빨갰어요. 눈꼬리가 위로 삐쭉 치켜 올라가 거의 하늘을 가리키는 것 같았고. 괴물? 맞아. 마치 괴물 같은 녀석이었죠. 그 증거로 냄새가 엄청나게 심했어요. 시체 같은 냄새가 났죠. 가까이 가면 구역질이 났고. 그 녀석이 나타난 뒤에 바로 왈그락달그락하는 요란한 소리가 났어요. 그래서 우리는 서둘러 물레방아를 살피러 왔죠. 그랬더니 이미 늦어서 물레방아는 거의 망가져 있었어요. 아래쪽을 보니 뭔지 모를 물건이 잔뜩 끼워져 있었고."

그 말을 들은 긴조가 물레방아 바닥을 보았다.

냄비, 금속 조각 같은 것이 물밑에서 흔들리고 있었다. 자세히 보니 거기에는 신사에 있는 방울이나 금강불 불상의 머리, 범종 조각 같은 것도 섞여 있었다. 긴조는 저도 모르게 "이게 뭐지?"라고 중얼거렸다.

구마타로가 얼른 말했다.

"뭔지 모르겠죠? 우리가 이런 걸 갖고 있을 리 없잖아요. 그러니 우리가 범인이 아니라는 것도 알 수 있을 거예요."

"요 꼬맹이가 뭐라는 거야? 그럼 누가 이런 걸 갖고 있다는 거지?"

"그 작은 도깨비 아니겠어요? 그 녀석이라면 아마 가지고 있었겠죠. 작은 도깨비가 한 짓이 분명해요."

"그런가?"

"그야 그렇죠. 그 녀석이라면 가지고 있었을 거예요. 게다가 말이죠."

"뭔데?"

"우리가 아까부터 보고 있었는데 이쪽을 지나간 사람은 그 녀석 말고는 없었어요."

"없었어?"

"없었지, 안 그러니, 고마야? 여기서 작은 도깨비 말고는 아무도 못 보았지?"

"맞아, 못 봤지. 못 봤어."

"그래? 역시 그 녀석인가?"

"그야 그 녀석인 게 빤하잖아요."

"어디 사는 녀석이니?"

"글쎄요, 모르죠. 못 보던 녀석이라서. 그렇지만 내가 생각하기에는……"

"생각하기에는, 뭐?"

"금강불 불상의 머리나 범종 조각 같은 걸 갖고 있는 걸 보면 불상 만드는 집 아들이 아닐까요?"

"불상 만드는 집은 이 근방에 없는데."

"그래요. 없죠. 그래서 저는 그 녀석이 돈다바야시나 나라(奈良)에서 온 게 아닐까 생각해요."

"나라?"

긴조의 눈이 휘둥그레졌다.

"돈다바야시라면 몰라도 나라? 이, 이, 이미 도망갔을까?"

"아뇨. 아이 걸음인데요. 아직 근방에 있지 않을까요? 아, 어쩌면 신사 회마당에 있을지도 모르겠네."

"어째서?"

"자세하게 이야기하지 않으면 이해가 안 될 거예요. 우린 말이죠, 너무 큰 소리가 나서 살펴보러 왔어요. 그런데 작은 도깨비가 막 도망치는 중이었어요. 그래서 우리는 작은 도깨비가 물레방아를 망가뜨리는 모습은 보지 못했죠. 보지는 못했지만⋯⋯"

구마타로는 그제야 비로소 긴조에게 전후 상황을 설명했다.

"물레방아를 망가뜨리는 광경은 보지 못했어도 도망치는 모습은 봤어요. 그렇지만 마을 물레방아를 망가뜨렸는데 가만히 있을 수는 없었죠. '야, 인마. 어디 가는 거냐?' 이렇게 물었어요. 그랬더니 '미즈쿠리 신사의 회마당에 갑니다'라고 하더군요. '아, 그래?' 하고 지나칠 수는 없잖아요. '뭐? 미즈쿠리 신사 회마당이라고? 웃기고 있네. 너 도대체 어디 사는 누구냐?' 물었어요. 그랬더니 '나? 나는 숲속의 작은 도깨비라고나 할까? 으헤헹' 하고 대꾸했어요. 화가 나잖아요. 혼찌검을 내주려고 뒷덜미를 잡으려고 했는데 그러지 못했죠. 냄새가 너무 지독했거든요. 썩은 고기와 후나즈시*를 섞어 삭힌 냄새가 났어요. 당장이라도 토할 것 같아서 눈물이

---
* 손질한 붕어를 소금에 절여 물기를 뺀 뒤에 소금으로 간을 한 밥을 붕어 배 속에 넣어 발효시킨 음식.

확 나오고 콧물도 흐르는 바람에 그만 놓쳐버렸어요. 조금 전이었으니까 아직 회마당에 있을 거예요."

구마타로가 설명을 마치자 긴조는 "회마당에 있다고? 좋아. 아직도 있으면 다행인데"라면서 바로 달려나갔다. 구마타로와 아이들 쪽은 돌아보지도 않았다.

구마타로는 그 뒷모습을 멍하니 바라보았다. 쉴 새 없이 말을 할 때는 이런저런 생각, 지금 당장 이 상황을 어떻게 빠져나갈까 하는 자잘한 생각들이 구름처럼 피어올랐다 사라지고 떠올랐다 사라졌지만 긴조가 눈앞에서 사라져 위기에서 벗어나자 머릿속에는 아무런 생각도 떠오르지 않았다. 뜨거운 기운과 차가운 기운이 동시에 존재하는 듯했던 이상한 신체 감각도 어느새 사라지고, 그저 몸 안에는 어두컴컴한 피로감만 응어리져 가라앉았다.

동시에 구마타로는 뭔가 차가운 것을 삼킨 듯한 위기감을 느꼈다. 구마타로는 의아했다.

나는 뭔가 불안해하고 있다.

몇몇 자잘한 거짓말은 했지만 기본적으로는 거짓이 없었다.

실제로 작은 도깨비는 수상한 녀석이었고, 무엇보다 우리는 진짜 물레방아를 망가뜨리지 않았다. 그런데 나는 왜 이리 불안한 걸까. 내 마음속에 응어리진 이 시커먼 불안감은 대체 뭘까.

구마타로는 그 불안의 정체를 알아차리지 못했다. 작은 도깨비의 팔을 꺾고 회마당에 내버려둔 것이나 그 작은 도깨비 이야기를 마을 어른에게 했기 때문에 생기는 불안이라고 생각할 수도 있겠지만, 사실 구마타로는 더 깊은 곳에서 다른 불안을 느꼈다.

구마타로가 느낀 불안은 말하자면 자신의 이상한 감각에서 비롯된 자포자기의 계략 같은 것을 긴조에게 써먹어 사회화해버린 데서 오는 불안이었다. 자기가 낸 기발한 지혜와 꾀 때문에 점점 더 궁지로 몰리는 듯한 불안을 느꼈던 것이다. 하지만 겉보기에 구마타로는 그런 불안을 의식하는 게 아니라 그저 멍하니 있는 듯했다. 구마타로에게 고마타로가 말을 걸었다.

"구마야, 왜 그랬어?"

"응? 뭐가?"

"뭐가라니."

고마타로가 바로 말을 받았다.

"만약 작은 도깨비가 아직 회마당에 있다면 어떡해? 물레방아를 망가뜨렸다고 말할 리 없잖아. 아니, 오히려 구마타로란 아이가 자기 팔을 꺾어놓았다고 투덜거릴지도 몰라."

"맞아. 그렇지만 벌써 도망치지 않았을까?"

"그렇다면 아저씨가 돌아왔을 거 아니야?"

"참말."

"어쩌지?"

"도망치자."

구마타로와 아이들은 뿔뿔이 흩어져 자기 집으로 돌아갔다.

긴조가 구마타로네 집에 호통을 치며 쳐들어온 건 이튿날 오후였다.

회마당에 숲속의 작은 도깨비가 있다는 말을 듣고 긴조는 당장 회마당으로 뛰어갔다. 작은 도깨비는 없었다. 신사 경내를 샅샅이 뒤졌지만 역시 찾을 수 없었다. 그러자 긴조는 마을을 돌아다니며 만나는 사람들마다 붙잡고 이러저러하게 생긴 아이를 보지 못했는지 물었다. 그렇지만 작은 도깨비를 보았다는 사람을 찾지 못해 그날은 포기하고 집으로 돌아갔다. 작은 도깨비 찾기를 포기한 것은 아니었다. 어떻게든 물레방아 수리비를 받아내야만 속이 풀릴 것 같았다. 긴조는 날이 밝으면 아침부터 돈다바야시에 있는 불상 만드는 집을 찾아다닐 작정이었다.

긴조는 저녁밥도 뜨는 둥 마는 둥 일찌감치 잠자리에 들었지만 화가 나서 잠을 이룰 수 없었다. 애써 잠을 청했지만 작은 도깨비의 모습이 머릿속에 떠올랐다. 그 작은 도깨비는 사람들 앞에서 거리낌 없이 오줌을 싸대고, 사람을 놀리려는 듯 빤한 마술을 하며 의기양양해했다. 그 잘난 콧구멍으로 들어갔나 싶으면 다시 나오고, 히죽히죽 웃으며 손을 자유자재로 흔들거나 했다. 한없이 이어지는 심술궂은 장난에 화가 치밀어 참지 못하고 벌떡 일어나니, 아내가 왜 그러느냐고 물었다. 긴조는 "작은 도깨비 때문에 화가 나"라고 소리쳤다.

이리저리 뒤척이느라 거의 잠을 자지 못한 이튿날 아침, 긴조는 일찍 돈다바야시로 가서 불상 만드는 집들을 찾아다니며 댁에 이러저러한 아이가 없느냐고 물었다. 그렇지만 그럴듯한 아이는 찾을 수 없었고, 점심때가 지나서야 스이분으로 돌아왔다. 긴조는 그제야 자기가 구마타로에게 속은 게 아닌가 하는 의심을 했다.

고집이 센 긴조가 이때까지 그렇게 생각하지 못했던 까닭은 우선 자기 같은 어른이 이마에 피도 마르지 않은 어린애에게 속을 리 없다는 자만심과 어쨌든 범인을 얼른 찾아내 물레방아 수리비를 받아내고 싶다는 욕심에 매달렸기 때문이다. 인간은 늘 이렇게 자만과 욕심 때문에 신세를 망친다. 조심해야 한다.

"기도, 집에 있는가? 야, 기도. 이봐, 이리 나와."

집 안의 구마타로는 다짜고짜 시비조인 긴조의 거친 목소리를 듣고 심장이 쿵쿵 뛰었다. 얼른 도망칠까 생각도 했지만 자기가 없는 자리에서 사태가 진행되는 게 두려워 도망칠 수도 없었다. 그렇다고 나서서 긴조를 맞이할 수도 없었다.

짐수레 옆에 쭈그리고 앉아 몸을 움츠리고 있으니 마침 집에 있던 아버지 헤이지가 나갔는지 긴조가 "이 집 아들이 내 물레방아를"이라거나 "나는 아침부터 돈다바야시에 가서"라거나 "거짓말을 늘어놓다니"라거나 "변상하라"는 호통이 들려왔다.

대답하는 헤이지의 목소리는 들리지 않아서 뭐라고 대꾸하는지 구마타로는 알 수 없었지만 이윽고 "구마야, 어디 있느냐? 이 녀석, 구마야"라고 아버지가 부르는 소리가 들렸다.

구마타로는 눈을 꾹 감고 몸을 잔뜩 웅크린 채 주먹을 꼭 쥐고 짐수레 뒤에 숨어 떨고 있었다. 그런데 "아니, 이런 데 숨어 있다니" 하는 목소리가 나는가 싶더니 덥석 뒷덜미를 잡혀 억지로 일으켜 세워졌다.

아버지였다.

아버지는 무서운 목소리로 "구마야, 잠깐 나가자"라고 낮게 말하고 구마타로를 밖으로 데리고 갔다.

구마타로와 아버지 헤이지, 긴조 세 사람이 집 앞에 섰다. 주위로는 너무도 평화로운 시골 오후의 풍경이 펼쳐졌다. 하지만 세 사람의 마음속은 저마다 아수라였다.

헤이지가 말했다.

"구마야, 너 참말로 아카마쓰 아저씨네 물레방아를 망가뜨렸느냐?"

"난 안 망가뜨렸어. 숲속의 작은 도깨비가 망가뜨린 거야."

구마타로는 기어들어가는 목소리로 말했다.

구마타로의 힘없는 항변을 듣고 긴조는 버럭 화를 냈다.

"구마야, 너 정신이 어떻게 된 거 아니냐? 난 말이야, 네 말을 듣고 온 마을을 돌아다니며 그런 녀석이 있는지 물었어. 그리고 오늘은 아침 댓바람부터 돈다바야시까지 가서 불상 만드는 집들을 샅샅이 뒤졌지. 그렇지만 어디에도 그런 숲속의 작은 도깨비 같은 녀석은 없었다. 그런데도 내게 계속 거짓말을 할 작정이냐?"

"구마야, 사실대로 말해."

구마타로는 겁이 나서 심장이 벌렁거리고 아무 말도 할 수 없었다.

"봐, 봐. 아무 말도 하지 못하잖아."

"그렇다면 참으로 우리 애가 댁의 물레방아를 망가뜨렸다는 말이오?"

"당연하지 않소?"

"그거 미안하게 되었구려. 참으로 미안하오. 아비인 내가 이렇게 고개 숙여 사과할 테니 제발 한번 봐주시구려."

"용서할 수 없소."

"도저히 봐줄 수 없겠소?"

"당연하지 않소? 요즘 물레방아 수리하는 데 얼마나 드는 지 아쇼? 그걸 변상하지 않으면 용서할 수 없지."

"그럼 변상하리다. 얼마나 드리면 되겠소?"

긴조는 그 말을 듣고 "글쎄요"라며 생각에 잠겼다. 그러고 는 "요즘 이 근방에선 아무리 싸게 셈을 한다고 해도 삼백 엔 은 들 텐데"라고 말했다.

그 말을 들은 헤이지는 "삼백 엔?"이라고 되뇐 뒤 말을 잇 지 못했다. 그도 그럴 것이 지금이야 삼백 엔이면 점심도 사 먹기 힘들지만 1872년에는 삼백 엔이라면 큰돈이었다. 예를 들면 이 무렵 목수의 하루 품삯이 사십 센*이다. 목수가 삼백 엔을 벌려면, 물론 요즘에 비해 예전에는 품삯이 쌌을 테지 만, 칠백오십 일 동안 일을 해야 하는 것이다. 요즘 돈으로 따

---

* 일본의 화폐 단위. 일 센은 일 엔의 백분의 일이다. 1953년부터 일 엔 미만의 화폐가 통용 금지되어 지금은 쓰이지 않는다.

지면 적게 어림잡아도 삼백만 엔쯤은 되는 액수였다.

가난한 농사꾼인 헤이지가 마련해볼 엄두조차 낼 수 있는 금액이 아니다. 너무 큰돈이라 충격을 받은 헤이지는 잠시 숨도 제대로 못 쉬고 헉헉거렸다.

긴조는 그 모습을 심각한 표정으로 노려보았지만, 사실 속으로는 실실 웃고 있었다.

물레방아 수리에 아무리 돈이 많이 든다고 해도 삼백 엔까지 들지는 않으리라. 기껏해야 이십 엔 정도다. 그걸 긴조가 삼백 엔이라고 부풀린 까닭은 상대의 약점을 이용해 큰돈을 우려내려는 속셈 때문이었다. 나쁜 놈이다.

헤이지가 마침내 입을 열었다.

"삼백 엔이라니, 끔찍하군. 좀 싸게 안 되겠소?"

"내가 고물상인 줄 아시오? 안 돼요, 안 돼. 삼백 엔에서 한 푼도 깎을 수 없소."

"그렇지만 삼백 엔이라니, 나로서는 도저히……"

"꼭 당신 혼자 내라는 건 아니오. 물레방아를 망가뜨린 건 이 집 아들뿐만이 아니니까. 함께 망가뜨린 꼬맹이들 집에서 모두 모아 함께 마련하면 될 거요."

그 말을 들은 헤이지는 "그럼 그리 해보리다"라고 말했다. 긴조는 바로 돌아갔다. 헤이지는 문 앞에서 고개를 숙이고 긴조를 배웅한 뒤 고개를 들자마자 "요놈의 자식이 무슨 짓을 저지른 거야!"라고 호통을 치며 봉당에 멍하니 서 있던 구마타로의 머리통을 사정없이 때렸다.

퍽. 얻어맞은 구마타로는 봉당에 풀썩 쓰러졌다. 헤이지에게 이토록 세게 얻어맞기는 처음이었다. 코 부근이 끈적거렸다. 손을 대보니 코피가 났다. 구마타로는 손에 묻은 피를 입 주위에 문질렀다.

끔찍한 얼굴이 된 구마타로를 보고 헤이지는 잠깐 겁먹은 표정이 되었다. 너무 세게 때렸나?

그렇지만 삼백 엔이라는 돈이 생각나 바로 호통을 쳤다.

"어쩌자고 그런 끔찍한 짓을 저질렀니. 뭐라고 말 좀 해봐, 이놈아."

봉당에 쓰러진 채 구마타로는 지붕 안쪽을 쳐다보았다.

한 군데 크게 부서진 부분이 있었다.

구마타로는 아버지가 저걸 알고 있을까 하는 생각을 했다.

이대로 내버려두면 지붕은 언젠가 무너지리라. 깨어 있을 때라면 몰라도 잘 때 무너지면 지붕은 무거우니 부모님과 아우 미쓰조가 모두 깔려 죽지 않을까? 지금 아버지에게 알려주어야 할까. 하지만 지금 아버지는 화가 났기 때문에 내 말을 듣지 않을 것이다. 그렇지만 지붕이…… 코가 저릿저릿하다…… 그런 생각을 하면서 구마타로는 봉당에 쓰러져 있었다. 조금 전까지만 해도 두려워 미칠 것만 같았는데 지붕 생각을 하다보니 어찌 된 일인지 마음이 가라앉고, 자신과는 전혀 관계없는 남의 일, 또는 연극이라도 하고 있는 느낌이었다. 자신이 하고 있는 행동과 참된 자기 자신은 서로 다른 존재인 듯한 편안한 기분이었다.

구마타로는 일어서서 말했다.

"난 물레방아 망가뜨리지 않았어."

"네 이놈, 아직도 거짓말하려는 게야?"

"거짓말 아니야. 참말이야. 참말로 숲속의 작은 도깨비란 놈이 망가뜨린 게 틀림없어."

"그렇지만 긴조가 말했잖아. 돈다바야시까지 가서 찾았지만 그런 녀석은 없다고."

"아버지, 그건 긴조 아저씨가 잘못 안 거야."

"뭘 잘못 알았다는 거냐?"

"그렇다니까."

구마타로는 피투성이 얼굴로 이야기하기 시작했다.

"내가 분명히 숲속의 작은 도깨비는 불상 만드는 집 아들일지도 모른다고 했어. 그렇지만 그건 작은 도깨비가 불상 머리 같은 걸 갖고 있어서 그럴지도 모른다고 한 것뿐이지,

반드시 그렇다고 한 건 아니야. 우동 가게 아들일지도 모르고 이불 가게 아들일지도 모르지. 나는 불상 만드는 집 아들이 아닐까 생각했을 뿐이란 말이야. 그런데 아카마쓰 아저씨는 불상 만드는 집이라고만 생각하고 찾아다니고는 못 찾았다고 화를 내는 거잖아. 순 억지지. 그리고 말이야."

"그리고 뭐?"

"혹시 불상 만드는 집이라고 해도 어느 불상 만드는 집인지 모르는데 아카마쓰 아저씨는 돈다바야시에 있는 곳만 찾아다녔어. 그렇지만 불상 만드는 집이 나라에 있을지도 모르고 오사카에 있을지도 모르잖아. 그렇다면 돈다바야시를 아무리 돌아다녀봐야 찾을 수가 없지. 안 그래, 아버지?"

"그건 그렇구나."

"맞지. 그러니까 나는 거짓말한 게 아니란 말이야. 그거 망가뜨린 건 내가 아니라고."

"참말로 그러냐?"

"참말이야."

"그럼 역시 아까 이야기한 대로 숲속의 작은 도깨비란 녀석이 망가뜨린 거네."

"그렇지."

"그럼 내가 좀 다녀오마."

"어딜 가게?"

"당연히 긴조네 집이지. 네가 망가뜨리지도 않은 걸 왜 물어줘야 하겠니. 네가 망가뜨린 줄 알았으니까 사과한 거지. 게다가 삼백 엔이나 되는 돈을 우려내려고 하다니. 어처구니가 없구나."

헤이지는 그렇게 말하고 허둥지둥 밖으로 나갔다. 그 뒷모습을 지켜보면서 구마타로는 또 다시 궁지에 몰린 기분이 들어 불안했다.

헤이지와 긴조의 대화는 끝내 타협을 보지 못했다. 헤이지는 물레방아를 망가뜨린 건 구마타로와 아이들이 아니라고 주장했고 긴조는 구마타로와 아이들이 망가뜨린 게 틀림없다고 우겼다. 두 사람의 주장이 정반대라 서로 양보할 여지가 없었다.

이 문제는 마을의 비공식 회의에 부쳐졌다.

양쪽 모두 증거가 없어 마을 유지들도 판단을 내리기 힘들었다. 결국 물레방아 수리비는 헤이지를 비롯한 다른 아버지들과 긴조가 절반씩 부담하는 것으로 마무리하는 게 어떻겠느냐는 권고가 나왔다.

헤이지를 비롯한 아버지들이나 긴조나 크게 불만스러웠지만 달리 좋은 방법도 없었고 얼른 돈을 손에 쥐고 싶은 긴조가 이 권고를 받아들이자 헤이지와 다른 아버지들도 마지못해 따르기로 했다.

그다음에 문제가 된 것은 물레방아 수리에 드는 돈이었다.

긴조는 '틀림없이 삼백 엔이 든다'고 우겼고 헤이지와 다른 아버지들은 얼마일지는 몰라도 그렇게 많이 들 리 없다고 주장했다. 그러자 마을에서 리키무라 사카에라는 목수에게 얼마나 들지 물어보았는데 재료비를 포함해 십이 엔이면 된다는 대답이 나왔다. 그러자 마을 회의에서, 공동 비용에서 위로금 이 엔을 긴조에게 주고 나머지 십 엔은 긴조와 헤이지를 비롯한 아버지들이 오 엔 씩 부담하면 어떻겠느냐는 제안이 나왔다. 긴조는 "우리 물레방아는 그런 싸구려가 아니다, 아무래도 삼백 엔이 들 거다"라고 고집을 부리며 물러서지 않았다.

물론 삼백 엔이 든다는 이야기는 아카마쓰 긴조의 거짓말이었다. 헤이지를 비롯한 아버지들로부터 백오십 엔을 받아내면 십 엔 정도 들여 물레방아를 고치고 나머지 백 몇 십 엔은 굴러들어올 공돈이라고 여겼던 것이다.

고집을 부리며 물러서지 않는 긴조 때문에 마을 간부들은 넌더리가 났다. 그중 다케베라는 자가 한 가지 꾀를 내어 긴조에게 제안을 했다. 그 제안은 이러했다. 물레방아 수리비가 삼백 엔이 든다는 건 알겠다. 헤이지를 비롯한 아이들 부모에게 백오십 엔을 걷겠다. 그렇지만 마을 규칙에 따라 나머지 백오십 엔은 아카마쓰도 일단 마을에 내라. 이렇게 해서 삼백 엔을 걷은 다음 마을에서 수리업자에게 일을 맡기겠다. 그때 업자에게 한 푼도 남김없이 삼백 엔을 모두 공사에 쓰도록 요청할 것이다. 이렇게 하면 공정하지 않겠는가.

그 말을 들은 긴조는 얼굴이 새파랗게 질렸다.

삼백 엔은 내가 꺼낸 금액이지만 그게 내 손에 남지 않는다면 아무 의미도 없다. 게다가 나도 백오십 엔을 내야 한다니. 수중에 그런 현금이 없어 임야나 논밭을 팔아 마련해야 한다. 그렇게 해서까지 삼백 엔을 들여 호화로운 물레방아를 만들 생각은 전혀 없다.

일단 백오십 엔을 마을에 내라는 말에 당황한 긴조는 "그렇다면 삼백 엔씩 들일 것 없소"라고 말했다. "그러면 얼마나 들겠느냐?"라고 묻는 다케베에게 긴조는 "오십 엔이면 될 거요"라고 대답했다.

"아, 오십 엔? 좋아. 그렇다면 이십오 엔씩 내시오."

"엥? 오십 엔인데 나도 내야 합니까?"

"당연하지. 마을에서는 십이 엔이 든다고 보는데."

"그럼 십이 엔이라면 나는 내지 않아도 됩니까?"

"그렇지. 수리비가 십이 엔이라면 마을에서 이 엔, 헤이지를 비롯한 다른 아버지들이 오 엔, 합쳐서 칠 엔을 당신에게 주겠소."

"이거 정말 엎친 데 덮친 격이로군."

"뭐가 엎친 데 덮친 격이라는 거요? 아무튼 이제 된 거요."

"할 수 없지. 그렇게 합시다."

이렇게 해서 물레방아 수리비 문제는 일단 마무리가 지어졌다.

칠 엔을 자기가 가지고 싶었던 긴조는 목수를 부르지 않고 주변에 있던 목재를 사용해 손수 물레방아를 고쳤다. 그가 고친 물레방아는 너무 엉성했고, 목수 솜씨가 아니라서 맞지 않는 부분도 많아 제대로 움직이지 않았다. 하지만 긴조는 마음 쓰지 않았다.

그 물레방아는 여러 해 전부터 그냥 돌기만 할 뿐 제 역할을 하지 못하는 물건이었기 때문이다.

긴조는 그걸로 그만이었지만 헤이지를 비롯한 다른 아버지들은 받아들이기 힘든 부분이 많았다.

다케베 덕분에 백오십 엔이라는 큰돈을 마련하는 일은 피했지만 한 집에 일 엔씩 걷어야 했다. 일 엔이라고 해도 가난한 농사꾼에게는 큰돈이었다. 일 엔이라면…… 하는 생각이

들면 분해서 견딜 수 없었다. 오사카에 나가 연극을 보고 밥도 배불리 사 먹고 돌아올 수 있다. 유곽에 놀러갈 수도 있으리라. 아내에게 허리띠도 사줄 수 있다. 그런데 눈을 빤히 뜨고 구두쇠 긴조에게 뜯기고 말았다.

그야 내 자식이 저지른 짓 때문이라면 어쩔 수 없는 노릇이다. 그렇지만 애들은 아무리 캐물어도 자기들은 그러지 않았다고 하니 도무지 납득할 수 없다. 그토록 고집을 부리니 틀림없이 망가뜨리지 않았으리라. 그러나 망가뜨렸다는 증거도 없지만 그러지 않았다는 증거 또한 없어 헤이지는 "어휴, 일 엔으로 숯이라도 사면 잔뜩 살 텐데"라며 한숨을 내쉬었다.

하지도 않은 일 때문에 일 엔이나 되는 돈을 뜯긴 아버지들은 툭하면 한숨을 내쉬며 만날 때마다 일 엔이 아깝다는 이야기를 했다. 그러던 어느 날 시카조의 아버지 이마다 우시마쓰가 말했다.

"그렇다면 말일세, 그 숲속의 작은 도깨비란 놈을 잡아다 자백을 받고 오 엔을 내놓게 하면 어떻겠나?"

모두 그 말에 동조했다. 아버지들은 그렇게 하기로 했다.

"오 엔만 받아내선 안 되지. 마을에서 내준 이 엔까지 합쳐서 칠 엔은 받아내야 해."

"그렇다면 아예 십이 엔 모두 받아냅시다."

"그러면 어떻게 하지? 긴조에게도 오 엔을 줄 텐가?"

"주긴 뭘. 마을에 이 엔 돌려주고 나머지는 우리가 이 엔씩 나누면 그만이지."

"좋아. 일 엔 보태서 이 엔을 받는다면 일 엔은 버는 셈이로군."

"그래, 그럽시다."

흥분한 다른 아버지들에게 헤이지가 말했다.

"그런데 누가 찾으러 가나? 다들 일이 바쁜데."

고마타로의 아버지 민타로가 대답했다.

"아이들을 보내면 되겠지."

"그래, 그럽시다."

헤이지가 찬성했다. 아버지들은 작은 도깨비를 찾으러 아이들을 보내기로 했다.

시카조, 반타, 고마타로, 산노스케와 함께 돈다바야시 가도를 나라 방향으로 걸으며 구마타로는 우울한 기분이었다.

아버지들은 숲속의 작은 도깨비를 반드시 잡아오라는 엄한 명령을 내렸다. 그 말을 들은 순간 구마타로는 '과연 그 애를 찾을 수 있으려나?' 하는 생각이 들었다.

도대체 실마리라고 할 수 있는 게 전혀 없었다. 구마타로가 아버지 헤이지에게 말했듯이 숲속의 작은 도깨비가 불상 만드는 집 자식이라는 것은 수많은 가능성 가운데 하나에 지나지 않았다.

가만히 생각해보면 그 힘없는 숲속의 작은 도깨비가 그렇게 많은 불상 머리와 냄비 조각을 옮길 수 있을 리 없다. 그것들은 숲속의 작은 도깨비가 물레방아 부근에서 우연히 발견한 것일 가능성이 높다.

그렇다면 숲속의 작은 도깨비는 돈다바야시 또는 나라, 그리고 오사카 같은 곳의 불상 만드는 집과는 아무 관계도 없을 가능성이 높다. 구마타로는 아무런 실마리도 없이 무턱대고 그런 곳을 돌아다니다 우연히 그 녀석과 마주치는 건 도박이나 마찬가지라고 생각했다. 그런 우연한 일이 일어날 리 없다고 생각하면서도 그런 곳을 싸돌아다녀야 한다는 사실이 너무 허무했다.

구마타로는 헛걸음하게 되는 것 외에 또 다른 가능성에 대해서도 생각했다. 작은 도깨비가 물레방아를 망가뜨린 범인이 틀림없다고 말했지만 확실한 증거가 있는 이야기는 아니다. 그 작은 도깨비라는 녀석의 이해할 수 없는 태도, 이상한 생김새, 수상하기 짝이 없는 언동으로 미루어보아 그럴 것이라고 추측했을 뿐이다. 그러니 우연히 작은 도깨비와 마주친다고 해도 아버지들이 말한 것처럼 당장 돈을 내놓으라고 할 수는 없다. 그 생각에 구마타로는 마음이 점점 어두워졌다.

그뿐만 아니라 외려 구마타로에게 돈을 내놓으라고 할지도 모른다.

왜냐하면 구마타로가 씨름에서 내동댕이쳐 작은 도깨비의 팔을 꺾어놓았기 때문이다. 작은 도깨비가 치료비나 위자료를 내놓으라고 할지도 모른다.

그렇지만 아버지들은 작은 도깨비를 찾아내 데리고 올 때까지 용서해주지 않을 것 같다.

그런저런 일들을 생각하다보니 구마타로는 우울해졌다.

다른 애들도 마찬가지인지 다들 말없이 고개를 숙인 채 터덜터덜 걸었다.

길 양쪽 여기저기에 참억새가 조금씩 보여 처량하고 쓸쓸한 풍경이었다. 구마타로와 아이들은 그런 길을 걸었다. 느릿느릿 걷다보니 아무리 걸어도 거기가 거기인 듯했다.

이윽고 미즈코시 고개에 이르자 고마타로가 입을 열었다.

"구마야, 우리 어느 쪽으로 가지?"

"어느 쪽이라니, 무슨 소리야?"

"고개 넘어서 똑바로 가면 아스카 촌이잖아? 왼쪽으로 가면 고세가 나오고 오른쪽으로 가면 고조야. 고조에서 지하야 고개를 넘어 고후카 쪽으로 빠질까? 그러면 돌아올 때 편할 텐데."

"그렇겠구나."

구마타로는 시큰둥하게 대꾸했다.

구마타로가 시큰둥하게 대답한 것은 당연한 일이었다. 무턱대고 돌아다녀봐야 헛수고다. 작은 도깨비를 찾는다는 목적 자체가 구마타로에게는 무의미하거나 또는 이익이 될 게 전혀 없었다.

그렇다고 아버지 체면을 생각하면 그만둘 수도 없다.

그렇다면 가능한 한 번거롭거나 힘든 길은 피하고 싶은 게 인간의 본성이라 구마타로는 "고세 쪽으로 갈까?"라고 말했다.

"왜 고세지?"

"별 이유 없는데. 난 고세에 가본 적 없거든."

"그럼 고세로 갈까?"

이렇다 할 생각이 있어서 물었던 게 아닌 고마타로도 바로 구마타로에게 동의했다.

구마타로와 아이들은 미즈코시 고개를 넘어 나가오 가도를 왼쪽으로 꺾어 못난이 히토코토누시(一言主) 신을 모시는 신사 옆을 지났다.

구마타로와 아이들은 이런 곳에 작은 도깨비가 있을지도 모른다고 생각하며 도리이를 지나고, 왠지 흥이 나지 않는 듯이 논 사이를 가로지르는 참배길을 따라 정면에 보이는 어두운 숲을 향해 걸었다.

신사는 왠지 으스스한 기분이 드는, 어두운 굴 같은 곳이었다. 거대하고 기괴한 어둠. 형체를 알 수 없는 시커먼 존재가 길옆에 웅크리고서 곤약처럼 부르르 떨고 있는 듯했다.

애당초 히토코토누시라는 신부터 기분이 나쁘다. 얼굴은 추하고 나쁜 일이나 좋은 일이나 한 마디만 하는 고토사카(言離)의 신이다. 이 세상 모든 일을 한 마디로 단언해버린다. 좋은 일도 한 마디로 말하고 나쁜 일도 한 마디로 말한다. 고토사카라는 게 뭔지 정확히는 모르지만 '말로 사물을 떠난다, 세상의 모든 것을 단순한 말로 조각조각 분해해버린다'는 이미지가 있다. 느닷없이 나타나 모든 문제를 한 마디로 해결해버리는 것이다.

이건 구원 같지만 결코 구원이 아니다.

'자, 메밀국수를 먹을까, 우동을 먹을까?' 고민하는 사람 앞에 불쑥 나타나 '메밀국수'라고 한 마디만 내뱉고 사라진다. 그렇게까지 단호하게 이야기한다면 고민조차 할 수 없어 어쩔 수 없이 메밀국수를 먹을 테지만 이유도 모르는데 메밀국수를 선택해야 하니 석연치 않은 기분이 남는다. 그렇다고 해서 "시끄러워. 난 우동 먹을 거야"라며 굳이 우동을 먹더라도 역시 메밀국수가 더 나았을까 하는 생각이 떠나지 않을 것이다.

남에게 그런 기분이 들게 만들고 그 이유나 동기도 밝히지 않는 히토코토누시라는 신은 기분 나쁜 존재다. 이 신은 유랴쿠(雄略) 천황 앞에 모습을 나타내면서 사람들에게 알려지게 되었는데, 유랴쿠 천황은 히토코토누시를 존경하여 기모노를 바쳤다는 기록이 남아 있는 동시에, 그러다 다투어 결국 히토코토누시가 도사 지방으로 유배를 갔다는 이야기도 있다.

어쨌든 기분 나쁜 신임에는 틀림없다.

그런 기분 나쁜 히토코토누시를 모시는 신성한 영역에 우두커니 선 구마타로와 아이들, 특히 구마타로는 긴장했다.

분위기나 나무들의 모습, 깔끔한 건물 모양, 신사의 구조까지 자기들이 사는 마을과는 달라 다른 세계라는 인상을 받고 움츠러들었던 것이다.

실제로 구마타로와 아이들이 사는 스이분이라는 곳은 이곳보다 거칠고 농촌 분위기이며 사람들 기품이나 풍경도 색바랜 가와치 목면 같다. 그런데 이 야마토 지역은 곳곳에 신화의 그림자, 역사의 그림자 같은 시커먼 허무가 배어 있어 사람이나 풍경이나 무두질한 뱀 가죽처럼 세련된 사악함의 점액 같다. 구마타로는 여기저기서 그것을 감지했다.

예를 들면 경내에 있는 어떤 석조 건축물을 올려다보며 구마타로는 이런 건 스이분에 없다고 생각했다.

그것은 육 미터쯤 되는 자연석을 쌓아올려 만든 비석으로, 아주 복잡한 건축물이었다. 워낙 재료부터 이상했다. 녹아내린 듯 매끈거리는 돌이나 심하게 탄 것처럼 표면이 까칠까칠한 돌, 네모난 묘석 같은 돌이 마구 섞여 비석의 아랫부분을 이루고 있었다.

그런데 그렇게 여러 가지 돌들이 마구 섞인 아래쪽에서 위쪽으로 올라갈수록 차츰 덩어리가 되어, 중간쯤에는 종기처럼 울퉁불퉁 돌기가 있는 한 덩어리 돌이었고 윗부분은 완전히 커다란 한 덩어리 바위였다. 그런데도 이음새는 찾아볼 수 없는 것이, 마치 살아 있는 것 같았다.

또한 비석 표면에는 위아래 가리지 않고 사람 이름과 연호가 빼곡하게 새겨져 있어 더욱 웅장한 인상을 주었다.

구마타로는 숲속의 작은 도깨비가 살 것 같은 신사에 세울 만한 비석이라고 생각했다. 당장이라도 작은 도깨비가 비석 뒤에서 나타날 것만 같았다. 작은 도깨비를 찾으러 왔지만 마주치기 싫었던 구마타로는 "어서 가자"라고 친구들을 재촉했다. 아이들도 마찬가지로 긴장한데다 으스스한 느낌이 들었기 때문에 "그래, 가자"라며 동의했다. 구마타로와 친구들은 히토코토누시 신사에서 나왔다.

다시 길로 나왔지만 모두들 이제는 집에 돌아가고 싶었다. 스이분으로 돌아가고 싶다. 그렇지만 아버지들 얼굴을 떠올리면 일찍 돌아갈 수도 없어 아이들은 모두 터덜터덜 북쪽으로 걸었다.

저 앞쪽 황량한 논에 불쑥 땅이 솟아오른 듯한 야트막한 산이 보였다. 나무가 무성했다. "저리 가보자." 누구에게랄 것도 없이 이렇게 말한 구마타로는 그 산으로 걸어갔다.

잠시 걸으니 논에 이상한 구덩이가 입을 벌리고 있었다.

깊고 커다란 구덩이였다.

대체 뭘까? 궁금한 고마타로가 아래를 들여다보고 기겁했다. 구덩이 안에는 크고 작은 뱀 수백 마리가 살아 꿈틀거리고 있었다.

뱀 구덩이를 들여다보면서 구마타로는 이런 구덩이에 빠

지면 무서워서 미쳐버릴 거라고 생각했다.

앞에는 경사가 완만한 언덕이 보였다.

언덕은 동쪽을 향해 높아지면서 나무가 무성한 작은 산으로 이어졌다. 언덕 중턱에 이르자 키 큰 감나무 한 그루가 나타났는데 그 옆에 어떤 아이가 서 있었다.

고개를 꺾고 감나무를 쳐다보며 괴로워하는 게 마치 시의 첫 구절이라도 짜내려는 듯한 모습이었다. 대체 뭐 하는 거지? 다가가다가 구마타로는 앗 하고 소리쳤다.

덥수룩한 머리카락, 비쩍 말라 기형적인 몸집, 소용돌이무늬 옷차림. 뒷모습만 보고도 작은 도깨비라는 걸 알 수 있었다.

어림짐작으로 찾아 나섰다가 이렇게 일찍 작은 도깨비를 만나게 되다니, 이 무슨 운명인가. 그렇지만 마주친 이상 별 도리 없다고 마음을 다지고 "야, 작은 도깨비" 하고 말을 걸었다. 뒤를 돌아본 작은 도깨비는 팔을 짚은 남색 천에 걸치고 있었다. 역시 뼈가 부서진 것이다. 역시 그렇게 된 건가. 불길했고 기분도 나빴지만 구마타로는 자신을 보고 작은 도깨비가 화들짝 놀라자 다시 "야, 작은 도깨비" 하고 말을 걸었다.

작은 도깨비는 몸을 떨며 대답도 못했다. 구마타로가 다시 말했다.

"너 왜 그런 짓을 저질렀어?"

구마타로가 한 걸음 다가가며 말했다.

"너 아카마쓰 아저씨네 물레방아에 잡동사니를 쑤셔 넣어 망가뜨렸지? 시치미 떼도 소용없어. 야, 인마. 사실대로 말하지 못해?"

구마타로가 으름장을 놓았지만 작은 도깨비는 고개를 꼬고 구마타로를 똑바로 보려들지 않았다. 그 고집스러운 태도에 구마타로는 부아가 치밀었다.

"날 놀리는 거야? 너, 그냥 두지 않겠어."

소리를 지르며 작은 도깨비에게 성큼 다가간 구마타로는 곧 멱살을 잡으려고 뻗은 손을 거두며 말했다.

"어이구, 냄새."

작은 도깨비에게서 나는 생선 삭힌 듯한 지독한 냄새를 깜빡했다.

"끔찍하네."

구마타로가 저도 모르게 중얼거렸을 때였다. 등 뒤에서 "너희들 뭐 하는 거야?"라는 굵직한 목소리가 들렸다.

뒤를 돌아본 구마타로는 소름이 끼쳤다.

뒤에는 스무 살쯤 되는 남자가 서 있었다. 그냥 서 있는 모습만 보아도 소름이 끼쳤다.

남자가 너무도 이상하게 생겼기 때문이었다.

옷차림이나 다른 것은 평범했다.

근육은 있지만 키는 크지 않았다. 그렇다고 작지도 않은 키에 체격도 고만고만했다.

머리카락 색은 좀 이상해서 지푸라기 같은 색깔이었다. 그러나 더 이상한 것은 그 얼굴이었다.

머리가 큰 사람은 어디에나 있다. 미나모토 요리토모(源賴朝)라는 장수도 유난히 머리가 컸다고 한다. 그렇지만 이 남자는 그냥 큰 정도가 아니었다. 머리가 거의 어깨 폭과 같았다. 후쿠스케 인형을 떠올리게 했지만 후쿠스케처럼 둥글둥글하지는 않고 각이 져 어깨 위에 사각형을 얹은 듯했다.

그보다 더 기분 나쁜 건 그렇게 각이 진 큼직한 얼굴 한복판에 마치 인형처럼 또렷하고 예쁜 두 눈, 작은 코, 도톰한 작은 입술이 모여 있는 것이었다. 그래서 더욱 으스스한 느낌이 들었다.

남자의 얼굴을 본 순간 구마타로는 근원적인 공포를 느끼고 오줌을 싸고 말았다. 고마타로와 시카조, 반타, 산노스케도 오줌을 쌌다. 구마타로와 친구들의 사타구니에서는 일제히 김이 모락모락 피어올랐다.

그렇지만 작은 도깨비는 아랑곳하지 않고 구마타로와 다

른 아이들 옆을 지나 쪼르르 달려가더니 "형" 하며 그 기괴
하게 생긴 남자 허리를 부둥켜안았다.

"저 녀석이야. 저 녀석이 내 팔을 꺾었어."

작은 도깨비가 구마타로를 손가락으로 가리켰다.

남자의 표정이 바뀌었다. 미간에 주름이 잡히고 눈썹이 치
켜 올라갔다. 작고 귀여운 얼굴이 분노의 표정을 짓자 더욱
무서웠다. 구마타로는 다시 오줌을 지렸지만, 더 이상 오줌이
나오지 않아 사타구니에 어렴풋한 통증 같은 것이 느껴졌다.

"네가 내 동생 팔을 꺾어놓았냐?"

남자는 그렇게 묻더니 성큼성큼 구마타로에게 다가왔다.
엄청난 사악함, 터무니없는 추악함이 다가오는 느낌이 들었
다. 그렇지만 잠자코 있을 수는 없었다. 구마타로가 애써 대
들었다.

"그게 아니야. 씨름하다가 그렇게 된 거지. 씨름하다가 넘
어져서……"

"시끄러워. 변명 늘어놓지 마."

남자는 소리를 버럭 지르더니 구마타로의 목덜미를 잡았
다. 조금 떨어져 있을 때는 몰랐는데 가까이서 보니 구마타
로보다 머리 하나가 더 컸다. 그 머리가 역시 기분 나빴다. 마
치 모조품 같았다. 남자의 목덜미에서 땀방울이 반짝였다. 구

마타로는 울어버릴까 생각했다.

덥지도 않고 몸을 심하게 움직이지도 않았는데 땀을 흘리다니 왠지 으스스했다.

혹시 너무 화가 나서 땀을 흘리는 걸까? 아니면 모조품 같은 머리에 뭔가 고장이 나서 저렇게 땀을 흘리는 걸까? 그런 생각을 하니 구마타로는 점점 더 무서워져 무슨 수를 써서든 여기서 벗어나야겠다고 결심했다. 그렇지만 남자는 가차 없었다. "이리 와"라며 구마타로의 목덜미를 잡고 성큼성큼 언덕 위로 끌고 가려 했다. 그 힘이 어찌나 센지 힘없는 작은 도깨비의 형이라고는 믿어지지 않았다. 구마타로는 너무 무서운 나머지 저항할 엄두도 내지 못했다.

구마타로의 목덜미를 잡은 남자는 꼼짝 못하고 떨고 있는 고마타로를 노려보며 "넌 뭐냐?"라고 호통쳤다. 겁에 질린 아이들은 아무 대답도 하지 못했다. 남자가 제일 앞에 있던 고마타로에게 말했다.

"너 이 녀석과 친구야?"

"어, 어어."

"친구라면 따라와. 복수해야겠어. 혼찌검을 내주마."

"어, 어어."

"뭐 하는 거야. 빨리 오지 못해?"

"어, 그게……"

"뭐?"

"우린 별로 친하지 않은데."

"그럼 뭐야?"

"여기까지 함께 왔을 뿐인데."

"그럼 관계없어?"

"관계없어."

"그럼 얼른 꺼져!"

남자가 호통을 치자마자 아이들은 일제히 언덕 아래로 달려 내려갔다. 겁에 질려 다리가 후들거리는지 달리던 시카조가 넘어졌다. 산노스케가 부축해 일으켰다. 그때 산노스케가 딱 한 번 구마타로 쪽을 돌아보았다. 그 표정에서는 아무런 감정도 느껴지지 않았다. 산노스케는 자기하고 아무런 관계도 없는, 투명한 막 저편을 바라보는 눈으로 구마타로를 바라보았다.

밤낮 함께 어울리던 아이들은 허둥지둥 언덕을 달려 내려가 이내 보이지 않게 되었다.

구마타로는 충격을 받았다.

전에는 분명히 둔해빠진 녀석이라고 놀림을 당했지만 씨름에서 이기고 '팔 찍기', '허벅지 차기', '팔 꺾기' 같은 기술을 쓰면서 녀석들은 완전히 나에게 굽히고 들어왔다. 내가 떠벌리지는 않았지만 네 명을 비롯한 마을 꼬마들은 기도 구마타로의 부하나 마찬가지였다. 그런데 내가 잡히자 저 녀석들은 뒤도 돌아보지 않고 내뺐다. 게다가 그게 완전히 이기적인 행동이었는가 하면 반드시 그렇지도 않은 모양이다. 넘어진 시카조는 부축해 일으켰다. 무시무시한 괴물이 뒤에서 언제 덮쳐올지 모르는 상황인데 말이다. 이기적으로 행동했다면 넘어진 친구는 당연히 버리고 갔으리라. 하지만 그런 무시무시한 상황에서도 산노스케는 시카조를 부축해 일으켰다. 그러는 동안 고마타로를 비롯한 다른 아이들도 멈춰 서서 기다렸다. 이것은 녀석들이 철저하게 이기적으로 행동하지는 않았다는 증좌다. 그런데도 녀석들은 내가 남자에게 잡혔을 때 도와주려고 하지 않고 허둥지둥 내뺐다. 고마타로는 친구가 아니라고까지 했다. 결국 나는 녀석들을 친구라고 생각했는데 녀석들은 나를 조금도 친구로 여기지 않았던 셈이다. 그리고 그 눈. 아무런 감정도 담기지 않은, 말이나 개를 보는 듯한 산노스케의 눈은 녀석들이 나를 자기들과는 다른 이질적인 무엇인가로 여기고 있다는 사실을 증명한다. 나는 친구라고 생각했는데! 녀석들에게 나는 오히려 작은 도깨비나 이 괴물 같은 작은 도깨비의 형 쪽에 속하는 인간이었던 것이다.

그런 생각을 하며 구마타로는 보기만 해도 오싹한, 작은 도깨비 형의 큰 얼굴을 쳐다보았다.

여전히 기분 나쁜 얼굴이었다.

가까이서 보니 더욱 무서웠다.

그렇지만 구마타로는 남자에게 기묘한 친근감, 자기들은 평범한 사람들과는 달리 평생 지울 수 없는 낙인 같은 것이 찍힌 인간이라는 연대감을 느꼈다.

그렇다고 해서 남자가 친절하게 나올 리는 없다.

남자는 구마타로의 목덜미를 잡고 언덕 위로 끌고 올라갔다.

언덕 꼭대기에 이르니 약간 트인 공간이 나타났다. 나무가 듬성듬성 서 있고 흙에 반쯤 묻힌 돌이 보였다.

남자는 구마타로를 돌이 있는 곳까지 끌고 갔다.

덮개로 올려놓은 듯한 커다란 돌 아래 작은 돌이 몇 개 어지러이 쌓여 있었다.

남자가 돌을 치우자 사람 한 명이 겨우 들어갈 수 있을 정도의 구멍이 열렸다. 안쪽은 어두워서 잘 보이지 않았다. 남자는 구마타로에게 안으로 들어가라고 명령했다. 구마타로는 허리를 굽히고 안쪽으로 들어갔다. 캄캄한 굴 안쪽을 조금씩 나아가자 낮았던 천장이 차츰 높아지더니 곧 서서 걸을 수 있게 되었다. 그때 갑자기 주위가 밝아졌다. 뒤를 돌아보니 기괴하게 생긴 남자가 촛불을 들고 서 있었다.

굴 안은 거대한 석실이었다.

가로 폭은 삼 미터 남짓, 세로는 십 미터 조금 안 되는 넓이였다. 천장까지 높이는 삼 미터가 훨씬 넘고 사방으로 커다란 돌과 큰 바위가 높이 쌓여 있었으며 천장은 훨씬 더 큰 돌로 만들어져 있었다. 바닥은 진흙이었고 석실 한복판에 뚜껑이 반쯤 열린 석관이 놓여 있었다.

남자는 그 석관 위에 촛불을 세웠다. 뚜껑 위에는 촛농이 흘러내린 자국이 여러 군데 보였다.

석관 주위에는 상자들과 쟁반 같은 것, 그리고 네모난 돌 장식품이나 잔, 병, 공 같은 것이 흩어져 있었다.

답답한 석실 안에서 촛불의 노란 불빛을 받은 남자의 거대한 얼굴을 보니 구마타로는 더욱 무서워 머리가 마비될 것 같았다. 남자가 물었다.

"여기가 어딘지 아나?"

"몰라요."

"허, 뱃속 편한 녀석이로군. 여긴 말이야, 잘 들어라. 여긴 옛날 귀한 분의 능이야. 너 이런 곳에 들어왔는데 그냥 넘어갈 수 있겠냐?"

남자가 호통치는 소리를 듣고 구마타로는 다시 소름이 끼쳤다. 능이라고 하면 무덤. 무덤 안에 이런 무시무시한 남자와 들어오다니. 나는 대체 어떻게 되는 걸까? 모르겠다. 모르지만 아마 여기 들어왔다는 게 발각되면 나는 사형. 효수옥문(梟首獄門)*을 당할 게 틀림없다. 어린애도 효수옥문을 당하나? 모르겠다. 무섭다. 그런데 이 남자가 무슨 말을 하는 건지도 모르겠다.

구마타로가 자기 의지로 석실 안에 들어온 것은 아니다. 남자가 억지로 덜미를 잡고 끌고 들어왔다. 그런데도 남자는 이런 곳에 들어와놓고 무사히 넘어갈 수 있겠느냐며 구마타로를 윽박질렀다. 조금 전부터 구마타로는 공포 때문에 입을 열지 못했지만 이상하다는 생각이 들어 용기를 냈다.

구마타로는 떨리는 목소리로, 그렇지만 온 힘을 다해 허세를 부리며 "그럼 넌 괜찮고?"라고 물었다.

작은 도깨비는 아까 보았던 겁쟁이 같은 모습과는 전혀 다르게 맨 처음 스이분 신사 경내에서 만났을 때처럼 자신만만한 표정으로 히죽히죽 웃었다.

"넌 모르겠지만 우리에게 너라고 불렀다가는 큰일 난다."

---

* 헤이안 시대 후기부터 메이지 12년까지 서민을 처형하던 방법 가운데 하나. 목을 베어 옥문 위의 시렁에 사흘간 얹어두었다.

자신감 넘치는 말투로 이렇게 말한 작은 도깨비의 얼굴을 보니 구마타로는 입안에 쓴맛이 울컥 돌았다. 그래서 이렇게 대꾸했다.

"뭐가 큰일이라는 거야?"

"으헤헤."

작은 도깨비가 웃었다.

"뭐가 큰일인지 알고 싶어? 가르쳐줄까? 가르쳐주지. 넌 방금 '너는 괜찮으냐?'고 물었지. 그래, 괜찮아. 당연히 괜찮지. 이 능에 들어와도 우린 아무 문제 없어. 넌 안 되지만. 왜 그런지 말해줄까? 여긴 우리 가문의 무덤이기 때문이야. 이 무덤에 모신 분은 우리 조상인데 천황님과도 친척이지. 그래서 우리는 이 안에 아무리 들어와도 별일 없어. 천황님 친척인 우리를 함부로 너라고 부르면 안 되는 거야. 그냥 넘어갈 수 없지. 게다가 능 안에 들어오고 내 팔까지 꺾어놓았잖아. 넌 이제 끝장이야."

구마타로는 작은 도깨비의 이야기를 반신반의하며 들었다.

작은 도깨비와 그 형이 옛날 귀족, 이렇게 큰 고분(古墳)을 만들던 시대의 호족 출신이라니, 그럴 리 없을 것 같았다. 그렇지만 일반인과는 너무나 다른 두 사람의 생김새, 상식을 벗어난 태도를 보면 엄청나게 비천하거나 아니면 터무니없이 고귀한 쪽일 것이다. 그 중간은 아니다. 구마타로는 어쩌면 작은 도깨비가 사실을 말하는 건지도 모르겠다고 생각했다.

아무 말도 없는 구마타로를 가만히 지켜보던 작은 도깨비가 자기 형 옆으로 다가서며 말했다.

"형, 이 녀석 어떻게 하지?"

"으음."

기괴하게 생긴 남자는 고개를 끄덕이며 밉살맞게 말했다.

"귀여운 내 동생 팔을 꺾어놓은 못된 녀석이잖아. 죽여버릴 거야."

정말 밉살맞게 말하는 걸 보면 이 얼굴이 커다랗게 팽창한 남자는 진심으로 자기 아우를 사랑하는 듯했다. 구마타로는 정말 죽을지도 모른다고 생각했다. 작은 도깨비는 형이 죽여버리겠다고 하는 말을 듣고 히히히힛 크크크 하며 한바탕 경련을 일으키는 듯이 웃다가 별안간 멈추고 말했다.

"그런데 형, 이 녀석 죽이면 나졸들이 우리 잡으러 오지 않을까?"

"음, 그렇구나. 일본은 그 뭐냐, 법치국가라는 게 되었다고 하니. 잡으러 올지도 모르지."

"그건 싫어. 역시 죽이지 말까?"

"글쎄."

형은 고개를 숙이고 생각에 잠긴 듯했지만 모조품 같은 얼굴은 도무지 생각하는 표정이 아니었다. 크게 뜬 두 눈이 촛불 빛을 받아 반짝거렸다. 잠시 생각한 형은 이윽고 고개를 들더니 구마타로 쪽을 보며 물었다.

"너 어디 사는 놈이냐?"

형이 무슨 생각으로 묻는지 알 수 없었지만 어쨌든 당장 죽이지는 않을 것 같아 구마타로는 얼른 대답했다.

"가와치에 있는 스이분에서 왔는데."

"너 가와치 사람이냐?"

"그런데."

"그럼 너 본오도리 노래 부를 줄 알아?"

느닷없는 물음에 구마타로는 당황했다.

본오도리 노래. 오본*에 세상을 떠난 이의 영혼을 맞이해 위로하며 춤출 때 부르는 노래다.

죽은 이의 영혼을 위한 노래라는 어두운 이미지에다 내용도 이치에 맞지 않고, 압도적인 폭력 때문에 비운의 죽음을

---

* 조상의 영혼을 기리고 가족의 건강과 행복을 기원하는 일본의 명절. 양력 8월 15일 전후 이삼일이 일반적이다. '본오도리'는 오본 기간 밤에 마을 사람들이 함께 모여 추는 춤을 말한다.

맞이한 이들의 복수 이야기가 많다. 이런 설명만 들으면 음산하고 축축한 느낌이지만 스이분에서 부르는 본오도리 노래는 가락과 장단이 어처구니없을 만큼 밝고 쾌활하다. 긴 이야기에는 대사도 있고 중간에 '챠리'라고 하는 익살이나 농담까지 잔뜩 들어가 신나고 재미있다.

그런데 남자는 왜 그런 재미있고 우스운 노래를 지금 나를 죽이느냐 마느냐 하는 이 타이밍에 부르라고 한 걸까? 속뜻을 읽을 수 없어 구마타로는 곤혹스러웠다.

게다가 이런 음침한 석실 안에서 죽음의 공포에 떨며 기괴한 형제가 지켜보는 가운데 밝고 명랑하게 노래를 부를 마음은 도무지 들지 않았다.

"난 모르는데."

"뭐? 본오도리 노래 몰라?"

"몰라."

"그래? 몰라? 그럼 할 수 없네. 죽여야지."

남자가 하는 말을 듣고 구마타로는 화들짝 놀랐다.

"자, 잠깐만."

"뭐야?"

"노래하지 않으면 죽일 거야?"

"그래. 널 죽일지 말지 망설이는 중인데, 네가 노래를 하면 그걸 들으면서 죽일지 말지 고민해보려고 했지. 그렇지만 모른다면 어쩔 수 없지. 죽여야지."

남자는 그렇게 말하고 구마타로 쪽으로 다가왔다.

"자, 잠깐만 기다려."

"뭐야?"

"왠지 갑자기 본오도리 노래가 생각나네."

"생각이 났어?"

"생각났어."

"그렇다면."

작은 도깨비가 끼어들었다.

"그렇다면 불러보는 게 어때? 어차피 우리가 고귀한 가문 출신이라고 해도 사람이니까, 네 노래 듣고 재미있다, 즐겁다 생각되면 역시 살려주고 싶어질지도 모르잖아."

"부, 부를게."

구마타로가 말했다.

대충 부를 수는 있었다. 해마다 오본 때면 나무를 짜서 높은 망대를 만들고 온도(音頭)*토리라고 불리는, 선창하는 사람이 왔다. 매년 듣다보니 그냥 자연스럽게 외워졌다. 구마타

---

*여러 사람이 노래에 맞춰 함께 어울려 추는 춤이나 그 곡.

로는 그 흉내가 장기였다. 이런 음산한 석실 안에서 기분 나쁘게 생긴 형제를 상대로 밝고 신나게 노랫가락을 뽑는 게 내키지는 않았지만 잘 부르면 죽이지 않을지도 모르니 지금은 마음 독하게 먹고 노래를 해야 한다.

구마타로는 마음을 굳히고 노래하기 시작했다. 그러나 역시 장소가 무덤이고 관객이 기분 나쁜 형제에다 자칫하면 죽을지도 모르는 가혹한 상황이라 구마타로가 부르는 노랫가락은 비참했다.

"야, 고리야돗코이세, 이 자리에 오신 여러분께 오늘 해드릴 이야기는." 이렇게 무난하게 시작했지만 가느다란 목소리가 공포와 긴장 때문에 떨려 오래된 테이프처럼 흔들거렸다.

더더욱 비참한 건 노래를 부르면 주위 사람들이 소라, 요이토요, 이야마카돗코이사노세…… 하며 장단을 맞추기 마련인데, 그럴 사람이 없어 어쩔 수 없이 스스로 소라, 요이토요, 이야마카돗코이사노세…… 하며 장단을 맞춰야 했다는 것이다. 너무나도 고독했다. 구마타로는 한심하다는 생각을 지울 수 없었다.

단 두 명뿐인 형제 관객은 재미있다, 신난다 하는 생각이 들면 살려주겠다고 해놓고 즐기려는 모습을 전혀 보이지 않았다. 동생은 노골적으로 무시하듯 히죽히죽 웃거나 갑자기 웅크리고 고추를 만지작거리거나 했다. 어깨를 쭉 편 형은 방석처럼 큼직한 얼굴로 가만히 구마타로를 노려보며 꼼짝도 하지 않았다. 원래 얼굴이 무시무시한데다가 무슨 생각을 하는지 알 수 없어 기분 나쁘기까지 하니 구마타로는 도저히 즐겁게 노래 부를 수 없었다.

이런 상황에서 즐겁고 명랑하게 노래하라고 해봐야 도저히 무리다. 구마타로는 절망적인 기분으로 노래했다.

실제로도 끔찍한 일이다.

예를 들면 여자가 아름답게 치장하고 싶은 까닭은 자기가 기분 좋아지고 싶기 때문이다. 다른 사람이 아름답게 치장한 자기를 보고 아름답다고 생각하는 게 기분 좋은 것이다.

그러나 자기 의지와 상관없이 강제로 몸을 팔게 되어, 손님의 기분을 돋우기 위해 아름답게 치장하는 일은 비참한 일이리라.

구마타로의 절망은 그와 비슷했다.

어쨌든 가무음곡은 즐거운 것이다.

'일하지 않고 평생 가무음곡에 푹 빠져 살고 싶구나' 하는 생각을 안 해본 사람은 없을 것이다. 그렇지만 그건 자기 의지에 따랐을 때 즐거운 것이지 남이 억지로 시켜 마지못해 한다면 즐거울 리 없다. 하지만 일단 노래하는 길 이외에는 당장 위기를 벗어날 방법이 없기에 구마타로는 싫어도 노래할 수밖에 없다. 구마타로는 어렴풋이 외운 가락을 열심히 떠올리며 불렀다.

야마토 명물 많다지만 오, 오오 사슴 전병 식충이, 원숭이 연못이라면 게 모듬, 기모노에 물들이는 무늬마저 게 무늬 물들이고, 마치 돼지처럼 맹한 모습, 소라, 요이토요, 이야마 카돗코이샤노세……

그런데 이상한 일이 일어났다.

그렇게 마지못해 노래하는데도 차츰 흥이 올라 즐거워졌다. 힘없는 목소리로 겨우 노래를 시작했는데 왜 그렇게 되었는지, 그걸 방금 한 비유로 다시 해보자.

강제로 화장이나 아름다운 옷을 입어야 한다면 기분이 나쁠 수밖에 없으니 일반적으로 생각하면 화장이고 뭐고 건성으로 하게 되리라.

그렇지만 꼭 그렇지만은 않다. 나름대로 아름답게 치장하게 된다. 여자에게 아름답게 치장하는 일 자체가 결과와 상관없이 즐거운 일이기 때문이며, 이는 음악도 마찬가지라고 할 수 있다.

직장 상사나 거래처에 잘 보이기 위해 마지못해 노래방에 가서 노래를 했는데 하다보니 즐거워져 결국엔 신나게 노래했다는 것도 음악이 원래 쾌락이기 때문이다.

작은 목소리도, 불안하던 가락도, 차츰 안정을 찾아 가사가 리듬을 타고 오르내리면서 질주하기 시작했다.

구마타로가 힘껏 노래하자 형제도 반응을 보였다.

작은 도깨비는 가락에 맞춰 약간 몸을 구부리고 머리를 끄덕거리며 두 손을 들고 살랑살랑 흔들었다. 이따금 발도 살짝 들어 여자가 춤추듯 슬며시 움직이기도 했다. 더욱 놀라운 일은 그 기괴할 정도로 얼굴이 큰 형까지 입을 벌리고 눈을 감은 채 노래에 도취한 듯 고개를 살랑살랑 저으며 가락을 타는 것이었다. 구마타로는 점점 '이거 잘하면 되겠구나' 하는 생각이 들었다.

에, 원숭이 떼를 이끌고 에, 모자란 말은 숨기지 않더라도 오, 이름난 명물 돼지 전병, 돼지에게 전병 먹이고, 날뛰는 돼지의 다리를 삭둑 벤다, 멋지게 차려입고, 소라, 요이토요, 이야마카돗코이샤노세…… 구마타로는 노래했다. 그리고 이런 대사를 섞어 넣기도 했다.

"손님, 잠깐 기다려주시죠", "뭐야, 내게 무슨 볼일이라도 있나?", "예, 돼지 족발인뎁쇼."

"내 돼지 족발이 무슨 문제라도 있는가?", "시끄럽다. 어지간히 얼버무려라, 이놈. 우리 아기 사슴이 죽은 그날 밤, 뒷마당에 돼지 발자국이 나 있었다. 네놈이 죽인 거지?"

노래를 마친 구마타로가 "엉성한 솜씨였습니다. 일단 여기까지"라며 고개를 숙이고 형제의 눈치를 보았다.

형제는 진심으로 감동했다는 듯이 박수를 쳤다. 작은 도깨비가 말했다.

"와, 깜짝 놀랐네. 네가 이런 노래를 잘 부를 줄은 몰랐어. 재미있고 신났어. 그렇지, 형?"

"그래. 재미있었어. 너 잘하는구나."

"진짜, 진짜 잘해."

두 사람 모두 반응이 좋다. 그렇다면 죽이지 않고 놓아주는 걸까? 그렇게 생각하며 구마타로는 부들부들 떨고 있었다. 형이 "그런데 잠깐" 하며 고개를 갸웃거렸다. 커다란 머리가 한쪽으로 기울자 떨어지려는 간판 같았다.

형은 작은 도깨비에게 말했다.

"지금 이런 상황에서 노래를 부른다는 건 좀 이상하지 않니?"

"이상하다니, 그게 무슨 소리야?"

이렇게 묻는 아우에게 형이 말했다.

"아니, 그렇지 않니? 이 녀석은 지금 죽을지도 모르는 상황이잖아."

"그렇지."

"그런 상황인데 이렇게 신바람이 나서 노래하는 건 이상하지 않니?"

"듣고 보니 그런 것 같네."

"대개 그렇잖아. 자기가 죽을지도 모르는데 이렇게 여유롭게 노래할 수 있는 건 왜인 것 같니?"

"그야 우릴 얕잡아본다는 이야기겠지."

작은 도깨비가 하는 말을 듣고 구마타로는 펄쩍 뛰었다.

"아, 아니에요. 저는 그저 열심히 노래한 것뿐인데……"

하소연했지만 작은 도깨비와 그 형은 들은 척도 하지 않았다.

"그렇지? 결국 이 녀석은 우릴 얕잡아본 거야. 도대체 남의 팔을 이 꼴로 만들어놓고 이렇게 신나게 노래를 부를 수 있다니. 이상하지 않니?"

"아니에요. 저는 사과의 마음을 담아서……"

"정말. 그렇다면 진짜 너무 화가 나네. 그런데 형, 우리 왠지 말투가 어지자지 같아지지 않았어?"

"그건 우리 형제가 불같이 화가 났다는 증거야. 맞아, 저번에 우시마쓰의 무릎 아래를 잘라내 땅에 묻었을 때 어지자지처럼 이야기하지 않았니?"

"아, 그랬었지. 그거 꽃꽂이 같아서 재미있었어. "

형제가 나누는 이야기를 듣고 구마타로는 전율했다.

산 사람의 다리를 잘라 흙에 묻다니, 이 얼마나 잔인한 짓인가. 게다가 그걸 꽃꽂이에 비유하다니. 그야말로 미친 형제다. 우시마쓰라는 사람은 얼마나 아프고 괴로웠을까. 그 고통이 이번에는 다름 아닌 나를 덮칠 것이다. 이런 말도 안 되는 일이 어디 있다는 말인가. 이럴 때 다이난 공이라면 어떻게 했을까. 침착하게 죽음을 받아들였을까? 그러지 않았으리라. 천황의 칙명이라면 몰라도 이런 놈들 손에 호락호락 죽을 분이 아니다. 나도 지금 이 상황을 어떻게든 벗어나야 하리라.

그렇게 생각한 구마타로는 조금 전에 형제가 이야기하던 내용을 머릿속에 떠올리며 말했다.

"잠깐 기다려."

"뭐야, 뭘 기다리라는 거야?"

"당신들 아까 말했잖아?"

"뭘?"

"일본은 법치국가라서 사람을 죽이면 잡으러 올 거라고 하지 않았어? 올 거야. 진짜 올 거야. 그러면 당신들은 오사카에 있는 재판소라는 데 끌려가 감옥에 갇히겠지."

"형, 그런 말 했잖아. 어쩌지?"

묻는 아우에게 형이 대답했다.

"별일 아니야."

"어째서 별일 아니야?"

"여기가 어딘지 생각해봐. 귀한 분의 능이야. 이 녀석을 죽여서 시체가 발견되면 그야 우리가 죽였다고 하겠지. 그렇지만 시체가 발견되지 않으면 가출이거나 행방불명이지. 다행히 여기는 황송하게도 귀한 분의 능이기 때문에 이 관에 이 녀석 시체를 넣고 돌로 입구를 막아버리면 아무도 들어올 수 없어."

"그러면?"

"시체가 발견되지 않을 거라는 소리지. 그러니 아무리 죽여도 우린 들키지 않는다는 거야."

"아, 그런가? 역시 형이야. 그렇다면 우시마쓰도 여기에 넣었다면 좋았을 텐데."

"다음 시체부턴 이리 가지고 오자."

"그래, 그러자. 그런데 형."

"뭐?"

"우리 어느새 어지자지 같은 말투를 쓰지 않네."

"그건 우리 형제가 이 녀석을 진짜로 죽일 생각이기 때문이겠지."

형이 하는 말을 듣고 구마타로는 다시 전율했다. 잠자코 있다가는 죽는다. 이번에는 작은 도깨비가 했던 말을 떠올리며 말했다.

"그런데 작은 도깨비야."

"뭐야? 아직도 불만 있어?"

"불만은 없어. 불만은 없지만 이건 살생이잖아?"

"뭐가 살생이라는 거야?"

"아니, 그렇잖아. 노래해라, 잘하면 살려주겠다, 그래서 난 죽어라 불렀어. 그런데 내가 까불었다고 하면서 죽인다면 그건 살생이지. 난 마음을 담아 노래했어. 팔을 다친 네 마음을 달래주고 싶어 조금이라도 빨리 낫기를 바라는 마음으로 노래했단 말이야. 그런데 죽이겠다니, 너무해. 이건 너무해."

조금 전에는 논리에 호소했지만 이번에는 감정에 호소했다.

하지만 형은 매정했다.

"그렇지만 동생 마음은 위로되지 않았어. 오히려 화가 났지. 네가 아무리 마음을 담았다고 해도 상대 마음에 닿지 않으면 그건 너의 자기만족이잖아? 그걸 예술의 숙명으로 알아야지. 죽일 테야."

"알았어? 그러니 널 죽일 거야. 미리 염불이라도 외워. 그리고 너 따위에게 진짜 이름을 말하기는 한심해서 숲속의 작은

도깨비라고 했는데 저승 가는 선물로 우리 이름을 가르쳐주지. 난 가쓰라기 모헤아(葛城モヘア), 형은 가쓰라기 도루(葛城ドール)야.* 가쓰라기 신**의 자손이지. 그러니까 우리는 신인 셈이지. 천황님과도 친척이고. 그런 신의 팔을 꺾어놓았으니 넌 여기서 죽어야 해. 후세 사람들은 널 이 능의 주인으로 여기며 받들어 모시겠지. 하하하. 얄궂은 이야기네. 가와치 출신 농사꾼이 귀족 무덤에 묻혀 제사를 받아먹는다니. 난 이런 얄궂은 이야기가 너무 좋아. 재미있어. 아하하, 아하하."

작은 도깨비가 웃자 형인 도루가 말했다.

"그럼 내가 죽일게. 그런데 누가 우연히 지나가다가 이 녀석 비명이라도 들으면 골치 아파져. 너 망 좀 보지 않을래?"

"걱정할 거 없어. 이런 능 안에서 아무리 소리를 질러봐야 밖에 들리겠어?"

"그야 그럴지도 모르지만 만약을 위해서. 잠깐 망을 보고 와."

"그럴까? 그럴게. 그런데 누가 오면 어떻게 하지?"

"참 귀찮게 하네. 이상한 짓을 해서 그 사람 눈길을 돌리면

---

* 두 이름 모두 당시로서는 상상하기 힘든 비현실적인 이름이다.
** 나라 현 가쓰라기산에 산다는, 얼굴이 못생기기로 유명한 신. 히토코토누시와 같은 신이라는 설도 있다.

돼. 사람 마음이란 게 한곳에 쏠리면 다른 건 귀에 들어오지 않으니까."

"그럼 고추 내놓고 눈을 부릅뜬 채 축문을 읊을까?"

"그 정도면 괜찮을 거야."

"그럼 갔다 올게."

작은 도깨비가 석실을 나갔다.

남자는 아우의 뒷모습을 지켜보며 훗 하고 웃음을 흘렸다. 아우가 귀여워 견딜 수 없다는 표정이었다. 하지만 구마타로를 돌아본 남자는 다시 무표정으로 돌아왔다. 구마타로는 세 번째로 전율했다. 남자는 무표정한 얼굴로 구마타로에게 다가왔다. 두 팔을 쭉 뻗어 앞으로 내밀기에 목을 졸라 죽이려는 거라고 생각한 구마타로는 비틀비틀 뒷걸음질쳤다. 남자는 여전히 무표정한 얼굴로 성큼성큼 다가왔다. 구마타로는 더 뒤로 물러났고 남자는 다시 성큼성큼 다가왔다. 이제 뒤는 물러설 곳 없는 석굴 벽이었다. 등에 돌이 닿아 차가웠다.

이제 물러설 곳도 없다. 구마타로는 천장을 올려다보았다.

천장까지는 약 이 미터. 남자가 석관 옆에 서 있기 때문에 밀치고 빠져나가기도 어렵다. 이제 끝장이다. 구마타로가 생각했을 때 남자가 한 걸음 더 성큼 다가왔다. 그 기분 나쁜 얼굴이 이제 구마타로의 눈 바로 앞에 있었다.

구마타로는 겁이 나서 더는 남자의 얼굴을 똑바로 바라보지 못하고 저도 모르게 고개를 돌렸다.

그때 구마타로의 눈에 뭔가가 들어왔다.

부장품이리라. 검이 떨어져 있었다.

칼등이 휘지 않고 곧게 만든 검이었다. 자루 부분은 옥과 금으로 장엄하게 장식했다.

순간 구마타로는 이 검으로 남자를 벨까 찌를까 고민했지만 그건 아니라는 생각도 들었다.

단칼에 베어버릴 수 있다면 괜찮다. 그렇지만 자칫 제대로 베지 못하면 어떻게 될까. 어중간한 상처를 입은 남자가 더욱 화가 나서 나를 더 심하게 다루지 않을까?

또 검이 어떤 상태인지도 걱정이다. 겉보기에는 검의 모양새를 유지하고 있지만 오랜 세월 석실 안에 버려져 삭았을 가능성도 크다. 그렇다면 상대방에게 아무런 상처도 입히지 못한 채 반역, 반항했다는 사실만 남을 테니 그리되면 손해다. 그러면 포기할까? 아니, 무슨 소리를. 어쨌든 상대방은 나를 죽이겠다고 하고 내가 죽으면 아무 소용 없다. 지금은 역시 모 아니면 도, 시도해보는 게 제일이다.

그렇게 마음먹은 구마타로는 몸을 숙여 보검 자루를 잡았다.

이렇게 글로 적으니 구마타로가 오래 생각한 것 같지만 모두 찰나에 일어난 일이다. 그런 생각이 머리에 확 떠올라 몸을 확 굽힌 다음 확 휘둘렀다.

그리고 구마타로는 소리쳤다.

"아뿔싸!"

예상대로 보검은 삭아서 가쓰라기 도루의 얼굴에 부딪히자마자 후두두 부서지고 말았다.

이제 죽음은 떼어놓은 당상이다.

그나마 공손하게 굴었다면 가쓰라기 도루도 사람이라 도중에 마음이 변해 역시 용서해주는 게 나을까 생각했을 가능성이 전혀 없지는 않았으리라. 하지만 이렇게 반항이랄까, 보검으로 공격을 한 이상 절대로 용서받지 못할, 그 가능성의 싹마저 없애버린 꼴이다. 구마타로는 차라리 보검으로 공격하지 말걸 하고 몹시 후회했다.

"이제 글렀어. 날 죽일 거야."

구마타로는 소리치며 체념하고 눈을 감았다.

그런데 아무리 기다려도 가쓰라기 도루가 덮치려는 기색이 없었다. 어떻게 된 일인가 싶어 눈을 떠보니 그는 눈을 가리고 웅크려 앉아 있었다.

생각보다 많이 삭아 있던 보검이 도루의 얼굴에 닿는 순간 산산이 부서졌고, 그 파편이 눈에 들어가 저리 고통스러워하는 것이었다.

　구마타로는 다시 망설였다.

　도루는 지금 괴로워하고 있다. 즉 약해진 상태라는 말이다. 이 틈을 노려 공격하면 혹시 이 난국을 헤쳐나갈 수 있을지 모른다. 그렇지만 큰 타격을 주지 못하면 다시 기운을 차린 도루가 불같이 화를 내며 무시무시한 폭력을 휘두르리라. 그러면 아까 고민한 것과 마찬가지다. 다만 한 가지 다른 점이 있다면 나는 이미 도루를 보검으로 공격했고 지금 그는 엄청 화가 났다는 사실이다. 당연하다. 저렇게 눈을 다쳤는데 화나지 않을 사람은 없다. 그렇다면 역시 내가 도루를 단숨에 처치하는 게 낫다는 이야기인데, 도대체 어떻게 처치할 것인가. 내가 할 수 있는 것은 '팔 찍기', '허벅지 차기', '팔 꺾기'뿐인데 이건 속임수라 스이분에 사는 아이들이라면 몰라도 화가 잔뜩 난 어른을 상대로 써먹을 기술은 아니다. 역시 방법이 없는 걸까? 하지만 아무것도 하지 않고 있다가는 화가 난 도루에게 무참하게 죽임을 당할 뿐이다. 그렇다면 역시 손을 쓰는 편이 나을까? 지금이라면 도루는 약점이 있다.

　그래, 지금이야말로 머리를 써야 한다. 고마타로가 이런 생각을 할 때 도루가 일어섰다. 눈에서 손을 떼고 주먹을 가슴 앞쪽으로 가져와 기운을 내듯 얼굴을 부르르 떨었다.

이런. 도루가 회복되었다. 손을 쓰려면 지금뿐이다. 이 순간을 놓치면 다시는 도루를 쓰러뜨릴 기회가 없다.

얼른 그렇게 생각한 구마타로는 혼신의 힘을 다해 도루의 얼굴을 주먹으로 때렸다.

그리고 구마타로는 절망했다. 상대방이 전혀 타격을 받은 느낌이 없었기 때문이다.

역시 내 주먹은 별 볼 일 없다. 쓰지 않는 게 나을 뻔했다.

구마타로는 크게 후회하며 도루의 눈치를 살폈다. 도루는 눈을 부릅뜨고 몸을 약간 구부린 채 서 있었다. 주먹은 꼭 쥔 채로, 이젠 얼굴을 떨지 않았다.

말도 못할 정도로 화가 치민 것이다. 보검도 그렇고 주먹도 그렇고 하지 않아야 할 짓을 저지른 꼴이다.

"이제 글렀어."

구마타로는 체념했다.

그렇지만 아무리 기다려도 도루가 공격을 해오지 않았다.

대체 어떻게 된 일인가? 아직 눈이 아픈 걸까?

구마타로는 조심조심 도루의 상태를 살폈다. 도루의 왼쪽 뺨, 얼굴이 워낙 크기 때문에 눈과 코에서 제법 떨어진 부분인데 어쨌든 그 부분이 구운 떡 부풀어 오르듯 탱탱 부어 있었다. 처음에는 구슬만 한 크기였는데 보고 있는 사이에 점점 밀감 정도로 커졌고, 결국 공만 한 크기가 되어 안 그래도 기괴했던 도루의 얼굴이 더욱 기분 나쁘게 느껴졌다. 둥글게 부어오른 뺨 표면에 정맥이 드러났다.

이게 어떻게 된 일이지? 부풀어 오른 부분이 수박만큼 커져 자세히 살펴보던 구마타로는 결국 으아악 하고 비명을 지르며 외면하고 말았다.

잔뜩 부풀어 오른 도루의 뺨이 펑 하는 소리와 함께 터지고 엄청난 양의 맑은 물이 콸콸 쏟아졌기 때문이다.

가슴에서 발까지 도루의 물을 뒤집어쓴 구마타로는 저도 모르게 "으앗, 기분 나빠"라고 소리를 질렀지만 동시에 오싹했다. 자기가 큰일을 저질러놓고 남의 일처럼 '으앗, 기분 나빠'라고 했으니 가쓰라기 도루의 기분이 상하지는 않았을까 걱정되었기 때문이다. 그렇지만 도루는 그럴 상황이 아닌 모양이었다. 커다란 얼굴 일부가 찢어진 자루처럼 축 늘어져 거기서 계속 물이 흘러나왔다.

아픈 건지 괴로운 건지 도루는 눈을 감고 피아노 치는 맹인처럼 두 손을 앞으로 내민 채 쳐든 고개를 좌우로 흔들었다. 구마타로는 이번에야말로 도루가 화가 났을 거라고 생각했다.

도루의 얼굴 일부분이 찢어져 물이 쏟아졌다. 대체 내가 무슨 짓을 한 거야? 저 물은 대체 뭐지? 도루는 잔인하게 복수하려고 들 게 틀림없다.

온몸이 마비될 듯한 공포를 느낀 구마타로는 정신없이 도루의 옆 턱을 주먹으로 때렸다.

그러나 공포 때문에 몸이 마비된 듯했기 때문에 힘이 전혀 들어가지 않아 아까보다 훨씬 약한 주먹이 되고 말았다. 그런데도 전병이 부서지는 듯한 느낌이 왔다. 그제야 도루는 히이이익 하고 이상한 새 울음 같은 날카로운 소리를 지르며 몸을 앞으로 숙였다.

약한 주먹이었는데 왜 이리 효과가 큰 걸까? 구마타로가 의아해하며 주먹이 닿은 부분을 보니 주먹 모양으로 움푹 패어 있었다.

몇 대 때렸다고 맥없이 부서지다니. 얼굴뼈가 너무 약하다.

구마타로는 깜짝 놀랐다. 그렇지만 곧 도루의 비명이 밖에 있는 작은 도깨비에게 들리면 곤란하다고 생각했다.

눈이 찌그러지고 뺨이 터져 흘러내리고 두개골이 함몰되었다. 이런 끔찍한 상태를 보면 작은 도깨비는 틀림없이 사람을 부르러 갈 것이다. 그러면 나는 어떻게 될까? 고귀한 사람의 능에서 이런 짓을 했으니 감옥에 잡혀 들어갈 게 빤하다. 어쨌든 이 비명을 멈추게 해야 한다.

그렇게 생각한 구마타로는 도루의 입을 막으려고 몸을 구부린 그의 머리카락을 움켜쥐고 머리를 치켜들었다. 그러자 도루의 머리 가죽이 머리카락과 함께 쑥 빠져 두개골이 고스란히 드러났다.

왼쪽 옆머리뼈가 부서져 안에 있는 뇌가 드러났고 거기 뼛조각이 박힌 모습이 또렷하게 보였다.

그래도 도루는 아직 자기 힘으로 서 있었다.

구마타로는 어떻게 해야 할지 도무지 알 수 없었다.

구마타로는 어두운 공포에 쫓기듯 앞에 있는 도루의 얼굴을 무작정 주먹으로 때리고 무릎으로 찼다.

도루는 아무런 저항도 하지 않았다. 도루의 얼굴은 조금 전 뺨이나 머리뼈가 그랬듯이 살짝 때렸을 뿐인데 산산이 부서졌다. 마치 전병이나 과자처럼 쉽게 부서져 구마타로는 그의 얼굴이 모조품, 인공물 같다고 생각했다.

사람 얼굴이 이토록 무를 수 있나?

도루의 얼굴은 결국 엉망진창이 되었다. 커다란 얼굴 전체를 지탱하고 있던 얇은 뼈가 모두 부서졌고, 찢어진 얼굴 피부는 흐물흐물 흘러내려 어깨에 걸렸다.

벗어진 머리카락이 목도리처럼 어깨를 둘렀고, 조각난 뇌와 약간의 물이 얼굴 피부에 달라붙어 방울졌다.

그렇지만 얼굴 중심부에 있는 눈과 코는 원래 모습 그대로였다. 피부 무게 때문에 눈꼬리가 처지고 뺨 주변 피부가 어깨까지 끌려 내려가는 바람에 입아귀가 올라가 마치 웃는 듯 보이는 게 기분 나빴다.

그리고 놀랍게 이 지경으로 얼굴이 뭉개졌는데도 가쓰라기 도루는 왼쪽으로 비틀, 오른쪽으로 비틀, 흔들리면서 자기 힘으로 서 있었다.

공포와 절망에 내몰려 지금까지 충동적으로 움직이던 구마타로는 그 모습을 보고 비로소 분노 같은 것을 느꼈다.

"작작 좀 하지 못하겠어?"

구마타로는 버럭 소리를 지르며 도루의 배에 앞차기를 날렸다.

정면에서 정통으로 배를 걷어차기는 처음이었다. 지금까지는 정신없는 상태에서 눈길을 외면하고 약한 얼굴만 계속 두들겨 팼던 것이다.

도루는 벌렁 자빠졌다. 도루의 뒤통수는 이미 엉망이 되어 흘러내린 피부가 감긴 정체를 알 수 없는 덩어리와도 같았다. 그 뒤통수가 석관 모서리에 부딪혔다. 쿵 하는 둔탁한 소리가 석실 안에 울려 퍼졌다.

쓰러진 도루를 향해 구마타로가 악을 썼다.

"덤벼, 인마. 날 죽이겠다고 했잖아, 이 자식아. 죽여봐, 어서. 죽이라니까. 뭐 하는 거야. 어서 날 때려. 죽이라고."

그렇지만 도루는 꼼짝도 하지 않았다.

"뭐 하는 거야. 덤비지 못해? 일어서지 못해, 인마? 야, 이 아저씨야."

구마타로는 또 고함을 쳤다. 도루는 그래도 움직이지 않았다. 점점 석관에 기대듯 쓰러지는 도루에게 다가갔다. 쭈글쭈글해진 얼굴에 눈을 부릅뜬 채 천장을 보고 있었다.

구마타로는 도루의 어깨로 손을 뻗었다.

손이 어깨에 닿을락 말락 한 순간 도루의 머리가 기울어지더니 쿵 하고 석실 바닥에 떨어졌다.

구마타로는 버럭 소리를 질렀다.

"네가 날 죽이겠다고 해서 이렇게 되었잖아. 내 탓이 아니야. 네가, 네가 센 줄 알았기 때문에 두들겨 팬 거야. 그런데 이게 뭐야. 형편없이 약하잖아. 그렇다면 애당초 약한 척을 해야지. 그런 무시무시한 얼굴이라서 난 무서웠단 말이야. 살인자가 되고 말았잖아. 난 몰라, 난 몰라."

화가 치민 구마타로는 마구 악을 썼다.

구마타로가 다른 사람에게 제대로 폭력을 휘두른 건 이때가 처음이었다.

그 결과 구마타로는 자기가 폭력을 극도로 혐오한다는 사실을 깨달았다.

다른 사람의 육체와 정신을 훼손하는 것은 구마타로에게 고통일 뿐이었다. 그렇다고 구마타로가 도덕적이었다는 이야기는 아니다.

구마타로가 왜 폭력을 싫어했는가 하면 처벌이 두려웠기 때문이다.

폭력을 휘두르면 그 폭력을 당한 상대, 또는 주변 사람, 아니면 법에 의해 처벌받지 않는가. 구마타로는 그런 생각 때문에 자연히 폭력을 피했고, 기껏해야 반쯤 장난치는 듯한 '팔 찍기', '허벅지 차기', '팔 꺾기'로 어물쩍 넘겨왔다.

그렇지만 이런 생각은 결과적으로 구마타로가 폭력을 행사하게 만들었다.

가쓰라기 도루의 복수, 즉 처벌이 두려워 구마타로는 지독한 폭력을 휘두르고 말았다. 그러고도 궁지에 몰린 쥐가 고양이를 깨문 셈이라고 생각했다. 하지만 가쓰라기 도루가 위압적이었던 것은 겉모습뿐이고 실제로는 목각인형이나 마찬가지였다. 이게 구마타로의 가장 큰 오산이었다.

말하자면, 그림자가 무서워 돌이킬 수 없는 죄를 저지르고만 꼴이었다.

그러나 구마타로는 원래 폭력을 혐오하는 자신이 폭력을 휘두르고 만 이 상황을 부조리하다고 느꼈다. 그래서 화가 났다.

구마타로는 더 큰 처벌을 예감하고 있었다.

구마타로는 능에 침입한 벌을 받는 게 아닐까 두려웠다.

일반 백성들은 에도 막부 이래 능을 경외하는 마음이 별로 없었다. 중세 이후 툭하면 도굴이 반복되었고 밭을 가는 데 방해가 된다며 능을 부수는 경우도 많았다. 재앙이 내릴지도 모른다는 두려움은 있었다. 실제로 전에 구마타로의 집 근처 마을에서는 능을 부수고 밭을 개간한 집주인이 발광하는 일도 있었다.

그러나 구마타로가 그런 재앙을 두려워한 것은 아니다. 더 실제적인 처벌이 무서웠다.

메이지 4년인 1871년경 사카이 현 현령(県令)은 사이쇼 아쓰시라는 사쓰마 사람이었는데, 이 인물은 어찌 된 이유인지 고대의 명품, 명물을 수집하는 버릇이 있어 현의 우두머리라는 지위를 이용해 현에 있는 고분을 샅샅이 파헤쳤다. 물론 학술적으로 조사하는 게 아니라 출토품을 자기 소유로 만들어 감상하기 위해서였다.

참으로 말도 안 되는 짓이다. 요즘의 현 지사는 공복(公僕)이라 실제로는 어떻든 겉으로는 제멋대로 행동할 수 없다. 그렇지만 메이지 시대 초기의 현 우두머리는 다이묘(大名) 비슷해 그 권세는 절대적이었고 주위에 있는 사람들이 아무 말도 할 수 없었다.

중앙정부는 가만히 있었는가 묻는다면, 그 시절은 다사다난하여 고분 같은 것에 일일이 신경 쓰지 못했다. 또한 메이지 원년인 1868년에 발표된 신불분리령(神佛分離令)의 영향 때문에 고분 같은 건 파괴해도 괜찮다는 풍조가 있어 사이쇼 아쓰시는 멋대로 할 수 있었다.

그러나 처음에는 토착 주민들이 멋대로 도굴하는 것을 엄벌에 처했던 듯하다. 왜냐하면 남이 먼저 도굴하면 자기가 도굴할 수 없기 때문이다. 그야말로 제멋대로인데, 원래 높은 양반들은 자기들 멋대로 군다.

구마타로는 아버지한테 고분인 줄 모르고 작은 산 위에 있던 자연석들을 밭을 일구며 치워버린 농사꾼이 끌려가 돌아오지 않았다는 이야기를 들은 적이 있었다.

나도 같은 벌을 받게 될 것이다.

그런 생각을 하며 구마타로는 두려워 몸을 떨었고, 동시에 가쓰라기 형제를 거듭 원망했다.

왜 이런 일에 끌어들였는가.

그렇지만 원망해도 도루는 이미 죽었다.

구마타로는 석실 내부를 천천히 둘러보았다.

한복판에는 석관과 도루의 시체가 있다. 그리고 여태 매우 놀라고 당황해 부산을 떨고, 공포로 미칠 듯한 기분이라 깨닫지 못했는데 새삼 둘러보니 석관 주위에는 여러 가지 부장품들이 흩어져 있었다.

고대 말기부터 중세 이래 도굴이 횡행하는 가운데 이 능은 기적적으로 도굴을 면했던 것이다.

구마타로는 될 수 있으면 도루의 시체를 보지 않으려고 하면서 웅크리고 앉아 부장품을 살펴보았다. 금팔찌 같은 것이 있었다. 항아리 같은 것에는 사금이 담겨 있었다. 끈으로 묶은 나뭇조각도 보였다. 향나무 조각이었다. 석관 안에는 옥 같은 것이 있어 얼굴을 돌리고 손을 집어넣어 몇 개 꺼냈다. 역시 대롱옥이었다.

옥을 들여다보면서 구마타로는 자기가 꿈을 꾸는 게 아닌가 싶었다. 손끝이 갑자기 부풀어 오르고 주위 경치가 가물가물 뿌옇게 보이는가 하면 갑자기 멀어져 수축하기도 했다.

구마타로는 잠시 가만히 있었다. 잘 움직여지지 않는 손을 뻗어 대롱옥 두 개를 꺼내 품에 넣었다.

굴에서 기어 나온 구마타로는 주위를 둘러보았다.

잡목이 듬성듬성 서 있어 가지와 가지 사이로 하늘이 보였다.

옅은 먹물을 칠한 듯한 이상한 하늘이었다.

나무와 나무 사이로 덩굴 같은 것이 늘어져 하늘에 불길한 균열이 일어난 듯 보였다.

잡목 둥치에 몰려 있는 양치류가 바람에 흔들리며 손짓하는 듯했다.

바람은 별로 불지도 않는데.

작은 도깨비는 보이지 않았다. 구마타로는 천천히 굴에서 기어 나와 뒤를 돌아보았다.

구마타로는 이렇게 밖에서만 보면 이 안에 그런 넓은 공간이 있는 줄은 상상도 못할 거라고 생각했다.

석실에서 일어난 일이 믿기지 않았지만 옷 위로 단단한 대롱옥의 감촉이 느껴졌다.

구마타로는 몸을 구부리고 커다란 돌 아래 난 구멍에 원래 있었던 작은 돌을 채웠다. 작은 틈새는 흙으로 메웠다.

구마타로는 자기 몸 안에서 뭔가 거칠게 날뛰는 것을 느꼈다. 그 난폭한 움직임에 동조해 마구 달리고 싶었지만 가슴 속에 있는 그것이 거칠어질수록 또한 누름돌 역할을 해 달리지 못하고 잡초를 지르밟으며 잡목 숲을 지나 천천히 언덕을 내려왔다.

논 사이로 난 길, 뱀 구덩이가 있던 곳까지 돌아오니 고마타로와 아이들이 서 있었다.

고마타로와 아이들이 걱정하는 표정으로 기다리는 게 뜻밖이었지만 구마타로의 마음은 이미 메말라 있었다.

이런 곳에서 걱정스러운 표정을 짓고 있으면 뭐 해. 내가 정말로 위험할 때 도와주는 게 친구지. 그런데 이 녀석들은 자기들과 관계없다며 가버렸다. 그게 이 녀석들 본심이리라. 결국 이 녀석들에게 나는 이질적인 존재인 것이다. 팽이술래잡기를 할 때 이 녀석들이 내게 느낀 이질감은 내내 밑바닥에 흐르고 있었다는 이야기다. 이 녀석들에게 나는 친구가 아니었던 셈이다. 그런데 친구처럼 밤낮 어울려 놀았다. 나는 녀석들을 내 부하처럼 여겼다. 그리고 배신당했다. 고독하다. 쓸쓸하다.

그런 생각을 하면서 구마타로는 고마타로와 다른 아이들 쪽으로 다가갔다.

그렇지만 고마타로와 아이들은 멍하니 서 있을 뿐 이렇다 할 반응을 보이지 않았다.

기괴한 악당에게 끌려갔던 사람이 혼자 홀쩍 돌아오면 대부분 '야, 괜찮니? 다행이다, 다행이야' 하며 뒤가 켕기는 점이 있을수록 더 요란을 떨기 마련인데 멍하니 서 있다니 대체 어떻게 된 걸까?

의아해하며 구마타로가 다가가자 고마타로가 시큰둥하게 말했다.

"구마야, 별일 없었니?"

"그래, 별일 없어. 날 기다렸구나?"

"그래, 기다렸어. 그런데."

고마타로는 곤혹스러운 표정으로 도움을 청하듯 반타를 바라보았다.

반타도 난처한 표정으로 입을 열었다.

"아, 걱정되어 한동안 그 언덕 위에서 기다렸어. 그런데 구멍에서 그 숲속의 작은 도깨비가 나오더라. 우린 겁이 났지. 으악 하며 도망쳤어. 여기까지 뛰어왔는데 뒤에서 으아아악 하는 무시무시한 소리가 들리더라. 뒤를 돌아보니 시카조가 보이지 않았어. 어디 갔나 찾아보았더니 시카조 녀석이 저기서 넘어져 뱀 구덩이에 빠진 거야. 그래서 어떻게 하나 걱정하는데 저긴 뱀이 있잖아. 우리도 겁이 나서 구하지 못하고 있었어. 그렇지, 고마야?"

"맞아, 맞아."

고개를 끄덕이는 고마타로와 애써 설명하는 반타의 얼굴을 보며 구마타로는 아까부터 아이들의 태도가 수상한 이유를 알게 되었다.

얼굴 크고 이상하게 생긴 괴인의 마수에서 무사 귀환한 구마타로를 보고도 고마타로와 아이들이 별다른 반응을 보이지 않은 까닭은 여기서 또 한 명이 사고를 당했기 때문이다. 즉 둔해빠진 시카조가 넘어지면서 뱀 구덩이에 빠지는 사고가 일어나 어떻게 해야 할지 고민하던 중이었고, 바로 그런 이유로 원래는 뒤가 켕겨 더 호들갑스러운 반응을 보여야 할 구마타로의 귀환에 대해 이렇다 할 반응을 보이지 못했던 것이다. 하지만 그런 사정을 알게 되었다고 해도 마음속으로 받아들여지지는 않았다. 구마타로는 속으로 불같은 분노와 깊은 슬픔을 느꼈다.

구마타로는 생각했다.

시카조가 떨어진 곳은 기껏해야 뱀 구덩이다. 물론 그 안에 독사가 있다면 큰일이지만 보기에 독사는 없고, 그뿐 아니라 뱀은 절반 이상 죽은 듯하다. 그렇다면 그 구덩이가 가진 문제는, 사람이 느끼기에 기분 나쁜 뱀이라는 동물 정도다. 말하자면 그런 건 기분 문제라는 이야기다. 그렇다면 나는 어떤가? 나는 얼굴이 일반인의 몇 배나 되는 기괴한 남자에게 끌려갔다. 게다가 그 남자는 복수하겠다고 분명히 밝혔다. 즉 나는 틀림없이 생명을 잃을지도 모를 위기에 처해 있었다. 그런데 이 녀석들은 그런 위태로운 상황에 놓인 나를 버리고 도망쳐놓고, 생명이 별로 위태롭지도 않은 시카조 걱정을 하면서 내내 구덩이 옆에 서 있었다. 이건 이놈들이 시카조는 친구로 여기면서 나는 친구로 여기지 않는다는 이야기다. 이 녀석들은 내가 쇠뿔에 배가 찢어져도 아무렇지도 않을 테지만 자기 친구라면 모기에 물려도 괜찮으냐고 걱정하리라. 왜지? 왜 나만 이렇게 따돌림을 당하는 거지? 슬프다. 너무 슬프다.

구마타로는 자기가 이질적이라 친구로 여겨지지 않는다는 생각을 하면 너무도 괴로웠다. 구마타로는 어쩌면…… 하고 다른 가능성에 대해서도 생각해보았다.

저 녀석들은 틀림없이 뱀 구덩이에 빠진 시카조를 차마 버리고 갈 수 없어서 어쩔 수 없이 서 있는 것이리라. 그렇지만 거기에는 내 부재라는 사실도 어느 정도 영향을 미치지 않았을까? 말하자면 분명히 시카조가 딱해 여기 서 있었지만 어느 정도는 나를 기다리는 마음도 있지 않았을까? 그럴 리 없다. 역시 이 녀석들은 나를 이질적이라고 느껴 배제한 것이다. 그래서 날 버리고 도망쳤지만 시카조는 버릴 수 없었다.

그럼 나는 어떻게 해야 좋을까. 나 몰라라 하고 혼자 스이분으로 돌아갈까? 아니, 그래서는 아무것도 안 된다. 차라리 이렇게 하면 어떨까? 나를 이질적이라고 해서 그렇게 배제한다면 그 이질적인 내가 용감하게 뱀 구덩이에 들어가 시카조를 구하자. 그러면 녀석들은 어떻게 생각할까? 자기들이 버리고 도망친 이질적인 녀석이 친구를 구했고 자기들은 아무것도 할 수 없었던 일을 부끄러워할 것이다. 크하하. 수치를 각인시킨다. 나는 내 영웅적인 행위를 통해 이 녀석들 마음속에 수치를 새겨놓겠다.

구마타로는 그렇게 생각하며 몸을 파르르 떨었다.

시카조를 구하려면 기분 나쁜 뱀이 우글대는 구덩이에 들어가야만 한다.

그렇지만 지금 구마타로에게 그런 정도는 아무것도 아니었다.

가쓰라기 도루의 머리를 때렸을 때 느낀 감촉, 가쓰라기 도루의 얼굴이 터져 솟구치던 희뿌연 액체의 미끈미끈한 감촉이 지금도 손에 남아 있다. 이 감촉은 평생 씻어낼 수 없으리라. 그리고 그 석실에 떠돌던 말로 표현할 수 없는 공기. 그 안에서 노래를 부른 굴욕. 수치와 공포의 각인. 살인이라는 오명. 이제 몸 안에서 기분 나쁜 정신의 응어리로밖에 느껴지지 않는 보석. 그런 기분 나쁜 것을 몸에 칭칭 휘감은 나는 이제 예전의 내가 아니다. 뱀 따위는 문제도 아니다. 전에 팽이를 돌리지 못해 울었던 날의 푸른 하늘이 그리웠다.

구마타로는 그런 생각을 하면서 말했다.

"그럼 내가 시카조를 꺼낼게."

"엥? 구마가?"

아니나 다를까, 고마타로가 뜻밖이라는 표정으로 말했다.

그래. 역시. 역시 이 녀석들은 나를 버렸다는 의식이 있어. 그래서 놀라는 거야.

"그래, 내가 꺼내줄 거야."

"괜찮겠니?"

"상관없어."

그렇게 말하며 구마타로는 뱀 구덩이로 내려갔다.

구덩이는 생각보다 깊어 허리까지 뱀에 잠겼다.

허리 아래에서 뱀의 피부가 미끈거리는 감촉, 그리고 발바닥에 뱀이 짓이겨지는 물컹물컹한 감촉을 느끼면서 구마타로는 몸을 구부려 반쯤 뱀에 묻혀 정신을 잃은 시카조의 겨드랑이 아래로 손을 넣었다.

뱀이 귀찮은 듯이 자기 동료들 몸뚱이 안으로 대가리를 쑤셔 박았다.

훈도시 안으로도 뱀이 파고들어 꿈틀거렸다.

축 늘어진 시카조의 겨드랑이 아래를 받쳐 들고 끙 하고 발에 힘을 주며 들어 올리자 구마타로는 몸이 삼십 센티미터쯤 푹 가라앉아 가슴까지 뱀에 잠겼다.

옷이 치켜 올라가 허리띠 부분에 감겨 산 뱀과 죽은 뱀이 맨살에 닿았다.

고마타로와 아이들은 구덩이 위에서 남의 일이라는 듯 구마타로를 내려다보고 있었다.

구마타로가 호통을 쳤다.

"야, 뭘 멍하니 보고 있어. 누가 좀 당겨줘."

"어, 그래."

멍하니 보고 있던 산노스케와 고마타로가 대답한 뒤 구덩이 가장자리에 엎드려 시카조의 어깨 부분을 잡아 끌어당겼다. 구마타로는 아래에서 밀어 올렸다.

쑥. 구마타로는 몸이 더 가라앉았다. 이 뱀 구덩이는 대체 얼마나 깊은 걸까, 구마타로는 생각했다. 그리고 고마타로와 아이들이 시카조만 구하면 '그럼 잘 있어' 하며 목까지 뱀에 잠긴 자신을 내버려두고 가버리는 게 아닐까 걱정했다.

구마타로와 아이들은 넋이 나간 시카조를 데리고 밤중이 되어서야 마을에 돌아왔다.

시카조는 정신이 이상해졌고, 그 일로 마을이 떠들썩해져 물레방아 파괴범 찾기는 유야무야되었다.

물을 끓이기도 하고 멈춰 서서 다리 위에서 이야기하기도 하고 등불을 들고 모리야 마을 쪽으로 서둘러 가는 사람들을 보면서 구마타로는 자기가 이전의 자신과는 완전히 달라졌음을 느끼고 있었다.

메이지 14년, 1881년에 스물세 살이 된 구마타로는 완전히 허랑방탕한 녀석이 되어 있었다.

생업은 내동댕이치고 노름방에 드나들었다. 낮부터 술을 마시는 등 방탕하게 지내며 그런 생활 태도에 완전히 젖어들었다.

그래서는 안 되는 거 아닌가?

구마타로 본인이 제일 잘 알고 있었다. 집에는 논밭이 조금 있었지만 이렇게 지내다보면 땅도 언젠가는 사라질 테고 좋지 않은 평이 나서 모든 사람들에게 폐가 될 것이다. 그런데도 구마타로는 방탕한 생활을 멈출 수 없었다.

뻔히 알면서 왜 그만두지 못했을까?

그건 물론 구마타로의 의지가 약해서이지만 그에게는 나름대로 이유가 있었다.

그 가운데 하나는 메이지 5년, 1872년에 있었던 그 일이다.

그 뒤로 숲속의 작은 도깨비는 구마타로 앞에 한 번도 나타나지 않았다. 그 뒤에도 구마타로는 고세에 들르곤 했다. 그렇지만 그곳에서 작은 도깨비를 본 적은 없었다.

그 석실 안에 가쓰라기 도루의 시체가 있을 거라는 생각 때문에 그쪽으로는 발길이 떨어지지 않아 가까이 가지 못했다.

그 뒤로 사카이 현령 사이쇼 아쓰시는 툭하면 관내 유적 발굴조사를 실시했다. 1872년에는 새똥 청소를 핑계로 오야마 고분의 닌토쿠 능을 발굴했다. 1877년에는 미나미카와치군 고쿠분 촌에 있는 마쓰오카야마 고분을 파헤쳤고 후지이데라에 있는 나가모치야마 고분을 파냈다.

구마타로는 이런 이야기를 들을 때마다 소름이 끼쳤다.

고세에 있는 그 석실을 사이쇼가 파헤친다면 당연히 도루의 시체가 발견될 것이다. 살인을 하고 그 시체를 능 안에 버린 놈이 있다면 큰 소동이 일어날 게 뻔하다. 그때 내가 마을을 나가 나라 쪽으로 갔었던 일은 마을 어른들이 안다. 고마타로, 반타, 시카조, 산노스케는 내가 가쓰라기 도루와 함께 어디론가 갔던 사실을 알고 있다.

하기야 고마타로나 다른 녀석들이 자진해서 같은 마을에 사는 내게 불리한 증언을 하지는 않으리라. 하지만 녀석들이 평소 나를 대하는 태도로 보아 추궁당하면 이렇다 할 심리적인 저항도 없이 실토할 것이다. 그렇게 되면 나는 끝장이다. 구마타로는 생각했다.

마을 녀석들이 털어놓으면 나는 끝이다. 그리고 아마 마을 녀석들은 실토하리라. 그러니 나는 머지않아 끝장난다.

열네 살 때부터 구마타로는 늘 이렇게 생각하며 살아왔다.

사람은 미래가 있기 때문에 대비하려 노력한다. 하지만 내일 대지진이 와 모든 게 사라진다면 누가 논을 갈겠는가. 추수하려면 가을이 와야 하는데 그 가을이 오지 않으리라는 사실을 아는데.

술을 마시고 자포자기에 빠져 아무렇게나 행동할 게 뻔하다. 구마타로는 늘 그런 심정이었다.

어차피 정해진 팔자. 열심히 일할수록 어리석은 짓이다.

이런 생각을 하며 구마타로는 방탕한 생활에 빠져 타락했다.

앙앙불락한 구마타로였지만 주사위 노름판 앞에서 열심히 주사위 숫자를 읽는 동안은 근심거리, 즉 자기가 내일이라도 사라질 수 있다는 사실을 잊었다. 그렇지만 승부가 끝나고 지닌 돈을 모두 잃은 뒤 다리 위에 우두커니 서서 흐르는 강물을 바라볼 때면 자기 몸 안에서부터 흘러나오는 적막감에 온몸이 찢어지는 듯한 심정이 되었다. 그러면 도저히 견딜 수 없어 만만한 술집에 들어가 의식을 잃을 때까지 술을 마셨다.

그러나 구마타로도 마냥 술이나 마시고 주사위 노름에 빠져 있었던 것은 아니다. 나름대로 손을 쓰려고도 해보았다. 구마타로는 생각했다.

내 운명은 마을 녀석들이 그 일을 다른 사람에게 떠벌리느냐 아니냐에 달렸다. 그렇지만 놈들은 나를 전부터 이질적인 존재로 여겼고, 이제는 이런 나를 탕아처럼 여기며 뚜렷한 이유 없이 꺼린다. 하기야 방탕하기는 하지만. 그러니 어쩌면 좋을까. 구마는 허랑방탕한 녀석이지만 그래도 근본적으로는 꽤 착한 녀석이다, 라고 생각하게 되면 다행이다. 왜냐하면 근본적으로는 착하다고 여기는 녀석을 밀고하는 일은 거의 없기 때문이다. 그럼 꽤 착한 녀석으로 여겨지려면 어떻게 해야 할까? 그건 간단하다. 꽤 착한 일을 하면 된다.

그렇게 생각한 구마타로는 꽤 착한 일을 하려고 마을을 어슬렁거렸다.

"어디 착한 일 없을까?"

구마타로가 이런저런 궁리를 하며 우시타키도(牛滝堂) 앞을 지나 온타키바시 다리를 건너는데 맞은편에서 고마타로가 소를 끌고 걸어오는 것이 보였다.

"고마, 소 끌고 어디 가나?"

구마타로는 멈춰 서서 친근한 말투로 물었지만 고마타로
는 걸음을 멈추지 않고 "소 요조코해주러 가는데"라며 그대
로 지나치려고 했다.

"흐음, 요조코?"

구마타로는 아는 것 같기도 하고 모르는 것 같기도 한 말
투로 중얼거리더니 발걸음을 돌려 고마타로의 뒤를 따랐다.

"고마, 고마."

"왜? 구마, 너 맞은편에서 걸어오던 중 아니었어?"

"그랬지."

"그럼 이리 가면 나중에 돌아가야 할 텐데."

"괜찮아. 그보다, 고마."

"왜?"

"요조코가 뭐냐?"

"아니, 너 농사꾼 자식이 요조코도 몰라?"

고마타로는 놀란 표정을 지었지만 구마타로는 전혀 들어
본 적이 없는 말이었다.

구마타로는 궁금해서 견딜 수 없었다.

고마타로와 다른 녀석들은 요조코라는 전문용어를 구사하

며 자유롭고 즐겁게 농사일을 한다. 그런데 같은 마을에서 마찬가지로 농사꾼 집안에서 태어난 구마타로는 그 말뜻을 전혀 몰랐다.

애들은 대체 언제 이런 말을 익힌 걸까?

적어도 내겐 아무도 그런 걸 가르쳐주지 않았다. '그건 네가 농사일을 내팽개치고 허구한 날 방탕하게 생활하기 때문이잖아' 하고 비판하는 사람이 있을지도 모른다. 하지만 구마타로는 아니라고 생각했다.

농사일에 쓰는 용어뿐만 아니라 다른 행사에 대해서도 구마타로만 모르는 게 많았다. 예를 들어 매년 10월이면 가을 마쓰리가 열린다. 가을 마쓰리가 열리면 다케미쿠마리 신사에서 같은 씨족신을 모시는 열여덟 개 마을이 모여 저마다 화려하게 장식한 '단지리'라는 바퀴가 달린 가마에 신위를 모시고 그 가마를 멘다.

가마를 메는 사람들은 신바람이 나서 제법 오래 전부터 손발을 맞추는 연습을 한다.

그렇지만 구마타로는 최근까지 다른 친구들이 그런 걸 하고 있다는 사실을 몰랐다.

왜 몰랐느냐 하면 가르쳐주지 않았기 때문이다. 그러면 다른 친구들은 어떻게 알았을까? 구마타로에게는 그게 가장 큰

수수께끼였다.

고마타로나 다른 친구들이 무슨 통지서 같은 걸 받아 보고 가을 마쓰리가 있다는 사실을 알게 된 것은 아니다.

마을 행사야 원래 "이제 곧 가을 마쓰리 있겠네", "그렇군," "가마 메는 연습을 해야겠어", "그렇지" 하는 식으로 대화를 통해 자연스럽게 알게 되는 것이다. 그러나 구마타로는 아무리 해도 그런 대화가 불가능해 결과적으로 다들 아는 마을 행사나 농사일에 쓰는 용어를 자기만 모르게 되었다.

구마타로는 왜 자연스러운 대화를 할 수 없었던가?

구마타로가 너무 사변적이라는 사실이 원인인 듯하다.

요즘에는 구마타로 스스로도 자기 사고방식이 아무래도 주위 사람들과 다른 것 같다는 사실을 깨닫기 시작했다.

'나는 아무래도 한 가지 문제를 머릿속에서 너무 오래 고민하는 것 같다.' 구마타로는 생각했다.

예를 들면 이런 것, 하고 소를 데리고 가는 고마타로를 보면서 구마타로는 생각했다.

구마타로는 고마타로를 다시 보았다. 고마타로는 서둘러 요조코하러 가고 싶다는 듯 다리 위에 서서 말했다.

"구마, 너도 농사일을 하면 알게 돼. 요조코라는 건 소 발톱을 잘라주는 일이야. 난 얼른 가야 해서 이만."

아하. 구마타로는 생각했다.

고마타로는 우선 머릿속으로 '얼른 요조코하러 가고 싶다'
고 생각했다. 그리고 어서 가고 싶은 표정을 지었다. 그다음
에 말로 "얼른 요조코하러 가고 싶다"고 말했다. 즉 고마타로
는 생각과 말이 한 가닥으로 연결되어 있다. 생각과 말과 행
동이 일치한다. 그렇지만 나는 그게 일치하지 않는다. 왜 일
치하지 않는가 하면 그건, 최근 어렴풋이 알게 된 사실인데,
내가 극도로 사변적, 사색적이기 때문이다. 즉 내가 지금 이
렇게 생각하는 것을 나는 가와치 농사꾼의 말로 표현할 수
없다. 결국 내 사변이라는 것은 출구가 없는 건물에 갇힌 사
람 같아서 건물 안을 방황할 수밖에 없다. 그러니 생각은 말
이 되지 않고 내가 생각하는 것, 궁리하고 있는 것은 마을 사
람들에게 절대로 전달될 수 없다. 예를 들면, 잠깐 말해볼까.
구마타로는 말했다.

"고마야."

"왜?"

"나 말이야."

"응."

"머릿속 생각을 이야기하려고 해도 뭐라고 해야 할지 말이
전혀 떠오르지 않아."

"그건 이해해. 나도 그런 일 자주 있어."

너도 그럴 때가 있지? 내 의도가 도무지 전달되지 않아. 그래서 내 생각과 말, 행동은 늘 따로따로야. 생각한 게 말로 나오지 않기 때문에 말로 하는 대화의 결과인 행동은 애초에 의도한 게 아니게 되지. 내 생각과는 전혀 다른 샛길이지. 혹은 말의 대체물, 입으로 말하지 않는 대신 행동으로 표현했을 경우 애초에 그 말하려는 내용 자체가 이중삼중으로 굴절된 내용이라서 행동도 남이 보기에는 쇠 주전자에 짚신을 넣는다거나 밥그릇을 양손에 들고 괴로운 듯 춤추는 것처럼 영문을 알 수 없는 짓이 돼. 일본어를 영어로 번역한 것을 프랑스어로 다시 번역하고 그걸 또 스와힐리어로 번역해 그걸 다시 교토 사투리로 번역한 것처럼 점점 본래의 뜻에서 멀어지지.

구마타로는 생각했다. 그런데 이게 어떤 결과를 가져왔는가. 한마디로 하면 마을 사람들의 경멸을 불러왔다.

마을 사람들이 보기에 구마타로는 아주 간단한, 멍청이라도 할 수 있는 일을 하지 못하는 바보 천치였다.

예를 들어 트랙 경주를 한다고 하면 마을 사람들은 다른 생각 않고 오로지 달리기만 한다. 그러나 자기의 사변을 표현할 말을 지니지 못한 구마타로는 캄캄한 어둠 속에서 춤을 추듯 이리저리 비틀거리며 달리는 꼴이다. 그 마음속을 모르는 사람이 보면 구마타로는 멍청이로 보일 수밖에 없다. 대부분이 남의 속마음은 알 수 없기에 구마타로는 할 줄 아는 게 없는 얼간이로 여겨지는 것이다. 더 알기 쉽게 이야기하자면 구마타로는 거기서 쓰는 언어를 전혀 모르는 나라에 갑자기 들어가 헤매는 사람 같았다.

물론 말이 통하는 나라에 가면 평범한 사람, 아니 그 이상으로 지성적인 사람이리라.

그렇지만 이곳에서는 상대가 하는 말은 어렴풋이 이해해도 자기 생각을 제대로 전달하지 못하기 때문에 일상생활도 제대로 할 수 없다. 사람들은 우동 하나 제대로 주문할 줄 모르는 백치라며 낙인을 찍는다. 자기보다 멍청한 인간에게 백치라는 소리를 듣는 것만큼 비참한 일은 없다.

그렇지만 언어를 지니지 못한 슬픔 때문에 자기 처지를 이해시킬 수도 없고, 어떻게든 설명해보려고 해도 멍청이로 여기기 때문에 "그래, 그래. 알았어, 알았다고"하며 대충 넘어가기만 한다. 제대로 들어주지 않는 것이다. 그러면 사람은 속이 타기 마련이라 자꾸 실수를 거듭하게 된다.

요조코라는 말을 처음 들었을 때의 구마타로도 그러했다.

애당초 구마타로가 온타키바시 다리 위에서 고마타로에게 말을 건 까닭은 고마타로를 비롯한 친구들과 어울리고 그들을 잘 달래어 가쓰라기 도루의 시체가 발견되었을 때 불리한 증언을 하지 못하도록 만들기 위해서였다.

구마타로는 고마타로에게 요조코하러 가는 걸 돕겠다고 했다.

고마타로는 일단 거절했지만 구마타로가 계속 매달리는 바람에 "그럼 알았어"라며 구마타로에게 소를 맡겼다.

고마타로네 이웃에는 숙부인 스기조가 사는데 그 집의 소도 요조코 터에 데리고 가야 했다. 하지만 공교롭게도 스기조는 어제부터 돈다바야시에 사는 친척 집에 가 있어서 고마타로에게 소를 맡겼다. 고마타로는 한꺼번에 소 두 마리를 끌고 갈 수는 없어 먼저 자기 집 소를 데리고 가서 일을 마친 다음 숙부네 소를 데리고 올 작정이었다. 그런데 구마타로가 나선 것이다. 고마타로가 말했다.

"그럼 이 소를 끌고 먼저 요조코 터에 가 있어."

요조코. 한자로 '養生構'라고 쓴다. 그 시절 농사짓는 집은 어디나 밭을 갈기 위해 소를 키웠고, 소 발톱을 깎아주는 전문가가 정기적으로 찾아왔다.

간단한 건강진단을 하고 기도 같은 걸 드리기도 했다.

고마타로의 소를 맡은 구마타로는 요조코 터 근처까지 끌고 갔다.

요조코 터는 스이분 신사에서 꽤 가까운 강 근처의 넓은 터였는데 이곳으로 가려면 먼저 다랑논 사이로 난 길을 감아 오르듯 지나 다시 강 쪽으로 내려가는 좁은 길밖에 없었다. 게다가 요조코 터 바로 앞에는 난간 없는 다리까지 있어 그 좁은 길을 오르내린 뒤에는 다리를 건너야 했다. 동네 인근에서도 소들이 몰려들어 위험했다. 구마타로는 다랑논 위에서 요조코 터의 혼잡스러운 모습을 내려다보며 한숨을 쉬었다.

"정말 엄청 많은 소가 모였잖아?"

구마타로는 바로 요조코 터로 내려가기가 망설여졌다.

왜냐하면 너무 많은 소가 몰려 북적거렸기 때문이다.

지금 요조코 터에는 소가 우글거려 기다릴 자리를 잡기도 힘들다. 봐라, 저렇게 소똥 천지다. 눈 뜨고 못 봐주겠다. 그렇다면 내려가지 말고 고마타로가 올 때까지 여기서 기다리는 게 나을지도 모른다. 널찍하고 경치도 좋아 그게 나나 소나 편하다. 저 녀석들은 그런 걸 모르고 저런 곳에서 밀치락 달치락하는 멍청이들이다.

그런 생각을 하고 있는데 구마타로가 왔던 쪽에서 아카마쓰 긴조가 소를 끌고 다가왔다.

앗, 여전히 괴팍한 분위기를 풍긴다. 구마타로는 그렇게 생각했지만 이제는 더 이상 아카마쓰에게 멱살을 잡혀 겁에 질리던 꼬마가 아니다. 별로 두려워하는 기색도 없이 버티고 서서 소의 코를 쓰다듬고 있자니 아카마쓰 긴조는 바로 옆까지 다가와 말했다.

"너 구마 아니냐?"

"아, 뭐."

"네가 소를 끌고 오다니, 희한한 일이로구나. 요조코하러 가는 거냐?"

"친구가 부탁해서."

"그래? 친구라면 어차피 동네 녀석들이겠구나."

"그럼 안 되오?"

"칵, 못된 놈들. 내 물레방아 망가뜨린 녀석들이."

긴조는 끈질기게 물레방아 이야기를 했다. 언제까지 저 이야기를 지껄일지 구마타로는 넌더리가 났다. 구마타로의 마음을 아는지 모르는지 긴조는 말을 이었다.

"너 가려면 빨리 가라."

"난 여기서 친구 올 때까지 기다릴 거요."

"난 요조코 간다."

"갈 거면 지나가면 그만이지."

"가려는데 네가 거기 있으니 지나갈 수 없지 않느냐."

"옆으로 지나갈 수 있잖소."

"좁아서 지나갈 수 있겠느냐?"

실제로 길이 좁기는 했다. 그렇지만 도저히 지나갈 수 없을 정도는 아니었다. 서로 조금씩 신경을 쓰면 소 두 마리가 빠듯하게 지나갈 수 있을 정도의 폭이었다. 그런데 긴조는 지나갈 수 없다고 우기니 세상에 자기 혼자 사는 사람이다. 구마타로는 정말 고집 센 영감이라고 생각하며 말했다.

"폭이 이 정도면 지나갈 수 있지. 지나가쇼. 난 친구 기다려야 하니까."

"어떻게 좀 못하겠냐? 이렇게 좁은데 어떻게 지나가? 이대로 지나가라고 하면 네가 논으로 내려갈 테야?"

논은 잘 갈아져 있었다.

발이 푹푹 빠지는 논에 들어가기는 싫었다. 구마타로는 '소가 없이 나 혼자라면' 하는 생각을 했다.

나 혼자라면 긴조 영감 따위 전혀 두렵지 않다. 예전의 애송이도 아니고 게다가 사람까지 죽였다. 노름판에서 배운 협객 말투로 '긴조, 너 배짱 한번 두둑하구나. 이 스이분에 사는 구마타로에게 논으로 들어가라고 지껄이는 거냐? 웃기는군. 핫핫핫. 어처구니없어서 웃음이 나와. 웃었더니 폐가 살짝 아프군. 뭐 그건 그렇다 치고, 논으로 들어가달라고 하면 고분고분 들어가겠어. 대신 날 웃게 만든 대가는 치러야 할 거야.' 이런 식으로 으름장을 놓을 수도 있다. 그렇지만 지금 은 고마타로네 소를 데리고 있다. 문제가 생겨 소 발톱을 깎 아주지 못하면 고마타로가 난처해지고 그러면 내 인상도 나 빠진다. 그러면 내가 가쓰라기 도루와 함께 고분 쪽으로 갔 다는 이야기를 흘릴 수도 있으니 내 손해다. 굳이 고집을 부 리다가 그런 손해를 볼 필요는 없다. 게다가 지금 생각은 내 가 혼자라는 걸 전제로 한 이야기인데 만약 내가 혼자라 소 를 데리고 있지 않다면 논에 들어가지 않아도 긴조는 아무 문제 없이 나를 지나 요조코 터로 갔을 테니 전제 자체가 무 효다. 혼자라면 이런 소 발톱 깎는 곳에 올 필요도 없었을 터 이니 결국 지금 나는 요조코 터로 내려가는 게 낫다는 이야 기가 된다.

여느 때처럼 복잡하게 생각한 끝에 구마타로는 긴조에게 말했다.

"그러면 내가 먼저 요조코 터로 내려가겠소."

"어서, 빨리 가지 못하겠느냐?"

구마타로는 앞장서서 요조코 터로 내려갔다.

요조코 터는 좁아서 소 열 마리만 들어가도 꽉 찼다. 대부 분의 소들이 그 바로 앞 다리 가까이에 몰려 있었다. 그곳의 한쪽은 낮은 둑처럼 솟아 그 비탈에 잡목이 무성했고 다른 한쪽은 논이 방추형으로 좁아져 그 좁아진 만큼 길 폭이 넓어졌다. 그렇다고 빈터는 아니었고, 뭔가 이상한 황토색 나뭇진 같기도 하고 금속 같기도 한 건축자재가 쌓여 있는가 하면 한가운데가 솟아올라 큰대자를 그리는 듯한 멋진 돌도 놓여 있었다. 사람들은 그 뒤죽박죽인 작은 광장 같은 공간에 모여 무슨 생각을 하는지 알 수 없는 얼굴로 두런두런 이야기를 나누고 있었다. 그 안에는 느긋하게 앉은 소도 있고 똥이나 오줌을 멋대로 싸대는 소도 있었다. 마치 소의 도가니 같은 요조코 터 풍경을 보면서 구마타로는 넌더리를 쳤다.

구마타로와 긴조가 내려온 길 말고 다리 왼쪽의 수풀을 우회해 오는 길도 있었는데 거기도 소가 와글와글했다. 소를 적당한 곳에 묶어놓은 농사꾼들은 소는 신경도 안 쓰고 저마다 은으로 만든 담뱃대나 곰방대를 입에 물고 잎담배나 냄새가 지독한 가루담배를 뻐끔거리며 한가롭게 이야기를 나누고 있었다.

"왜 이렇게 좁은 곳을 요조코 터로 잡은 건가?"

"맞아."

"전에는 넓은 곳에서 했는데."

"아, 그랬나?"

"그랬지. 지금은 사카구치라는 사람 집이 됐는데. 전에는 거기서 했지. 거기는 넓어서 좋았는데."

"맞아. 그런데 왜 거기서 하지 않게 된 거지?"

"그야 사카구치가 집을 지었기 때문이잖아."

"아, 참. 그랬지. 하하, 정말 얼마 전인데."

농사꾼들은 그러더니 소를 끌고 다리 쪽으로 나아갔다.

좁은 곳에 사람과 소가 우글대기 때문에 한두 명만 움직여도 전체가 움직이게 된다. 요조코 터에 더 가까운 다리 쪽으로 옮기는 사람이 있었고, 그 빈 공간으로 쏙 끼어드는 사람도 있었다.

한 명이 움직일 때마다 그 영향이 주위로 퍼져나가는 광경은 마치 사람과 소가 이루는 잔물결 같았다. 조금 지나자 대부분의 사람은 저마다 자리를 잡고 풀밭에 눕거나 돌에 걸터앉아 조금 전 그 농사꾼들처럼 느긋한 대화를 나누기도 하고 담배를 피우기도 했다.

그런 가운데 구마타로만은 아무리 시간이 지나도 적당한 자리를 잡지 못했다.

뒤에서 사람이 밀쳐 몸을 틀어 피했는데 그쪽에도 사람이 있었다. 그 사람이 "아야" 하고 소리쳐서 "미안합니다"라고 사과했는데 다시 다리 쪽에서 누군가가 소를 끌고 오더니

"어이, 비켜"라고 했다. 비켜주려 물러서는데 그 앞에 또 사람이 있었다. 이런 일을 반복하다보면 또 다른 사람이 들어오고…… 이런 식으로 구마타로는 "어엇, 어엇" 하며 우왕좌왕했다.

그렇지만 다른 사람들은 다들 자리를 잡았다. 구마타로처럼 낑낑거리며 계속 움직이는 이는 없었다. 구마타로는 왜 나만…… 하는 생각이 들었다.

왜 나만 이런 식으로 사람을 피해야 하나? 혼잡하기는 누구에게나 마찬가지다. 그렇지만 다른 사람들은 쉽게 자리를 잡았다. 나와 비슷한 때, 또는 한 걸음 늦게 도착한 아카마쓰 긴조마저 이미 제일 좋은 자리에서 풀밭에 누워 느긋하게 담배를 태우고 있다. 다른 사람도 저마다 자리를 차지하고 태연한 모습이다. 그런데 나만 자리를 잡지 못하고 이리 부딪히고 저리 치이며 어엇, 어엇 꼴사나운 소리를 지르고, 갈피를 잡지 못하고 우왕좌왕하고 있다. 왜 이렇게 되었지? 내가 통로에 서 있기 때문인가? 이곳은 요조코 터 앞이라 맞은편 다랑논으로 오는 녀석, 그리고 저기 긴조가 있는 풀숲을 우회하는 길로 오는 녀석이 여기서 일단 뒤섞인 다음 요조코 터가 있는 다리 쪽으로 간다. 또 요조코가 끝난 사람들은 다리를 건너 돌아가려고 이쪽으로 와 부대끼게 된다. 내가 이렇게 사람들이 오가는 길 한복판에 서 있기 때문에 이리저리 밀리는 건가? 아니, 그렇지 않다. 아까부터 나는 사람과 소의 물결에 이리저리 밀리며 계속 조금씩 이동했다. 아까는 긴조가 누워 있는 풀숲 가까운 곳에 있었는데 지금은 논이 좁아지는, 물건을 쌓아둔 곳 쪽으로 많이 이동한 상태다. 아까 내가 사람과 소가 오가는 길 한복판에 서 있었다 해도 지금은 이만큼 밀려나왔으니 그 길에서 벗어나 있는 셈이다. 그런데도 나는 계속 이리저리 밀리고 있다. 다른 이들은 그렇지 않다. 이게 무슨 이야기인가 하면 결국 내가 있는 곳이 길이 된다는 이야기다. 참으로 한심한 노릇이다. 왜 한심한가 하면, 사람이 많은 곳을 뚫고 지나가려 할 때 다른 사람들에게 조금씩 양보를 받아야 하다보니 상대를 고르는 사람들은 조금이라도 만만해 보이는 녀석을 골라 '야, 좀 지나가자'라고 한다. 지금 다들 내게 지나갈 테니 비켜달라고 하는 것은 마을 사람들 모두 나를 무시해도 괜찮은 녀석으로 얕본다는 이야기다. 한때 나는 다이난 공이 되살아났다는 이야기를 들었다, 고 할 수는 없고, 뭐 내가 멋대로 그렇게 생각했을 뿐이지만 그래도 한때는 씨름 실력과 '팔 찍기', '허벅지 차기', '팔 꺾기' 기술로 마을 아이들을 모두 부하로 거느렸을 정도인데. 현재 이토록 무시당하는 원인은 딱 한 가지다. 머릿속으로 아주 많은 생각을 하지만 그걸 말로 표현하지 못하고 머뭇거리며 우물쭈물하는 버릇이 있어 겉으로는 협객처럼 행동하지만 사실 내 행동은 협객의 자연스러운 행동과는 다르기 때문이다. 지금, 또래가 어엿한 농사꾼 노릇을 하는데 나는 십대 때 농사일을 배울 기회를 놓친데다 기초부터 배우기는 쑥스러워 그걸 얼버무리기 위해 협객인 척하는 상태에 지나지 않는다. 즉 내가 가짜 협객이라는 사실을 마을 사람들은 본능적으로 눈치채고 무시하는 것이다. 제기랄, 쪽팔린다. "어, 미안합니다." 이런, 또 물러서고 말았다. 그러나 사실이다. 나는 협객인 척 행동하지만 마음속으로는 이렇게 농사를 짓지 않는 허랑방탕한 생활을 하고 있다는 사실을 면목 없다고 생각하며 그래서 누가 오면 얼른 '아, 미안합니다' 하며 스스로 피하고 마는 것이다. 내가 고마타로를 돕겠다고 한 것도 사실은 나에 대한 평가를 좋게 만들기 위해서이지만 어쩌면 그 속에는 사람들에게 면목 없다는 기본적인 생각이 깔려 있을지도 모른다. 그처럼 면목 없다고 생각하는 내 마음이 알게 모르게 겉으로 드러나기 때문에 다들 내게 비키라는 건가? 의외로 그게 제일 큰 이유일지도 모른다.

구마타로는 이렇게 생각했지만 그런 심정을 누가 알랴. 사람들은 저마다 자기 생각에 따라 자기가 가고 싶은 방향으로 이동했고, 그때마다 구마타로는 이리 치이고 저리 치이며 인파에 떠밀려 어느새 요조코 터 안으로 들어오고 말았다.

요조코 터에서는 아카마쓰 긴조네 소의 발톱을 깎고 있었다.

구마타로는 생각했다.

얼마나 약삭빠른 사람인가. 조금 전까지만 해도 가장 좋은 자리를 차지하고 풀숲에 누워 느긋하게 담배를 피우더니 어느새 요조코 터에 들어와 있다. 나는 저런 남자를 평생 이길 수 없으리라.

그 아카마쓰 뒤에 소 한 마리를 데리고 기다리는 농사꾼이 있고 그 뒤에도 한 명이 더 있었다. 그다음이 구마타로 차례였다. 소 발톱을 깎는 시간은 그리 길지 않은 듯했다. 전문가가 잠깐 보고, 상점의 우두머리 종업원 같은 눈이 치켜 올라간 무뚝뚝한 사내가 소의 궁둥이를 바라보며 소의 다리를 불끈 들어올린다. 느닷없이 다리가 들린 소는 화가 나서 음매 하고 소리치지만 소용없다. 발톱이 너무 긴 소는 제대로 서 있지 못하고 비틀거린다. 자칫하면 병에 걸릴 수 있기 때문에 소가 싫다고 음매 하고 울어도 발톱은 깎아야만 한다. 남자는 음매 하고 우는 소리를 듣지 못한 척하고, 또 다른 남자가 나서서 작은 낫과 손도끼, 줄을 써서 소의 발톱을 깎는다.

구마타로는 처음 보는 이 요조코 광경이 희한해 "아하, 오

묘하구나" 하며 입을 헤벌리고 구경하다가 어느새 긴조의 소와 그다음 소의 발톱 깎기가 끝나 다음은 자기 차례라는 걸 깨닫고 당황했다.

왜냐하면 발톱 깎기가 끝나면 다들 수고한 사람에게 답례로 돈을 건네는데 구마타로는 얼마나 줘야 할지 몰랐기 때문이다. 게다가 어제 야마토타카다에 있는 노름판에서 가진 돈을 모두 잃어 수중에는 한 푼도 없었다. 그걸 깨닫고 구마타로는 까치발을 들어 다리 건너편을 바라보았지만 고마타로는 아직 보이지 않았다.

구마타로는 일단 다리 건너편의 대기하는 사람들 쪽으로 돌아가 고마타로를 기다리려고 소를 끌고 다리로 향했다.

구마타로는 중년 농사꾼이 소를 끌고 다리를 건너오려고 하는 걸 보고 그를 보내고 난 뒤 건너려고 다리 옆에서 기다렸다. 그런데 남자가 다 건너고 구마타로가 건너려고 할 때 당치도 않게 다른 농사꾼이 또 소를 끌고 다리로 올라왔다. 그러나 요조코 터는 이미 소와 사람으로 가득 차 있어 들어오지 못하고 다리 중간에 멈춰 섰다.

다리라고 해봐야 난간도 없는 허름한 다리였다.

한 명이 중간에 멈춰 서면 다른 사람이 오갈 수 없을 만큼 폭이 좁다. 구마타로는 농사꾼에게 소리쳤다.

"네가 거기 버티고 서 있으면 내가 건너갈 수 없잖아. 돌아가, 돌아가라고."

구마타로로서는 아주 알아듣기 쉽게 말한 셈이다. 그런데 농사꾼은 "안 돼, 안 돼. 뒤에 사람이 많아서 돌아갈 수가 없어"라며 말도 안 되는 소리를 했다.

구마타로는 어처구니없었다.

무슨 멍청한 소리를 하는 건가 생각했다.

여기는 좁은 요조코 터다. 발톱을 다 깎은 소가 계속 머물면 붐벼서 다른 소는 들어올 수 없게 된다. 그렇기 때문에 요조코 터에 여유 공간이 없을 때는 함부로 다리에 진입해서는 안 된다. 그런데 앞뒤 생각 않고 다리에 올라오더니 자기가 한 짓은 생각도 않고 돌아갈 수 없다며 뱃속 편한 소리나 하고 있다. 내가 다리 건너편으로 가지 않는 이상 저 녀석도 요조코 터에 들어올 수 없을 텐데.

구마타로는 그런 뜻을 상대에게 전했다.

"뒤로 돌아갈 수 없다고 하는데, 네가 이리 와도 내가 그리 건너가지 않으면 넌 요조코 터에 들어올 수 없어. 그러니 네가 먼저 물러나야지."

그렇지만 구마타로의 참뜻이 전해지지 않았는지 농사꾼은 다시 말했다.

"그렇지만 뒤에서 사람들이 꾸역꾸역 밀려들어서."

구마타로는 언성을 높였다.

"그러니까 네가 물러나지 않으면 내가 그리 갈 수 없다고 하잖아. 그러면 너도 이쪽으로 들어올 수 없다고."

농부가 구마타로보다 더 큰 목소리로 말했다.

"그러니까 사람이 많아서 물러설 수 없다니까."

구마타로는 왜 이리 말이 통하지 않는지 절망스러웠다.

그러면 멋대로 하라고 소를 요조코 터에 내버려두고 돌아 갈까 하는 생각도 했다. 하지만 그랬다가는 고마타로에게 미안하다. 망설이는 중에 구마타로의 소 앞에 있던 소가 발톱 깎기를 마쳤는지 주인이 소를 끌고 다리 쪽으로 다가왔다.

그러나 앞에는 구마타로가 있어 더는 나아가지 못한다. 남 자가 구마타로에게 말했다.

"뭐 하는 거요? 어서 건너."

"아니, 그게 아니라. 저기 저 사람이 다리를 막아서 건너갈 수가 없어서."

"어, 정말이네. 야, 좀 비켜. 네가 거기 있으니까 우리가 건 너갈 수 없잖아."

"뒤에 사람이 꽉 들어차 물러설 수 없소."

"그런 소리 해봐야 네가 거기 있으면 우리가 그쪽으로 갈 수 없어. 어떻게든 뒤로 물러나."

남자가 하는 말을 듣고 고마타로는 '그래, 맞는 말이야'라고 생각하며 말했다.

"그래, 맞아. 어떻게든 네가 뒤로 물러나."

하지만 남자는 여전히 태연했다.

"그게 물러날 수 없을 정도로 사람이 꽉 들어찼다니까."

구마타로는 너무 기가 막혔다. 구마타로는 뒤에 있는 남자에게 말했다.

"저 녀석 저런 소리나 하다니, 멍청이네."

"정말."

그렇게 대꾸한 남자는 눈썹이 짙고 입술이 두툼하며 눈썹 옆에 사마귀가 난 힘이 세 보이는 남자였다. 구마타로는 이 남자가 저 다리 위에서 고집을 부리는 멍청이를 호되게 몰아붙일 거라는 기대를 품고 물었다.

"어쩌지?"

"할 수 없잖아."

"그러면?"

"네가 우선 저쪽으로 건너가고 그 빈자리에 저 녀석이 오고, 그다음에 내가 건너가면 되지."

"엥? 내가 먼저 건너?"

"비킬 수 없다고 하니 별수 없잖소."

"그렇지만 저렇게 좁은 다리를. 소가 지나갈 수 없을 텐데."

"할 수 없잖소. 어떻게든 건너가죠."

잘못한 사람은 앞뒤 가리지 않고 우격다짐으로 다리에 들어선 저 남자다. 그런데 저 남자는 가만히 있고 왜 내가 책임을 져야 하는가. 도무지 이해가 안 되어 화가 치밀었지만 다리 위의 남자는 뒤로 물러설 기색을 보이지 않는다. 구마타로는 왜 내가 이래야 하는가 생각하면서도 어쩔 수 없이 소를 끌고 다리로 향했다.

슬금슬금 다리를 건너려는 구마타로에게 다리 위에 있던 남자가 말했다.

"어어, 억지로 막 들이밀면 안 되는데."

"뭐가 억지야? 네가 먼저 억지로 다리에 올라왔잖아."

구마타로는 먼저 남자의 소 옆을 지나갔다. 그리고 돌아서서 고삐를 당겨 소를 끌었다. 소는 '일단은 참지만 나는 화가 나 있다, 하지만 무엇 때문에 화가 났는지 지금은 말하지 않겠다'라는 표정으로 천천히 걸었다. 소가 남자의 소 옆을 지나는데 남자는 조금도 비켜줄 생각 없이 움직이지 않아 구마타로는 화가 났다.

"야, 인마."

"뭐."

"좀 옆으로 비켜줘."

"비킬 수 없다니까. 이렇게 좁은데. 더 비키려다가는 떨어질 거야."

그런 소리를 하며 남자는 꼼짝도 하지 않았다. 구마타로는 다시 화가 치밀었다.

"떨어지지 않는다니까. 네 소의 발을 좀 봐, 인마. 아직 가장자리로 더 옮길 수 있는 자리가 있잖아. 내 소 발을 봐. 더는 비킬 수가 없어. 네가 좀 더 비켜, 이 멍청한 자식아."

"무슨 소리야. 네가 억지로 건너온 거잖아. 왜 내가 비켜야 하지?"

"뭔 잔소리가 이리 많아. 이 자식아, 네가 무리해서 다리에 들어왔잖아. 요조코 터는 꽉 찼어. 그러니까 너는 내가 먼저 건넌 다음 요조코 터에 들어올 자리가 만들어지면 건너왔어야지."

구마타로는 상대의 말을 자르고 소리쳤다.

"그렇지만 나는 소 발톱을 깎아줘야만 하는데."

남자가 말도 계속 안 되는 소리를 하는 바람에 구마타로는 절망했다.

"알았어. 알았다고. 됐어, 내가 어떻게든 다리를 건너지. 그 대신 부탁 하나 하지. 제발 내가 시키는 대로 해주지 않겠나?"

"무슨 부탁인데?"

"내가 이쪽으로 소를 끌 테니까 너도 이렇게 비스듬하게 서도록 소를 끌어줘. 그렇게 해서 살살 움직이면 지나갈 수 있을 거야."

"귀찮군. 할 수 없지. 그러쇼."

크게 인심 쓴다는 듯한 남자의 말투에 구마타로는 또 몸이 부르르 떨렸다. 말썽의 원인을 만들어놓고 비협조적으로 나오는 남자의 태도에 부아가 치밀었다.

그렇지만 이렇게 좁은 다리 위에서 소를 데리고 시비를 걸 수도 없어서 고삐를 조심스럽게 당겼다.

소는 아무런 표정 없이 가끔 입을 벌리거나 머리를 휘저어 좁다는 의사 표현을 하면서 주춤주춤 움직였다. 막 두 마리 소가 엇갈리는 그 순간이었다. 이미 발톱을 깎은 소라면 괜찮았을지 몰라도 구마타로가 끄는 소나 상대가 끌고 온 소나 발톱을 아직 깎지 않은 상태라 걸음이 편치 않았다. 게다가 대충 통나무를 엮어 만든 다리라 더욱 문제였다. 남자가 자신의 소를 끌자 발이 통나무 틈새에 끼어 휘청 기울더니 구마타로의 소와 퍽 하고 부딪혔다.

부딪힌 구마타로의 소도 맥없이 휘청하며 비틀거렸다. 뒷다리로 제자리걸음을 하며 버티려고 했지만 애초에 가장자리를 걷고 있었기 때문에 허공을 헛디디고 말았다. 잠깐 당황한 듯하던 소는 곧 장터로 끌려가는 듯한 얼굴로 주르륵 미끄러졌다. 구마타로는 앗 소리를 지르며 필사적으로 고삐를 잡아당겼지만 사람 한 명의 힘으로 소 한 마리의 무게를 감당할 수는 없었다. 바로 견디지 못하고 고삐를 놓쳤다.

소를 강에 빠뜨렸다. 큰일이다. 구마타로는 멍해졌다.

떨어지는 순간 소의 슬픈 표정과 허공으로 높이 치켜든 앞발이 눈에 새겨졌다.

폭은 좁지만 절벽은 가파르고 깊었다. 또 강에는 커다란 바위가 여기저기 튀어나와 있었다. 그 바위에 머리를 부딪친 소는 옆으로 쓰러진 채 흘러내려갔다.

나중에 도착한 고마타로는 불같이 화를 냈다. 당연하다. 부탁하지도 않았는데 소를 요조코 터에 데려다주겠다고 해서 "정 그렇다면" 하고 맡겼더니 "소는 물에 빠져 죽었다"면서 실실 웃고 있다.

물론 구마타로는 사태를 심각하게 받아들였고, 실실 웃을 생각은 눈곱만큼도 없었다.

하지만 충격이 너무 크면 사람은 어떻게 해야 좋을지 몰라 히죽히죽하게 되는 경우가 있다. 구마타로도 그런 상태였을 뿐이다.

그러나 고마타로에게는 그저 히죽거리는 걸로만 보였다.

고마타로는 무시당한 기분이 들었다.

'으헤헹, 소가 강에 빠졌어. 미안'이라고 하면 '으음, 할 수 없지 뭐…… 으음, 아잉, 어쩌지'라고 대답할 구제불능 얼간 이로 자신을 여긴다는 생각이 들었다.

고마타로는 안색이 변해 구마타로를 몰아붙였다.

"구마, 우리 소 죽이고 미안하다는 말로 넘어가려는 거냐? 날 놀리다니, 대단해."

그러나 구마타로에게도 변명은 있었다.

구마타로 입장에서는 자기가 잘못한 게 아니라 그 뻔뻔스 러운 농사꾼이 억지를 부리는 바람에 이렇게 된 것이다. 자 기는 고마타로를 무시하거나 소를 하찮게 여긴 게 결코 아니 다. 그래서 구마타로는 전후 사정을 고마타로에게 설명하려 고 했지만 소가 강에 떨어지는 바람에 요조코 터는 큰 혼란 에 빠져 있었다. 저마다 멋대로 지껄이고 부산을 떨며 술렁 거렸다. 요조코 터 전체가 아앗 하고 신음 소리를 내는 것 같왔다.

게다가 고마타로는 아주 무시무시한 얼굴로 화를 내고 있다. 구마타로는 전후 사정을 차근차근 이야기하고 싶었지만 주위가 시끄러워 짧게 설명하려다보니 그게 화근이 되어 제대로 말이 나오지 않았다.

"아니, 그게 아니라."

"뭐가 그게 아니야?"

"아니, 아니라니까. 네가 생각하는 것과 다, 달라."

"뭐야, 구마. 너 내가 잘못 알고 있다는 거야?"

"아니라니까. 내가 소를 말이야…… 아아, 시끄러워."

"누가 시끄럽다는 거야? 내 소가 물에 빠졌는데 얌전히 잠자코 있을 수 없잖아."

"그게 아니고. 아무도 네가 시끄럽다고 하지 않아. 난 이 요조코 터 전체가 시끄럽다는 거야."

"그게 어쨌다고? 무슨 소리야? 내 소가 저 꼴이 되었잖아. 그러니 시끄럽게 굴 만하지 않아?"

"그게 아니라니까. 자, 잠깐 내 말 좀 들어봐. 내 말은 말이야, 이 요조코 터 전체 분위기에 문제가 있다는 거야."

이렇게 말한 순간 구마타로는 마침내 인내의 둑이 무너지고 말았다.

구마타로는 말도 안 되는 소리를 하며 억지를 부리다가 일어난 이 문제에 대해 저마다 마구 떠들어대기만 하는 요조코터 사람들에게 분노를 폭발시키며 퍼부었다.

"뭐야, 이게. 이 분위기가 대체 뭐냐고. 뭘 악악거리며 시끄럽게 굴어. 내가 보기에는 재미있어하는 걸로밖에 보이지 않아. 이게 무슨 수작이야? 무슨 소릴 하는 거냐고, 이 자식들아. 정말 화가 치미네. 뭐 하는 거야, 이 자식들아. 이렇게 좁은 곳에 이 많은 소와 사람이 밀려들면 안 되잖아. 아무것도 할 수 없다고. 자기만 생각해 멋대로 행동하면 어떻게 될지 멍청이라도 뻔히 알 수 있을 텐데. 그런데 뭐야, 이 자식들은 자기들 편한 대로 이리 갔다가 저리 갔다가 제멋대로 돌아다니고. 그러면서 날 바보 취급이나 하고. 난, 달라, 내가 왜 소를 빠뜨렸는지 모르겠어? 내가 멍청해서가 아니야. 난 여기 모인 사람들 전체를 생각했단 말이야, 전체를. 그런데 저 녀석이 앞뒤 가리지 않고 꾸역꾸역 요조코 터로 들어오려고 해서 이렇게 된 거라고. 그래놓고 뒤로 조금도 물러서지 않으니 내가 다리를 건널 수밖에. 왜 그랬어. 네가 뒤로 물러나면 그만인데. 그런데 전혀 비켜주지 않았지. 그래서 소가 물에 빠진 거라고. 내가 그냥 요조코 터에 머물렀어봐. 어떻게 됐겠어? 요조코 터에 아무도 들어올 수 없었을 거야. 난 그걸 생각해서 소를 끌다가 그만 물에 빠뜨린 거야. 말하자면 난 희생자란 말이야. 그런데 너희들은 재미있어하며 시끄럽게 떠들어대다니, 정말 끔찍하군."

고마타로는 자기가 화를 내야 할 상황에 버럭 화를 내며 악을 쓰는 구마타로 때문에 놀라 잠시 그 모습을 지켜보았다. 하지만 그렇다고 소를 죽게 만든 데 대한 분노가 가라앉는 것은 아니었다.

"자, 잠깐만, 구마."

"뭐야?"

"너 무슨 소릴 하는 거냐?"

"무슨 소리? 이 자식들 모두 엉망진창이라는 거야."

"엉망진창이라니, 내가 보기에는 네 이야기가 엉망진창이라 무슨 소린지 모르겠는걸."

뭘 무슨 소린지 모르겠다는 거야.

구마타로는 눈을 부라리며 설명하려고 하다가 불쑥 피곤해졌다.

지독한 피로감이었다.

역시 자신이 하는 말은 아무도 알아듣지 못하는구나 하는 생각이 들었다.

구마타로는 갑자기 조용한 말투로 말했다.

"잘 들어, 고마."

"뭘?"

"아까 내가 머릿속 생각을 이야기하려고 해도 뭐라고 해야 할지 말이 전혀 떠오르지 않는다고 한 거 기억해?"

"그래. 지금 왜 그걸 묻지?"

"그때 너 이해한다고 했잖아. 그런데 넌 전혀 이해하지 못하는구나."

"무슨 소리야? 뭐가 이해하고 못하고야. 너 그런 소리나 하며 얼렁뚱땅 넘어가려고 해도 안 돼. 소값은 정확하게 치러."

무서운 얼굴로 소값을 변상하라는 고마타로의 말을 구마타로는 허무한 심정으로 들었다.

허허허. 변상? 돈을 달라고? 돈만 받으면 앞뒤 사정은 아무래도 상관없다는 건가. 아니면 돈 받아내는 게 걱정이라 다른 문제는 전혀 생각할 수 없는 건가. 돈만 받아내면 그걸로 그만이라는 건가. 허허허.

"소값은 한 푼도 빠짐없이 갚을게."

"그럼 됐어."

고마타로는 불쑥 힘 빠진 목소리로 말했다.

돈으로 갚겠다는 말을 들은 순간 긴장했던 마음이 풀어지고, 구마타로가 갑자기 당당하게 선언하는 듯한, 마치 권위 있는 사람같이 말하자 왠지 으스스해졌기 때문이다.

구마타로는 혼잣말처럼 말했다.

"난 소값을 갚겠어. 그렇지만 너희들은 앞으로 다른 것을 내게 갚아야만 할 거다."

고마타로가 되물었다.

"뭐? 잘 못 들었어. 지금 뭐라고 했냐?"

그런 고마타로에게 구마타로는 "소값이 얼마인지 집에 가 있을 테니 알려줘"라고만 하고 마을 사람들이 우왕좌왕하는 요조코 터를 떠났다.

구마타로는 걸으며 왜 자기가 그런 말을 했을까 생각했다.

십일 년 뒤, 마침내 구마타로의 예언은 실현된다.

그러나 이때 자기가 한 말의 뜻을 알지 못했던 구마타로는 말은 그렇게 했지만 소값을 대체 어떻게 마련해야 할까 고민하고 있었다.

곤고산 위로 먹구름이 잔뜩 끼더니 소나기가 쏟아졌다.

사흘 뒤, 구마타로는 돈다바야시에 있었다.

고마타로는 구마타로에게 찾아와 소값으로 삼십 엔을 내라고 했다.

구마타로는 비싸다고 생각했지만 큰소리쳤으니 깎아달라

고도 하지 못했다. 며칠 내로 주겠다고 하자 고마타로는 돌아갔다.

물론 돈을 구할 방법이 마련된 것은 아니었다. 아버지 헤이지에게 이야기하면 당연히 야단이나 맞을 것이다.

며칠 전 나라에 있는 노름판에서 진 이십 엔 남짓한 빚을 아버지가 대신 내주었기 때문이다.

그렇다면 돈을 마련할 데가 전혀 없을 텐데 사실 구마타로에게는 속셈이 있었다.

옥이다.

고세 석실에서 가쓰라기 도루를 죽였을 때 훔쳐온 두 개의 청색 대롱옥. 구마타로는 이 보석을 팔아 돈을 마련하기로 마음먹었다.

옥을 가지고 있다는 것은 바로 가쓰라기 도루를 죽인 진범이라는 증거다. 구마타로는 몇 번이나 옥을 버리려고 했지만 혹시 버렸다가 누가 발견하기라도 하면 어쩌나 걱정이 되어 버리지 못하고, 자기가 숨겨두는 게 더 안전하다는 결론에 이르렀다. 그렇게 천장 틈새에 한 알, 마루 아래 한 알을 각각 숨겨두고 집에 사람이 없을 때는 꺼내서 들여다보곤 했다.

구마타로는 식구들이 논밭에 일하러 나간 틈을 타 옥을 꺼내 두루주머니에 넣고 그 주머니를 품에 넣은 다음 얼른 밖으로 뛰어나왔다.

돈다바야시는 어두컴컴했다.

검은 벽과 갈색 벽의 집들이 늘어서 있었는데 어느 집 벽이나 무척 길었다. 의원, 발 짜는 집, 쌀가게가 한데 몰려 있었다.

구마타로는 어디로 가야 옥을 팔 수 있을까 생각했다.

이따금 사람들이 지나갔지만 구마타로에게는 오가는 사람들이 시커먼 그림자로밖에 보이지 않았다.

주위는 더욱 어두워지고, 당장이라도 비가 쏟아질 듯했다. 구마타로는 불안한 심정으로 옥을 품고 걸었다.

고물상 한 곳이 보였다. 가게 앞에는 여러 가지 물건이 잔뜩 쌓여 있었고 새카만 목각 대흑천(大黑天)과 이치마쓰 인형이 구마타로를 덮치기라도 할 듯 서 있었다.

이렇게나 고집스럽고 매정해 보이는 고물상에 옥을 팔면 출처가 드러나는 게 아닐까? 구마타로는 망설였지만 드러날 거라면 드러나도 상관없다고 자포자기했다. 그보다 이 품 안에 있는 옥을 어떻게든 처리하고 싶었다. 구마타로는 어느새 여기서 팔지 못하면 이 근처 어디에 내버리고 집에 가야겠다는 생각까지 했다. 옥을 안고 부들부들 떨면서 고물상 안으로 들어섰다.

"당신, 이거 어디서 가져온 거요?"

고물상 주인이 눈을 지릅뜨고 물었다. 욕심 사납고 찔러도 피 한 방울 나오지 않을 것 같은 초로의 사내였다. 머리가 살짝 벗어졌고 엉클어진 흰머리가 부스스했다. 입을 열기도 전부터 화가 난 듯한 입매였다.

구마타로는 내심 아뿔싸 하고 생각했다.

고집스럽고 매정해 보이는 고물상에 장물을 판다고 생각하니 몸이 부들부들 떨렸다. 하지만 한편으로는 고집스럽고 매정해 보인다는 것은 어디까지나 선입관에 지나지 않는다, 선입관을 가지고 사물을 보면 좋지 않고, 이런 매정해 보이는 가게가 오히려 양심적인 경우도 많다고 생각했다.

구마타로는 기어들어가는 목소리로 대답했다.

"옛날부터 집에 있었소."

"흐음."

고물상 주인은 거짓말이 틀림없다고 여기는 눈빛으로 구마타로를 바라보더니 "옛날부터 집에 있었다면 가보일 테지만 이거 몇 푼 안 돼. 하나에 일 엔 정도밖에 못 쳐줘. 그래도 괜찮다면 사들이지"라고 말했다.

구마타로는 당황했다.

"말도 안 돼. 아무리 그래도 일 엔은 아니지. 잘 보쇼. 보기 드문 옥이라니까. 아무데서나 볼 수 있는 그런 물건이 아니라고."

"그걸 어떻게 아쇼?"

"그야 알지. 게다가 이 옥은……"

"이 옥은?"

고물상 주인이 묻자 구마타로는 우물거렸다.

그도 그럴 것이, 고세에 있는 그 석실에서 꺼내왔다고 하면 구마타로는 도굴범이 된다. 또한 그 석실에는 가쓰라기 도루의 시체가 있다.

석실이 발견되면 구마타로는 살인자가 되고 만다. 물론 사람을 죽이긴 했지만 그건 나를 죽이겠다고 해서 저항했는데 어찌 된 영문인지 상대방 얼굴이 찌그러졌고 정신을 차리고 보니 죽어 있었기 때문에 그쪽 잘못이다. 따지자면 소를 물에 빠뜨린 것과 마찬가지 사정이다. 왜 늘 나만 이런 꼴을 당하는 걸까. 하지만 지금 이 고물상 주인에게 그런 이야기를 할 수는 없다. 옥을 가지고 그냥 돌아갈까? 그런데 잠깐. 이 고물상 주인은 분명히 내가 옥을 어디서 훔쳐왔다고 생각하는 눈치다. 내게 약점이 있다고 생각해 겨우 일 엔에 사겠다는 얼토당토않은 소리를 하는 것이다. 여기서 내가 됐다며 옥을 도로 집어넣고 돌아간다면 이 주인은 원한을 품고 수상한 녀석이 옥을 팔러 왔었다고 순사에게 일러바치러 갈지도 모른다. 그렇게 되면 골치 아프다. 게다가 나는 옥을 더 이상 지니고 있기 싫다. 소 문제도 걱정이지만 이 옥 또한 내게 다른 골칫거리랄까, 심리적인 부담이다. 이 옥을 지니고 있으면 석실에서 있었던 그 끔찍한 일이 떠오른다. 이런 옥은 조금 전에도 생각했듯 아예 팔아치우거나 아니면 내버리는 편이 낫다. 역시 이 고물상 주인에게 팔아치우는 게 낫겠다. 그렇지만 아무래도 일 엔은 너무하다. 오 엔이나 그게 너무 많다면 삼 엔쯤은 받고 싶다. 하지만 너무 비싸게 팔려들면 주인이 화가 나서 순사에게 신고할 게 틀림없다. 그러니 적당히 타협해야만 한다.

구구하게 그런 생각을 하며 타협한 끝에 구마타로는 이 엔 오십 센을 받아 품에 넣고 고물상을 나왔다. 옥 하나에 일 엔 이십오 센을 받은 것이다.

소값에는 전혀 미치지 못한다.

하지만 조금 전까지 한 푼 없던 구마타로는 이 엔 오십 센이라도 품에 들어오니 기뻤다. 구마타로에게 이 엔 오십 센이면 적지 않은 돈이기도 했다. 게다가 몇 년 동안 숨겼던 옥을 처분했더니 마음도 한결 가벼워졌다.

구마타로는 노래라도 부르고 싶은 기분이었다.

옥을 팔고 밖으로 나오니 조금 전까지 잔뜩 찌푸렸던 날씨가 거짓말처럼 맑아져 있었다. 낮게 드리웠던 먹구름은 어디론가 흩어지고 환한 해가 온 세상을 고루 비추었다. 조금 전까지 시커먼 그림자 같았던 행인들은 빛깔을 내뿜으며 삶의 환희로 빛나는 듯했다.

환한 밖으로 나와 노래라도 부르고 싶은 기분이 된 구마타로는 결국 실제로 콧노래를 흥얼거렸다.

"둥근 달걀도 자르기에 따라 네모 기쓰촌촌. 말도 하기에 따라 모가 난다. 오야마카도쓰코이기쓰촌촌. 값싼 소에서 불알을 떼어내면 기쓰촌촌. 작은 도깨비도 좋은 한때. 오야마카도쓰코이기쓰촌촌. 다들 우동으로 주문하겠습니다. 기쓰촌촌. 말하자마자 메밀만두가 나오네. 오야마카도쓰코이기촌촌."

흥얼거리다보니 왠지 이대로 우중충한 마을로 돌아가기가 싫어졌다. 구마타로는 어디 가서 좀 놀다 들어갈까 하는 생각을 했다.

다행히 주머니에는 이 엔 오십 센이라는 돈이 있다.

구마타로는 돈을 손에 쥐며 기분이 좋아 혼자 싱글거렸다.

하지만 냉정하게 생각하면 이 이 엔 오십 센은 소값을 갚을 때 써야 할 돈이다. 게다가 변제해야 할 금액은 삼십 엔이라 이 엔 오십 센으로는 턱없이 부족하다. 그러니 될 수 있으면 돈을 아껴야 했다. 그런데도 구마타로는 손에 쥔 돈으로 놀 궁리를 하느라 들떠서 콧노래를 흥얼거렸다. 그야말로 한심하기 짝이 없는 인간이다.

이 엔 오십 센을 품에 넣고 어디 재미있는 곳이 없을까 기웃거리며 걷는 구마타로의 등 뒤에서 말을 거는 사람이 있었다.

"혹시, 기도 씨 아니오?"

구마타로는 돌아보고 고개를 갸웃거렸다.

말을 건 사람은 스물네댓 살쯤 되어 보이는 껄렁껄렁한 느낌의 남자로, 본 적이 없는 얼굴 같았기 때문이다.

그렇지만 맑은 날인데도 고무를 칠해 방수 처리한 비옷을 걸친 그 남자는 다시 친근한 목소리로 "기도 씨 맞잖아?"라며 반갑다는 듯 웃음을 지었다. 구마타로는 어쩔 수 없이 이렇게 물었다.

"맞아. 난 분명히 기도인데 그러는 댁은 누구요?"

"아, 역시 기도 씨구나? 나는 저번에 나라 기쓰지에서……"

남자가 말하자 구마타로는 그제야 생각이 나서 아아 하고 소리를 질렀다.

남자는 '비옷 입은 기요 씨'라고 불리는 노름꾼으로, 구마타로는 닷새 전 나라 기쓰지에 있는 노름판에서 옆자리에 앉았던 그와 이야기를 나눈 일이 있었다.

그렇다고 이렇다 할 내용이 있는 이야기는 아니었다.

"어떠쇼?"

"안 풀리네."

"그래요, 그래. 나도 마찬가지요. 끗발이 오르지 않는군요."

"나도 그렇군."

"그런데 이름이 어떻게 되시나?"

"기도 구마타로라고 하지."

"어디서 오셨소?"

"가와치 아카사카 촌."

"거긴 다이난 공이 태어나신 곳 아닌가?"

"잘 아시네. 그러는 댁은 어디 사람인가?"

"난 지금은 여기서 지내는데 원래는 오사카요. 사람들이 날 비옷 입은 기요 씨라고 부르지. 잘 부탁하오."

이런 하나 마나 한 잡담일 뿐이었다.

그러고는 구마타로는 비옷 입은 기요 씨를 까맣게 잊었다. 왜냐하면 그때 노름판에서 이십 엔이나 되는 빚이 생겼고, 얼마 지나지 않아 삼십 엔을 마련해야만 했으니 기요 씨가 머릿속에 있을 상황이 아니었기 때문이다.

그렇지만 이렇게 다시 보니 비옷 입은 기요 씨는 참으로 인상적인 남자였다. 구마타로는 내가 어떻게 이 남자를 잊고 있었나 싶었다.

우선 차림새가 남달랐다.

비옷 입은 기요 씨는 늘 고무로 방수 처리된 비옷을 입고 다녔다. 주사위 노름을 할 때도 비옷을 벗지 않았다. 무슨 사연이 있는지, 아니면 무슨 강박 관념에 사로잡혔는지 모르지만 어쨌든 이상한 모습이다. 그런데 자기 안에서는 이미 그 문제가 마무리가 지어졌는지 아무렇지도 않게 '비옷 입은 기요 씨'라고 자기소개를 하니 구마타로는 그에게 왜 늘 비옷을 입고 다니는지 차마 물을 수가 없었다.

또한 비옷 입은 기요 씨 스스로 의식하고 있는지 어떤지 모르겠지만 또 한 가지 인상 깊은 점이 있었다. 그의 얼굴이다. 그는 갓파(河童)*를 닮았다. 아니, 닮은 정도가 아니라 그냥 갓파였다.

입은 앞으로 삐죽 튀어나왔다. 눈은 크고 머리는 네모지게 바싹 치켜 깎았는데 머리카락이 뻗어 앞으로 늘어졌다. 그런데 정수리 부분은 깎은 건지 벗어진 건지 몰라도 머리카락이

---

* 일본 전설에서 강이나 호수, 바다에 산다고 하는 상상의 동물.

없어 갓파의 접시** 같아서 여름철에 함께 강으로 헤엄치러 가자고 하면 결코 따라가고 싶지 않을 얼굴이다.

어쩜 이리 갓파를 닮았을까. 구마타로는 이 모습이 과연 일부러 꾸민 것인지 아니면 애당초 태어날 때부터 그런 것인지 궁금했다.

일부러 머리를 바싹 치켜 깎고 게다가 정수리까지 밀었다면 의도적으로 갓파를 닮으려고 한 것이다. 애초에 자기 얼굴이 갓파와 닮은 구석이 많다고 생각해 그렇다면 완전히 갓파로 만들자고 생각한 것이다. 그럴 경우에는 '와아, 당신 갓파를 닮았군'이라고 해주는 게 예의다. 하지만 만약 일부러 그런 게 아니라 정수리에 머리카락이 없는 것은 대머리이고, 본인이 안 그래도 갓파를 닮았다는 걸 알고 거기다 머리까지 벗어져 끙끙 마음 고생하는 중인데 히죽히죽 웃으며 '와, 갓파 닮았네'라고 하면 어떨까. 기분이 나쁠 게 틀림없다. 기요 씨는 노름꾼이라 품에 단도를 숨기고 다닐 게 틀림없는데 마음이 상하면 그걸 꺼내 덤벼들지도 모른다. 뭐 굳이 아무 말 하지 않는 방법도 있기는 하지만 이토록 갓파를 닮은 사람을 만나서 그 이야기를 하지 않는 것은 너무 부자연스럽다고 할

** 갓파의 정수리 부분은 머리카락이 없이 접시처럼 움푹 파여 있고, 거기에는 물이 들어 있는데 그 물이 없어지면 죽는다고 한다.

189

까, 오히려 속이 빤히 들여다보인다.

구마타로는 고민했지만 비옷 입은 기요 씨는 천연덕스러웠다. 여전히 붙임성 있는 미소를 지으며 구마타로에게 "그런데 기도 씨, 어디 가시는 거요?"라고 물었다.

기요 씨가 먼저 입을 열자 구마타로는 안도하며 대꾸했다.

"아니, 뭐 특별히 어딜 가는 건 아니고. 집에 돌아가야 하기는 한데 그냥 가기는 심심해서 어디 들를까 아니면 그냥 갈까 하던 중에 댁이 나를 부른 거지."

"아, 그랬나? 그럼 마침 잘되었네."

"뭐가 마침 잘됐다는 거지?"

"아니, 지금 가는 데 나 아는 이가 있는데, 좀 재미있는 데거든. 나도 좋아해서 잠깐 들렀다 가려고."

기요 씨는 이렇게 말하며 씩 웃었다.

"재미있다고?"

"그게 말이오"라며 기요 씨는 "오세요, 오세요, 얼른" 하며 우스꽝스러운 손짓을 했다. 주사위를 덮는 소쿠리를 엎는 시늉이다.

품에 이 엔 오십 센이 있어 마음이 들떴던 구마타로는 눈이 빛났다.

"아, 주사위 노름?"

"쉿. 소리 크게 내면 안 돼. 이런 길바닥에서 그런 소리 하다간 괜히 의심이나 사지."

"누가 의심한다고."

"의심한다니까."

"봐, 누가 의심한다고."

"나, 참. 뭐 그건 그렇고. 그래 어쩌실 거요? 가시려오?"

"그럼, 가야지."

구마타로와 비옷 입은 기요 씨는 나란히 걷기 시작했다.

기요 씨는 '으흐흐, 완전히 걸려들었군' 하며 속으로 웃었다.

구마타로에게는 자기도 손님인 것처럼 말했지만 실은 그렇지 않다. 노름판 물주인 자기 편 후시 씨와 이미 짠 상태다. 원래 한패인 후시 씨나 기요 씨나 번듯한 노름판 물주는 아니다. 산골 마을 오두막에서 농사꾼을 상대로 허름한 노름판을 꾸리는 정도다. 하지만 그런 판에 주머니 두둑한 손님이 놀러올 리 없어 기요 씨는 몰이꾼이라고 해서 노름판으로 손님을 끌어들이는 호객꾼 같은 노릇을 하느라 돈다바야시 거리를 어슬렁거리고 있던 것이다.

그러다가 비옷 입은 기요 씨는 고물상에서 나오는 구마타로를 발견했다.

기요 씨는 구마타로 같은 녀석이 고물상에서 나온 것은 팔

물건이 있었다는 이야기라고 짐작했다. 그래서 우연히 마주친 척 말을 걸어 손님을 가장해 구마타로를 노름판으로 꾀었다.

처음부터 구마타로의 주머니를 노린 짓이니 참으로 나쁜 놈이다.

물론 이런 놈이기 때문에 아주 나쁜 짓을 저지르지는 않아도 선량한 농사꾼을 노름판으로 끌어들이는 짓 정도는 한다.

이럴 때 험악한 얼굴이면 상대방은 경계하지만, 이렇게 갓파 같은 얼굴이면 상대는 기껏해야 갓파가 하는 소리로 대수롭지 않게 여겨 설렁설렁 기요 씨가 권하는 대로 따라나선다. 절대로 방심해서는 안 될 갓파다.

구마타로 역시 비옷 입은 기요 씨를 속없는 좋은 녀석이라고 굳게 믿었다.

구마타로는 느긋하게 노름판에서 도는 소문 따위를 늘어놓으며 기요 씨를 따라 걸었다.

구마타로는 내심 크흐흐 하고 웃었다. 기요 씨가 품에 있는 돈을 노리는 줄도 모르고 크흐흐 웃다니. 그래서는 안 되는 거 아닌가.

그러나 구마타로 본인은 전혀 그렇게 생각하지 않았다.

구마타로는 기요 씨의 제안을 기막힌 기회라고 생각했다.

구마타로는 품 안에 있는 이 엔 오십 센을 노름판에서 불려 이십 엔으로 만들 심산이었다.

그러려면 노름에서 따야 하는데 구마타로는 노름을 하는 사람 대부분 그러하듯 분명히 딴다고 근거 없이 굳게 믿었다.

멍청이다. 노름판에는 판돈에서 일정 비율로 떼어주어야 하는 자릿세라는 게 있다. 따다가 잃다가 하는 사이에 손해를 보게 되어 있다. 그렇지만 노름에 빠진 사람은 그런 단순한 논리를 도무지 이해하지 못한다.

왜 이해하지 못하느냐 하면 다른 녀석들은 몰라도 내게는 특별히 행운이 찾아올 게 틀림없다고 믿기 때문이며, 인간에겐 왠지 나만은 괜찮을 거라고 믿는 습성이 있기 때문이다.

술을 마시고 자동차를 운전하려는 사람에게 '술 취하면 신경이 둔해져 위험하니 하지 않는 게 좋아요'라고 해도 '아니, 난 괜찮아'라며 운전하다가 사고를 낸 뒤에야 비로소 파랗게 질린다.

모두 다 나만은 괜찮다고 하는 근거 없는 자신감, 자부심 때문이다.

그런데 노름하는 이들은 이런 믿음이 매우 깊다. 교통사고를 내거나 파산한 사람은 후회하며 다시는 같은 잘못을 되풀이하지 않는데 노름하는 사람들은 몇 번씩 고꾸라져도 아랑곳하지 않는다. 다음에는 분명히 딸 거라고 믿으며 계속 노름판으로 발걸음을 옮기는 것이다.

구마타로도 그런 식으로 애초부터 속일 작정인 기요 씨와 어깨를 나란히 하고 걸으며 의기양양해 가슴이 두근거렸다. 구마타로가 말했다.

"아까부터 꽤 걸었는데 아직 멀었나?"

"이제 다 왔소. 보셔, 저기 보이네."

기요 씨가 손가락으로 가리키는 쪽을 보니 기복이 있는 땅에 처마가 낮은 작은 집들이 이어져 있고, 그 집들이 끝나면서 층층이 이어지는 밭과 밭 사이를 돌아 오르며 산으로 오르는 길 저편에 커다란 나무가 보였다. 그리고 그 옆에 서 있는 허름한 오두막이 눈에 들어왔다. 구마타로는 "보이네, 보여. 저긴가?"라며 걸음을 재촉했다.

주사위판 맞은편에 후시 씨가 앉아 주사위에 소쿠리를 엎어 흔들고 있었다.

아기패는 모두 이 부근 사람들인지 구마타로가 아는 얼굴은 한 명도 없었다. 노름판 쪽에 앉은 두 명이나 문 쪽에 앉은 세 명 모두 농사꾼이거나 그 비슷한 일을 하는 사람들로 보였다. 후줄근한 옷차림으로 노름에 열중하느라 책상다리를 하거나 무릎을 세우고 있어 옷자락이나 가슴이 풀어져 속옷 띠가 고스란히 드러났다.

심한 경우는 속옷 끈도 느슨해져 거웃이나 불알이 보여 흉했다.

그 가운데는 잔뜩 열이 올랐는지 옷을 벗어젖힌 이도 있었는데 그 등짝은 뼈가 드러나고 살갗이 늘어져 있었다. 등뼈를 따라 열여섯 개의 뜸 자국이 보여 딱했다. 왼쪽에 있는 선반을 단 장 위에서 굵은 초가 불을 밝히고 있었다.

구마타로는 참 조촐한 노름판이라고 생각하면서도 곧바로 '으헤헤, 내가 쓸어버려야겠다' 하는 기세로 옆 노름꾼에게 슬쩍 고개를 숙여 인사한 다음 자리에 앉았다. 그 모습을 본 기요 씨는 "나 좀 나갔다 올게"라며 밖으로 나갔지만 투지가 불타오르는 구마타로는 신경 쓰지 않았다. 작은 노름판답게 나카본(中盆)*도 겸한 후시 씨가 주사위를 덮은 소쿠리를 앞에 두고 말했다.

"그럼 홀에 건 돈이 이십 센, 삼십 센, 사십 센. 합이 구십 센. 그리고 짝에 건 돈이 이십 센, 이십 센. 합쳐서 사십 센이로군. 아직 짝이 부족하네. 방금 오신 형씨, 어떻소? 이번 판

---

* 노름판 물주를 보조하는 역할을 하는 사람.

에 낄 거요?"

그러자 구마타로는 "좋지"라며 오십 센을 주사위판 위에
내놓았다.

"좋았어. 그럼 주사위를 봅시다. 깝니다."

후시 씨가 소쿠리를 뒤집었다.

"5와 2, 합이 7이니 홀이로군."

후시 씨가 말했다.

홀이 나올 리 없다, 틀림없이 짝일 것이다, 라고 굳게 믿었
던 구마타로는 절망했다.

왜 홀이지? 나는 분명히 짝이라고 믿었는데. 이럴 수가. 속
았다. 하지만 홀이 나왔다고 하는 것은 뭔가 잘못된 거고, 그
런 잘못이 계속될 리 없다. 다음에는 틀림없이 짝이 나올 것
이다.

그렇게 생각한 구마타로는 후시 씨가 "자 엎어요"라며 주
사위를 소쿠리에 던져 넣고 판 위에 엎은 다음 "자, 다들 돈
을 거세요"라고 하자마자 냉큼 나머지 이 엔을 몽땅 걸었다.

"아니, 이 엔이나?"

후시 씨는 깜짝 놀랐지만 불전* 욕심에 "자, 거세요. 방금 이

---

* 노름판에서 자리를 빌려준 집주인에게 떼어주는 돈.

형씨에게 밀리면 안 되지. 이쪽 짝은 이 엔에 이십 센이 걸렸는데 홀에 거는 사람은 없나? 걸어서 나쁜 거야 목숨밖에 없잖아. 자, 어서들 걸어요"라며 아기패들을 부추겼다. 하지만 이 엔이나 되는 팻돈에 모두들 기가 죽었는지 도무지 붙는 사람이 없었다.

어쩔 수 없이 후시 씨는 "없나? 자, 그럼 4와 2는 빼줍니다"라고 말했다. 즉 4와 2가 나오는 짝은 무승부로 쳐주겠다는 소리인데, 그래도 돈을 거는 손님이 없었다. 결국 후시 씨는 "그럼 물주가 받아야겠군" 하며 자기가 이 엔을 걸었다. 자연히 후시 씨의 목소리에 힘이 들어갔다.

"자, 깝니다. 됐습니까? 까요."

후시 씨가 주사위를 덮은 소쿠리를 뒤집었다.

"으악, 4와 6, 짝이다."

후시 씨는 절망했다.

"으헤헤."

구마타로는 저도 모르게 웃음이 나왔다. 불전을 오 푼 떼고 삼 엔 구십 센을 받아들었다. 이제야 세상이 정상으로 돌아온 듯했다. 이제 내 세상이 왔다고 생각했다.

자, 이제 끗발을 올리자. 구마타로는 단단히 마음을 먹고 삼십 센을 걸었다.

"깝니다. 3과 5, 짝."

"으헤헤헤헤."

"깝니다. 1과 5, 짝."

"크헤헤헤헤."

끗발이 오른 구마타로는 계속 땄다. 노름판에 드나들기 시작한 뒤로 이렇게 계속 따기는 처음이었다. 주사위 눈이 예상대로 나올 때마다 구마타로는 으헤헤헤헤, 크헤헤헤헤 하며 큰 소리로 웃고 싶었다. 하지만 노름판에서 그렇게 웃는 건 꼴사나운 짓이라 꾹 참고 작은 소리로 으헤헤 하고 웃는 정도로 그쳤다.

일방적인 승부에 잔뜩 흥분한 구마타로는 냉정한 판단력을 잃고 계속 도전해오는 아기패들과 후시 씨의 돈을 닥닥 긁어모았다.

구마타로의 주머니에는 십 엔 가까운 돈이 모였다.

돈 때문에 몸이 식는 기분이었다.

그렇지만 구마타로는 이걸 뜻밖의 행운으로 여기지 않고 원래의 당연한 상태로 돌아왔을 뿐이라고 생각했다. 물론 사실은 그렇지 않다. 우연이 겹쳐 계속 땄을 뿐이다. 제정신인 사람이라면 용케 십 엔이나 딴 걸 다행으로 여겨 '많이 땄네. 미안해서 어쩌나' 하면서 틀림없이 손을 털고 일어났으리라.

하지만 구마타로는 제정신이 아니었다.

여태 잃었던 게 잘못된 거고 따는 지금이 올바른 미륵세상이라고 생각했다. 지금 손을 털고 일어선다니 말도 안 되는 소리였다. 구마타로는 계속 돈을 걸었다.

승부의 파도는 알 수 없는 것이라 그대로 계속 돈을 따 마침내 구마타로의 품에는 이십 엔이나 되는 돈이 모였다. 다른 아기패들은 무시무시하리만치 노름을 잘하는 녀석이 왔다고 생각해 두려운 눈빛으로 구마타로를 바라보며 배를 긁거나 방귀를 흘렸다. 후시 씨는 온몸의 마디마디에 묵직한 통증을 느꼈다. 신경통이었다. 젊었을 때부터 멋대로 살아온 대가를 지금 치르는 것이다. 어쩌면 감기가 오는 조짐일지도 모른다고 생각했다.

그렇게 구마타로에게 많이 잃으면서도 사람들이 손을 털지 않은 까닭은 그들도 구마타로와 마찬가지로 자기는 분명히 딸 거라고 굳게 믿었기 때문일 테고 나아가 여기서 그만두어 손실이 확정되고 마는 상황을 피하고 싶은 마음도 있었기 때문이다.

이십 엔이라는 돈을 손에 쥔 구마타로는 약간 현실적인 감각을 되찾았다. 구마타로는 이 노름판에 와서 비로소 노름이란 따기도 하고 잃기도 하는 것이라고 생각했다.

노름을 하다보면 따기도 하고 잃기도 한다. 지금 우연히 계속 따서 이십 엔이나 되는 돈이 손에 들어왔다. 처음에는 삼십 엔이라고 했지만 그 뒤에 이십 엔이면 되겠다고 했으니 이 돈이면 고마타로에게 소값을 물어줄 수 있다. 하지만 이 돈을 잃으면 갚을 수 없다. 그렇다면 이쯤에서 손을 털고 빠지는 게 낫다.

구마타로는 그렇게 생각하며, 지금까지 정확하게 얼마나 땄는지 품 안에 있던 돈을 헤아렸다.

이십일 엔 구십오 센이었다. 구마타로는 다시 생각했다.

이십일 엔 구십오 센이라면 고마타로에게 소값을 갚고도 일 엔 구십오 센이 남는다. 그렇다면 문제는 일 엔 구십오 센을 어떻게 하느냐다. 뭐, 가지고 돌아가 아버지에게 드리고 어쩌다보니 내가 번 돈이라며 효도를 할 수도 있다. 그럴듯한 생각이다. 하지만 그러기에는 너무 허전하다고나 할까? 이렇게까지 애써서 돈을 딴 내 고생은 뭐가 되는 걸까? 나는 이십 엔을 따기 위해 그토록 힘들게 주사위 눈을 읽었다. 그런 내 고생은 누가 보상해주는 거지? 아무도 해주지 않는다. 그렇다면 이 일 엔 구십오 센은 내게 상으로 주면 어떨까? 노름이란 따기도 하고 잃기도 하는 법이지만 이 일 엔 구십오 센은 잃어도 상관없고 따도 괜찮은, 그냥 순수하게 노름을 즐기는 그런 돈으로 쓰면 어떨까? 결국 나는 일 엔 구십오 센을 가지고 느긋한 기분으로 따건 잃건 싱글벙글 웃으며 노름을 즐긴다는 거다. 그리고 모두 잃더라도 이십 엔이 남은 상태에서 '아, 재미있었다'라고 하며 집으로 돌아가면 그만이다. 그래, 그렇게 하자. 으흐흐. 노름이란 이렇게 꼼꼼하게 계산하면 참으로 즐겁다. 뜻밖이네. 그런데 내가 지금 누구에게 말하고 있는 거지?

스스로에게 이런 말을 하면서 궁리하던 구마타로에게 후시 씨가 말했다.

"자, 짝에 오십 센 부족하네. 어때, 아까부터 끗발 올리는 형씨, 어떻게 할 거야? 안 걸어?"

구마타로는 싱글벙글 웃었다. 여유를 한껏 부리며 "아, 받아야지"라고 하고 오십 센을 걸었다. 다른 아기패들은 모두 눈에 핏발을 세우고 주사위를 덮은 소쿠리를 뚫어져라 보고 있다. 구마타로는 "흥, 돈 없는 녀석은 불쌍하군"하며 혼자 여유를 부렸다.

"자, 그럼 뒤집어 확인합시다."

5와 2가 나와 홀이었다. 짝에 걸었던 구마타로는 돈을 잃었다. 하지만 그냥 순수하게 노름을 즐길 뿐인 구마타로는 전혀 안타까울 일이 없어야 했다.

그런데 구마타로는 묘한 불쾌감을 느꼈다.

5와 2라는 주사위 숫자 때문에 화가 치밀었다.

4와 3 정도가 나왔다면 그나마 조금은 나를 신경 써주는 기분이 든다. 그렇지만 5와 2라니. 당치도 않은 숫자다. 아무런 거리낌 없이 위를 향해 떡하니 숫자를 보여주고 있는 게 얄밉다.

홀에 돈을 건 아기패들이 무척 기쁜 표정을 짓는 것도 구마타로는 마음에 들지 않았다.

다들 이십 센, 십 센밖에 안 되는 돈을 걸었다. 그런 푼돈에 사나이가 싱글벙글하다니 멍청하다. 기분이 몹시 불쾌했다.

그렇다고 노골적으로 기분 나빠하면 다른 사람들이 저 사람은 오십 센 잃었다고 화를 낸다며 한심하게 여길 게 틀림없다. 그게 또 짜증이 나 구마타로는 전혀 신경 쓰지 않는 척하며 으헤헹 하는 소리를 냈다.

"그럼 주사위에 소쿠리 씌워도 되겠소?"

물주인 후시 씨가 그렇게 말하며 주사위 두 개를 소쿠리에 집어넣더니 또르르 쟁반 위에 엎었다.

"자, 돈을 거세요, 걸어. 어, 형씨는 이번엔 삼십 센인가? 그러면 어디, 다들 짝과 홀에 고루 걸었군. 자, 이제 깝니다. 에잇, 1과 2. 홀이오."

또 잃었다.

구마타로는 얼굴이 굳어졌다. 점점 모욕당하는 기분이 들었다.

그다음 판에도 구마타로는 오십 센을 잃었고, 그다음에는 사십 센을 잃었다. 그다음에 또 이십오 센을 잃어 결국 일 엔 구십오 센을 모두 잃었다. 이제 놀이는 여기서 끝내야 했다. 하지만 구마타로는 자리에서 일어나지 않았다. 왜 그랬을까?

그건 자존심 때문이었다.

구마타로는 오늘 계속해서 땄다. 말하자면 왕자고 챔피언이었다.

그런 왕자인 내가 체면 구기게 연달아 잃은 채 시무룩해서 돌아갈 수는 없다고 생각했다.

최소한 한 판은 이기고 돌아가겠다. 그렇게 생각하며 구마타로는 팔십 센을 걸었다.

"깝니다."

후시 씨가 주사위를 덮었던 소쿠리를 뒤집었다.

주사위 눈은 4와 3, 홀이었다. 구마타로는 또 잃었다.

점점 열이 오르는 걸 숨길 수 없게 된 구마타로는 "다음 판은 내가 이긴다"면서 삼십 센을 걸었다. 그 의욕이 하늘에 통했는지 3과 3, 짝이 나와 드디어 구마타로가 이겼다.

다행이다. 이제 구마타로는 자리를 털고 일어나 스이분으로 돌아갈 수 있다. 그런데 구마타로는 일어서지 않았다. 왜지? 그것은 팔십 센을 잃어 구마타로의 돈이 십구 엔 이십 센으로 줄었고, 이제 불전을 오 푼 떼고 오십팔 센 오 린*을 받아도 합계 십구 엔 칠십팔 센 오 린밖에 되지 않기 때문이다. 이 돈으로는 고마타로의 소값을 물어줄 수 없다.

그래서 구마타로는 한 번만 더 따서 이십 엔 칠십이 센 정도를 만들어 돌아가기로 마음먹었다. 칠십이 센이라는 어중간한 액수가 된 까닭은 슬슬 배도 고플 때라 돈다바야시에서 곱창전골과 우동, 그리고 술을 딱 한 잔만 하고 돌아갈 계획을 세웠기 때문이다.

구마타로는 오십 센을 걸었다. 잃었다.

다음부터는 밑 빠진 독이었다.

남은 돈이 십팔 엔이 되자 우동이고 곱창전골이고 다 포기하고 어쨌든 이십 엔을 만들어 돌아가야겠다고 생각했지만 뜻대로 되지 않았다. 십이 엔 이하로 줄어든 상태에서는 어쨌든 십오 엔을 만들자, 고마타로에게 잘 설명하기로 하고 어쨌든 십오 엔을 마련해 돌아가자고 결심하며 기운을 냈다.

---

* 일 린은 일 센의 십분의 일이다.

하지만 소용없었다.

칠 엔 남짓 남은 단계에서는 어쨌든 십 엔이라도, 삼 엔쯤 남았을 때는 이제 글렀지만 일단 오 엔이라도 만들어 돌아가자며 그때마다 구마타로는 목표를 끌어내려 계속 돈을 걸었다. 그렇지만 한 번도 따지 못했다. 마침내 손에 남은 돈은 이 센으로 줄어들고 말았다.

구마타로는 그나마 이 센으로 십 센을 만들어 밥이라도 사 먹고 돌아가고 싶어 기도하는 심정으로 짝에 돈을 걸었지만 "깝니다. 6과 3, 홀이오"라고 후시 씨가 선언하자 마침내 빈 털터리가 되고 말았다.

이 엔 오십 센을 밑천으로 이십 엔을 벌었나 싶었는데 눈 깜짝 할 사이에 빈털터리가 되었다.

구마타로는 풀이 죽어 쓸쓸하게 자리에서 일어났다. 허기 진 배를 끌어안고 사 리 남짓 되는 스이분까지 걸어서 돌아 갈 생각을 하니 너무 비참했다.

대체 무엇 하러 돈다바야시까지 나온 걸까? 무엇 때문에 위험을 무릅쓰고 옥을 판 걸까. 아까 그만두었다면 아무런 문제도 없었을 것이다. 그런데 하찮은 허세와 욕심 때문에 모든 걸 잃고 말았다.

농기구를 보관하는 좁고 초라한 헛간 같은 오두막 안 노름

판에서 구마타로는 절망감에 짓눌렸다. 그러나 계속 서 있을
수는 없다. 구마타로는 일단 문 쪽으로 향했다.

그러다 바로 멈춰 섰다. 어차피 이렇게 된 것, 갈 데까지 가
보자. 옷을 걸자. 구마타로는 옷을 후시에게 맡기고 돈을 빌
려 노름을 계속하려고 생각한 것이다.

구마타로가 허리띠에 손을 걸친 그때, 밖에서 서로 마구 욕
을 하는 소리가 들려왔다.

"왜 그래요."

"시끄러. 안 된다고 했잖아, 이 멍청아."

노름판에서 이런 소리가 들려오면 경찰이 단속을 나왔다
고 생각하기 마련이다.

으앗. 소리를 지르며 아기패들이 소란을 떨기 시작했다. 원
래는 "별일 아니오, 별일 아니야" 하며 말려야 할 후시 씨도
으아아 하는 소리를 지르며 후다닥 판돈을 안고 오리가 꽁무
니를 빼는 듯한 꼴사나운 모습을 보였다.

그러나 더 겁을 집어먹은 사람은 구마타로였다. 만약 경찰
서에 끌려가 옥을 팔았다는 사실이 드러나면 그 옥의 출처를
캐물을 것이다. 그러면 신세를 망치게 된다. 구마타로는 에고
고고 하고 이상한 울음소리를 내며 갈팡질팡했다. 그렇지만
이런 오두막에 도망칠 뒷문 같은 게 있을 리 없다. 어쩌지, 어

쩌지 하며 허둥대고 있는데 문 쪽에서 다시 큰 소리가 들려왔다.

"안 된다고 했잖아."

"날 놔둬, 갓파."

욕하는 소리가 들리더니 벌컥 문이 열렸다. 다들 이크 하며 동요했지만 문에 서 있는 사람은 열네댓 살쯤 된 아이였다. 그 뒤에는 기요가 곤혹스러운 표정을 짓고 서 있었다.

아직 앳된 구석이 남아 있는 어린애는 반듯한 얼굴이었다. 초라한 면으로 만든 옷에서 뻗어 나온 손발이 길고, 키는 컸지만 체격은 역시 소년이라 가냘프다.

그러나 잘생긴 소년의 눈에는 지성의 빛은 찾아볼 수 없고 그저 생명의 불길만 활활 타올랐다.

무섭고 끔찍한 경찰이 쳐들어오는 줄 알고 겁을 집어먹어 허둥지둥했는데 막상 들어온 건 열네댓 살짜리 아이라 모두들 다리가 풀리는 듯했다. 하지만 마음이 놓이면서도 아이 때문에 그렇게 겁을 냈다는 사실에 부아가 치밀어 "뭐냐, 너는?"이라고 호통을 치고, 솔직하게 "깜짝 놀랐잖아"라는 사람도 있었다. "요놈의 자식" 하면서 눈을 부라리는 이도 있었다.

그야말로 원숭이 같은 사람들이다.

그런 어른들을 거들떠보지도 않고 소년은 여유만만하게

"뭐 하는 건가? 좀 놀지"라며 그대로 자리에 앉았다. 사람들은 다들 놀랐다.

지금이야 열네댓 살이라고 해도 제법 어른티가 나지만 1881년 무렵이면 아주 어리게 여겼다. 요즘으로 치면 열한두 살 정도 느낌일까? 어쩌면 더 어리게 여겼을지도 모른다.

그런 아이가 노름판에 들어와 어엿하게 한판 놀자고 하니 다들 기겁을 한 건 당연한 노릇이다. 하지만 물주인 후시 씨만은 처지가 처지라서 계속 놀라고 있을 수만은 없다. 우선 소년 등 뒤에서 어쩔 줄 몰라 쩔쩔 매는 비옷 입은 기요 씨에게 "이 녀석 정체가 뭐야?"라고 물었다.

그러자 기요 씨는 구마타로에게 자기가 손님인 척한 사실도 잊고 이렇게 대답했다.

"아니, 난 손님을 더 끌어올 생각이었지. 그래서 마루만 앞에서 손님을 잡으려고 했는데 아무도 오려고 들지 않더라고. 이거 안 되겠다 싶어서 일이나 거들려고 돌아왔는데, 여기다 와서 이 꼬맹이가 따라왔다는 걸 눈치챘어."

"흠, 그래서?"

"뭐냐, 요 꼬맹이야, 라고 물었지. 그랬더니 이 꼬맹이가 뭐라고 한 줄 알아?"

"뭐라고 했는데?"

"형씨, 노름판에 손님 끌어오는 일 하지? 나도 한판 하고 싶어서, 라며 건방진 소리를 하더군. 그래서 내가 꼬맹이 주제에 정신이 나갔구나, 안 돼, 안 돼, 라고 했지. 그랬는데 억지로 들어온 거야."

마구 떠벌리는 기요 씨 모습을 보며 이미 위험은 없다는 걸 깨달은 아기패들이 킥킥 웃었다.

소년은 여전히 진지했다. 물주인 후시 씨가 말했다.

"야, 꼬맹이. 너 어린애가 이런 데 오면 안 돼. 얼른 꺼져."

"그런 소리 하지 마셔, 아저씨. 나도 끼워달라고."

"안 돼, 안 된다고. 어린애가 어른 흉내 내면 못써. 자, 돌아가."

"그러지 말고, 응? 제발."

"안 된다잖아. 얼른 꺼지지 않으면 정말 호된 꼴을 당할 거야."

"그러지 말고 끼워줘. 어린애라고 해도 돈 있으면 손님이잖아. 봐, 돈은 여기 있어."

그러더니 소년은 품에서 무두질한 가죽으로 만든 두루주머니를 꺼내 보여주었다. 소년이 주머니를 열자 그 안에는 돈이 가득 들어 있었다. 오 엔이나 십 엔쯤은 되어 보였다.

물주인 후시 씨는 눈이 부신 듯 눈을 가늘게 뜨고 두루주머니를 뚫어지게 들여다보더니 입을 열었다.

"너 그 주머니 어찌 된 거냐?"

"이렇고 저렇고 따질 거 없지. 내 주머니라니까."

"정말이냐? 수상하구나. 나쁜 짓을 저지른 표정인데. 이런 주머니는 너 같은 애들이 가지고 다닐 물건이 아니지. 사실은 어디서 훔쳐온 거 아니냐?"

"아니야. 이건 내가 도랑 치는 걸 도와주고 번 돈이야. 훔치지 않았어."

"거짓말하지 마. 아니, 도랑 치는 일을 도왔다고 돈을 그렇게 많이 받을 수 있냐? 훔친 게 틀림없어. 좋아, 그 돈은 내가 맡아두마."

말을 마치자마자 후시 씨는 원숭이가 꺅꺅 소리를 내며 사람 손에서 사탕수수를 훔치듯 재빠른 손놀림으로 소년의 두루주머니를 낚아챘다.

물주 후시 씨가 하는 말을 얼핏 들으면 훔친 돈이니 자기가 잠시 맡아두었다가 나중에 경찰에 신고하거나 적절하게 처리하겠다는 소리로 들린다. 하지만 절대 그럴 리 없다. 후시 씨는 어린애가 분에 넘치는 돈을 지닌 것을 보고 빼앗아도 별 불평을 못 할 거라고 생각해 자기가 차지하려는 욕심을 부린 것이다. 즉, 욕망에 충실하게 행동했을 뿐이다. 당연히 소년은 납득하지 않았다. 소년이 악을 썼다.

"무슨 짓이야? 내 주머니야. 돌려줘."

"시끄러, 멍청아. 얼른 꺼져."

"안 돌려주면 경찰에 신고하러 갈 거야."

"뭐가 경찰이야. 경찰에 신고하면 네가 훔쳤다는 게 들통 날 텐데."

"아니야. 난 당신들이 여기서 노름을 하고 있다고 신고할 거라고."

"하하하, 멍청이. 네가 경찰에 달려가는 동안 우린 얼른 돗 자리 걷어 사라질 텐데."

"하하하, 멍청이들. 용모파기라는 게 있다는 거 몰라? 내가 벌써 당신들 얼굴 생김새를 다 외웠는걸. 경찰에 가서 말하 면 당신들은 모두 감옥에 들어가야 해. 하하하, 재미있겠네."

소년이 웃자 아기패들은 불안해져 후시 씨에게 물었다.

"어이, 저런 소리를 하는데 괜찮겠어?"

후시 씨도 안색이 변했지만 이런 노름판에도 신의라는 게 있다. 그는 말했다.

"별일 없을 거야. 사람 얼굴 같은 걸 딱 한 번 보고 몽땅 외 울 수 있겠어?"

"다 기억한다니까. 나는 한 번 본 얼굴은 잊어버리지 않아.

여기 있는 사람들 얼굴도 모두 다 기억해두었어. 저 갓파는 평생 잊지 못할 거야."

소년은 고개를 돌려 기요 씨 얼굴을 가리켰다. 기요 씨의 안색이 변했다.

"누가 갓파야? 쓸데없는 소리 하지 마. 이 멍청아."

소년에게 갓파라는 소리를 듣고 얼굴이 새빨개진 기요 씨를 보며 구마타로는 '아아, 역시 이 사람은 자기가 갓파를 닮았다는 사실에 신경을 쓰는구나. 그렇다면 저런 머리 모양을 하지 않으면 좋을 텐데' 하는 생각을 했다. 갓파라는 소리를 듣고 화내는 기요 씨를 보며 저도 모르게 헛웃음을 지은 아기패들이 갑자기 진지하게 겁먹은 얼굴을 하고는 호통쳤다.

"요 녀석, 너 같은 녀석이 가봐야 경관 나리가 이야기나 들어줄 것 같냐? 그보다 어른인 내가 너를 경찰에 끌고 가서 이 꼬마가 돈을 훔쳤습니다, 하면 경관 나리는 아, 그렇습니까, 하며 너를 감옥에 넣을 거야. 그게 무섭다면 닥치고 꺼져."

"좋아, 그러면 경찰에는 가지 않을게. 그 대신……"

"그 대신, 뭐?"

후시 씨가 물었다.

"지금 당장 돈다바야시에 가서 히가시이 패의 우두머리 쓰마고에게 이러저러한 사람이 노름판을 벌였다고 이를 테야. 그 사람들은 진짜 도박 조직이야. 너희를 반쯤 죽여놓을걸."

"무슨 소리야. 너 정말 그럴 거야?"

"그게 싫다면 내 주머니 돌려줘."

"주머니 돌려주면 히가시이 패거리에는 이르지 않을 거냐?"

"아니, 이를 거야."

"어째서?"

"나도 남자야. 이토록 무시당했는데 잠자코 있을 수 없지. 그래도 내가 입 다물기를 바란다면 형씨가 그만한 대가를 치러야지."

소년이 으름장을 놓았다.

후시 씨는 잠깐 흠칫했지만 바로 버럭 소리를 질렀다.

"야, 꼬맹이. 어른들 놀리면 못써, 이놈아."

후시 씨는 어린애가 으름장을 놓은 순간 움찔했다는 사실을 스스로 인정하고 싶지 않았다.

"난 후시라고 하는데 이 근방에서는 제법 이름이 난 사람이야. 너 같은 꼬마가 겁을 준다고 돈을 내놓을 줄 아냐, 멍청아? 히가시이 패에게 이른다고? 이런 멍청이가. 일러바치러 가려고 해도 갈 수 없는 처지라는 걸 모르네."

그러더니 아기패들을 향해 말했다.

"자, 이 꼬맹이가 너무 건방지니 호된 맛을 좀 보여줍시다. 그래, 어디서 훔쳤는지 모르지만 이 녀석이 돈을 십 엔이나 가지고 있소. 이거 나중에 여러분에게 나눠드리리다. 한 사람 당 일 엔은 될 거요."

그러자 다들 일어서 소년을 둘러쌌다.

"누가 갓파를 닮았다는 거야, 요 꼬맹이가."

기요 씨가 먼저 소년의 머리를 때렸다. 갓파라는 소리를 들은 게 어지간히 부아가 났던 모양이다.

얻어맞은 소년은 말없이 고개를 돌리더니 바로 무서운 기세로 몸을 솟구쳤다.

쿵, 뿌직. 소리가 나더니 기요 씨가 비명을 지르며 코를 움켜쥐고 비틀거렸다.

소년은 기요 씨의 코에 흔히 '바치키'라고 부르는 박치기를 먹였던 것이다.

기요 씨의 코끝에서 꽃이라도 피듯 선혈이 솟아났다. 그는 코를 움켜쥐고 에구구구 하고 소리치며 비틀거렸다.

소년은 "누가 꼬맹이야, 이 갓파야"라고 소리를 지르며 덤벼들었다. 어른 노름꾼과 홀로 맞서 한 걸음도 물러서지 않았다. 담력이 있는 소년이다.

하지만 여기까지였다.

물주인 후시 씨와 아기패들은 소년이 저항하자 잠깐 움츠러들었지만 기껏해야 어린애가 어른인 자기들에게 덤비는 모습을 보고 화가 치밀었다. 아기패 가운데 한 명이 "요놈" 하고 소리치며 소년의 뒤통수를 주먹으로 때렸다. 억 하고 앞으로 고꾸라진 소년의 옆구리를 다른 아기패가 세게 걷어찼다. 그러자 소년은 견디지 못하고 윽 하는 신음 소리를 내며 털썩 땅바닥에 엎어졌다.

그러자 코를 움켜쥐었던 기요 씨가 비틀거리며 소년에게 다가갔다.

"내 코에 잘도 바치키를 먹였어. 코가 아프잖아, 이 멍청아."

그러면서 체중을 실어 소년의 등에 팔꿈치 찍기를 먹였다. 흔히 말하는 엘보 드롭이다.

소년은 숨이 막히는지 헉 하는 소리를 냈다. 소년의 몸이 움찔움찔 경련을 일으켰다.

아기패들과 물주 후시 씨, 기요 씨는 엎어진 소년을 둘러싸고 "요 꼬맹이 녀석"이라거나 "어른을 놀리면 못써"라며 소년의 머리와 배를 가리지 않고 마구 걷어찼다.

소년은 웅크리고 두 손으로 뒤통수를 감싼 채 땅바닥을 구르며 발길질을 받아냈다. 후시 씨가 걷어차면서 호통쳤다.

"잘못했다고 못해? 한 번만 봐달라고 하지 못하겠어? 히가시이 패에게 가서 일러바치지 않겠다고 하지 못하겠냐고."

하지만 소년은 아무 대꾸가 없었다. 후시 씨는 다시 "이래도 말 안 해?"라며 악을 썼다. 소년에게 일방적으로 폭행을 가하는 후시 씨였지만 그 목소리는 왠지 소년에게 애걸복걸하는 듯 들렸다.

구마타로는 일어서서 팔짱을 끼고 벽에 기대어 그런 모습을 지켜보았다.

구마타로는 이 폭력이 주는 '느낌'에 근원적인 불쾌감을 느꼈다. 그리고 왜 이 '느낌'이 불쾌한지 바로 이해했다.

흔들리는 촛불 때문에 그 빛에 비친 세상 또한 불안하게 느껴졌다. 그 흔들리는 촛불과 함께 마치 시각에 이상이라도 생긴 듯 뭔가가 깜빡거리며 흔들렸다. '세상이여, 어차피 흔들릴 거라면 더 크게 흔들려라'라고 말하고 싶어지는 쩨쩨한 흔들림이었다.

끊임없이 코를 자극하는 희미한 먼지 냄새. 거기 섞인 피냄새. 절박한 분위기. 뼈와 살이 부딪히는 소리. 본능적으로 느껴지는 초조함. 끝없이 낙하하는 감각과 한없이 치솟는 벽.

그렇다, 이 농기구 오두막에 흘러넘치는 폭력적인 분위기에 구마타로는 그 끔찍했던 열네 살 때의 기억, 이 세상의 막다른 골목 같던 석실에서 가쓰라기 도루를 때려죽이고 말았던 그 기억이 되살아난 것이다. 그는 가슴속이 시커먼 흙탕물로 가득 찬 듯한 불쾌감을 느꼈다.

구마타로가 이를 악물고 불쾌감을 견디는데 바로 앞에 있던 사람이 돌아보았다.

아까 노름판에서 오 센이나 삼 센씩만 걸던 한심한 농사꾼이었다. 입을 멍하니 벌리고 눈알을 뒤룩뒤룩 움직이고 있었다. 입 주변에 아무렇게나 자란 수염이 볼품없었다.

구마타로가 남자에게 말했다.

"그만해."

"뭐?"

남자가 턱을 치켜들었다.

"이제 그만 걷어차라고."

구마타로가 말렸다.

이게 협객 시미즈 지로초의 이야기 같은 야담이라면 구마타로의 대사 뒤에 우두머리 같고 협객의 관록이 묻어나며 여럿이서 약한 자를 공격하는 짓은 눈 뜨고 볼 수 없었다는, 그러니 이 말은 부끄러움 때문이었다는 설명이 덧붙을 테지만 물론 구마타로의 경우에는 그렇지 않았다. 소년이 딱하기보다는 자기가 견딜 수 없었다. 그런 폭력을 보고 자기가 불쾌했기 때문에 그만두라고 했을 뿐이다.

농사꾼은 배알이 꼴렸다. 누군지 몰라도 혼자 잘났다는 듯이 폭행에 끼지도 않고 외려 그만두라고 한다. 정말 뭐 이런 녀석이 다 있나 싶었다. 이런 놈에게는 저 아이한테 빼앗은 돈을 나누어주지 않는 게 낫겠다고 생각했다.

"너 혼자만 그러고 있으면 돈 안 나눠줘."

이렇게 말하며 농사꾼은 헤벌어진 입을 애써 삐죽 내밀었다.

구마타로는 남자의 입이 어떤 물고기를 닮았다고 생각했다. '그게 무슨 물고기였더라' 하며 기억을 떠올리려고 했다.

나는 어떻게 그 물고기를 알지? 맞아. 어렸을 때 아버지를 따라 낚시하러 갔을 때 낚아 올렸던 고기다. 입을 멍하니 벌린 바보 같은 물고기. 나는 사실 더 날렵하고 멋진 물고기를 잡고 싶었다. 그렇지만 낚인 녀석은 모두 입을 멍하니 벌린 고기였다. 그런데 아버지는 물고기가 자꾸 올라오는 게 기뻤는지 하하하하 웃으며 입을 멍하니 벌린 물고기를 계속 낚았다. 그러는 아버지의 입도 차츰 멍하니 벌어졌다. 그런데 지금 이 사람의 입이 멍하니 벌어진 건 대체 무슨 팔자일까? 아마 팔자와는 아무 상관 없으리라. 그러면서도 저 입으로 무슨 답답한 소리를 해대는 건지. 십 엔을 빼앗아 나누려고 어린애를 걷어찬다고? 나는 그 석실에서 얼마나 무서웠던가. 얼마나 끔찍한 기억인지 이 사람은 알기나 할까? 무너져 내리면서 저주를 발산하며 엉겨 붙으려고 하는 사람 몸이라는 게 어떤 건지 이놈은 알기나 할까? 그런 공포를 한두 푼 돈으로 살 수 있다고 생각하는 건가? 입을 멍하니 벌린 물고기 주제에? 최소한 십 엔은 들지.

그런 생각을 한 구마타로는 남자의 어깨에 손을 얹고 힘껏 잡아당기며 말했다.

"야, 정말 이제 그만둬."

그렇지만 흥분한 남자는 지나치게 신경질적인 반응을 보였다.

"시끄러워."

그는 필요 이상으로 힘을 주어 오른손을 옆으로 뿌리쳤다. 그러다보니 그만 구마타로의 얼굴을 팔꿈치로 찍는 꼴이 되고 말았다.

눈앞에서 불꽃이 튀고 심한 통증이 느껴졌다. 구마타로의 머릿속에 초간장이라는 단어가 떠올랐다. 초간장이 담긴 작은 유리병이 숲속을 질주한다. 하나가 아니다. 몇 백 개나 되는 유리병이다. 그 수많은 초간장이 든 유리병이 허공으로 떠올라 숲을 질주한다. 숲에는 나무가 빽빽하기 때문에 엄청

난 속도로 날아가던 초간장 병은 당연히 나무에 부딪혀 박살 난다. 깨진 유리는 달빛에 반짝이며 풀숲을 기어 다니는 어둠 같은 숲의 바닥에 떨어진다. 그리고 주위에는 새콤달콤한 냄새가 피어오른다. 냄새는 사방으로 퍼지고 아직 깨지지 않은 유리병은 냄새 속을 다시 질주하다가 이내 나무에 부딪혀 깨지며 반짝반짝 빛난다. 내용물이 초간장이라 나무에 부딪혀 깨지면 끈적거린다. 나무도 기분 나쁠 거라는 생각이 든다. 비가 내려 이 끈적거리는 걸 씻어내지 않으려나? 끈적끈적 기분 나쁘다. 그렇지만 비는 결코 내리지 않는다.

이런 생각을 하는 구마타로의 손이 피로 끈적거렸다.

화가 치민 나머지 두뇌회로가 끊어진 구마타로의 머릿속에서는 초간장이 든 몇 백 개나 되는 유리병이 숲을 질주하다가 나무에 부딪혀 깨지고 부서졌다. 하지만 실제로 구마타로는 팔꿈치에 얻어맞은 순간 반사적으로 입을 멍하니 벌린 농사꾼을 두들겨 패고 있었다. 그리고 농사꾼의 코에서 주르륵 흘러나온 새빨간 피가 주먹에 묻어 끈적거린다는 사실을 깨닫고서야 비로소 정신을 차렸다.

구마타로는 무의식중에 어렸을 때 스스로 생각해낸 '팔 찍기' 기술을 썼다.

그냥 주먹보다 가운뎃손가락을 구부린 상태에서 조금 내밀고 그 손톱에 엄지손가락 아랫부분을 대면 이상하게 날카로운 주먹이 된다. 그는 그 주먹으로 농사꾼을 때리고 있었다.

십 년이란 세월이 흘러 그 위력은 절대적이었다.

으아아아아.

피가 나고 통증에 놀란 농사꾼은 처참한 비명을 지르며 주저앉았다. 코가 삐뚤어졌다.

느닷없이 고함과 비명이 들리자 후시 씨와 기요 씨, 그리고 네 명의 아기패가 일제히 뒤를 돌아보았다. 다들 욕심에 눈이 먼 얼굴이었다. 후시 씨가 소리쳤다.

"정말 이상한 놈이라고 생각은 했지만, 너 정체가 뭐냐? 노름판털이냐? 이 꼬맹이와 한패야?"

노름판털이라는 말을 듣는 순간 구마타로는 진짜 이 판을 털어버릴까 하는 생각을 했다.

몇 푼 안 되는 돈 때문에 눈빛이 변해 광분하는 물주 후시 씨와 아기패에 대한 반발, 입을 멍하니 벌린 물고기를 낚는 정도로 만족하는 초라한 마음, 그리고 입을 멍하니 벌린 물고기 자체에 대한 분노를 해방시킬까 했다.

그래도 노름판을 털어 돈을 가지고 돌아가겠다는 생각은 전혀 하지 않았다. 구마타로는 그런 생각이 초간장이 든 유리병 같은 것이라 나무줄기에 부딪혀 산산조각이 나리라는 사실을 알고 있었다. 아무리 주먹의 위력이 절대적이라고 해도 상대는 여섯 명. 승산이 없다.

구마타로는 '나는 이 자리에서 멸망할 것이다'라고 생각하며 외쳤다.

"어쨌든 난 한 놈은 죽이고 말 거야. 여기서 죽어도 나는 상관없어. 덤벼라. 이 주둥이 멍청하게 벌린 놈들아."

그렇게 외치고 구마타로는 내심 아차 했다. 구마타로는 지금 이 순간 자기 사상과 말이 하나가 되었다는 사실을 깨달았다. 생각한 내용이 고스란히 말이 되어 구마타로는 행복감에 취했다. 하지만 구마타로는 이런 생각도 했다.

내 사상과 말이 하나가 될 때 나는 죽으리라. 멸망하리라. 원래는 넘쳐나는 폭력적인 분위기를 혐오하는 감정에서 이 소동은 비롯되었다. 그런데 그게 결과적으로 폭력을 낳았다. 콩을 삶느라 콩대를 태우는구나. 폭력적인 분위기에서 벗어나기 위해 폭력을 행사하고, 그 폭력이 더 심한 폭력을 낳는다. 불행한 노릇이다.

물론 이런 넋두리를 읊조릴 틈은 없었다.

"해치워버려."

누군가 소리치자 바로 주먹이 날아왔다.

퍽. 구마타로의 얼굴에 주먹이 작렬했다. 인정사정없는 어른의 주먹이었다.

묵직하고 불쾌한 덩어리 같은 것이 구마타로의 얼굴에 서서히 퍼져나갔다.

구마타로는 언젠가 패하더라도 상대방에게는 그에 상응하는 타격을 주고 싶었다.

그렇지만 얼굴에 피어나는 묵직한 통증의 꽃, 그 통증 때문에 몸을 뜻대로 움직일 수 없었다. 이 통증이 사라지면 어느 녀석이라도 좋다. 주먹을 '팔 찍기' 할 때처럼 만들어 눈앞에 있는 놈에게 한 방 먹이리라. 그것은 공격이나 앙갚음, 언걸 먹이기가 아니다. 나라는 생명이 소멸하기 위한 축제, 생명의 축제, 생명의 약동이다.

구마타로는 이렇게 생각했다. 하지만 어설픈 생각이었다. 코끝의 통증이 가시기도 전에 퍽 하고 이번에는 묵직할 뿐만 아니라 뜨겁고 찌릿하기까지 한 강력한 타격을 받았다. 구마타로는 머릿속이 새하얘져 아무것도 생각할 수 없었다. 기타를 연주하는 카를로스 산타나 같은 표정을 지으며 앞으로 고꾸라졌다. 거기다 누군가가 정면에서 배를 걷어찼고 옆 턱을 주먹으로 쳤다. 마침내 구마타로는 한 대도 때리지 못한 채 바닥에 쓰러졌다.

그렇지만 의식은 또렷했다. 조금 전에 본 소년과 마찬가지로 몸을 웅크리고 두 손으로 뒤통수를 감싼 채 바닥을 굴렀다.

"우릴 우습게 여기면 안 돼."

"멍청한 새끼."

"진짜 죽여버릴 테다, 이 자식."

아기패들이 한마디씩 하며 배고 머리고 가리지 않고 걸어 찼다.

구마타로는 한 번씩 차일 때마다 몸이 점점 모래자루가 되어가는 느낌이 들었다.

혹은 내장을 채워 넣기 위해 짚으로 만든 섬. 검붉고 어두운 열기. 구마타로는 이 폭력의 끝에 무엇이 있을지를 생각하다가 움직이지 않던 가쓰라기 도루의 모습을 떠올라 몸서리쳤다. 그때였다.

"악!" 하는 외마디에 이어 "으아아아아아아" 하는 울부짖음이 들리더니 공격이 멈췄다.

눈을 겨우 뜨고 살피니 주사위 굴리는 자리에 앉아 있던 얼굴 넙데데한 농사꾼이 무릎을 꿇고 왼손으로 이마를 누른 채 오른손으로는 발목을 잡고 "으아아, 으아아악" 하며 비명을 지르고 있었다. 누군가 소리쳤다.

"이 꼬마 놈이 단도를 휘둘렀어."

진짜 간이 배 밖으로 나온 아이였다.

후시 씨와 농사꾼에게 얻어맞고 쓰러진 소년은 사람들이 구마타로에게 신경을 쓰고 있는 틈을 타 품에 숨기고 있던 단도를 칼집에서 꺼냈다. 그리고 바로 앞에 있던 얼굴 넙데데한 농사꾼의 발꿈치 힘줄을 가로로 그어버린 것이다. 소년은 재빨리 일어나더니 허리를 낮춘 자세로 소리쳤다.

"이놈들, 내 돈을 잘도 빼앗았겠다. 게다가 두들겨 패기까지 하고. 고약값은 받아가야겠어."

소년은 쭈그리고 앉은 듯한 자세로 단도를 앞으로 내밀고 사람들을 노려보며 더듬더듬 판돈을 움켜쥐어 품에 넣기 시작했다.

이렇게 되면 물주인 후시 씨의 체면이 말이 아니다. 후시 씨는 "이 꼬맹이 새끼가 정말 무슨 짓을 하는 거야"라며 덤벼들려고 했지만 소년이 "야, 그만두지 못해?"라며 단도를 휘두르는 바람에 쉽게 덮치지 못하고 틈만 노리며 쩔쩔맸다.

그런 모습을 보면서 구마타로는 자기가 일어설 수 있는지 없는지 확인했다.

온몸에 묵직한 통증이 느껴졌고 몇 군데는 간헐적으로 극심한 통증이 있었지만 기껏해야 금이 간 정도이지 뼈가 부러진 데는 없는 듯했다.

괜찮아. 일어설 수 있어.

구마타로는 옆에 떨어져 있던 장작을 확인하고 지금 바로 움직이면 그 장작을 들고 소년 쪽을 멍하니 보고 있는 농사꾼의 머리통을 내려칠 수 있겠다고 생각했다.

애초에 이런 지경이 된 것은 이놈들 때문이다. 내가 폭력을 혐오한다고 밝혔을 때 소년에게 가하던 폭력을 그쳤다면 이렇게까지 되지는 않았다. 그런데 이놈들은 말을 듣지 않고 몇 푼 되지 않는 돈에 눈이 멀어 나를 노름판털이로 착각했다. 그렇다면 진짜 노름판털이가 되어버릴까? 그건 나의 멸망을 향한 지향성이 내린 하사품이다. 아까는 나도 화가 머리끝까지 치밀어 머릿속에서 초간장 병이 질주했지만 사실 그 마음이 들었을 때 이미 나는 냉정했다. 그냥 끝장을 내자고 생각했던 것이다. 저기 있는 돈은 대충 삼십 엔쯤 되지 않을까? 이런 생각을 하는 것은 자살하려는 사람이 마지막까지 삶에 대한 집착을 버리지 못하는 것과 마찬가지일까? 오십 엔만 있으면 내가 안고 있는 문제는 모두 해결된다.

구마타로는 재빨리 일어섰다.

장작을 집어 들고 바로 앞에 있던 농사꾼의 옆머리를 세게 후려쳤다. 그리고 엉덩이에 무릎차기를 한 방 먹였다. 농사꾼은 끽소리도 못하고 쓰러졌다.

입도 뻥긋 못하고 쓰러진 농사꾼은 의식을 잃기 직전 엉덩이 부근이 왠지 뜨뜻하구나, 이토록 끔찍하게 아픈데도 이처럼 포근한 따스함이 있다니 이상하네, 하는 생각을 했다. 그렇지만 생각뿐, 말을 하지 못했기 때문에 누구도 농사꾼이 그렇게 생각했다는 사실을 눈치채지 못했다.

소년에게 정신이 팔렸던 후시 씨와 기요 씨, 그리고 아기패들이 일제히 돌아보았다.

구마타로는 장작을 거머쥐고 사람들을 위협하면서 소년에게 소리쳤다.

"야, 내가 이놈들을 해치우는 동안 얼른 돈을 집어넣어."

그 말을 들은 소년은 이때다 하고 돈을 긁어모았다. 물주 후시 씨는 기가 죽어 손도 쓰지 못한 채 이렇게 말했다.

"네놈들 역시 처음부터 한패였구나?"

"그따위 소리 집어치우지 못해? 툭하면 한패라느니, 일 엔이 어쩌니 오십 센이 어쩌니 멍하니 벌린 주둥이로 주절거리지 말라고. 난 그게 제일 부아가 치밀어. 머릿속에 초간장 병이 마구 날아다닌다고. 그게 숲속 나무에 부딪혀 박살이 나지. 그래서 손에 피가 끈적끈적 묻어 기분 나빠진다고."

구마타로는 무슨 소리를 하는지 알아듣지 못할 거라고 스스로도 생각하면서도 폭력과 마찬가지로 일단 시작된 이상

중간에 멈출 수가 없어 말을 내뱉었다. 비옷 입은 기요 씨가 "무슨 헛소리를 지껄이는 거야, 이 자식아"라고 소리치면서 덤비려고 하는 것을 물주인 후시 씨가 말렸다.

"기요 씨, 진짜 그만두는 게 좋을지도 모르겠어."

"어째서? 판을 몽땅 털어가는데 어떻게 잠자코 있어?"

"아니야. 저놈은 무슨 짓을 저지를지 몰라. 진짜 우릴 몽땅 죽일지도 모르겠어."

"왜 그렇게 생각하지?"

"저 눈깔을 봐."

그 말을 듣고 찬찬히 구마타로의 얼굴을 들여다본 기요 씨는 등골이 오싹해지는 걸 느꼈다.

"진짜. 정신 나간 눈이로군."

기요 씨가 중얼거리는 소리를 들은 구마타로는 '이상하네, 난 멀쩡한데'라고 생각하면서도 그렇다면 저놈들이 물러날지도 모르겠다고 생각해 일부러 눈을 부릅뜨고 입을 반쯤 벌린 채 흉악한 미치광이 같은 표정을 지었다.

"세 놈쯤은 죽이고 온 것 같군."

중얼거리는 기요 씨의 발아래에는 장작으로 얻어맞은 농사꾼이 쓰러져 있었다. 그 옆에는 소년에게 발꿈치 힘줄이 잘린 얼굴 넙데데한 농사꾼이 에구구, 에구구 하며 울고 있었다. 그 너머에서는 입을 멍하니 벌린 농사꾼이 삐뚤어진 코를 쥐고 비틀거렸다. 기요 씨도 코피가 입 주위에 말라붙어 보타모치*를 훔쳐 먹은 갓파 같은 꼴이었다. 물주 후시 씨가 말했다.

"이봐, 형씨."

"뭐야?"

"미안하지만 거기 있는 돈 가지고 그만 가주겠나?"

"그따위 소리 하지 않아도 갈 거다, 멍청아."

"그래서 말인데."

"뭐?"

"돈을 몽땅 가지고 가면 우린 내일부터 밥을 먹을 수 없어. 그러니 반 정도는 남겨두고 가줄 수 없겠나?"

정신 나갔군. 구마타로는 생각했다.

애당초 너희들이 좀스럽게 굴며 돈 한두 푼에 매달려서 일어난 일이다. 어린애 돈까지 빼앗고 폭력을 휘두르지 않았는가. 나는 그런 모습이 꼴사나워 보고만 있을 수 없었다. 그래서 결국 이런 일이 벌어졌는데 돈을 절반은 남겨달라는 조건을 걸다니. 그렇다면 계속 맞붙어볼 텐가. 구마타로는 그

---

* 찹쌀과 멥쌀을 섞어 찐 후 겉에 팥고물을 묻혀 만드는 떡.

런 생각을 했지만 그건 무리였다. 왜 무리인가 하면 조금 전까지만 해도 흥분해서 스스로 끝장을 낼 각오였기 때문에 장작까지 휘두르는 짓을 했지만 방금 물주 후시 씨가 기요 씨에게 포기하고 돈을 줘서 보내버리자고 하는 말을 듣자 긴장의 끈이 느슨해졌기 때문이다. 이제 와서 다시 장작을 들고 싸우고 싶지는 않다. 하지만 그걸 눈치채면 곤란하기 때문에 일단 정신이 이상한 척했다. 그리고 이놈들은 이게 소년과 내가 공모한 일이라고 생각해 나에게 이런 소리를 하는 모양이지만, 소년과 나는 한패가 아니니 돈을 절반은 남겨두고 가달라고 해도 내 마음대로 할 수 없다. 아, 참, 그렇다면 나는 이 난리를 치르고서도 돈을 받지 못하는 걸까? 이건 나중에 소년과 제법 심각하게 의논해야 할 테지만 저 애는 단도를 지니고 있다.

구마타로가 그런 생각을 하는데 돈을 다 긁어모은 소년이 말했다.

"형, 저런 소리를 지껄이는데 어쩌죠?"

"형이라니, 역시 한패였군."

기요 씨가 말했다. 그 말을 들은 구마타로는 그게 아니라 이 지방에서는 나이가 위인 남자를 흔히 형으로 부른다고 반박하고 싶었지만 지금 그런 이야기를 하며 옥신각신하다가 다시 싸우게 되느니 차라리 무시하는 게 낫겠다고 생각했다.
구마타로는 기요 씨의 말에는 대꾸도 않고 소년에게 바로 말
했다.

"거기 있는 돈 얼마쯤 되겠니?"

"적어도 오십 엔은 되겠네."

"그렇게 많아?"

구마타로는 눈을 크게 떴다. 그리고 얼른 머릿속으로 돈 계
산을 했다.

후시 씨는 돈을 절반 놓고 가달라고 했다. 오십 엔의 절반
이면 이십오 엔. 이십오 엔이면 고마타로에게 이십 엔을 갚
고도 오 엔이 남는다. 그렇지만 그건 저 소년의 몫을 전혀 생
각하지 않았을 경우다. 사실상 돈을 집어넣은 사람은 소년이
고 단도로 얼굴 넙데데한 농사꾼의 발뒤꿈치 힘줄을 끊은 것
도 소년이다. 그렇다면 역시 절반인 십이 엔 오십 센, 나이 같
은 걸 감안해도 십 엔, 거기서 더 깎아도 최저 팔 엔은 소년
에게 줘야 하리라. 그렇다면 이십 엔에 이 엔 모자란다는 계
산이 나온다.

머릿속으로 돈 계산을 마친 구마타로는 소년에게 말했다.

"그럼 삼 엔은 남겨둬."

"그럼 정말 우릴 죽이는 거야."

"뭐가 죽이는 거야? 좀 전에 내일 밥 먹게 해달라고 했잖아. 삼 엔이면 얼마든지 먹을 수 있을 텐데."

"그건 그렇지만……"

"그럼 됐지. 야, 가자."

소년은 품에서 삼 엔을 꺼내 마구 짓밟고는 "옜다, 먹어라" 하며 구겨진 노름판 돗자리 쪽으로 던졌다. 그러더니 "그럼 가실까요?"라고 구마타로에게 말했다.

"실례했어. 다음에 또 오지."

밝고 쾌활하게 말했지만 역시 우스꽝스럽다. 그런 인상을 듣는 사람에게 남기려고 신경 쓰면서 구마타로는 밖으로 나왔다. 소년도 뒤를 따랐다.

이미 해 질 녘이었다. 저편에서 오는 사람 얼굴이 보이지 않을 정도였다. 구마타로와 소년은 계단밭 사이를 오르내리며 좁은 길을 따라 걸었다.

돌아보니 오십 엔이 넘는 판돈을 몽땅 빼앗긴 상황을 받아들이지 못한 후시 씨와 기요 씨가 보였다 안 보였다 하면서 뒤를 따라오고 있었다.

"얘, 저놈들 쫓아오는구나. 귀찮은 놈들일세."

구마타로는 내뱉듯 말했다. '기분 나빠 죽겠네, 별일 없겠지?' 하고 의논하고 싶지만 상대는 어린애다. 그 소년에게 믿음직하지 못한 형으로 보이고 싶지 않아 허세를 잔뜩 부리며 내뱉듯 말한 것이다.

물주 후시 씨 일행은 어슬렁어슬렁 뒤를 따라왔지만 덤벼들지는 않았다. 구마타로와 소년을 무슨 짓을 저지를지 모를 반미치광이로 여겨 겁을 먹었기 때문이다. 따라오는 까닭은 그저 돈에 대한 미련, 배고픈 얼간이가 밥집 앞에서 손가락을 빠는 듯한 아무런 실효성도 없는 행위였다. 그 증거로 돈다바야시의 번화한 거리로 나오자 그들은 모습을 감췄다.

구마타로는 바로 앞에 있는 밥집에 내걸린 등롱 불빛을 보며 소년에게 물었다.

"아직 따라오나?"

"이제 안 따라오네."

"포기한 건가?"

"우리가 히가시이 패에게 이르러 갈 거라고 생각한 게 아닐까?"

소년의 말을 듣고 구마타로는 갑자기 어깨가 가벼워진 기분이 들었다. 구마타로가 말했다.

"야, 너 배고프지 않니? 이 집에서 뭘 좀 먹고 갈까?"

소년은 빙긋 웃으며 고개를 끄덕였다. 소년의 얼굴이 등롱 불빛을 받아 빨갛게 보였다. 나도 마찬가지겠지.

그렇게 해서 들어간 음식점은 특별히 화려한 가게는 아니었다. 외려 판자를 붙인 벽과 찢어진 맹장지, 붉게 퇴색한 다다미는 보풀이 일어 있었다. 무슨 일을 하는지 모를 할머니가 나와 무슨 뜻인지 알 수 없는 소리를 했다. 이야기를 나누어봤자 말이 통하지 않을 거라고 판단해 구마타로는 머릿속에 떠오르는 대로 은어 조림과 머위 반찬, 그리고 식초에 버무린 문어와 이상한 모양으로 장식한 콩에 청주를 주문했다.

"기다리기 싫으니 빨리 주쇼."

이렇게 말한 덕분인지 몰라도 조금 뒤에 나온 요리는 모두 보기 드문 음식이었다. 고급스럽지는 않았지만 배가 고픈데다가 호랑이 아가리에서 벗어나 식사를 하게 된 기쁨 때문인지 모두 엄청 맛있게 보여 구마타로는 소년에게 "자, 얼른 먹자"고 재촉하며 젓가락을 들다가 멈칫했다.

일단 요리는 주문했지만 주머니에는 한 푼도 없다. 믿을 수 있는 거라고는 소년이 품에 지닌 돈인데 아직 그 돈을 어떻게 나눌지 결정하지 못했다. 어쩌면 소년은 몽땅 차지하려고 들지도 모른다. 그러면 나는 무일푼이 되는 셈이다. 그건 이 나이 어린 아이에게 '미안하지만 형씨가 한턱내'라고 부탁해야 한다는 이야기다. 그건 좀 체면이 서지 않는다. 그렇다고 해서 '흐흐, 어차피 어린애니 그 돈을 좀 빌려다오'라며 위압적으로 강탈하려 들었다가는 물주 후시 씨 같은 꼴을 당하게 될지도 모른다.

구마타로는 한숨을 내쉬고 소년을 보았다.

소년은 말없이 요리 접시를 들여다보더니 이윽고 자세를 가다듬은 다음 구마타로에게 "정말 감사합니다"라고 정중히 말하며 어색하게 고개를 숙였다. 구마타로는 그 모습을 멍하니 바라보았다. 왜 고맙다고 하는지 이해가 되지 않았다. "아니, 뭘" 하며 우물쭈물하는데 소년이 "오늘처럼 기뻤던 적은 없었어요"라며 멋쩍은 듯 고개를 숙였다. 구마타로는 그제야 소년이 왜 고맙다고 하는지 깨달았다. 소년은 물주 후시 씨 일당에게 돈을 빼앗기고 몰매를 맞던 자기를 구마타로가 순수한 선의를 가지고 도와주었다고 생각한 것이다.

구마타로는 찝찝했다. 왜냐하면 순수한 선의로 소년을 구한 게 아니었기 때문이다. 처음에는 그 광경을 보고 있는 게 불쾌했기 때문에 그만두라고 슬쩍 말했을 뿐이고, 나중에는 자기 자아를 지키려고 했을 뿐이다. 소년을 구하려고 그랬던 것은 아니다.

구마타로가 농사꾼을 때린 이유는 그 사람의 팔꿈치가 자신의 얼굴을 때리는 바람에 화가 치밀었기 때문이고, 최종적으로 난폭해진 이유는 구마타로 자신 안에 있는 '멸망으로

가려는 의지' 때문이었다. 즉 1872년 여름, 아무도 모르는 석실에서 가쓰라기 도루라는 기괴한 남자를 뜻하지 않게 죽이고 대롱옥 두 개를 훔친 뒤로 무엇을 해도 떨어지지 않고 달라붙어 있는, 언젠가는 포박당해 처형되는 게 아닌가 하는 공포를 견디기 힘들어 차라리 남의 손에 죽어 모든 것을 정리하고 싶다는 바람 때문이었다.

거기다 구마타로는 물주인 후시 씨가 곡해하는 바람에 "돈을 가지고 가달라"고 한 뒤에도 구체적으로 돈 계산을 했다. 결국 구마타로는 시종일관 이기적인 동기 때문에 행동한 것이지 소년의 신변을 걱정한 적은 한 번도 없었다. 그런데도 소년은 구마타로에게 은혜를 입었다고 생각해 정중하게 감사 인사를 한 것이다. 구마타로는 찝찝할 수밖에 없었지만 은혜를 베푼 걸로 해두면 돈을 나눌 때 유리하게 작용할지도 모른다고 생각해 사실대로 이야기하지 않고 뜸을 들이다가 이렇게 말했다.

"자, 어쨌든 밥부터 먹자."

소년에게 식사를 권하면서 구마타로는 자기도 젓가락을 들었다.

밥은 맛있었다. 구마타로는 말없이 술을 마시고 밥을 먹었다. 소년도 배가 고팠는지 말없이 식사를 마쳤다.

구마타로는 거위병에 조금 남았던 술을 잔에 따르고 들이
켠 다음 소년에게 물었다.

"그런데 네 이름이 뭐냐?"

"다니 야고로(谷弥伍郎)라고 하는데."

"흐음, 다니 야고로라고?"

"그래. 다니 야고로."

"어디서 왔니?"

"그렇게 물으면 설명하기 어려운데."

"왜 어려워?"

"그게 그러니까……"

다니 야고로가 제대로 말을 못한 까닭은 어렸을 때부터 각
지를 돌아다녀서 어디 출신이라고 잘라 말할 수 없기 때문이
었다. 부모님을 따라 이리저리 옮겨다녔던 건 아니고, 철이
들었을 때는 이미 부모님이 안 계셨다. 세 살 아래 여동생과
함께 이 친척, 저 친척에게 맡겨져 열두 살에 남의 집 종으로
팔렸지만 가혹한 노동을 견디다 못해 도망쳤다. 지금은 노숙
생활을 하고 있어 일정한 거처가 없었다.

"그렇구나."

구마타로는 술을 한 병 더 시키면 어떨까 생각하며 야고로
의 품 쪽을 이 초쯤 바라보다가 점잖은 목소리로 "누님, 술

한 병 더 갖다줘요"라고 말했다.

"넌 뭐 더 필요한 거 없니?"

"밥, 한 공기 더."

"여기, 밥, 밥도 하나 더."

이번에는 무례한 말투로 주문하고 야고로를 바라보며 이렇게 말했다.

"그래, 어린 네가 어쩌다 노름을 하려고 했니?"

"그야 빤하지. 돈을 벌려는 거 아니겠어?"

"멍청하긴. 무슨 소리야? 노름으로는 돈 못 번다. 잃기만 할 뿐이야."

"한 가지 물어봐도 돼?"

"뭔데?"

"그럼 왜 어른들은 노름을 하지?"

"그야…… 돈 벌려고 하는 거지."

"봐, 똑같잖아."

"멍청아, 그래도 애들은 끼면 안 돼."

"그렇지만 오늘은 기뻤어."

"뭐가 기뻐?"

"나 같은 놈을 구해주었잖아. 다들 날 쓸모없는 놈으로 취급하거든. 오늘처럼 누가 날 도와주기는 처음이네."

"그래?"

구마타로는 완전히 이기적인 마음으로 행동했는데도 감사 인사를 받자 찜찜해서 재채기를 하며 말했다.

"에취. 뭐야, 춥네. 너 밥 이제 그만 먹을 거야?"

"다 먹을 거야."

"그래라. 나도 이거 다 마실 테니."

두 사람은 말없이 술을 마시고 밥을 먹었다.

이제 여기 있을 이유는 없다. '안녕' 하고 손을 흔들며 헤어지면 그만인데 구마타로가 그렇게 하지 않은 것은 야고로 품에 있는 돈 때문이었다.

저 돈을 대체 어떻게 하려는 걸까? 혹시 돈을 나누지 않고 전부 가지고 갈 작정인가? 그건 너무하다. 노름판털이를 할 때는 일단 나도 한몫했다. 그런데도 돈을 주지 않아? 그건 좀 너무하다.

구마타로는 그렇게 생각했지만 소년이 자기를 착한 사람으로 여기고 있었기에 돈을 나누는 게 당연하지 않느냐고 말하기가 힘들었다. 그래서 주변 이야기부터 조금씩 할 작정으로 이렇게 물었다.

"그런데 왜 어린 녀석이 노름판까지 찾아와 돈을 벌려고 한 거냐?"

야고로는 처음에는 "그야 돈은 누구나 필요하잖아"라고 우물거리더니 이윽고 결심한 듯 대답했다.

"내 여동생이 남의집살이를 하고 있어."

"네 누이라면 나이가 몇이지?"

"열한 살."

"흠."

"그 여동생이 남의집살이가 너무 힘들다며 그만하게 해달라고 했어. 그렇지만 그전까지 우리가 지냈던 친척인 지혜에라는 아저씨가 품삯을 미리 받아버렸거든."

"그렇구나. 알았다. 그러니까 넌 미리 받은 여동생 품삯을 갚으려고 노름판에 갔다는 거로구나."

"그렇지. 그런데 덕분에 돈이 생겼어. 정말 고마워, 형."

야고로는 다시 고개를 숙였다.

나이도 어린 소년이 여동생을 위해 돈을 마련하려고 한다. 틀림없이 갸륵한 이야기다.

그렇지만 구마타로는 곤혹스러웠다. 어설프게 의협심이 강한 사람으로 보여 비즈니스적인 돈 이야기를 하기 힘들었는데 야고로는 자기보다 어린 여동생을 위해 몸을 던져 돈을 마련하려고 했던 것이다. 그런 사실을 알게 된 이상 이제는 돈을 나누자는 이야기를 꺼내기가 더욱 힘들어졌다.

구마타로는 마음을 굳혔다.

아예 돈을 포기하기로 한 것이다. 그러자 바로 마음이 가벼워진 구마타로는 이곳에 머무르는 것 자체가 번거로운 기분이 들어 어색하게 "그럼 이제 갈까?"라며 가게 주인을 불러 물었다.

"얼마요?"

"오십 센이라오."

시큰둥하게 대꾸하는 할머니를 흘끔 노려보고 구마타로가 말했다.

"오십 센? 쳇, 비싸군. 뭐 좋아. 난 말이오, 스이분에서 농사를 짓는 기도 구마타로라고 하오. 지금 가진 돈이 없으니까 내일 받으러 오쇼. 알겠소? 스이분에 사는 기도요. 이 할멈이 제대로 들었나? 잘 들어요. 스이분에 사는 기도요. 기, 도. 한번 말해보시오."

"저어……"

"뭐야? 아직 외우지 못했나? 스이분 사는 기도라고."

"아니, 그게 아니라……"

"그게 아니라가 아니라 난 기도라고."

"아, 그게 아니라니까, 총각."

"뭐가 아니야?"

"우린 외상 안 줘. 현찰로 부탁하오."

"그럼 먼저 말을 했어야지."

구마타로는 화가 났지만 돈이 없었다.

"내일 준다잖소."

"그건 곤란한데."

승강이를 벌이는 중에 야고로가 끼어들었다.

"저어, 그럼 내가 낼까?"

"안 돼, 안 돼. 어린 네게 돈을 내게 할 순 없어. 게다가 그 돈은 여동생 몸값이잖아."

일단 이렇게 말했지만 구마타로의 허세였다. 야고로는 짐작한 대로 이렇게 말했다.

"오십 센 정도는 괜찮아."

그러더니 품에서 돈을 꺼내며 일어섰다.

"할머니, 여기 두고 가요."

"야고로야, 미안해."

"됐어, 괜찮아."

완전히 역할이 뒤바뀌었다고 생각하면서 야고로를 따라 밖으로 나가려는 구마타로에게 주인이 물었다.

"총각, 고기 필요 없소?"

"고기라니?"

"멧돼지 고기. 싱싱해. 우리 친척이 오늘 산에서 잡아온 녀석이니까."

"고약한 할망구가 장사는 악착같이 하네. 필요 없소, 필요 없어."

구마타로가 거절하자 야고로가 얼마인지 물었다.

"얼마나 필요한데?"

"십 몬메* 정도만 있으면 돼."

"그럼 십 센 받아야겠군."

"거 비싸네. 야고야, 됐어. 그만둬. 그건 사서 뭐 하게."

"아는 사람에게 선물로 가지고 가려고. 아, 할멈, 반으로 나누어 대나무 줄기 껍질에 싸줄 수 있나? 아, 고마워요. 자, 형, 이거 가지고 가."

그러면서 야고로는 고마타로에게 꾸러미 하나를 건넸다.

"엥? 이걸 내게? 이거 미안하네."

고맙다는 말을 하면서 구마타로는 나이하고는 다르게 처지가 뒤집혔다는 생각이 들었다. 그러나 그걸로 구마타로에 대한 야고로의 감사하는 마음이 옅어지지는 않았는지 야고로는 가게 밖으로 나오더니 "기도 형, 오늘은 정말 너무 고마

---

* 일본의 무게 단위. 일 몬메는 약 3.75그램이다.

웠어"라며 다시 고개를 숙였다.

구마타로는 야고로가 자기 성을 안다는 사실에 잠깐 놀랐지만 바로 깨달았다.

"그렇지. 아까 할멈에게 가르쳐주었지."

구마타로는 슬쩍 웃었다. 그리고 아는 사람 집에 간다고 하는 야고로와 헤어져 스이분으로 가는 돈다바야시 가도를 걸었다.

왠지 쓸쓸한 기분이 들었다.

에취, 구마타로는 재채기를 하며 멈춰 서서 옷깃을 여몄다.

달빛이 창백하리만치 밝았다.

에취, 구마타로는 또 재채기를 하고 "으아, 춥다"라며 등을 웅크리고 부지런히 걷기 시작했다. 그러고는 곧 자기가 우울하다는 사실을 깨달았다.

야고로와 함께 있을 때는 긴장이 풀리지 않았다고나 할까. 노름판털이를 한 뒤의 흥분, 그리고 돈 분배 문제 같은 걸로 정신이 격동했기 때문에 우울할 틈이 없었다. 그렇지만 야고로와 헤어져 혼자가 된 순간 돈다바야시에서 한 푼도 마련하지 못했다는 사실이 구마타로를 짓눌러왔다.

구마타로는 자기가 돈다바야시에서 제법 활약했다고 생각했다.

수상하게 여기는 고물상 주인에게 옥을 팔았다. 그걸 밑천으로 노름을 해 이십일 엔을 땄다가 몽땅 잃었다. 다니 야고로라는 소년을 결과적으로는 편들게 되어 물주인 후시 씨와 맞섰고, 최종적으로 노름판털이 비슷한 짓을 저질렀다. 그리고 다니 야고로는 오십 엔이 넘는 돈을 쓸어 담았다. 그렇지만 나는 허세 때문에 그걸 나눠달라고 하지 못했다. 말하자면 그렇게 여러모로 활약했는데도 나는 얻은 게 전혀 없다.

자신이 한심했다.

돈다바야시 가도는 어두웠다.

이따금 인가가 있고 처마 밑으로 불빛이 새어 나왔지만 대부분은 오른쪽은 경사진 풀숲이고 왼쪽은 캄캄한 밭이었다. 그 밭이 끝나는 부분에는 다른 부락이 있을 테지만 인가는 어둠 속으로 녹아들어가 그 형태를 제대로 알아볼 수 없었다.

고야마, 모리야에 도착하기 전까지는 마을이 없다.

달빛이 내리는 어두운 길을 걸으며 구마타로는 후회했다.

돈을 땄을 때 손을 빼고 바로 돌아갔다면 지금쯤 아무 문제 없이 이십 엔을 품에 안고 따스한 이부자리 속에서 잠을 자는 중일 텐데. 그런데 불만 가득한 승부사처럼 괴상한 평계를 대다가 땄던 돈을 몽땅 잃었다. 아니면 괜한 허세 부리지 말고 다니 야고로에게 '네게는 여동생이 있을지 몰라도 난 나대로 소 발톱 깎는 걸 도우려다가 실수해서 물어줘야 할 돈이 있다. 그러니 절반을 다오'라고 말해서 이십오 엔 정도 받아 밥값도 각자 나누어 냈다면 나름대로 해결이 되었으리라. 내친 김에 이야기하자면 허세고 나발이고 그냥 본능을 고스란히 드러내, 다니 야고로를 두들겨 패거나 속여서 오십 엔을 몽땅 내 돈으로 만들었어도 괜찮았다. 그런데 괜한 허세를 부리며 체면을 차리느라 이렇게 되었다. 나는 앞으로 세상을 살면서 다시는 허세를 부리거나 체면을 따지거나 하지 않겠다. 노름판에서 돈을 따면 바로 일어서겠다. 그건 그렇고, 이제 난 대체 어떻게 하면 좋지? 고마타로에게 갚을 이십 엔은 어쩌지? 도무지 방법이 없지 않은가. 그런데 난 왜 지금 도쿄 사투리로 중얼거리는 거지? 난 누구지? 왠지 불안하네.

그런 생각을 하면서 걷던 구마타로는 다시 재채기를 하고 "으아, 춥네. 으으, 추워" 하고 침울하게 중얼거렸다. 우울한 구마타로가 재채기를 하고 또 하면서 간코지를 지나 고야마 부락 근처에 이르러, 이제 조금만 더 가면 집에 도착하겠다고 생각한 바로 그때였다.

왼쪽 앞에 완만한 경사를 이루는 대나무 숲에서 반짝거리는 눈동자가 보이는가 싶더니 느닷없이 구마타로 앞에 삽살

개가 뛰어나왔다.

부스스한 털이 곤두서고 여기저기 진흙이 뭉쳐 있어 거칠 대로 거칠어 보이는 개는 분노의 눈빛으로 구마타로를 노려보았다.

구마타로는 순간 깜짝 놀라 멈춰 섰지만 바로 자세를 가다듬고 들개를 향해 소리쳤다.

"넌 뭐냐, 이놈아."

개에게 누구냐고 물어봤자 개가 '예, 저는 오사카 부 이즈미사노 시에서 온 삽사리라고 하옵니다' 하며 대답할 리 없다.

아니나 다를까, 개는 대꾸하지 않고 미간에 주름을 잡으며 자세를 낮추고 으르렁거렸다.

그렇지만 안 그래도 울적했던 구마타로는 그게 마음에 들지 않아 "뭐가 으르릉이냐, 이 멍청아"라고 소리쳤다.

개는 계속 으르렁거렸다. 더욱 화가 치민 구마타로는 "시끄러워, 닥치지 못해?"라고 소리치고는 가까이에 있던 돌을 주워 대충 겨냥해 던졌다.

감이 좋았는지 나빴는지 개의 미간에 정통으로 맞았다. 개는 깨갱 하고 요란한 소리를 내며 도망쳤다.

"쌤통이다, 멍청한 녀석."

속이 후련해진 구마타로는 승리감을 맛보며 내뱉듯 말했

다. 잠깐이나마 추위를 잊을 수 있었다.

하지만 바로 다시 추위와 어둠, 적막감이 찾아왔다. 등을
웅크리고 터벅터벅 걷기 시작한 구마타로가 고야마를 지나
모리야 근처까지 오니 앞쪽에 아까 그 개가 다시 나타나 또
으르렁거렸다.

"썩 꺼지지 못하겠어, 이 멍청아."

구마타로는 버럭 소리를 지르며 개 쪽으로 한 걸음 내디디
다가 그 자리에 딱 멈춰 섰다.

개는 한 마리가 아니었다. 돈다바야시 가도에 떼를 지어 있
었다. 다 합치면 열 마리가 넘었다.

아까 미간을 얻어맞은 개가 '이러저러한 녀석에게 당했다.
복수할 테니 도우려면 모여라' 하고 사방에 사발통문을 돌린
게 틀림없었다. 구마타로는 갑자기 겁이 났다. 그렇지만 개는
도망칠 틈도 주지 않았다. 으르렁거리며 자세를 낮췄던 녀석
은 확 덤벼들어 구마타로의 허벅지를 덥썩 물었다.

"으아악!"

구마타로는 절규했다.

개의 송곳니가 허벅지를 파고들어 아팠다. 아프지만 이대
로 있으면 더 아파진다. 구마타로는 통증을 참고 온몸을 마
구 움직이며 "으아악!" 하고 소리쳤다.

개는 허벅지를 물고 집요하게 놓지 않았다. 구마타로는 개가 더 화가 나서 더 끔찍한 꼴을 당할지도 모른다고 생각하면서도 결국 혼신의 힘을 다해 개의 정수리를 팔꿈치로 찍었다.

"깨갱!"

정수리를 팔꿈치로 찍힌 개는 요란한 소리를 내며 입을 벌렸다. 그와 동시에 그때까지 주위를 둘러싸고 있던 개들이 일제히 구마타로에게 덤벼들었다.

"으악. 으악, 물지 마, 물지 말라고!"

구마타로는 비명을 지르며 도망쳤지만 개와 달리기 시합을 해서 이길 수는 없다. 우두머리로 보이는 크고 시커먼 개가 금방 따라잡아 구마타로의 등을 덮쳤다. 구마타로는 수풀 너머 밭으로 고꾸라지면서 게으름뱅이 농부가 들일을 마치고 두고 간 괭이자루에 손이 닿았다. 얼른 자루를 움켜쥐고 몸을 틀어 세게 휘둘렀다. 검은 개는 얼굴을 제대로 맞고 깨갱 하며 꼬리를 사타구니 사이로 감아 넣었다. 그러고는 대가리를 비굴하게 숙인 채 쪼르르 도망쳤다.

다행이다 싶어 구마타로는 괭이를 움켜쥐고 일어서 그걸 휘두르면서 도망쳤지만 개들은 얼마나 사나운지 우두머리로 보이는 개가 도망쳤는데도 아랑곳하지 않고 복수전을 이어 갔다. '네 이놈, 구마타로. 게 섰거라'라고 하듯 컹컹 짖으며 쫓아왔다.

구마타로는 "사람 살려!" 하고 절규하면서 돈다바야시 가도를 달렸다.

하지만 개들은 끈질기게 쫓아왔다.

구마타로는 괭이를 휘두르며 개들에게 겁을 주면서 죽을 힘을 다해 뛰어 마침내 모리야 부락에 이르렀다.

불을 밝힌 집도 많았다.

구마타로는 살았구나 싶어 "사람 살려!" 하고 다시 큰 소리로 외쳤다.

"여보, 누가 살려달라고 하지 않나?"

밤일 때문에 새끼를 꼬던 부근 농사꾼 오다 구로가 아내 시메에게 물었다.

밥상을 들고 있던 시메는 "아, 그러고 보니 아까부터 그런 소리가 들린 것 같아"라며 봉당으로 내려갔다.

"그래? 난 조금 전까지는 전혀 듣지 못했는데. 아, 정말. 사람 살려, 라고 하네. 어라? 어디서 들은 적이 있는 것 같은 …… 앗, 저건 기도 구마타로란 녀석 목소리야."

"아는 사람이야?"

"이야기를 나눈 적이 있지."

"도와주지 않을 거야?"

"바보 같은 소리 마. 저 녀석은 노름꾼이야. 노름 빚 때문에 칼부림이라도 났겠지. 괜히 역성들다가는 우리만 멍청이가 될 거야."

"그럼 어쩌지?"

"문에 빗장 단단히 질러놔."

구마타로는 절망했다.

인가가 늘어선 모리야 부락까지만 도망치면 누가 나와 개를 쫓아낼 게 틀림없다, 그렇게만 믿고 죽을힘을 다해 달려왔다.

그런데 구마타로의 절규가 들리지 않을 리 없는데 아무도 집에서 나오지 않는다.

이 얼마나 인정머리 없는 놈들인가. 밤낮없이 얼굴을 보며 지내는 사람이 곤경에 처했는데 아는 척도 하지 않다니. 이 모리야 놈들. 나중에 불을 질러 마을을 몽땅 태워 없애버릴까. 구마타로는 화가 머리끝까지 치밀었지만 그것도 목숨이 붙어 있을 때나 가능한 이야기다. 지금 구마타로의 목숨은 바람 앞의 등불이다.

잔뜩 화가 난 개들은 구마타로를 둘러싸고 송곳니를 드러내며 낮게 으르렁거리고 있었다.

기를 쓰고 도망쳐온 구마타로는 지칠 대로 지쳐 이제 기운이 하나도 없었다.

구마타로는 '지지리 운도 없는 인생이었다'라며 살아온 나날을 한탄했다.

무지와 몰이해 속에서, 말로 표현할 수 없어 소용돌이치는 사변을 제대로 조절하지 못해 얼떨결에 가쓰라기 도루를 죽이고 말았다. 그 뒤로 세상을 두려워하며 살다가 결국엔 어두운 길바닥에서 개에 물려 죽다니. 버러지 같은 인생. 즐거웠던 적이 한 번도 없었다. 나는 여기서 죽는 건가? 정말로 이제 내 인생은 끝나는 걸까? 그런 생각을 하니 구마타로는 비참해서 견딜 수 없었다. 하지만 이미 글렀다. 돈다바야시의 노름판에서 얻어맞은 데가 쑤시고, 아까 개에 물린 자리도 불에 달군 부젓가락으로 쑤시듯 아팠다. 이제 글렀어. 더는 달릴 수 없다. 죽어라 달렸더니 옆구리가 아팠다. 구마타로는 흐트러진 옷자락 안으로 손을 집어넣어 배에 손을 댔다.

미끈미끈한 것이 손에 닿았다.

이런. 어느 틈엔가 개가 배를 물어 살이 뜯겨 나갔다.

구마타로는 탄식했지만 바로 앗 하고 깨닫고는 품 안에 있던 꾸러미를 꺼냈다.

대나무 껍질에 싼 멧돼지 고기였다. 식당 주인이 대충 싼 꾸러미는 난투를 벌이는 바람에 끈이 느슨해져 고기가 반쯤 비어져 나와 있었다. 들개들은 이 고기 냄새 때문에 구마타로를 쫓아온 것이었다.

이런 바보. 구마타로는 소리를 지르며 고기 꾸러미를 한껏 멀리 던졌다.

개들이 앞을 다투어 꾸러미 쪽으로 달려가더니 이윽고 꾸러미를 물어뜯었다. 흥분해서 다른 개를 물어뜯는 녀석도 있었다. 그 틈에 구마타로는 괭이를 지팡이 삼아 일어나서 스이분 쪽으로 비틀거리며 달렸다.

고기를 지니지 않은 구마타로를 쫓아오는 개는 없었다.

집에 도착한 구마타로는 문을 열자마자 봉당에 고꾸라졌다. 이날 이후, 구마타로는 열이 심하게 나서 몸져누웠다.

열은 쉽사리 내려가지 않았지만 일주일쯤 지나자 병세는 좀 나아졌다. 그래도 저녁이면 열이 올라 몸을 일으킬 수 없었다. 의사는 감기라고 했지만 정신적인 타격도 컸으리라. 구마타로는 낮에도 멍하니 지냈다.

구마타로는 자리에 누워 대나무를 이어 얹은 지붕 한쪽이 크게 무너져 푹 주저앉은 곳을 쳐다보며 아버지가 아직 지붕을 수리하지 못한 까닭은 아마 자신의 노름빚을 갚느라 돈이 없어서일 거라고 생각해 찔끔 눈물을 흘렸다.

구마타로는 병이 나으면 노름을 끊고 품이라도 팔아 돈을 벌겠다고 다짐했다.

나도 이제 곧 스물네 살이다. 슬슬 마음을 잡고 부모님을 편하게 모시자.

낮에 그런 생각을 하면서 자리에 누워 있으면 여러 가지 소리가 들려왔다. 동물이 우는 소리. 나뭇가지가 서로 스치는 소리. 무슨 열매인지 떨어지는 소리.

그런 가운데 유난히 크게 들리는 소리는 마을 아가씨들의 밝게 재잘거리는 소리와 웃음소리였다. 구마타로는 지금 지나가는 게 어느 집 딸일까 추측하면서 야한 생각을 했다. 참속 편한 놈이다. 마음가짐이 전혀 바뀌지 않았다.

1881년, 품 안에 멧돼지 고기가 있다는 걸 까먹고 어슬렁어슬렁 걷다가 들개에게 물려 몸져누워 지붕 망가진 걸 올려다보며 자기가 얼마나 한심한지 눈물 흘리며 마음을 잡기로 맹세했던 구마타로지만 그건 그때 잠깐뿐이고 근본은 바뀌지 않았다.

결국 나중에 고마타로에게 소값을 갚은 사람은 아버지 헤이지였고, 구마타로는 어디서든 품을 팔겠다고 했지만 그런 힘든 일은 하지 않았다.

그럼 무얼 하고 지냈는가 하면, 여전히 노름과 술로 하루하루를 보냈다. 병이 나은 뒤로는 고삐 풀린 듯이 더욱 심하게 방탕한 생활을 해 다른 사람들이 외면할 만큼 심한 지경에 이르렀다.

왜 그렇게 되었을까. 병상에서 일어난 구마타로가 사카이 현령 사이쇼 아쓰시가 물러났다는 소식을 들었기 때문이다.

사이쇼 아쓰시는 구마타로에게 오랜 세월에 걸친 근심거리였다. 그는 현령이라는 지위를 이용해 조사나 보수를 한다면서 사카이, 가와치, 야마토 일대의 고분과 유적을 파헤치고 출토품을 몰래 가로챘다. 애초에 고미술품 수집가였던 것이다.

요즘에는 지방자치단체의 우두머리가 그런 짓을 하면 온 나라가 들고 일어나서 목소리 높여 비판하거나 점잔을 빼며 심각한 문제라고 한탄할 것이다. 그리고 이때다 싶어 한몫 보려고 하는 이도 나타나는 등 큰 소동이 벌어질 게 틀림없다. 하지만 그 시절만 해도 그런 일은 흔했고 또 어쩔 수 없는 일이기도 했다. 이것은 구마타로에게는 심각하기 짝이 없는 문제였다.

사이쇼 아쓰시가 고세의 그 언덕 위에 있는 석실을 발견해

발굴할 것이라 생각하면 구마타로는 너무 불안했다. 조사가 시작되면 가쓰라기 도루의 시체가 발견되리라. 그러면 나는 파멸이다. 늦건 이르건 포박되어 틀림없이 사형을 당하게 된다.

그런 생각이 들면 구마타로는 안절부절못했다. 사람들과 이야기를 하다가도 느닷없이 악 하고 소리를 지르기도 하고 들에 나가 일을 하다가도 갑자기 이러고 있을 때가 아니라는 생각에 괭이를 팽개치고 가슴을 쥐어뜯기도 했다.

구마타로는 연기가 모락모락 피어올라 언제 폭발할지 모르는 화산 분화구 옆에 오두막을 짓고 사는 심정이었다.

주사위 노름 승부에 빠져 있을 때, 술에 취했을 때는 그걸 잊을 수 있었다. 이른바 현실도피. 구마타로는 내키지 않는 현실을 똑바로 바라보고 싶지 않았다. 그래서 그 근심의 근원인 사이쇼 아쓰시가 1881년 2월에 물러났다는 소식을 듣고 뛸 듯이 기뻤다.

그런데 이상하게 그 뒤로도 구마타로는 계속 방탕한 생활을 이어갔다. 여전히 노름판을 찾아 나라 지역까지 진출해 빈털터리가 되어 모든 걸 포기한 사람처럼 사슴을 걷어차거나 낮술에 잔뜩 취해 저고리를 홀랑 벗고 '오오, 수로에 사는 조개'라든가 무슨 소린지 모를 가락을 흥얼거리며 마을 안을 어슬렁거렸다. 오랜 세월 근심거리였던 현령의 유적 발굴 가능성이 사라졌으니 이제 정말로 마음을 가다듬고 일을 하면 얼마나 좋은가. 이게 대체 무슨 짓인가.

그야 구마타로도 처음에는 일을 하려고 했다.

좋아. 이제 내가 살인자로 포박당할 가능성은 크게 줄어들었으니 늦었지만 앞으로는 제대로 농사일을 하자. 그는 생각했다.

"아버지, 나 내일부터 노름 끊고 정신 차려 일할게."

구마타로는 아버지에게 선언했다.

그 말을 듣고 아버지 헤이지는 이번엔 무슨 나쁜 짓을 저지르려고 저러나, 의심스러운 눈으로 구마타로를 바라보았다. 그런 아버지를 보니 구마타로도 시큰둥해졌다. 모처럼 성실하게 살아보려는데 왜 저러시나 하는 생각이 들었다.

예전 구마타로 같으면 아버지의 이런 반응에 성실하게 살자는 생각은 팽개치고 핑계 삼아 술이나 푸러 가거나 노름판으로 갔으리라.

그렇지만 구마타로는 변했다. 시큰둥하기는 했지만 여기서 주저앉으면 지금까지와 다를 바 없다고 스스로를 달래며 "난 그만 잘게" 하고 자기 이부자리로 돌아갔다.

이튿날, 누구보다 일찍 잠에서 깬 구마타로는 봉당에 있던 괭이를 어깨에 걸메고 논으로 나갔다.

4월이었다.

논에 물을 대기 전에 흙을 갈아줘야 한다. 구마타로는 '으
헤헤, 우선 이 일부터 하자'고 속으로 생각했다.

구마타로는 논 한복판에 괭이를 짚고 서서 한껏 자세를 잡
아보며 논 전체를 둘러보았다. 자세를 잡는다는 건 겉모습에
신경을 써서 꾸민다는 뜻이다. 보는 사람도 없는데 남들 눈
을 신경 쓰고 있다.

논은 이른바 다랑논이었다. 구마타로는 논을 둘러보고 코
웃음 쳤다.

으헤헤. 참 답답한 논뙈기로군. 사람이란 게 이렇게 얼마
되지 않는 땅에 논을 갈아 먹고 산다. 안쓰럽다고나 할까, 웃
음이 절로 난달까. 하지만 그게 삶이리라. 으헤헤. 이쯤이야
단숨에 끝날 일이잖아? 좋아. 이 정도라면 내가 혼자 처리해
주마. 아버지나 마을 사람들은 입버릇처럼 농사일, 농사일 하
더니 뭐야, 겨우 요 정도인가? 밤새며 주사위를 들여다보는
게 훨씬 더 신경 쓰이고 지치는 일이다. 식은 죽 먹기란 바로
이런 일을 말한다. 으헤헤.

구마타로는 그렇게 중얼거리며 웃더니 불쑥 괭이를 치켜
들어 퍽 하고 논을 내리찍었다. 흙이 올라왔다가 이내 가라
앉았다. 구마타로는 끙 하고 힘을 주어 괭이를 앞으로 당겼

다. 흙이 살짝 솟아오르더니 푸석푸석 흩어졌다.

봐라, 갈렸다. 그런데 갈렸다, 라고 표현하자니 이상하다. 갈렸다. 뭐가? 논이. 논이, 논이 내 손에 갈렸다. 뭔가 표현이 이상하다. 농사꾼들은 이럴 때 다들 뭐라고 표현하나? 논을 갈 수 있었다, 라고 하나? 이 표현도 이상하다.

괭이를 논에 꽂은 구마타로는 아무래도 상관없을 이런 생각을 하면서 다시 괭이를 치켜들어 내리찍었다.

으헤헤, 또 갈렸다. 으음, 갈렸다는 표현이 어쩔 수 없이 자연스럽게 나오기는 하지만 역시 입 밖에 내면 이상하다는 생각이 든다. 구마타로가 자꾸 그런 생각을 하는 까닭은 괭이를 겨우 두 번 휘두르고 벌써 논을 갈기 싫어졌기 때문이다. 하지만 대놓고 싫다고 생각하면 성실하지 못한 짓이라 어떻게든 다른 생각을 떠올려 그 핑계로 얼버무리려고 했던 것이다.

솔직히 구마타로는 '으아, 귀찮다'라고 생각했다.

구마타로의 괭이가 갈아엎은 흙은 기껏해야 깊이 삼 센티미터도 되지 않았다. 하지만 제대로 물을 대려면 깊이 십오 센티미터는 갈아야 했다. 구마타로는 그렇게 일을 하면 완전히 지치는 게 아닐까 생각했다.

그건 당연한 노릇이다. 지치지 않는 농사일이 어디 있는가.

구마타로는 '지금이다'라고 마음먹었다.

지금이 참아내야 할 때다. 여기서 잘 이겨내면 제대로 된 사람이 될 수 있다. 갈자. 힘이 들지만 참고 괭이질을 하자. 땅을 파헤치자. 그게 중요하다.

구마타로는 그렇게 생각하며 한동안 꿈지럭꿈지럭 괭이질을 계속했다. 그러는 동안은 논을 간다고 하는 표현이 옳은지 어떤지에 대해서도 거의 생각하지 않았다.

하지만 작업은 진전이 거의 없었다. 사람 힘으로 깊이 십오 센티미터를 갈기는 무척 힘들다. 하물며 농사일에 서툰 구마타로가 설렁설렁 흙 표면을 휘저어봤자 그리 쉽게 '갈리지' 않는 것은 당연했다.

구마타로는 논이 왜 이리 갈리지 않는 걸까 생각하며 괭이를 휘둘렀지만 애당초 그런 생각이 문제였다. 뭔가를 '간다'고 하는 것은 타동사다. 구마타로가 논을 간다. 이렇게 말해야 올바른 표현이다. 그런데 구마타로는 아까부터 자동사처럼 썼다. 물론 무의식적으로 그러는 것이라 구마타로 자신도 왠지 이상하다는 생각을 하면서 신경이 쓰이는 척하며 당장 해야 할 고된 노동을 외면하려고 했는데, 그것은 구마타로가 무의식적으로 논이라는 게 원래 저절로 갈리는 것이고 사람은 그저 거들기만 하면 될 거라는 어린애 같은 생각을 했기 때문이다.

이 '갈렸다'는 표현은 지금까지 구마타로가 살아오며 만들어낸 사상이 노동을 온 힘으로 거부하는 저항이었다.

그런 사상의 저항과 표현의 압력을 떨쳐내듯 구마타로는 괭이를 휘둘렀다.

괭이를 휘두르는 속도가 차츰 빨라졌다.

구마타로는 사람이 아니라 마치 로봇 같은 속도로 괭이질을 하며 쑥쑥 나아갔다. 하지만 슬프게도 괭이를 휘두르는 속도가 올라갈수록 노동 본래의 의미, 목적이 사라졌다. 빨라지면서 괭이 날이 지면을 아주 조금만 파서 엎었을 뿐 실제로는 거의 갈리지 않았기 때문이다.

물론 구마타로가 그걸 깨닫지 못했던 것은 아니다. 알면서도, 알면 알수록 마음속에는 우울함이 더 쌓였고 사상의 저항은 더 심해졌다. 그래서 몸으로 저항하느라 괭이질 속도를 높였다. 논은 더 갈리지 않았다.

결국 구마타로의 행위는 무의미하게 괭이질을 하면서 이른 아침 논 위를 무서운 속도로 움직이는, 추상적인 꼴이 되고 말았다.

딱한 녀석이다.

속도가 인간의 한계에 이르자 구마타로는 정신이 아득해

저 괭이를 내던지고 쓰러졌다.

흙냄새와 물기가 느껴졌다. 아침 공기가 상쾌했다.

하늘은 푸르렀다. 한없이 푸르러서 더 깊고 더 넓게 느껴졌다.

구마타로는 그런 하늘 아래 펼쳐진 자연을 보기 괴로워 고개를 돌렸다. 그러자 논바닥이 바로 눈앞에 보였다.

곱게 잘 반죽된 것 같은 검은 흙 표면에 괭이질한 흔적이 희미하게 남아 있었다. 땅속에 있던 것이 흙이 뒤집히며 나왔는지 아주 작고 누르스름한 벌레가 흙 위를 비틀비틀 기어갔다. 그제야 구마타로는 불쑥 깨달았다.

나는 잘못되었다. 뭐가 '갈린다'인가. 무슨 어린애 같은 소리를 한 건가. 나는 그래서 안 되는 거다. 논이란 내가, 이 기도 구마타로가 갈지 않는 한 스스로 갈리는 일은 없다. 그렇다. 나는 논을 갈아야만 한다. 그것도 귀족이 괭이질하는 식으로 시늉만 내는 게 아니라 깊이 십오 센티미터라면 십오 센티미터로 일정하게 갈아야 한다. 일이란 그렇게 해야만 한다. 시간이 걸려도 괜찮지 않은가. 느긋하게 확실히 하면 된다.

구마타로는 다시 일어섰다. 이번에는 느리기는 하지만 확실하게 괭이를 땅에 꽂았다.

구마타로는 '바로 이거야'라고 생각했다.

이런 느낌으로 차근차근 하는 게 중요해. 이게 진짜 논을 가는 거야. 난 지금 처음 진짜로 논을 간다는 게 무엇인지 깨달은 기분이 들어. 그런데 지금 누구에게 하는 소리지?

천천히 논을 갈았다. 하지만 그 속도는 너무 느렸다. 오 분쯤 논을 갈던 구마타로는 문득 괭이 휘두르는 손길을 멈추고 허리를 폈다. 이런 속도로 일하면 대체 언제쯤이나 논을 다 갈 수 있을까 하는 의문이 들었기 때문이다.

구마타로는 지금 자기가 간 면적과 앞으로 갈아야 할 면적을 견주어보았다.

간 부분은 얼마 되지 않고 앞으로 갈아야 할 부분은 아득히 넓었다. 게다가 간 부분도 처음에는 깊숙하게 갈았지만 그다음에는 고르지 못해 얕아졌다가 깊어졌다 해서 참으로 엉성했다.

저기는 한 차례 다시 해야겠네. 그런 생각을 했을 때 구마타로는 자기 마음속에서 뭔가가 쏙 빠져나가는 느낌을 받았다. 그러고는 허리와 팔 쪽에 아주 심한 통증을 느꼈다.

구마타로는 괭이를 땅바닥에 내려놓고 허리에 손을 짚은 다음 위팔을 문질렀다. 그리고 다시 괭이를 들어 짚고 서서 "농사꾼은 정말 대단하구나"라고, 마치 자기는 농사꾼이 아니라는 듯 혼잣말을 했다. 구마타로는 생각했다.

논을 가는 일이 이토록 힘든 일이라는 건 짐작한 바다. 그

263

고단함은 예상을 웃돌았지만 그래도 고단하다는 기준의 연장선상에 있다. 문제는 무엇인가 하면, 논을 가는 일이 그야말로 전혀 재미가 없다는 사실이다. 아, 물론 농사꾼이 재미 삼아 논일을 한다고는 생각하지 않는다. 그렇지만 그건 그거고, 사람의 삶이란 무슨 일이든 하면 한 만큼의 보람이 있을 거라고 믿었다. 으아, 벌써 이만큼 갈았네. 와, 잘되었군. 으헤헤, 크흐흐. 이런 정도의 소소한 보람을 괭이로 땅을 찍을 때마다 느낄 수 있으리라고 여겼던 것이다. 노동에 대해 하느님이 내리는 칭찬으로. 그런데 그런 것은 눈곱만큼도 없고 그저 힘들기만 했다. 그뿐인가? 내가 얼마나 미숙한지 고스란히 드러나 불쾌한 기분이 든다. 이게 농사꾼이 하는 일이라면 이런 일을 어렵지 않게 해내는 농사꾼은 대단한 사람들이다.

농사꾼은 대단하다고 술회하는 구마타로의 의식은 이미 자기는 농사꾼이 아니라는 지점까지 후퇴한 상태였다. 왜 후퇴했는가 하면 심각하게 고민하고 싶지 않았기 때문이다. 농사꾼이 논밭을 갈지 않는다는 것은 기타리스트가 기타를 치지 않는 것과 마찬가지라 심각한 문제다. 하지만 기타리스트가 쓰가루 샤미센을 연주할 줄 모르는 것은 큰 문제가 아니다.

구마타로는 기타리스트가 시험 삼아 후토자오*를 연주해 보고 뜻대로 소리가 나지 않자 '아, 샤미센은 어렵구나'라고 가볍게 말하는 듯한 말투로 "아, 농사일이란 어렵구나"라고 말한 것이다.

그러면 안 되는 것 아닌가. 애초에 구마타로는 제대로 하려고 결심하지 않았던가. 그 결의가 거짓이었는가 하면 그건 아니었다. 그래서 구마타로는 아침 일찍 일어나 괭이를 어깨에 걸메고 논으로 나왔다. 그러나 계산하지 못한 것이 있었다. 제대로 할 수 있게 되기까지는 시간이 걸린다는 사실이었다.

그건 너무 당연한 이야기다. 주관적으로 아무리 제대로 한다고 해도 객관적으로 일정한 힘을 가하지 않으면 논은 갈리지 않고, 또 아무리 작은 논이라도 그걸 갈기 위해서는 일정한 시간이 걸린다. 하지만 구마타로는 그 힘은 물론 시간도 견뎌내지 못했다. 특히 시간에 대해서는 치명적이어서 구마타로는 자기가 제대로만 하면 논도 곧바로 제대로 갈리기를 바랐다. 이게 무리한 소망이라는 사실은 '갈린다'고 하는 표현이 잘못되었다는 점을 알게 된 단계에서 분명해졌지만, 그

---

* 자루가 굵은 저음용 샤미센.

걸 알면서도 구마타로는 참아내지 못했다.

그렇게 참을성이 없는 까닭은 구마타로가 응석받이로 자랐기 때문이지만 노름판에 드나들었던 일도 깊은 관계가 있다.

논이란 갈기만 하면 되는 게 아니라 그 밖에도 이래저래 손이 많이 간다. 그런데 결과는 일러야 반년 뒤에나 나오고 토양까지 생각하면 일 년 이상 걸린다. 그래야 비로소 제대로 했는지 어떤지 알 수 있다. 그런데 노름은 소쿠리에 주사위를 넣어 엎고 흔들다가 다시 뒤집는다. 나카본이 숫자를 발표하기까지 몇 십 초 사이에 결과가 나온다. 그리고 설사 한 판을 지더라도 그 판에 건 돈만 잃을 뿐 노름판에서 그런 것은 유쾌, 불쾌를 드러내는 추상에 지나지 않기 때문에 인간의 근본적인 부분은 전혀 상처를 입지 않는다.

그런 시간 감각을 지닌 구마타로가 농업의 시간에 좀처럼 익숙해지지 못한 것은 당연했다.

그렇게 참을성 없는 사람은 꽤 있다. '나는 록 스타가 되고 싶습니다'라고 진지한 얼굴로 말해서 '그럼 노래를 어느 정도 하는지 불러보라'고 하면 쑥스러워하지도 않고 기타를 치며 노래하기 시작한다. 배짱은 대단하지만 노래가 엉망이라 원숭이가 화가 나서 마구 소리를 지르는 것처럼 들린다. 그러면 기타 솜씨는 어떤가? 일단 치기는 하지만 음악도 뭐도 아니다. 연주를 마치고 코를 벌름거리는 그에게 '록 스타도 좋지만 아직은 더 연습을 한 뒤에 나서는 게 어떻겠느냐'라고 충고하면 '싫어요. 난 지금 내 상태 그대로 록 스타가 되고 싶은 겁니다. 한가하게 연습이나 하라는 말은 하지 말아주시겠어요?'라고 오만하게 내뱉는다.

구마타로가 그 정도까지 수치심이 결여된 사람은 아니었지만 지루한 시간을 견디지 못하고 결론을 서둔다는 점에서는 마찬가지다. 안 되면 안 돼도 좋으니 당장 결정해달라는 것이다.

구마타로는 멋쩍게 웃으며 "와, 대단하구나. 논을 간다는 일이"라고 하면서 다시 괭이를 휘둘렀다. 그러나 몸이 납덩이처럼 무겁고 팔에는 힘을 제대로 줄 수 없어 지면을 살짝 파고 들어간 괭이를 슬슬 당겼다. 더는 괭이를 치켜들 기운이 없었다.

머리로야 이렇게 해서는 안 된다, 최소한 절반, 그게 무리라면 삼분의 일이라도 갈아놓고 돌아가야 한다고 생각했지만 도저히 몸이 움직이지 않았다. 구마타로가 "제대로 해보려고 했는데"라고 중얼거린 바로 그때 뒤에서 "어이" 하고 부르는 소리가 들렸다. 구마타로는 펄쩍 뛸 정도로 깜짝 놀랐다.

"에이, 깜짝 놀랐네. 깜짝 놀랐어. 심장 멎는 줄 알았잖아."

명치 언저리에 손을 대고 이렇게 말하는 구마타로에게 "왜 그렇게 놀라는 거야?"라고 반타가 웃으며 말했다. 예전에 구마타로에게 팔 찍기를 당해 부하처럼 따라다니던 반타도 이제 어엿한 아저씨 농부가 되었다.

"갑자기 뒤에서 그렇게 부르면 누구나 깜짝 놀라지."

"그렇다면 미안해. 구마야, 그건 그렇고 이렇게 이른 아침부터 뭘 하는 거냐?"

반타가 물었지만 구마타로는 사실대로 대답하지 않았다. 어렸을 때 심부름꾼처럼 부리던 반타에게 '아, 늦었지만 농사일을 시작한 거야'라고 했다가는 반타가 선배 노릇을 하려고 들 테고, 초보자 취급을 당하는 게 싫기도 했다. 구마타로는 얼른 적당한 핑계를 궁리했다.

"설명하지 않으면 모를 거야. 어젯밤 늦게 내가 술에 취해 이 근처를 지나갔어. 집에 들어가서 자고 아침에 일어났는데 담배를 피우려고 했더니 담뱃대 대통이 안 보이는 거야. 어디서 잃어버렸나보다 싶어 곰곰 생각해보니 마침 이 부근을 지날 때 담뱃대를 휘두른 기억이 나더라. 그때 손에서 놓쳤을 거라는 생각에 괭이를 들고 나와 찾던 중이야."

"그렇구나. 그래, 나도 네가 아침 일찍부터 괭이를 들고 논

에 있길래 설마 아침부터 일하는 건 아닐 텐데 이상하다고
생각했어. 역시나."

"당연하지. 내가 이렇게 이른 아침부터 논일을 할 리 없
지."

"그건 그래. 하하하."

"당연하지. 하하하."

두 사람은 즐겁게 웃었지만 구마타로는 사실 전혀 즐겁지
않았다.

예전 구마타로라면 평소 농사일 따위 우습다고 건방을 떨
었기 때문에 진심으로 웃었을 것이다. 매일 땀 흘리며 일하
는 반타와 다른 이들을 재주도 없는 놈들, 멋대가리 없는 놈
들이라고 경멸하고 자기는 마음만 먹으면 농사일쯤은 쉽게
해낼 수 있다고 생각했기 때문이다. 게다가 전에는 그렇게
매일 일하는 반타와 다른 이들이 틀림없이 자기를 부러워할
거라고 생각하며 우월감을 느꼈다. 하지만 구마타로는 그게
정반대였다는 사실을 이제 알게 되었다.

나는 논을 갈 능력이 없다. 진지하게 해보려고 해도 되지
않는다. 내가 우월감을 느끼던 반타와 다른 이들이 오히려
나를 경멸하고 딱한 녀석으로 여기리라. 나는 무시당했던 건
가? 안타깝다. 더 일찍 제대로 해보겠다는 마음을 먹었다면

좋았을 텐데. 하지만 가쓰라기 도루를 죽인 일이 있어 그것도 불가능했다. 정말 아쉽다.

구마타로는 속으로 피눈물을 흘렸다.

그렇지만 겉으로는 전혀 그렇지 않은 척하며 웃었다.

"하하하하."

공허한 웃음이었다.

"하하하하."

구마타로를 따라 웃던 반타가 문득 웃음을 거두었다.

"……그런데 이상하네."

"뭐가?"

"그런 밤중에 왜 담뱃대를 휘두른 거니? 그것도 이런 논 근처에서?"

그 말을 들은 구마타로는 잠깐 말문이 막혔지만 간신히 이렇게 대꾸했다.

"그, 그건, 그야 춤 연습을 한 거지."

반타는 하하하 웃고 "구마, 너답구나"라며 또 웃었다.

밤중에 논에서 춤 연습을 했다는데 너답다며 웃자 구마타로는 상처를 받았다.

너 같은 녀석이 내 기분을 알아? 멍청한 놈.

하지만 스스로 그런 핑계를 댔으니 할 말이 없다. 구마타로는 우울하고 낮은 목소리로 "그렇지, 뭐"라고 대꾸했다.

이리하여 구마타로는 농사일에 좌절했다.

그렇다고 좌절만 했는가 하면 그렇지는 않다. 이런 식으로 살면 안 된다는 뼈저린 반성, 이번에는 진짜 마음잡고 술과 노름을 끊고 열심히 일해야지, 맹세한 적이 그 뒤로도 몇 차례 있었다.

맹세는 대개 한밤중에 했다.

멀리서 희미하게 바람 소리와 개 짖는 소리, 정체 모를 소리가 들려와 잠을 이루지 못하는 겨울밤. 식구들 뒤척이는 소리와 자면서 내쉬는 한숨 같은 숨결에 더위로 지친 그 모습이 떠올라 아무리 눈을 감아도 도저히 잠을 이루지 못하는 여름밤. 또는 모든 것이 겨울을 향해 소멸해가는 쓸쓸하고 길고 긴 가을밤.

구마타로는 자기가 앞으로 어디로 갈지, 위도 아래도 왼쪽도 오른쪽도 없는 캄캄한 어둠 속을 어디로 가는지도 모른 채 그저 홀로 걷고 있는 듯한 불안에 싸여 벌떡 일어나 봉당에 맨발로 내려서서 벌컥벌컥 물을 마시고 이번에는 기필코, 이번에는 진짜 성실해지자고 맹세했던 것이다.

그렇게 뜬눈으로 밤을 새운 구마타로는 날이 밝기를 기다렸다가 논으로 밭으로 나가 농사일을 했다. 조금 하고 재미

없다는 핑계로 집어치우는 일 없이 열심히 했다. 이튿날도, 또 그 이튿날도. 아침 일찍부터 논으로 밭으로 열심히 돌아다니는 모습은 감탄스러웠다.

그렇지만 한 달도 채우기 전에 구마타로는 논이나 밭에 나가기 싫어졌다.

왜냐고? 그건 다른 이들과 자기 사이에 벌어진 절망적인 차이 때문이었다.

구마타로는 요 십 년 동안 노름과 술로만 살아왔기 때문에 농사일을 하는 요령이 전혀 없었다. 그런데 예전에 함께 놀던 친구인 고이데나 반타, 고마타로는 그 십 년 동안 줄곧 농사꾼으로 살아왔기 때문에 착실하게 경력을 쌓았다.

십 년 먼저 출발한 사람을 한 달 만에 따라잡기는 도저히 불가능하다.

하기야 그것도 상대방이 멈춰 있으면 언젠가는 따라붙을 수 있을지 모른다. 그렇지만 상대는 상대대로 하루하루 앞을 향해 나아가기 때문에 내가 상대와 같은 속도로 달려봐야 십 년 치 거리는 그대로다. 하물며 내가 상대보다 느리다면 그 거리는 더 벌어지기만 할 뿐이다.

제대로 자라지 못해 결국 말라죽거나 썩어버린 농작물을 품에 안고 멍하니 서 있으면 고이데나 고마타로 같은 녀석들은 싱글벙글 웃는 얼굴로 수레에 곡물을 산더미처럼 싣고, 깜짝 놀라는 구마타로를 곁눈질하며 지나갔다. 그런 거야 "와, 너희 집 농사 잘되었구나. 어떻게 해야 그렇게 잘되는지 가르쳐다오"라고 물으면 그만일 텐데 생각이 자꾸 안으로만 기어들어가는 구마타로는 자기 내부에서 독한 패배감이 치밀어 오르는 걸 느끼며 어렸을 때 자기만 팽이돌리기를 못해 울었던 기억이 되살아났다.

그때도 그랬다. 나는 다른 아이들이 쉽게 해내는 일을 하지 못했다. 왜 못할까? 그건 툭하면 사변에 빠져드는 내 버릇 때문일지 모른다. 어렸을 때부터 이어지는 사물이나 어떤 일에 대한 직선적인 접근을 혐오하는 버릇도 관계가 있으리라. 그런 버릇이 팽이돌리기나 농사일처럼 남들은 쉽게 해내는 일을 하지 못하게 된 원인의 하나일지도 모른다.

그래서 여자 문제도 잘 풀리지 않는 거겠지.

구마타로는 연애 문제, 성적인 문제에서도 또래인 고이데나 고마타로가 쉽게 해내는 일들을 할 수 없었다.

이성에 눈을 뜨는 나이가 된 뒤로 구마타로에게 아가씨란 그녀들만 아는 비밀스러운 규칙에 따라 움직이는 이해할 수 없는 존재였다. 그 규칙을 어기면 벌을 받는다는 걸 알지만, 그 규칙이라는 게 상상도 할 수 없을 만큼 별난 것이라 아무

리 조심해도 아가씨들에게 접근하면 틀림없이 어기게 되고
마는 것이었다.

그러면 아가씨들에게 다가가지 않으면 그만 아니냐고 할
수도 있다. 하지만 나이를 먹으면서 구마타로는 아가씨들이
밀쳐낼 수 없는 자력 같은 것을 내뿜고 있는 듯해 더 다가가
고 싶었다. 그런데 그때마다 그 비밀스러운 규칙을 어겨 호
되게 거절당하고 말았다. 그렇지만 상쾌한 쿨민트 같은 얼굴
을 한 고이데나 고마타로, 반타, 다케다, 오비 같은 놈들은 모
두 아가씨들과 자연스럽게 말을 주고받으며 본오도리를 추
는 밤 같은 때는 심하다 싶을 정도로 함께 새롱거리며 장난
을 쳤다.

게다가 녀석들은 농사일을 하듯 힘든 기색 하나 없이, 외려
편하게 설렁설렁 그런 짓들을 했다.

그 모습을 본 구마타로는 자신도 아가씨와 는실난실하고
싶다는 생각을 했다.

고이데나 고마타로 같은 녀석들은 어떻게 그 알 수 없는
비밀스러운 규칙을 지키면서 아가씨들에게 접근하는 걸까?
그게 궁금한 구마타로는 고이데나 고마타로 같은 녀석들이
하는 짓을 남몰래 관찰하기 시작했다.

어느 날, 구마타로가 신사 뒤편 참배길 들머리를 어슬렁거

리는데 맞은편 왼쪽의 전망 좋은 언덕에서 아가씨 세 명이 목욕 수건 같은 것을 들고 내려왔다. 다리 쪽에서는 고마타로와 반타, 고이데가 괭이를 어깨에 걸메고 올라오는 중이었다. 이런 상태라면 서로 마주칠 게 틀림없다. 어떻게 수작을 거는지 들어보려는 생각에 구마타로는 조금 올라간 비탈에서 오른쪽으로 꺾어져 아가씨들이 내려오는 돈대 위쪽으로 몇 갈래 샛길이 갈라지는 부근까지 얼른 달려가 사면이 시작되는 부분에 등을 대고 몸을 웅크렸다.

으흐흐. 여기라면 저쪽의 목소리는 들리지만 내 모습은 저쪽에 보이지 않을 것이다. 구마타로는 소리 없이 웃었다. 점토질로 된 비탈이 등에 닿으며 부슬부슬 떨어지는 흙이 목덜미를 통해 등으로 흘러들어왔다.

대체 뭐라고 말을 걸까? 역시 '안녕' 같은 인사를 할까? 구마타로가 귀 기울이고 있는데 "오오"라고 하는 고마타로의 목소리가 들렸다. 그리고 이어서 아가씨들이 키득키득 웃는 소리가 들려왔다.

고마타로는 전혀 스스럼없이 말을 걸었다.

"오오"라고 한 뒤 인사말도 없이 단도직입적으로 "어디로?"라고 물었다. 어디 가는 중이냐고 물은 것이다.

그래도 아가씨들은 까르르 웃었다.

여자들이 내게 저런 웃는 얼굴을 보여준 적은 한 번도 없다. 비결은 역시 편안함일까? 구마타로가 이런 생각을 하고 있는데 이번에는 고이데가 입을 열었다.

"웃기만 하면 알 수 없잖아? 어디 가느냐고 묻는데."

아가씨들은 그래도 키득키득 웃었다. 제일 예쁘게 생긴 아가씨가 대꾸했다.

"니가와라베에 잠두 콩 찌러 가는데."

"크흐흐. 보타모치 앙금을 만들려는 거니? 엄청 많이 준비하나보군. 세 명씩이나 가게."

"키득키득. 키득키득키득."

구마타로는 그런 실속 없는 대화를 듣고 속으로 '무슨 쓸데없는 소리를 하며 시시덕거리는 거야, 멍청이들' 하고 생각했다. 그러면서도 그렇게 아가씨들과 새롱대는 고마타로를 비롯한 녀석들이 부러워 견딜 수 없었다. 계속 웅크리고 귀를 기울이니 고이데가 "저녁때 또 우시타키도로 나와"라고 말했다.

아가씨들은 웃으며 대꾸하지 않았지만 그 웃음소리가 밝은 걸 보면 저녁에 우시타키도로 가겠다고 동의한 것으로 여겨졌다. 게다가 고이데는 '또'라고 했다. 구마타로는 눈썹을 찌푸렸다.

그렇다면 이들은 이미 최소한 한 번은 우시타키도에서 만났다는 소리다. 그래서일까? 대화 분위기가 참으로 좋았다. 나는 그런 적이 한 번도 없는데.

그런 생각을 하는 사이에 고마타로 일행은 언덕을 돌아 위로 올라가고 아가씨들은 내려왔다. 그런데 비탈을 다 내려온 아가씨들이 오른쪽에 있는 요조코 터 쪽으로 가지 않고 구마타로가 웅크리고 있는 쪽으로 길을 잡았다. 구마타로는 큰일 났다고 생각했다.

이런 데 웅크리고 있는 걸 아가씨들이 보면 어떻게 생각할까. 틀림없이 기분 나쁜 놈으로 여기리라. 아가씨들은 일단 깜짝 놀란 다음 자기들을 놀라게 한 자에게 벌을 내릴 것이다. 특별히 더 깜짝 놀란 모습을 하며 '꺄악'이라거나 '히익' 하는 비명을 지르고, 이놈이 자기들을 놀라게 했다면서 사람들에게 퍼뜨릴 것이다. 아마테라스오미카미(天照大神)의 분노를 사 다카아마하라(高天原)에서 추방된 스사노오노미코토(素戔嗚尊)는 애초에 그냥 다카아마하라의 벼랑에 있었을 뿐 아닌가. 그런데 그곳을 우연히 지나가던 여자인지 뭔지 모르지만, 아무튼 아가씨가 깜짝 놀랐기 때문에 가해자 아닌 가해자가 되어 소동이 일어났고, 그래서 앞뒤 가리지 않고 마구 행동하다가 추방되고 말았다. 어쩌면 그것이 진실일지도 모른다. 그건 어떻든 상관없지만, 나는 대체 어떻게 해야 하지?

구마타로는 초조하게 머리를 굴리다가 이윽고 좋은 생각이 떠올랐다. 몸이 아픈 척하기로 한 것이다.

이런 곳에 장난으로 웅크리고 있었다면 기분 나쁜 녀석이 겠지만 몸이 좋지 않다면 아가씨들도 어쩔 수 없으리라. 오히려 '어머, 기도 구마타로 씨. 이런 데서 배를 움켜쥐고 있으면 어떡해요?', '어머, 갑자기 배가 아픈 건가요?', '그럼 안 되지. 어디 아파요? 여기예요?'라며 보살펴줄지도 모른다. 그리고 그게 말을 나누는 계기가 될 테고 나중에 오다가다 마주치더라도 '그때 참으로 신세 많았다'고 말을 붙일 수도 있다. 이런 딱딱한 말투가 문제인가? 고마타로처럼 더 솔직하게 '지난번엔 미안했어'라는 식으로 말하면 상대도 키득키득 웃으며 즐겁게 교제할 수 있을 것이다.

그런 생각을 하며 구마타로는 배를 움켜쥐고 끄응 하고 신음했다. 그리고 실눈을 뜨고 눈치를 살폈다. 아가씨들은 이미 가까이 와 있었다.

구마타로는 얼른 눈을 감고 웅크린 채 신음했다.

그러다보니 왠지 진짜로 배가 아픈 기분이 들었다. 잠시 후 실눈을 뜨니 아가씨들은 이미 지나가서 길 오른쪽으로 꺾어진 논 옆을 걷는 중이었다.

이럴 수가. 구마타로가 그 뒷모습을 바라보고 있는데 아가씨들이 기분 나쁜 표정으로 뒤를 돌아보았다. 구마타로는 얼른 눈을 감고 배를 움켜쥐었다. 아가씨들은 자기들끼리 뭐라고 속닥거리며 잰걸음으로 비탈을 내려갔다. 구마타로가 다시 눈을 떴을 때 이미 그 모습은 보이지 않았다.

구마타로는 자기가 또 아가씨들의 규칙을 어기고 만 모양이라고 생각하며 일어섰다.

등이 축축했다. 등이 왜 이리 젖었는지 의아해하며 구마타로는 그때까지 기대고 있던 비탈을 보았다. 점토질 사면의 풀이 땅에 찰싹 달라붙어 있고 위에서 물이 쪼록쪼록 흘러내리고 있었다.

"이 물 때문에 등이 젖은 모양이로구나." 구마타로는 중얼거렸다.

5월이었다. 바로 아래에 있는 작은 논이 축축하게 젖어 있었다. 이 부근은 스이분이라는 이름에 걸맞게 물이 많은 땅이라 곳곳에서 물이 솟아난다. 구마타로의 마음도 축축했다. 등도 축축했다. 구마타로는 모든 게 다 축축하다고 생각했다.

그로부터 며칠이 지난 기분 좋은 오후. 구마타로는 마을길을 걷고 있었다.

농기구를 들고 있는 것도 아니라 남들이 보면 이렇다 할 목적 없이 산책 같은 걸 하는 듯했지만 실은 그게 아니었다. 구마타로는 어엿한 목적이 있었다.

어떻게든 아가씨들과 새롱거리며 놀고 싶은 구마타로는 며칠 전 언덕 아래에서 배운 기술을 써서 말을 걸 만한 그럴 싸한 아가씨를 물색하며 걷는 중이었다.

맞은편에 돈다바야시의 사비(佐備)에서 작년에 시집온 새 색시가 보였다. 구마타로는 말없이 지나쳤다.

'히야미조'라고 부르는 샘터에 이르니 아가씨들 몇이 모여 무 같은 걸 씻고 있었다.

샘터는 가쓰라기, 곤고산 쪽의 지하 수맥이 불쑥 솟아나는 곳으로 그 물이 나오는 주변에 돌을 깔아 넓고 얕게 물을 저장해두고 생활용수로 쓸 수 있도록 해둔 곳이다. 대충 얽은 지붕도 있어 여자들은 우물이나 개울보다 이런 곳에서 일하는 게 한결 편하다고 생각했다.

여자들이 수다를 떨며 일하는 모습을 보고 구마타로는 바로 지금이다 싶었다.

여기서는 '안녕? 날씨 좋네'라거나 '빨래는 잘돼?' 하는 평범한 인사는 어울리지 않고 고마타로가 했던 것처럼 '오오'

라거나 '으헤헤, 뭐 하니?' 하는 또래 젊은이들끼리의 편하고 싹싹한 느낌으로 말을 걸면 된다. 그게 어려운 일인가 하면 그렇지도 않다. 상대가 모르는 사람이라면 불쑥 그렇게 말을 걸기는 힘들고, 듣는 사람도 당혹스러워할 게 빤하다. 그러나 상대가 아가씨라고는 해도 인근에 살아 어렸을 때부터 낯이 익다. 집이나 이름도 다 안다. 불쑥 '오오' 하며 말을 건다고 이상할 일은 없다.

그렇게 생각한 구마타로는 아가씨들이 채소를 씻는 모습을 우연히 보았다는 듯 자연스럽게 어슬렁어슬렁 다가가는 척하며 "오오" 하고 말을 건넸다.

예상대로라면 이제 아가씨들이 '키득키득키득' 웃어야 했다. 그런데 구마타로가 "오오" 하고 말을 건 순간 그때까지 즐겁게 재잘거리던 아가씨들이 입을 딱 다물었다. 그러고는 멀리서 보기에도 잔뜩 긴장해 기필코 구마타로와는 눈을 마주치지 않겠다는 듯이 고개를 숙인 채 열심히 무를 씻기 시작했다. 구마타로는 속으로 '왜들 그래?'라고 외쳤다.

'오오' 하고 말을 걸었는데 '야'라고 들렸나? '오오'와 '야'는 비슷하긴 하지만, 그렇게 들렸다면 난처하다. '야'라는 건 마치 누군가를 정해놓고 부르는 듯한, 뭔가 불만스러운 듯한 말투다. 그렇게 들렸다면 아가씨들이 긴장하는 게 당연하다.

그렇게 생각한 구마타로는 이번에는 더 친근하고 편하게 들리도록 애쓰며 "뭐 하니?"라고 물었다.

역효과였다. 아가씨들은 더 몸을 웅크렸다. 개중에는 눈을 질끈 감고 공포를 견뎌내려는 듯한 표정을 짓는 아가씨도 있었다.

구마타로는 슬펐다.

또래 마을 청년인 고마타로나 고이데가 말을 걸면 그렇게 즐겁게 웃고, 심지어 저녁에 우시타키도에서 만나기로 약속까지 한다. 그런데 내가 똑같이 말을 걸면 이렇게 괴한이라도 쳐들어온 것 같은 표정을 짓는다. 왜지? 이대로 계속 가다간 나를 이상한 놈으로 여기리라. 지난번 비탈에 웅크리고 있다가 등이 축축해졌을 때도 그랬다. 돌이켜보면 아무것도 없는 비탈에 웅크리고 앉아 흠뻑 젖은 채 배를 움켜쥐고 아무 말도 않는 녀석은 기분 나쁘다. 아가씨들이 겁을 먹는 것도 당연하다. 그 일까지 더해서, 이상한 놈이라는 평가가 자리를 잡는 건 될 수 있으면 피하고 싶다.

슬펐다. 그리고 아가씨들의 태도가 의아했다. 그러면서도 자기는 수상한 사람이 아니라는 걸 설명하고 싶었기에 될 수 있으면 상냥한 느낌을 주도록 조심하면서 아가씨들에게 다시 말을 건넸다.

"방금 내가 '야'라고 한 거 아니야. '오오'라고 했지. '오오, 오래간만이네' 하고 인사할 때처럼. 그리고 '뭐 하니?'라고 한 것도 따지려고 그런 게 아니야. 그냥 친한 사이에 관심이 있어서 가볍게 묻는 것처럼 뭐 하고 있냐고 물었을 뿐이지. 사실 척 보기만 해도 알잖아, 뭐 하고 있는지. 그래도 다들 그냥 '뭐 하니?' 하고 묻잖아? 그러면 '무 씻어'라고 대답하고. 그러면 또 '그렇구나, 그래. 무가 좋네' 이렇게 대꾸하고. 이런 식으로 이야기가 이어지는 거지. 그런 가벼운 마음으로 말을 걸었을 뿐이야. 그러면 안 되나? 그렇게 말하면 안 돼? 대개 '어디 가니?'라거나 '뭐 하냐?'라고 하지 않아?"

구마타로는 그렇게 꼼꼼하게 일일이 설명했다. 그렇지만 아가씨들은 여전히 긴장을 풀지 않았다.

그때 구마타로의 머릿속에 퍼뜩 떠오르는 것이 있었다.

아가씨들이 이렇게 고집스러운 태도를 보이는 까닭은 지난번 비탈에서 웅크리고 있던 일이 원인이 아닐까 하는 생각이 들었던 것이다.

그렇다면 오해를 바로잡아야 한다. 구마타로는 얼른 설명했다.

"아닌가? 혹시 지난번에 비탈에서 내가 잔뜩 젖은 채 숨어 있었다는 이야기를 누구에게 듣고 기분 나쁜 거야? 그렇지 않아. 뭐, 축축하게 젖었지만 그건 거기 땅이 점토 같아서 물기가 많아서……"

말하면서도 구마타로는 답답함을 느꼈다. 이런 식으로 이야기해서는 마음을 제대로 전달할 수 없다고 생각했다.

딱딱한 말투를 쓰면 아가씨들은 경계하며 이야기를 들으려고 하지 않는다. 그뿐 아니라 구마타로는 자기 사변을 적절하게 표현할 수 있는 언어를 지니지 못해 상대방이 아가씨가 아니라 아버지나 고마타로라고 해도 자기 생각을 제대로 전달하지 못한다. 구마타로는 원래 자기 뜻에 맞지 않는 표현을 더 어긋난 형태로 쓸 수밖에 없었다. 그래도 최대한 자기 생각을 전하려고 애쓰며 말을 이었다.

"물기가 많은지 몰랐다고 하잖아. 그래서 축축하게 젖었지만 말이야. 그렇지만 이해해. 그 심정 안다고. 아무것도 없는 그런 데서 웅크리고 있는 것 자체가 기분 나쁘겠지. 아니야. 갑자기 배가 아팠다니까. 배가, 배가 아파서 웅크리고 있었던 거야. 거길 지나서 요조코 터 쪽으로 내려가던 중이었는데 갑자기 막 배가 아프더라고. 너무 아파서, 그래서 웅크리고 있었다니까. 배가 아픈데 뭘 어째? 물에 젖는다거나 그런 거 알지도 못했어. 축축한지 몰랐다고 하잖아. 응? 왜? 왜? 왜 그렇게 나를 보지도 않고 갔지? 안 그래? 그래서 지금 이야기하잖아. 난 물에 젖은 거 전혀 몰랐다고. 그리고 그건 배가 아팠기 때문이었어. 전에 있었던 일을 가만히 생각하다보면 다른 생각이 나는 적 있지? 없어? 있어? 없어?"

구마타로가 물었다.

하지만 아가씨들은 이제 채소 씻는 손길마저 멈추고 공포에 떨었다. 구마타로가 무슨 말을 하는지 단 한 마디도 이해할 수 없었기 때문이다.

아가씨들은 구마타로를 외면한 채 눈을 질끈 감고 있었다. 구마타로는 해명, 변명조차 제대로 되지 않는다는 사실을 깨닫고 애가 탔다. 그럴수록 말은 더 꼬이기만 했다.

"그럼 날 미친놈으로 보는 거야? 그게 아니라니까. 어, 참새가 덴푸라를 먹고 있네. 아, 이런. 이건 농담으로 한 소리야. 지금 이런 소리를 하면 참 이상하다고 생각하겠지. 아니야, 농담이라니까. 농담하는 건 제정신이라는 증거라고 생각하는데. 아니, 이상하다고 여길 거라는 사실을 안다는 건 제정신이기 때문이라고 생각하지 않아? 그렇게 생각하지 않아?"

구마타로는 점점 더 나쁜 상황에 빠져들고 있었다.

구마타로는 완전히 지쳐서 농촌 지대를 지나고 있었다.

농촌 지대란 태어나고 자란 스이분을 말하는 것이었지만 이제 고향은 구마타로에게 알 수 없는 곳이었다.

구마타로는 '왜 일이 이렇게 되고 말았을까' 하며 후회했다.

아무리 친절하게 말을 건네도 아가씨들은 겁만 낼 뿐이었다. 그걸 풀어주려고 한 농담이 상대방의 경계심을 더욱 부채질했다고나 할까, 정확하게 말하면 정신이 이상한 사람으로 여겨져 더욱 애가 탔다. 그러다가 결국 농담이라고도 할 수 없는, 구마타로 스스로도 무슨 뜻인지 모를 소리까지 내뱉고 말았다.

"뱀이 뉴멘(煮麵)*을 후루룩후루룩 먹는 모습이 생생하게 묘사되지. 논 갈 때 소가 원숭이를 품듯 하라고들 하지만 거짓말이야. 홀이 나올지 짝이 나올지 모르는 상태에서 내 돈을 전부 건다. 그런 심정으로 괭이를 한 땀 한 땀 정성을 다해 논에 박아 넣는 거지. 그게 우리 일없는 놈들이 하는 방식이야. 아아. 입에서 뱀이 나와 하늘로 올라가네. 그 뱀이 뉴멘을. 빙글빙글 챙이 있는 모자가……"

계속 참다가 말문이 터지는 순간, 마지막까지 참았다가 싸

---

* 간장으로 맛을 낸 국물에 건더기와 소면을 살짝 끓인 음식.

는 오줌 같은 쾌감이 따르는 이상한 말들을 아가씨들에게 퍼부었던 것이다.

그런 소리를 하니 아가씨들은 더욱 무서워했다.

아가씨들은 처음에는 마음 굳게 먹고 잔뜩 몸을 웅크린 채 참고 있었지만 너무 영문을 알 수 없는 소리를 하자 견디지 못하고 울음을 터뜨렸다. 아가씨들이 울음을 터뜨리자 구마타로는 그제야 정신이 돌아왔다.

"미안, 미안해. 아니, 난 전혀 그럴 생각이……"

어떻게든 울음을 그치게 하려는데 부근에 있던 할멈이 와서 소란을 떨기 시작했다.

"할멈, 그게 아니야. 난 그냥 말을 걸었을 뿐인데……"

구마타로가 변명했지만 할멈은 듣지 않고 소리 질렀다.

"에구, 사람들아. 큰일 났소. 구마타로란 나쁜 놈이 여자에게 수작을 걸고 있소."

때마침 샘터에서 일하던 다마라는 아가씨의 아버지가 근처를 지나가고 있었다. 겐베에라는 우락부락한 농사꾼이었다. 할멈이 외치는 소리를 듣고 샘터로 달려온 겐베에는 다짜고짜 호통치며 구마타로에게 덤벼들었다.

"이놈, 무슨 짓이냐."

구마타로는 "아니, 그게 아니라"라고 하면서 논두렁길로 도망쳤다.

한참을 도망치다가 겐베에가 쫓아오지 않는 걸 확인한 구마타로는 한숨 돌리며 건들건들 걷기 시작했다. 구마타로는 어쩌다 일이 이 지경이 되었는지 생각해보았다.

아가씨들은 고이데나 고마타로가 말을 걸면 웃으며 대꾸하는데 구마타로가 말을 건네면 몸을 웅크리고 결국 울음을 터뜨린다. 고마타로하고 나하고 어디가 다른 걸까? 틀림없이 내가 뱀이 뉴멘을 먹는다느니 하는 소리를 지껄이기는 했다. 그렇지만 그건 나중에 나온 소리고, 처음에는 고마타로와 마찬가지로 '오오'라거나 '뭐 하니?'라고 말했을 뿐 특별히 이상한 소리는 하지 않았다. 그럼 어디서 잘못된 걸까. 얼굴인가? 분명 고이데는 서늘하게 잘생긴 얼굴이다. 귀족처럼 보이기도 하고 부잣집 젊은 나리 같기도 하다. 그렇지만 진짜 귀족이나 부잣집 젊은 나리에 비하면 갈 데 없는 농사꾼이고, 게다가 요즘은 아저씨가 되어 상큼하게 생긴 아저씨라는 기묘한 분위기를 풍긴다. 그럼 고마타로는 어떤가? 어렸을 때부터 감자처럼 생긴 얼굴이었는데 자랄수록 점점 더 감자처럼 울퉁불퉁해졌다. 눈은 쭉 째지고 코는 납작 주저앉았다. 영락없는 시골 청년 분위기라 여자들이 좋아할 얼굴이 아니다. 다케다 녀석은 나라에 있는 큰 불상 얼굴에서 교양을 빼고 초라하게 만든 얼굴이며 반타는 짓밟힌 보타모치 같은 얼굴이다. 그에 비하면 난 어떤가. 내 얼굴은?

구마타로는 자기 용모에 대해 따져보았다. 자기는 그리 못생긴 편은 아닐 거라고 생각했다.

사실 구마타로는 눈이 크고 입술이 두툼해 약간 까다로워보이는 얼굴이기는 했지만 시골에서는 보기 드물게 가지런한 얼굴이었다. 어렸을 때는 이웃 어른들에게 잘생겼다는 말을 듣기도 했고 소년 시절에는 나이 든 단정치 못한 주부나 요릿집 같은 데 드나드는 반쯤 기생 같은, 아무데서나 남자들과 어울려 술을 마실 것 같은 여자에게 "너 잘생겼구나"라는 소리를 듣기도 했다. 구마타로는 여자에겐 좀 위험하게 느껴지는 퇴폐, 배덕의 분위기를 풍기는 미남이었다.

못생긴 고마타로나 다른 이들은 환영하면서 나는 경계한다. 그렇다면 역시 다른 건 언어인가? 어렸을 때부터 이어져온 사변벽(思辨癖). 그리고 그 사변을 표현할 언어를 지니지 못한 것이 원인일까?

"뭐 하니?", "어디 가니?" 고마타로나 다른 이들이 편하게 말을 거는 걸 듣고 똑같이 편한 말투로 물었다. 그런데도 아가씨들은 잔뜩 긴장해서 대꾸도 하지 않는다. 그 까닭은 결국 고마타로 같은 녀석들은 생각한 바를 그대로 말로 전달

289

하기 때문이다. 아가씨들이 지금 무얼 하고 있는 걸까? 그런 생각이 들어 "뭐 하니?"라고 묻는다. 어디 가는지 궁금하다는 생각과 "어디 가니?"라는 말이 곧바로 이어진다. 그렇지만 나는 다르다. 어렸을 때에 비하면 말을 많이 익혔지만 그래도 머릿속에서 갖가지 생각이 소용돌이치는데 그걸 입 밖으로 전부 표현하지는 못한다. 그렇기 때문에 생각은 상대가 듣기에 불쾌하게 구부러져 고세에서 보았던 뱀 구덩이의 뱀처럼 꿈틀거린다. 결국 말투만 흉내 내서 "뭐 하니?"라거나 "어디 가니?"라고 말하지만, 다른 사람이라면 아무렇지 않게 들릴 말도 고마타로나 다른 이들과는 달리 사변의 독이 잔뜩 묻어 있음을 저들은 예민하게 감지하는 게 아닐까? 그래서 그토록 경계하는 것이다. 그렇다고 해서 내가 스스로 생각하고 있는 모든 것을 말하려고 하면 "뭐 하니?" 같은 짧은 말로는 도저히 표현할 수 없어 아주 긴 이야기가 되고 만다. 시간이 걸리고 설명을 위한 설명을 해야만 한다. 그러면 아가씨들은 나를 더 미친놈으로 여길 것이다. 그렇다. 방금도 그랬다. 아가씨들이 너무 경계하기 때문에 나는 어떤 생각으로 말을 걸었는지 근본적인 바탕에 대해 설명하기 시작했다. 하지만 왜 짧은 말로 담백하고 싹싹하게 말을 걸었는지를 긴장해서 길게 설명하는 놈은 역시 이상한 녀석이리라. 그건 이야기를 하다가 나도 깨달았다. 그래서 속이 탔다. 애가 타서 내 생각을 말로 표현하지 못하고 그저 입에서 흘러나오는 대로 주절거리고 말았다. 혓바닥이 내 뜻대로 움직이지 않았다. 아가씨들이 경계하니 애가 타서 사변이 질질 흘러나오고 말았다. 나는 담백하고 싹싹하고 착한 놈이라는 걸 설명하려고 했는데, 흠뻑 젖어서 비탈에 웅크리고 있었던 건 갑자기 배가 아팠기 때문이라고 설명하려 했을 뿐인데, 어느새 아무 상관도 없는 참새가 무리를 지어 덴푸라를 훔쳐 먹는다느니, 뱀이 뉴멘을 먹는다느니, 입에서 큰 뱀이 나와 승천한다느니 하는 공상 같은 헛소리를 늘어놓아 쓸데없이 겁을 주고 말았다. 결국 할망구가 소란을 떨고 우락부락한 아저씨가 달려와 정신없이 쫓겼다. 그것도 내 사변벽이 원인이다. 고마타로나 다른 이들처럼 생각을 곧바로 말로 전달하지 못하기 때문이다. 그렇지만 아가씨들은 내가 떠들어대기 시작했을 때 그 말에 사변의 독이 섞여 있음을 알아차렸을 텐데, 돌이켜보면 아가씨들은 내가 샘터로 다가갈 때 이미 몸을 웅크리고 나를 쳐다보려고 하지도 않았다. 그렇다면 내 말이 원인은 아니다. 내 말은 그다음에 시작되었으니까.

그런 생각을 하다가 구마타로는 "앗" 하고 소리를 질렀다.

얼굴이 못생겨서가 아니다. 하는 말이나 생각이 기분 나쁘기 때문도 아니다. 그렇다면 생각할 수 있는 것은 소문이다.

소문. 평판. 농사일도 변변히 못하는 멍청한 술주정뱅이 노름꾼. 뭐, 그건 그렇다. 그렇지만 그 정도 문제는 누구에게나 있다고나 할까. 저번에 시카조는 이케다 센타로가 하는 '이케다야'라는 가게에서 술을 너무 많이 마셔 정신을 잃고 오줌까지 쌌다. 갈 데까지 간 술주정뱅이다. 하지만 어제 도리이 부근에서 여자와 즐겁게 이야기를 나누는 걸 봤다. 노름도 마찬가지다. 나만큼은 아니더라도 고만고만한 노름을 하는 사람은 있다. 그러니 그런 정도의 소문이 아니리라. 아마도 내가 고세의 뱀 구덩이 근처 석실에서 가쓰라기 도루를 죽인 살인자라는 소문이 퍼진 것 아닐까. 그때 거기 있던 고마타로나 반타, 시카조, 산노스케 가운데 누군가가 아가씨들에게 퍼뜨렸으리라.

구마타로는 전율했다.

분명히 그날 이후 고마타로나 다른 애들과 나 사이에는 뚜렷한 틈새가 생겼다. 가쓰라기 도루가 "너 이 녀석과 친구야?"라고 물었을 때 고마타로는 "별로 친하지 않은데"라고 대답했다. 그때 나는 멍했다. 깜짝 놀랐다. 그리고 녀석들이 뱀 구덩이 앞에 모여 있을 때 나는 두 번째 충격을 받았다. 당연하지 않은가. 녀석들은 나를 석실에 버려두고 도망쳤다.

그런데 뱀 구덩이에 빠진 시카조는 버리지 않고 지켜보고 있었다. 녀석들이 이기적으로 행동했다면 나를 버려두고 도망친 것처럼 시카조도 버리고 도망쳤으리라. 그런데 그렇게 기분 나쁜 뱀 구덩이인데도 시카조를 내버려두지 않고 지켜보고 있었다. 결국 나는 그 녀석들에게 시카조보다 못한 존재였다는 이야기다. 으아, 내가 시카조보다 못하단 말인가. 나는 생각하고, 생각하고, 또 생각했다. 몇 번이나 생각했다. 그렇다. 그래서 그 뒤로도 내가 농사를 짓지 않고 빈둥거려도 녀석들은 당연하다는 표정으로 히죽히죽 웃으며 "구마는 농땡이꾼이로구나"라고 했던 것이다. 만약 자기들 친구가 그랬다면 진지한 표정으로 "그렇게 농땡이를 부리면 못써"라고 설교했으리라. 그런데 내게는 그런 말을 하지 않는다. 결국 나는 애초에 제쳐놓은 존재인 것이다. 팽이돌리기를 제대로 못하던 시절에 이미 나는 마을 아이들로부터 따돌림을 당했던 것이다. 나는 다이난 공처럼 기발한 지혜나 꾀를 가지고 일시적으로 녀석들을 부하처럼 거느렸지만 그게 유효했던 것은 고세에 갔던 그날까지였다. 그날 이후 나는 내내 따돌림을 당했던 셈이다. 그걸 몰랐기 때문에 나는 녀석들 사이에 끼어들려고 했고, 소 발톱을 자르러 대신 가주다가 소를 강에 빠뜨려 아버지에게 폐를 끼치기도 했다. 하지만 녀석들은 내가 궁지에 몰려도 아무렇지 않았다. 그러니 내가 감옥에 들어가도 으헤헤 하고 웃어넘기거나 하지 이웃이라고 감싸주려고 들지는 않을 터이다. 오히려 재미있어 하면서 "야, 야, 그거 알아? 구마 녀석 있잖아. 그래그래. 그 막가는 얼간이 녀석. 그 녀석이 사람을 죽였대" 하고 비웃으며 소문을 퍼뜨리고 다니리라. 그렇기 때문에 여자들은 나를 보고 이상하리만치 두려워하며 무슨 말을 해도 대꾸하지 않는 것이다.

구마타로는 그제야 충분히 이해를 했지만 잠시 후 다시 '그게 아닌가?' 하는 생각이 들었다.

만약 그렇다면 석실이 파헤쳐지고 가쓰라기 도루의 시체가 발견되었어야 하는데 이상하다. 그런 이야기는 전혀 들리지 않았다. 녀석들에겐 스스로 고세에 가서 석실을 조사할 배짱도 없다. 또 만에 하나 그렇게 해서 시체를 발견했다면 소심한 녀석들이 입을 다물고 있을 리 없다. 당장 주재소로 달려갔으리라.

구마타로는 팔짱을 낀 채 그런 생각을 하며 농촌 지대에 서 있었다.

아무리 생각해도 유적 발굴광인 사이쇼 아쓰시보다 녀석들이 먼저 가쓰라기 도루를 발견할 리는 없다. 게다가 사이쇼 아쓰시는 지난 2월에 물러났다. 그렇다면 이제 그 능을 파헤칠 녀석은 없으니 마을에 내가 사람을 죽였다는 소문이 퍼질 리도 없고 지금까지 그런 소문이 났을 리도 없다.

구마타로는 그렇게 결론을 내리고 일단 마음을 놓았지만 기분은 울적해졌다.

아가씨들과 새롱거리고 싶었던 구마타로는 답답하고 애가 타면서도 한편으로는 마음이 들뜨기도 했었다. 하지만 자기가 따돌림당하고 있는 게 아닌가 하는 생각이 들자 아주 기분 나쁘고 우울한 심정이었다.

주위가 빠른 속도로 어두워졌다.

욕망을 노골적으로 드러내는 짓을 아주 창피하다고 여기는 구마타로는 이처럼 농사일이나 연애 같은, 다른 마을 청년들이 별 노력하지 않고 쉽게 해내는 일을 하지 못했다. 그런데 농사일은 간단하게 포기했지만 연애, 아가씨와 알콩달콩 사귀는 문제만은 쉽게 포기할 수 없었다.

일시적으로 침울해지기는 했지만 밤낮 마을 안에서 저항할 수 없는 자력 같은 것을 내뿜는 아가씨들의 모습을 보면 어떻게든 다가가고 싶었다. 또 고이데나 고마타로 같은 이들이 그런 아가씨들과 시시덕거리는 모습을 보면 저런 녀석도 아가씨들과 사귀는데 내가 못 사귈 리 없다는 투지가 불타올랐다.

그러나 기껏 오가며 말을 걸어봤자 아무런 소용이 없다는 것은 지난번 그 비참한 실패를 통해 분명해졌다. 구마타로는 8월 16일에 열리는 본오도리에 집중하기로 했다.

본오도리. 구마타로는 고세에 있는 석실에서 가쓰라기 형제 앞에서 본오도리 노래를 억지로 부른 뒤로 다들 즐거워하는 본오도리에 참가하지 않고 그날 밤이면 풀이 죽어 지냈다.

하지만 본오도리 날 밤이면 여자들도 대담해지고, 춤을 추며 신바람이 난 여자에게 "잠깐 저쪽에 가서 쉴까?" 하고 말을 걸면 아가씨건 과부건 대개 따라온다는 이야기를 들었다.

왜 그런가 하면 본오도리라는 풍습은 우란분회, 즉 세상을 떠난 이의 영혼을 달래기 위해 치르는 의식으로, 무엇보다 죽은 영혼들을 가장 중요하게 여기기 때문이다. 죽은 이의 영혼을 가장 중요하게 여기는 것과 여자들이 흥분해서 대담해지는 것이 무슨 관계인가. 그건 잘 이해되지 않는다. 그렇지만 추측하자면, 살아 있는 인간은 햇빛을 받아 빛 속에 살지만 죽은 이는 어둠 속에 있다. 사고방식이 산 사람과 정반대라고 한다. 그래서 한 해에 한 번 죽은 이에게 하는 봉사라고나 할까, 그 영혼을 위로하기 위해서는 역시 살아 있는 사람의 상식 같은 것, 예를 들면 정절 같은 건 타파해야 할 필요가 있는 것 아닐까.

물론 그러기 위해 음악이 있다. 단순하고 반복적인 비트와 가락, 춤은 사람이 넋을 놓아 자기 자신을 잊도록 만든다. 그에 따른 성적 행동 역시 사람을 황홀로 이끈다.

결국 그렇게 해서 자아가 일시적으로 무너질 지경이 되어야 비로소 영혼의 심정을 이해할 수 있다는 이야기인데, 그러면 그렇게 황홀 상태에 들어간 단계에서 과연 '자, 이제 영혼을 위로합시다'라는 생각을 하게 될까? 황홀 상태에 빠져 나를 잊었기 때문에 그런 생각은 할 수 없으리라.

그러면 아무것도 아니지 않은가. 그래서는 안 되는 거 아닌가? 그래도 영혼이 '이래서야 전혀 위로가 되지 않는다'라고 화낸 적 없이 본오도리는 내내 이어져왔다. 그건 이것이 나름 위로가 된다고나 할까, 영혼도 '우리를 위해 이렇게까지 해주니까'라며 납득하고 있는 것일 테다. 더 자세하게 이야기하자면 영혼이 가장 싫어하는 것은 잊히는 일이라 살아 있는 인간이 영혼을 생각하며 바보 같은 소란을 떨고 있다는 것만으로도 크게 만족할지도 모른다.

혹은 본오도리 때 사람들이 춤추는 것을 보면 마치 영혼에 빙의된 듯한데, 그렇다면 그 시간 동안 영혼이 그 몸을 움직이게 만들고 성적 행동에 나서게끔 만드는 것 아닐까.

참으로 음란한 영혼이다.

그걸 빌미로 산 사람들도 마구 날뛴다고나 할까, 이날만큼은 마음과 몸을 해방시켜 노래하고 춤추며 성적인 행동도 대담하게 하는 것이다.

그래서 젊은이들은 목을 빼고 본오도리를 기다린다. 젊은 남자들은 공들여 멋진 무늬나 도안을 만들어 유카타를 물들이거나 한다. 여자들도 대개 마찬가지라 한껏 멋을 부린다. 스스로는 어떻게 생각할지 모르지만 다른 사람이 보기에는 희한하기 짝이 없어 우습기도 하다.

영혼은 그런 것에도 위로받을지 모른다.

이렇게 이야기하면 남자들만 본오도리에 정신이 팔리는 것 같지만 여자도 평소에 잘생겼다고 생각하는 사람이 '잠깐 저쪽에 가서 쉴까?'라고 말을 걸어주지 않을까 기대하며 눈치를 보기도 한다. 실제로 말을 건네는 사람은 못생긴 아저씨들뿐이라 '재수 없게, 이 아저씨가'라고 욕하기도 하지만.

구마타로는 예전에 석실에서 부른 뒤로 본오도리 노래를 들으면 기분이 아주 나빠지고 시무룩해졌다. 아무렇게나 살기 시작한 뒤로는 이런 본오도리 풍속을 심하게 경멸했다.

평생 죽어라 농사를 지으며 살 녀석이 무슨 멋진 척인가.

간담이 서늘해질 테지만, 나는 이제 끝이다, 라는 상상을 한 번 해봐라. 그런 생각도 해보지 않고 한심한 짓이나 하며 즐 거워하는가, 이 멍청이들아. 구마타로는 생각했다.

잔뜩 잘난 척하며 그런 생각을 했지만, 그렇다면 구마타로 는 늘 호사로운 쾌락을 맛보며 지냈는가? 그렇지 않다. 농사 일을 게을리하고 작은 노름판이나 기웃거리면서 지냈을 뿐 여자와 사귄 적도 없으니 우스운 노릇이다.

그처럼 냉소적이었기 때문에 구마타로는 스이분에서 본오 도리를 추는 8월 16일이면 자신은 참가하지 않겠다고 큰소 리치면서 야마토의 고조로 나가 이리저리 쏘다니거나, 볼일 도 없이 돈다바야시에 가서 방귀나 뽕뽕 날리다 왔다.

하지만 올해는 달랐다.

어떻게든 여자를 사귀고 싶었던 구마타로는 올해 본오도 리에 참가하기로 마음을 굳히고 그토록 경멸하던 고마타로 나 산노스케 같은 녀석들과 마찬가지로 유카타를 걸치고 달 그락거리는 나막신을 신은 채 초저녁부터 안절부절못하며 밥술도 제대로 뜨지 않고 일어섰다. 아버지 헤이지가 "뭐냐? 벌써 다 먹은 거야?"라고 묻자 "에이 쌍, 한술 떴으니 이제 됐어"라며 안방으로 들어갔다.

"여보, 지금 저 녀석 말투 들었나?"

"응."

"입에서 나오는 대로 지껄이네. 왜 저렇게 된 거지? 어렸을 때는 똘똘했는데."

헤이지는 괴로워하며 슬픔에 잠겼다.

헤이지의 심정을 아는지 모르는지 안방으로 건너간 구마타로는 문을 닫고 세상을 떠난 생모 다카가 시집올 때 친정에서 가지고 온 경대 앞에 쭈그리고 앉아 있었다. 구마타로는 품 안에서 미리 준비한 수건을 꺼내 머리에 쓴 다음 이리저리 자기 모습을 비추며 깊게 눌러썼다가 얕게 올려 썼다가 해보고, 또 매듭을 위쪽으로 묶었다가 조금 아래로 묶어보기도 하면서 어느 각도가 가장 멋지게 보이는지 연구했다.

얼마 전까지만 해도 본오도리에 대해 비판적이었는데 벌써 이러고 있다. 참으로 경박하기 짝이 없다.

마침내 마음에 드는 각도를 찾아낸 구마타로는 다시 수건을 머리에 쓴 모습을 거울로 확인한 다음 허둥지둥 일어섰다.

지금 이러는 동안에도 어여쁜 아가씨들이 고마타로나 고이데에게 '잠깐 저쪽 가서 쉬지 않겠어?'라는 말을 듣고 다들 '저쪽'으로 '쉬러' 가버리는 게 아닐까 하는 걱정이 들었기 때문이다.

마음이 급해진 구마타로는 옷을 여미고 허리띠를 질끈 묶은 뒤 '좋았어' 하고 마음을 다지고 뒷문으로 뛰쳐나갔다. 멀리서 '야레코라세에돗코이사, 소라요이토코삿사노소라요이야사' 하며 장단을 맞추는 소리가 들렸다.

구마타로는 사람들이 모여 본오도리 춤을 추는 묘지 쪽으로 발걸음을 서둘렀다.

집 안에 있다가 구마타로가 나가는 기척을 느낀 헤이지가 한숨을 내쉬었다.

"나갔군. 어쩌다 저런 멍청이가 되었는지."

침통한 표정을 짓는 헤이지에게 도요는 따로 할 말이 없었다.

주름처럼 솟아올랐다가 또 주저앉은 산자락의 그 주름과 주름 사이 좁고 긴 곳에 달라붙듯 묘지가 있고, 묘지로 내려가는 길 좌우에는 툭 트인 광장 같은 곳이 있다. 그곳에 높은 대를 쌓고 온도토리가 노래를 부르고 있었다. 대를 떠받치는 가로목에는 천이 걸렸다.

오후 일곱 시. 집들이 있는 쪽은 아직 환한데 산 그림자는 짙다. 공기에는 밤의 성분 같은 것이 배어나와 푸른 기운이 돌고, 날이 어둑어둑해지는 건지 어슴푸레 밝아오는지 구분이 가지 않았다.

그런 모호한 색 속에서 가로목에 내걸린 천의 색깔은 더욱 선명해 보였다. 구마타로는 기분이 더 들떠서 얼른 아가씨들의 살결을 만지고픈 마음에 낯익은 아가씨들이 아름답게 차려입은 모습을 떠올리면서 높은 대 쪽으로 부지런히 내려갔다.

그런데 대 가까이에 이르자 구마타로는 깜짝 놀랐다. 그토록 기대하고 왔는데 아가씨는 한 명도 없고 주변에는 할머니 몇 명이 춤추고 있을 뿐이었다. 그 가운데는 구마타로가 어렸을 때 돌봐주던 이웃 할망구도 있었다. 그 할망구는 아직도 만나 부둥켜안을 때마다 구마타로가 오줌을 싸던 시절 이야기를 늘어놓는다.

그런 할망구를 '잠깐 저쪽 가서 쉴까?' 하고 꼬드겨 대체 무얼 한다는 건가? 어렸을 때 오줌 싸던 이야기라도 할까? 말도 안 된다.

그런 생각을 하며 눈치를 살피자 조금 전 기대감에 가슴 설레며 언덕을 내려올 때는 꽤 쾌활하고 들뜬 느낌이던 노랫소리도 왠지 형편없게 들렸다. 구마타로는 '아하, 이건 진짜 온도토리가 부르는 게 아니라 그 제자가 부르는 거로구나' 하고 깨달았다.

처음에는 제자가 부른다. 스승은 나중에 등장한다. 그 말은, 아가씨들을 다른 녀석들이 모두 데리고 갈까봐 애가 타서 내가 너무 일찍 나왔다는 이야기다. 일단 돌아갔다가 나중에 다시 나올까? 그렇지만 그 또한 우스운 일이다. 누군가와 마주쳤을 때 '어, 구마. 집에 가는 거야?'라고 물으면 대답할 말이 없다. '그래, 집에 갈 거야'라고 해놓고 나중에 다시 온다면 체면이 말이 아니다. '잠깐 두고 온 게 있어서'라고 하기도 마땅치 않다. 게다가 일단 돌아갔다가 다시 왔을 때 아가씨들이 다들 누군가를 따라가 그야말로 할머니들만 남을 수도 있다. 그렇다면 차라리 여기서 춤추며 기다리는 편이 훨씬 낫다. 곧 아가씨들도 나오겠지.

그렇게 생각한 구마타로는 이웃 할망구가 말을 걸면 안 되겠다 싶어 얼굴이 보이지 않게 수건을 앞으로 쑥 당기고 고개를 숙인 채 가볍게 춤추기 시작했다.

구마타로는 그렇게 하면 그 할망구에게 들키지 않을 거라고 생각했지만 할머니들 사이에 섞인 젊은이가 초저녁부터 춤을 추고 있으니 눈에 띌 수밖에 없다. 할머니들은 춤을 추면서 '역시'라며 고개를 끄덕였다. 인생 아무렇게나 사는 괴짜 기도 구마타로가 하는 짓이니 역시 영문을 알 수 없다는 뜻이었다.

구마타로는 그런 것도 모르고 덩실덩실 춤을 추었다.

그렇게 춤을 추는 사이에 온도토리가 조금 더 능숙한 수제

자로 교체되자 높은 대 주위에서 춤추는 사람도 차츰 늘어났다. 본오도리는 조금씩 열기가 뜨거워지기 시작했다.

달빛과 제등 불빛밖에 없어 주위는 어두웠다. 그 어둠 속에 거칠고 투박한 박자, 정서를 부채질하는 가락, 마음을 급하게 만드는 반주가 울려 퍼지자 의식하지 않아도 몸이 절로 움직여졌다. 그렇지만 아가씨들이나 아가씨들을 노리는 젊은 사내들은 아직도 거의 보이지 않았다. 높은 대 주위에서 춤추는 사람은 할머니들과 구마타로의 어머니뻘 되는 아주머니들, 그리고 술을 마셔 얼굴이 뻘겋게 된 아저씨들뿐이었다. 구마타로는 춤을 추며 '왜 이리 안 오는 거지' 하고 생각했다.

구마타로는 아가씨들이 오지 않는 게 신경 쓰여 건성으로 춤추며 가끔 "야레코라세에돗코이사, 소라오이토코삿사노소라요이야사" 하고 소리를 질렀다.

처음에는 그렇게 건성으로 춤을 추던 구마타로였지만, 리듬이라는 게 재미있는 거라서 사람을 다른 세상으로 데리고 간다.

춤을 추다보니 구마타로는 완전히 흥이 올랐다.

자기도 모르게 동작이 커지고 "야레코라세에돗코이사, 소라오이토코삿사노소라요이야사" 하는 소리가 커졌다.

머리가 마비되는 듯하더니 구마타로의 몸과 음악 리듬은

하나가 되었다. 구마타로는 리듬을 타고 춤추었지만 자기 손발이 움직일 때마다 리듬이 바뀌는 기분이 들었다. 혹은 몸과 리듬이 동시에 율동하는 느낌.

주위에서 춤추는 다른 사람들도 마찬가지였다. 옆에 있는 아저씨는 흥이 제대로 올랐고, 할머니는 미친 듯이 춤을 추었다. 한 사람 한 사람이 각자 음악에 맞추는 게 아니라 한 사람 한 사람이 음악 그 자체, 음악 전체가 되어 있었다.

"으아, 기분 좋다."

구마타로는 이따금 중얼거렸다.

"야레코라세에돗코이사, 소라오이토코삿사노소라요이야사." 할머니의 쉰 목소리가 울려 퍼졌다.

구마타로는 그렇게 꿈꾸는 사람처럼 춤을 추었는데, 한동안 추다보니 또 다른 정서가 자극을 받아 마비되었던 뇌의 일부가 깨어났다.

구마타로의 정서를 자극한 것은 어느새 사람들 사이에 들어와 춤추기 시작한 아가씨들이었다. 깔끔한 유카타를 입고 연지를 바른 아가씨들은 음악과 함께 힘차게 솟아오르는 듯 아주 선명하고 강렬했다. 음악에 맞춰 뛰어오를 때마다 볼록 솟아오른 가슴께와 팔의 윗부분, 그리고 발아래 쪽에서 거부할 수 없는 자력이 뿜어져 나왔다.

305

뇌의 어느 부분은 음악에 마비된 상태 그대로인데 어떤 부분은 강렬한 자극을 받고 각성했다. 구마타로는 '이거야, 바로 이거야' 하고 생각했다.

나는 이 자력에 이끌려 여기까지 온 것이다. 그런데 무슨 표현이 이리 문어체인가?

구마타로는 곧바로 맞은편 쪽에서 춤추는 유난히 아름다운 아가씨에게 다가가 귓속말로 '잠깐 저쪽에 가서 쉬지 않을래?'라고 말할까 말까 머뭇거렸다.

아가씨에게 말을 걸려던 구마타로가 머뭇거린 까닭은, 어느 정도 춤을 추어 지쳤을 때 쉬자고 해야 하는데 만약 아가씨가 방금 왔다면 쉴 필요 없다고 거절할 게 틀림없기 때문이다. 그럴 가능성은 아주 높다. 그러니 일단 잠시 기다릴 필요가 있으리라.

구마타로는 그런 생각을 하며 다시 춤추기 시작했는데, 그렇게 딴생각을 했기 때문인지 전처럼 리듬을 탈 수 없었다. 엉성하게 춤을 추며 아름다운 아가씨를 눈여겨보았지만 그 아가씨는 반대편에 있어 막상 말을 걸려고 해도 가까이 가려면 시간이 걸릴 것 같았다. 상황이 좋지 않다.

구마타로는 서둘러 접근한 느낌을 주지 않으려고 건성으로 춤을 추며 앞으로 나아갔다. 아가씨 쪽으로 가려고 한 것이다. 바로 앞에는 할머니들이 무리를 지어 있었는데, 키가 작은 할머니들이 눈을 감고 머리를 흔들며 뜻밖의 빠른 속도로 휙휙 손을 움직이며 마구 춤을 추고 있어서 쉽게 앞으로 나갈 수 없었다.

그러나 앞으로 가야만 하는 구마타로는 "야레코라세에돗코이사, 소라오이토코삿사노소라요이야사" 하고 소리를 지르면서 할머니들 사이를 뚫고 지나가려고 애를 썼다. 키 작은 할머니들은 구마타로를 둘러싸듯 모여들어 덩실덩실 춤추며 좀처럼 비켜주지 않았다.

구마타로는 할머니들과 어울려 춤을 추는 것처럼 보이도록 하면서 교묘하게 자리를 바꾸기로 했다. 허리를 구부리고 두 팔을 앞으로 내밀어 새우가 달려가는 듯한 모습으로 궁둥이를 쭉 뺀 채 방귀를 뀌면서 뒤로 나아갔다. 그러면서도 얼굴은 계속 웃는 복잡한 기법을 써서 할머니들 틈에서 빠져나왔다.

그런 고생을 하며 할머니들 틈새를 뚫고 탈출했지만 이번에는 아저씨들이 앞을 가로막았다.

얼굴이 빨개진 뚱뚱한 아저씨가 포대자루 같은 배를 내밀고 아주 유쾌하게 춤을 추고, 햇볕에 그은 험상궂은 아저씨가 몰아지경에 빠져 꺼떡꺼떡 춤추기도 했다. 특히 눈에 띄는 것은 임업에 종사하는, 기슈에서 이사 온 덴 씨였다. 그는 낮게 땅바닥을 기는 듯한 자세를 유지하면서 머리만 앞으로 쑥 내밀고 다리를 필요 이상으로 높이 치켜들고 있었다. 그리고 손을 허공으로 뻗은 다음 손가락을 꿈틀거리며 뱀처럼 움직였다.

기슈에서 온 덴 씨는 각이 진 얼굴 생김이 기묘했고 대머리인데다가 임업에 종사하다보니 얼굴이 햇볕에 그을어 마치 캐러멜색 같았다. 게다가 일부러 그러는지 춤에 몰입해 그러는지 뱀이 달걀을 노리는 듯한 눈빛을 하고 이따금 흰자위를 드러내기도 해 구마타로는 이런 상태라면 춤추며 자연스럽게 빠져나가기는 어렵겠다고 생각했다. 하지만 이렇게 할머니들 무리에 끼어 있다가는 아가씨에게 말을 걸 수 없다.

구마타로는 아주 자연스럽고 날렵한 느낌으로 춤을 추면서 조금씩 자세를 낮추어 결국은 땅바닥에 달라붙을 정도로 자세를 낮추었다.

기슈에서 온 덴 씨 또한 계속 낮은 자세로 춤을 추었다. 구마타로는 거의 모 심는 모습처럼 보일 정도로 자세를 낮추고 기슈에서 온 덴 씨보다 아래에서 춤을 추었다.

다리, 특히 두 허벅지 쪽이 너무 아팠다. 차라리 발뒤꿈치를 지면에 대고 궁둥이를 완전히 바닥에 대면 편할지도 모른다. 하지만 구마타로는 그래서는 안 된다고 생각했다.

그렇게 기슈에서 온 덴 씨보다 낮은 자리에서 춤을 추며 구마타로는 그걸 개인적으로 점을 치는 일 혹은 수행 같다고 느꼈다.

이런 고난을 극복하고 기슈에서 온 덴 씨를 춤으로 넘어설 수 있다면 나는 저 아가씨를 얻는다. 넘어서지 못하면 아가씨를 얻지 못한다. 구마타로는 그런 생각을 하며 이를 악물고 견뎠다.

하지만 씨름판에 오르기도 전에 자세가 흐트러져 비틀거리는 듯한 모양새를 유지하는 것은 너무 힘든 일이었다. 게다가 기슈에서 온 덴 씨가 착각까지 했다. 구마타로는 눈치를 살피며 자연스럽게 덴 씨 옆을 지나가려는 생각뿐이었다. 그런데 덴 씨는 구마타로가 자기와 어울려 춤을 추려는 거라고 생각해 기뻐했던 것이다.

덴 씨는 안 그래도 낮은 자세를 더욱 낮추며 구마타로를 덮쳐누를 듯 춤을 추었다. 흰자위를 잔뜩 드러내고 혀를 내민 채 입 양쪽에 손을 대고 파르르 움직였고 입 냄새를 풍기며 얼굴을 들이댔다. 구마타로는 기슈 사람들은 춤을 이렇게 추나 의아했다. 덴 씨가 마치 입맞춤이라도 할 기세로 얼굴을 들이대는 바람에 가만히 있을 수 없었다. 허벅지가 아픈 걸 참으며 낮은 자세로 정신없이 춤을 추면서 덴 씨가 다가오는 걸 눈치채지 못한 척 자세를 조금씩 바꾸었다. 그러다 보니 처음에는 덴 씨와 마찬가지로 앞쪽을 향하던 방향이 덴 씨와 마주보는 자세가 되었다. 마치 용과 호랑이처럼. 구마타로가 춤추며 자세를 조금씩 높이자 덴 씨는 이에 호응해 점점 자세를 낮추었다.

구마타로는 속으로 이제 됐다 싶어 기뻐하며 방금 할머니들 틈새를 빠져나왔을 때처럼 그대로 새우처럼 궁둥이를 내밀고 살살 궁둥이를 흔들며 뒤로 나아가려고 했다. 그러자 기슈에서 온 덴 씨는 계속 얼굴을 쑥쑥 들이대면서 이번에는 자기가 자세를 높이기 시작했다. 말하자면 내 춤에 맞추어 자세를 낮추라는 소리였다. 그걸 무시하고 새우 모양을 한 채 뒷걸음치면 자연스럽지 못하다. 어쩔 수 없이 구마타로는 자세를 조금씩 낮추다가 적당한 때에 다시 자세를 높였다. 그러자 덴 씨는 다시 자세를 낮추었다.

그런 쓸데없는 짓을 몇 차례나 반복한 뒤에야 덴 씨가 한눈을 팔 때 새우처럼 엉덩이를 내밀고 후진. 간신히 아저씨들 틈새를 빠져나왔다. 아이고, 지쳤다. 구마타로는 몸을 천천히 움직이며 앞을 보다가 숨이 멎었다.

아저씨와 할머니들 무리에서 빠져나왔다고는 해도 아직

멀리 있을 거라고 생각한 그 아리따운 아가씨가 바로 눈앞에 있었기 때문이다. 춤을 추다보니 위치가 바뀐 모양이다.

이렇게 불쑥 나타나다니 말을 걸 수 없잖아. 구마타로는 생각했다.

게다가 그 아가씨는 참으로 아름다웠다. 틀림없이 도미(富)라는 아가씨일 것이다. 어렸을 때 구마타로는 도미에게 엿을 준 적이 있다는 사실을 떠올렸다. 그로부터 오랜 세월이 흘러 정말 아름다운 아가씨가 되었구나.

도미는 진짜 아름다웠다.

아가씨답게 청결한 매력이 넘쳤다. 제등 불빛을 받은 옆얼굴은 사람들 눈길을 사로잡았고 쌍꺼풀진 눈은 지적으로 빛났다. 나긋나긋한 팔다리는 고혹적이면서도 함부로 다가갈 수 없는 신성한 짐승의 팔다리 같았다. 구마타로는 춤추는 도미를 흘끔흘끔 보면서 이런 미인에게 말을 건넨다는 건 이만저만한 일이 아니라고 생각했다.

언젠가는 말을 걸려고 마음먹었다고 해도 아직은 마음의 준비랄까, 그런 게 되어 있지 않다. 역시 불쑥 말을 걸기보다 조금 시간 여유를 두고 차분하게 하는 게 낫겠다. 그러니 지금은 될 수 있으면 거리가 너무 벌어지지 않도록, 그렇다고 너무 가까워지지 않도록 부즉불리(不卽不離)한 상태를 유지

하는 게 중요하다.

구마타로는 이렇게 마음먹었지만 이내 '아니야, 안 돼. 안 돼'라고 생각을 고쳤다.

일을 서두르면 망친다는 생각은 틀림없이 어느 측면에서 보면 진리다. 하지만 모든 일에는 예외라는 게 있기 마련이고, 이런 경우에 예외란 고마타로나 고이데 같은 녀석들이다. 나야 분명히 도미가 너무 아름다워 망설이며 이런 때는 역시 순서에 따라 차근차근 하는 게 낫겠다고 생각한다. 그렇지만 그 녀석들은 과연 어떻게 할까? 나처럼 머뭇거릴까? 그러지 않을 게 빤하다. 거리낌 없이, 마치 두더지처럼 파고들며 '잠깐 저쪽에 가서 쉴래?'라거나 뭐라거나 하며 수작을 걸 게 빤하다. 이건 말도 안 된다. 그러면 큰일이다. 아직은 녀석들이 오지 않았으니 반드시 오기 전에 내가 먼저 말을 걸어야 한다.

그렇게 마음먹은 구마타로는 마침내 행동에 나섰다.

이번에는 조금 전처럼 괴상망측한 춤이 아니라 평범한 춤을 추면서 아가씨에게 다가가 뒤에서 '잠깐 저쪽 가서 쉴래?'라고 말을 건네려 했다.

그런데 아가씨 쪽으로 얼굴을 들이민 순간 구마타로는 말을 잃고 말았다. 너무도 좋은 냄새가 나서 어질어질했기 때문이다.

구마타로가 비틀거리는 중에도 춤추는 사람들은 앞으로 나아갔다. 구마타로도 얼른 아가씨 뒤를 따라가 몇 번이나 '잠깐 저쪽 가서 쉴래?'라고 말하려 했지만 막상 입을 열려고 하면 그때마다 어질어질하거나 심장이 뜨끔거리고 너무 긴장한 탓인지 배가 아프기도 했다. 혹은 갑자기 콧속에 통증이 오고 재채기가 날 것 같기도 했다. 결국 구마타로는 '틀렸어. 난 말을 걸 수 없어'라며 체념하기에 이르렀다. 구마타로는 생각에 잠겼다.

도대체가 나처럼 한심한 녀석이 저런 아가씨에게 말을 거는 게 잘못이다. 애초에 인연이 아니랄까. 저런 아가씨라면 역시 더 번듯한 집안 도령이 말을 걸어야 한다. 그렇지만 저 뻔뻔하기 짝이 없는 고마타로 같은 녀석들은 궁상맞고 못생긴 제 꼬락서니는 돌아보지 못하고 겁도 없이 히죽히죽 웃으며 거리낌 없이 '잠깐 저쪽 가서 쉴래?'라고 지껄이리라. 이렇게 생각하면 분명히 미련이 남지만, 만약에 말을 걸었는데 기적적으로 '그래, 잠깐 쉴까?'라고 대꾸한다면 저쪽에 가서 대체 무슨 이야기를 나눈단 말인가. '내가 너 어렸을 때 엿 준 적 있는데 맛있었니?'라는 이야기라도 해야 하나? 꺼낼 이야기는 그 정도뿐이다.

구마타로는 역시 도미에게 말을 건네는 건 포기하고 자기는 저렇게 어여쁜 아가씨가 아니라 분수에 맞는 아가씨에게 말을 걸어야 한다고 생각했다.

그러면 저쪽에 잠깐 쉬러 가더라도 편하게 이야기할 수 있다. 아니, 그 정도 아가씨라면 특별히 이런저런 이야기 할 필요 없이 숲속의 작은 도깨비 말투라도 흉내 내어 '나하고 그거 하지 않을래?' 정도로 말하면 그만이다. 그랬다가 팔꿈치로 한 방 얻어맞으면 그만이다. 내가 궁상맞은 농사꾼의 자식이라면 너도 가난한 농사꾼의 딸. 도토리 키 재기 아닌가.

그런 생각을 하며 다른 아가씨를 찾던 구마타로는 깜짝 놀랐다.

여태 그런 생각은 한 번도 해본 적이 없는데 도미와 비교하니 다른 아가씨들이 너무나도 못생겨 보였기 때문이다.

도미보다 조금 앞에서 춤추는 아가씨는 원숭이가 소면을 먹다가 실수로 와사비 덩어리를 삼켜 코로 킁킁 나오는 걸 참는 듯한 얼굴이었다.

둥근 원을 그리며 춤을 추고 있는 맞은편의 아가씨는 머리카락이 유명한 도적 우두머리인 이시카와 고에몬처럼 위로 치솟아 있었다.

그 옆의 아가씨는 수행 중인 수도승처럼 잔뜩 인상을 쓰고 춤을 추었다. 뭐가 그리 괴로운 건지.

조금 전까지만 해도 예쁘다고 생각했던 아가씨들이 이리 괴상하게 보인 까닭은 구마타로가 보기에 도미라는 아가씨가 너무도 아름다웠기 때문이지만, 구마타로는 그걸 깨닫지 못한 채 '그렇다면' 하는 생각을 했다. 그렇다면 좀 무리를 해서라도 도미에게 말을 거는 게 낫겠다. 그렇게 생각한 구마타로는 도미를 찾았지만 주위에서는 보이지 않았다.

이런. 누가 데리고 갔다.

구마타로는 몹시 후회했지만 이미 늦었다. 그 아리따운 도미가 어느 얼간이 같은 가난뱅이 자식의 사람이 되고 만 것이다. 구마타로는 울고 싶었지만 그럴수록 더욱 될 대로 되라는 심정이 되어 너희들이 그렇게 나온다면 나는 나대로 멋대로 살아주마, 어떤 아가씨건 닥치는 대로 말을 걸겠다, 하고 작정했다.

그때까지 구마타로는 아가씨를 찾으며 건성으로 대충 춤을 추었지만 이제는 야레코라세에돗코이사, 소라오이토코삿사노소라요이야사, 하며 온몸의 기운을 다 뽑아 덩실덩실 춤을 추기 시작했다. 그러면서 가까이에 있던 아가씨에게 다가갔어도 귓가에 '잠깐 저쪽 가서 쉴래?'라고 차마 말은 못하고 아가씨 바로 뒤에서 필요 이상으로 힘껏 춤을 추었다.

왜 그랬는가 하면, 멀리서는 이시카와 고에몬처럼 머리카락이 치솟았다느니 폭포수 아래에서 물을 맞는 수도승이니 하며 흥을 본 주제에 막상 가까이서 보니 그 생김새에 묘하게 정서적인 자극을 받아 머릿속이 혼란스러워졌기 때문이다. 그러나 머릿속 어딘가에는 냉정한 부분도 남아 있어 이처럼 혼란스러운 상태에서 말을 걸면 '어머, 이 사람 돌았나 봐. 기분 나빠' 하는 소리를 듣는 게 아닐까 하는 걱정도 들었다.

입을 다물고 있어서야 여기까지 와서 바보처럼 춤추는 의미가 없지 않은가. 구마타로는 몇 번이나 '잠깐 저쪽 가서 쉴래?'라고 말을 걸려고 했지만 말이 목구멍에 걸린 듯 입 밖으로 나오지 않았다.

그러는 사이에 뒤에서 검은 그림자가 덩실덩실 춤추며 구마타로 앞을 가로질렀다. 그 그림자는 아가씨 옆으로 바싹 달라붙어 춤추는가 싶더니 귓속말로 뭐라고 속삭였다.

잠시 이러니저러니 이야기를 나누더니 이윽고 두 사람은 나란히 춤추는 무리에서 벗어나 어두운 숲 쪽으로 사라졌다. 남자는 여자의 어깨를 껴안고 여자 귀에 얼굴을 가까이 댄 채 뭐라고 속삭이면서 서두르는 모습이었다. 어깨를 남자에게 맡긴 여자는 잰걸음으로 걸었다.

구마타로는 애가 탔다.

이러고 있다가는 여자들이 모두 다른 남자를 따라가고 만다. 그렇지만 말이 나오지 않는다. 그런 생각을 하는 중에 덩실덩실, 덩실덩실 여기저기서 검은 그림자가 나타나 아가씨들 옆에서 춤추기 시작했다. 이러고 있을 수는 없다. 속이 탄 구마타로는 생각했다. 말이 나오지 않으니 춤으로 감정을 표현하면 되지 않을까.

어렸을 때 이웃 아저씨가 십자매 한 쌍을 길렀다. 어느 날 구마타로가 아저씨 허락을 받고 십자매를 구경하는데 느닷없이 수컷이 노래를 부르며 몸을 좌우로 흔들고 머리를 끄덕이기도 하며 춤추기 시작했다. 바로 옆의 십자매 암컷은 '진짜 지겹다'라는 듯한 싸늘한 눈빛으로 수컷 십자매를 바라보았다. 하지만 수컷은 아랑곳하지 않고 춤을 추어댔다.

미쳐버린 건가. 걱정이 된 구마타로는 아저씨에게 십자매가 대체 왜 저러는 건지 물었다. 아저씨는 귀찮다는 투로 그건 십자매가 사랑을 구하는 행동이라고 설명해주었다.

구마타로는 '바로 그거야, 그거'라고 생각했다. 말로 '잠깐 저쪽 가서 쉴래?'라고 할 수 없다면 십자매처럼 춤으로 내 심정을 표현하면 된다.

구마타로는 이시카와 고에몬처럼 머리카락이 위로 치솟은

아가씨를 표적으로 삼아 그 옆으로 다가갔다. 그리고 더욱 심하게 춤추기 시작했다.

구마타로는 춤을 추었다. 몸부림치듯 춤추었다.

이 뜨거운 마음을 전하고 싶어. 이 뜨거운 혼을 전하고 싶어.

그런 생각을 하며 팔다리를 정신없이 흔들며 때론 십자매처럼 머리를 끄덕였다. 비둘기처럼 가슴을 잔뜩 부풀려 앞으로 쑥 내밀어보기도 했다.

말로는 표현할 수 없는 생각을 춤에 담았다. 그런 마음으로 춤추다보니 구마타로는 자기가 놀랄 정도로 자유롭다는 사실을 깨달았다.

그래, 이런 식이야. 이런 식. 구마타로는 눈을 감고 완전히 엉망진창으로 미친 듯이 춤추었다. 팔다리와 머리가 떨어져나갈 만큼. 핏줄이 끊어질 정도로.

이 끊어진 핏줄을 봐라.

구마타로는 자기 생각이 전달되었는지 궁금해 눈을 떴다.

아가씨가 보이지 않았다.

아가씨는 갑자기 마구 춤을 추기 시작한 구마타로를 보고 숨이 막힐 것 같아 얼른 자리를 피했다. 그랬더니 마침 노부라는 사내가 말을 걸어왔다. 두 사람은 원을 그리며 춤추던

무리에서 빠져나가 쉬러 갔다.

구마타로는 춤이 부족했나보다 생각했지만 그건 착각이었다.

상대방이 십자매라면 괜찮을지 모르지만 상대는 사람이고 여자다. 역시 그렇게 엉망진창으로 춤추기보다는 당연히 말로 제대로 전달하는 게 마음을 전달하기 쉽다.

그러나 구마타로는 춤이 모자랐다고 믿고 더 미친 듯이 춤추었다.

야레코라세에돗코이사, 소라오이토코삿사노소라요이야사.

악을 쓰며 춤추다보니 머릿속이 마비되는 듯했다.

병사들이 탄 말은 온몸이 검은색인데 그 수가 백만. 드넓은 평원을 서쪽에서 동쪽으로 귀청이 떨어질 것 같은 발굽 소리를 울리며 끝없이 달려간다. 야레코라세에돗코이사, 소라오이토코삿사노소라요이야사, 그 하늘 위로 반투명한 아미타여래가 둥실둥실 떠다니며 샤미센을 켠다. 야레코라세에돗코이사, 소라오이토코삿사노소라요이야사, 땅바닥이 불쑥 솟아오르면서 군마가 우수수 떨어져 내리나 싶더니 까마득하게 높은 산으로 변하고 그 꼭대기에서 검은 연기가 뿜어져 나오는 게 화산이 틀림없는데 쿠웅, 쿠웅, 쿠웅, 지축을 뒤흔드는 소리와 함께 분화구에서 하늘로 솟아오르는 것은 쌀가마니와 떡, 사금이다. 동시에 크고 작은 칠복신이 여러 쌍 하늘로 솟아올라 아미타여래가 켜는 샤미센 가락에 맞추어 비파를 켜기도 하고 싱글벙글 웃거나 생선 도미를 뿌리기도 하고 지팡이로 주위를 마구 두드리기도 한다. 쌀가마와 칠복신에 섞여 하늘로 솟아오른 군마는 하늘을 날 수도 있는지 둥실둥실 날아다닌다. 하늘에는 일곱 빛깔 구름이 떠다니고 알록달록한 용도 날아다니는데 무지개가 몇 십 개나 떴다. 그런데 이상하게 친(狆)*이며 닭까지 날아다닌다. 화산은 끊임없이 쌀과 금, 떡과 우동을 뿜어 올린다.

구마타로의 머릿속에서는 이런 광경이 펼쳐졌다. 그 정도로 넋이 나가 도취되었다. 그러나 그렇게 넋을 잃은 사람은 구마타로만은 아니었다. 시간이 흐를수록 주위 사람들도 다들 음악과 하나가 되어 정신없이 춤추었다.

구마타로는 어느새 원래 목적을 잊고 주위 사람들의 그런 모습을 보며 모두 음악의 일부다, 하나는 전체이며 전체는 하나다, 죽은 자도 산 사람도 모두 행복한 친구들이다, 생각하며 싱글벙글 웃었다.

야레코라세에돗코이사, 소라오이토코삿사노소라요이야사.

구마타로는 소리를 지르며 다시 자기와 현실 세계의 끈을

---

* 길고 부드러운 털을 가진 일본 개.

확인하려고 실눈을 뜨고 히죽히죽 웃었다. 그런데 바로 그 순간 깜짝 놀라 그만 앗 하고 소리를 지르고 말았다.

구마타로는 온몸의 피가 얼어붙는 느낌이 들어 그대로 멈춰 섰다.

구마타로의 시야에 들어온 무덤 뒤에 야위고 덩치 작은 남자가 서 있었다. 십 년이 지나 용모와 자태가 상당히 변하긴 했지만 얼굴 생김새는 숨길 수 없다. 그 자리에 우뚝 멈춰 선 구마타로는 "작은 도깨비"라고 중얼거렸다. 그랬다. 무덤 뒤에서 팔짱을 끼고 재미있다는 듯이 사람들이 춤추는 모습을 바라보는 스무 살 안팎의 사내는 아무리 보아도 그 숲속의 작은 도깨비였다.

"어떻게 된 거야? 왜 저 녀석이 스이분에 있지?"

구마타로가 무심코 중얼거렸을 때 뒤에서 누가 몸을 부딪쳤다.

"형씨, 뭐 하는 거요? 춤춰요, 춤."

어떤 아저씨가 하는 말에 구마타로는 "미안합니다"라고 작은 목소리로 대꾸했다.

비굴하게 고개를 숙인 구마타로는 춤추는 대열에서 빠져나와 작은 도깨비의 반대편 산그늘에 웅크리고 앉았다.

거리야 조금 떨어지기는 했지만 높이 쌓은 대의 불빛 덕분에 작은 도깨비의 얼굴이 또렷하게 보였다.

오뚝한 콧날. 치켜 올라간 눈매. 이상하리만치 얇고 붉은 입술. 틀림없는 숲속의 작은 도깨비였다.

구마타로는 얼른 머리를 굴렸다.

왜지? 왜 이제 와서 모습을 드러낸 걸까. 일단 떠오르는 것은 구마타로를 찾으러 왔으리라는 것이었다. 형인 가쓰라기 도루를 잃은 숲속의 작은 도깨비, 즉 가쓰라기 모헤아는 그 뒤로 복수할 기회를 엿보았지만 오늘에야 비로소 자기 손으로 복수를 하려고 스이분으로 넘어왔다. 숲속의 작은 도깨비도 이제는 꼬맹이가 아니기 때문에 '에잇, 복수해야지'라며 홀로 쳐들어온 게 아니라 그만한 준비를 했을 게 틀림없다. 예를 들면 친척 가운데 건장한 남자들을 거느리고 왔거나 어쩌면 벌써 관청에 고해바쳐 순사가 지켜보고 있는지도 모른다.

그런 생각을 하니 구마타로는 가슴이 조여드는 듯해 숨쉬기가 힘들었다. 구마타로는 자세를 더욱 낮추고 작은 도깨비를 지켜보았다.

작은 도깨비는 여전히 팔짱을 낀 채 재미있다는 듯이 둥근 원을 이루며 춤추는 사람들을 지켜보고 있었다.

등 뒤에서는 간드러지는 여자의 목소리와 으헤헤 하는 사내 웃음소리가 들려왔다. 하지만 지금은 그런 소리에 신경 쓸 때가 아니다. 구마타로는 작은 도깨비를 뚫어지게 쳐다보면서 생각했다.

작은 도깨비는 나를 봤을까? 당연히 봤으리라. 아니, 그렇지 않은가. 여자에게 말을 걸려고 했지만 제대로 하지도 못하고, 그런 심정을 춤으로 표현하려 더욱 격렬하게 춤추었으니 유난히 두드러져 보였을 것이다. 찾으려고 애쓰지 않아도 자연스레 눈에 들어온다. 작은 도깨비는 당연히 춤추는 사람들 가운데서 내 모습을 보았을 것이다. 그렇지만 작은 도깨비의 태도가 아무래도 이상하다. 구마타로는 묘지 그늘에서 작은 도깨비를 발견하고 바로 춤추는 무리에서 빠져나와 풀숲에 몸을 숨겼다. 그런데 작은 도깨비는 그런 내 움직임을 지켜보지 않았다. 작은 도깨비가 보기에는 내가 갑자기 모습을 감춘 셈이니 내게 복수하려고 찾아온 만큼 '이놈이 도망치다니' 하며 허둥지둥 나를 찾아 돌아다녀야 한다. 그런데 작은 도깨비는 전혀 당황한 기색이 없다.

구마타로가 그런 생각을 하는 사이에도 작은 도깨비는 여전히 즐거운 듯이 으헤헤 하고 웃으며 사람들이 춤추는 모습을 지켜볼 뿐 구마타로를 찾는 눈치는 전혀 보이지 않았다.

외려 작은 도깨비는 팔짱을 풀더니 쪼르르 춤추는 사람들 대열로 다가가 야레코라세에돗코이사, 소라오이토코삿사노소라요이야사 하고 자기도 신나게 춤추기 시작했다. 구마타로는 이해할 수 없었다.

이게 어떻게 된 거지? 내게 복수하러 온 게 아닌가? 내 모습이 춤추는 사람들 사이에서 사라졌는데 저렇게 신나게 춤춘다는 건 저 녀석이 나를 찾으러 여기 온 게 아니라는 말이다. 그럼 뭐란 말인가? 단순한 우연? 작은 도깨비는 본오도리가 너무 좋아서 굳이 고세에서 스이분까지 본오도리를 구경하러 왔다? 그런 말도 안 되는 일이 있을 리가. 본오도리는 전에도 몇 번이나 했는데 왜. 어쩌면 이런 걸까? 작은 도깨비의 형 가쓰라기 도루는 스이분에 사는 기도 구마타로라는 사람에게 살해되었다. 도루는 그때 원한을 품고 죽었기 때문에 그 영혼은 고세의 석실이 아니라 스이분을 떠돌고 있다. 그걸 아는 작은 도깨비는 그 혼령을 위로하기 위해 스이분에서 하는 본오도리에 와 춤을 춘다? 모르겠다.

더는 생각하지 말자. 어쨌든 작은 도깨비는 아직 나를 찾아내지 못했다. 그렇게 생각한 구마타로는 이 자리를 뜨기로 했다. 언젠가는 들키거나 혹은 들키지 않더라도 일단 피할 수밖에 없었기 때문이다.

작은 도깨비는 즐거운 듯이 춤추었다. 모두들 즐겁게 춤을 추었다. 젊은 남자와 젊은 여자가 즐겁게 밀회를 즐겼다. 야레코라세에돗코이사, 소라오이토코삿사노소라요이야사.

구마타로는 홀로 어두운 언덕길을 올라갔다.

언덕을 다 올라 오른쪽으로 조금 더 가면 구마타로가 흠뻑 젖어 웅크리고 있던 돈대 비탈이 나온다. 비탈 아래를 지나 그 앞을 조금 내려가면 요조코 터고 올라가면 돈대 꼭대기다. 거기서 왼쪽으로 내려가면 강가를 따라 난 길이 나오는데, 집에 가려면 구마타로는 그 길을 지나 다리를 건넌 다음 오른쪽으로 꺾어 우시타키도 쪽으로 가야 한다. 하지만 언덕에 오른 구마타로는 오른쪽으로 꺾어 언덕을 계속 더 올라갔다.

작은 도깨비, 또는 작은 도깨비가 데리고 온 사람들이 뒤를 밟아 집을 알아낸 다음 불을 질러 온 식구가 몽땅 죽을지도 모른다는 생각이 머릿속에서 떠나지 않았기 때문이다.

언덕을 오르며 구마타로는 몇 번이고 뒤를 돌아보았다. 노랫소리만 따라올 뿐 누군가 뒤를 밟는 기척은 없었다.

하지만 방심은 금물이다. 그 작은 도깨비가 무슨 생각인지 짐작할 수 없고, 무슨 짓을 할지도 알 수 없다.

구마타로는 긴장한 채 걸었다.

돈대 비탈 아래에서 언덕을 내려가 요조코 터를 지나 다리를 건넜다.

강물이 요란한 소리를 내며 흘러갔다.

돈다바야시 가도로 나온 구마타로는 주위를 살폈다. 집들
이 켜놓은 불빛 말고는 아무것도 없어 뒤쪽은 캄캄한 어둠이
었다. 하지만 어둠은 모두 같은 검은색이 아니라 뒤에 있는
곤고산 그림자가 새카만 색인데 비해 앞쪽에 펼쳐진 논과 밭
은 살짝 옅은 먹물 같은 어둠이었고, 평지 여기저기에 펼쳐
진 잡목 숲은 가지색 비슷한 어중간한 어둠이었다. 구마타로
는 다들 간단하게 어둠이라고 이야기하지만 참으로 많은 종
류의 어둠이 있다는 생각을 했다.

지금 내 마음속도 어둠인데, 그 어둠에도 몇 가지 종류가
있다. 모처럼 본오도리에 갔지만 아가씨와 는실난실하지 못
하고 돌아가는 어두운 심정은 살짝 옅은 먹물 같은 어둠이
다. 그리고 숲속의 작은 도깨비가 스이분에 모습을 드러냈다
는 사실은 칠흑 같은 어둠이다. 만약 작은 도깨비가 소란을
떨어 1872년에 있었던 그 일이 들통 난다면 아가씨 생각을
할 때가 아니기 때문이다. 그렇게 내 마음속에는 두 종류의
어둠이 섞여 있는데 둘 다 나로서는 내키지 않는 어둠이다.
아아, 노름이나 한판 하고 싶다.

저도 모르게 신음 소리를 낸 구마타로는 우뚝 멈춰 섰다.
뒤에서 갑자기 누군가 말을 걸었기 때문이다.

"구마타로 씨."

여자 목소리였다.

작은 도깨비, 이놈. 여자를 부리는 건가? 그런 생각을 하면서 반쯤 허세를 부리며 돌아본 구마타로는 자기 눈을 의심했다.

달빛 아래 아까 그토록 망설이며 말을 걸지 못했던 아름다운 소녀 도미가 서 있었기 때문이다.

"아니, 당신은……"

구마타로는 넋이 나가 겨우 그렇게 말했을 뿐이었다.

도미는 기시다라는 농사꾼의 딸이었다. 부자는 아니어도 중농 집안이었다. 구마타로보다 한 살 덜 먹었으니 스물셋. 구마타로는 자기보다 나이가 어린 아가씨가 말을 걸어오자 당황해 어쩔 줄 몰랐다.

도미가 구마타로에게 물었다.

"이제 춤 안 춰?"

구마타로는 평소 아가씨들을 대할 때는 고마타로나 고이데에게 하는 것처럼 편하게 말하지 못했지만, 지금 도미의 말투는 너무도 편하게 느껴져 저도 모르게 "응. 이제 안 춰"라고 편하게 대답했다.

"왜 안 춰? 다들 아직 춤추는데."

"난 본오도리 싫어서."

그렇게 대답하고 구마타로는 망했다고 생각했다.

다들 즐거워하고 기뻐하는데 싫다고 하면 성격이 삐뚤어졌다는 소리를 듣고 따돌림당하거나 손가락질 받는다. 역시 여자 마음을 사려면 거짓말이라도 '아, 나 본오도리 좋아해. 벌써 본오도리네, 정말' 이런 식으로 대답해야 한다. 그런데 쌀쌀맞게 '난 본오도리 싫어서'라고 해버렸으니 이제 다 글렀다. 틀림없이 기분 나쁘게 여기리라.

그렇게 생각한 구마타로가 어차피 굳은 표정으로 자기를 바라보고 있을 거라고 여기며 도미의 얼굴을 보니 도미는 전혀 그런 기색 없이 이렇게 말했다.

"나도 본오도리 싫어."

뜻밖의 대꾸에 구마타로는 깜짝 놀라 물었다.

"너 본오도리 싫어하니?"

"싫어."

"왜 싫어? 마을 사람들 다 신나게 춤추잖아."

"왠지 바보 같아."

"그렇지만 갔었잖아. 아까 춤추던데."

구마타로가 정색을 하고 말했다. 그러자 도미는 대답했다.

"친구들이 졸라서."

"흐음. 그럼 친구들을 그냥 두고 돌아온 거로군."

"어느새 남자들과 어디론가 가버렸어."

도미가 태연하게 대꾸하는 말을 듣고 구마타로는 얼굴이 빨개졌다. 도미가 과연 어느 정도까지 사정을 알고 이야기하는 건지 궁금했다. 구마타로는 도미의 옆얼굴을 흘끔 훔쳐보았다. 태연한 표정이었다. 구마타로가 물었다.

"그럼 너 지금 집에 가는 중이니?"

"그래."

"너희 집 어디야?"

"우시타키도 앞이잖아."

"우리 집도 같은 방향인데. 함께 갈까?"

"그럴까?"

구마타로와 도미는 어깨를 나란히 하고 걷기 시작했다. 구마타로는 너무 기뻐서 소름이 돋는 듯했다.

이 무슨 요행이란 말인가. 이 무슨 행운이란 말인가. 나는 지금 도미와 나란히 걷고 있다. 그 생각만 해도 구마타로는 행복해져 구름 위를 걷는 기분이었다.

복잡한 어둠 속에서 돈다바야시 가도가 푸르스름한 달빛을 받아 길게 이어지고 있었다.

도미는 구마타로의 뒤에서 손을 맞잡고 땅바닥을 보면서

걷기도 하고 뒷짐을 진 채 가슴을 젖히고 발끝으로 땅을 디디듯 걷기도 했다.

구마타로는 도미가 일부러 그러는 건지 아니면 그냥 자연스레 그렇게 행동하는 건지 알 수 없었다. 지금이야말로 '잠깐 저쪽 가서 쉴래?'라고 해야 할 때인가 고민했다. 그런데 '저쪽'이라면 어디지? 하는 생각도 했다.

왼쪽은 밭이고 오른쪽은 강물이다. 뒤로는 방금 걸어온 길. 당연히 '저쪽'이라면 앞쪽인데 앞에는 두 사람의 집이 있다. 집에 가서 '잠깐 쉰다'고 할 수는 없다. 하지만 이렇게 잠자코 걷기만 해서는 방법이 없다. 구마타로는 무슨 말을 할지 제대로 생각도 않은 채 "그런데 말이야"라고 말을 걸었다. 그러고는 "왜?"라며 순진하게 구마타로의 얼굴을 바라보는 도미에게 "내가 옛날에 네게 엿을 준 적이 있는데 기억해?"라고 말하고 바로 망했다는 생각이 들어 풀이 죽었다. 원래 여자들은 능력 있는 남자에게 반한다. 다이아몬드 반지 같은 걸 척척 사는 남자를 보고는 '어머, 능력 있는 사람이야. 마음에 들어' 이렇게 되는 것이다. 그래서 남자는 여자 앞에서라면 멋진 척하고 능력 있는 척한다. 결국 이러지도 저러지도 못하고 비싼 이자로 빚을 얻어 쓰다가 파산한다. 참으로 한심한 이야기지만 오로지 잘 보이고 싶은 생각에 대부분의 남자는 여자 앞에서 허풍만 늘어놓는다.

그런데 구마타로는 마음을 빼앗긴 도미에게 내가 십 년 전에 네게 엿 한 개 준 적이 있다는 소리를 한 것이다. 이건 결국 자기가 최대한 허세를 부려 준 것이 엿 한 개라는 소리와 마찬가지다. 구마타로는 '참 한심한 남자네'라고 멸시당할 게 틀림없다는 생각에 시무룩해졌다. 절망한 구마타로는 주먹을 배에 대고 왼쪽에서 오른쪽으로 건성으로 문지르는 시늉을 반복했다. 의식하지 못한, 무의식중에 한 행동이었다.

그 행동이 우스운지 도미는 웃었다. 웃으면서 구마타로의 배를 가리키며 말했다.

"맞아. 엿 준 거 기억난다. 기억나는데, 그건 뭐야?"

그제야 구마타로는 자기가 주먹으로 배를 쓰다듬는 시늉을 하고 있다는 사실을 깨닫고, 큰 목소리로 "아아, 아. 이, 이거 말이야? 이거 아무것도 아니야"라며 얼른 손을 배에서 뗐다.

구마타로는 도대체 무슨 짓을 한 건가 후회하면서 자기가 무의식중에 배를 가르는 시늉을 하고 있었다는 사실을 깨달았다. 한심한 소리를 하고 도미에게 경멸당할 거라고 생각해 절망한 나머지 죽어버리고 싶은 심정이었기 때문에 그만 할복하는 시늉을 하고 말았던 것이다.

너무도 바보 같았다. 이런 시늉을 해 보였으니 도미가 더 경멸할 게 빤하다. 그러고 보니 어렸을 때 있지도 않은 피리를 부는 시늉을 하다가 아버지 헤이지에게 들켜 창피당한 기억이 떠올랐다.

"할복 연습한 거야."

"왜 그런 걸 해?"

"별 이유 없지만 사내라면 언제 어느 때 할복해야 할지 모르니까. 그래서 이렇게 평소에 연습을 하는 거지."

"흐음, 본오도리 밤에?"

"그래."

풋 하고 도미가 웃으며 말했다.

"역시 재미있는 사람이야."

구마타로도 따라 웃으며 물었다.

"너 날 알고 있었구나?"

"그야 알지."

"나를 알고 있었고 내가 엿 췄던 일, 그것도 기억한다는 말이네."

"그럼. 어렸을 때 일이잖아."

"그런데 날 어떻게 알아?"

"당연히 알지. 넌 유명하니까."

"유명? 내가 유명해?"

구마타로가 이렇게 묻자 도미는 또 오호홋 하고 웃었다.

"유명하지. 다들 네 이야기를 해."

"어차피 노름꾼이니, 정신이 이상한 놈이니 하는 소리들이 잖아?"

"뭐, 그렇긴 하지만 난 신경 쓰지 않아."

"정말이야?"

"그렇다니까."

도미는 아무렇지도 않다는 투로 대꾸했다. 구마타로는 도미가 나쁜 소문에 신경 쓰지 않는다고 한 게 기쁘면서도 도무지 믿을 수 없어 히죽히죽 웃으며 말했다.

"그렇지만 아무래도 여자들이 보기에는 나 같은 놈보다 고이데나 고마타로 같은 녀석들이 더 낫잖아."

"그렇지 않아."

"아냐. 맞아. 그 녀석들은 나하고 달라서 일도 열심히 하고 능력 있지."

"난 그런 사람들 싫어."

그렇게 대꾸하며 도미는 잰걸음으로 앞서갔다. 구마타로는 그 뒤를 따르며 물었다.

"왜 싫어?"

"그야 바보니까. 본오도리라고 그렇게 멍청이처럼 춤추

고."

도미가 웃으며 대답했다. 구마타로도 덩달아 웃었다.

구마타로는 자기를 못살게 구는 놈들을 도미가 거침없이
비판하는 소리를 들으니 기뻤다. 하지만 구마타로는 내심
'위험했다', '위태로웠다'는 생각도 했다. 왜냐하면 구마타로
는 도미가 바보 같다고 비판한 본오도리를 누구보다 격렬하
게 추었기 때문이다. 그러나 말투로 보아 도미는 구마타로가
춤추는 모습을 보지 못한 듯했다. 구마타로는 그 멍청한 모
습을 보이지 않아 참으로 다행이라고 생각했다.

도미와 구마타로가 가는 길 앞에는 캄캄한 어둠이 펼쳐져
있었다. 두 사람은 어깨를 나란히 하고 어둠을 향해 걸었다.

구마타로는 도미와 나란히 걷는 게 기뻐서 이 길이 영원히
이어지면 좋겠다고 생각했지만 좁은 마을이라 이야기도 변
변히 나누지 못한 채 집 근처까지 오고 말았다.

도미가 "그럼 안녕" 하고 짧게 말했다. 구마타로는 여기서
끝인가 싶어 당황해 으아아 하고 대꾸했다. 당황해서 으아아
하고 대꾸했지만 강물 소리가 요란해 들리지 않았는지 도미
는 "뭐?" 하고 되물었다.

"아니, 그러니까, 좀 쉴까?"

"뭐?"

"아닌가? 벌써 밤이 깊었으니까 지금 저쪽에 가서 쉬기도 좀 그렇지?"

"무슨 소리를 하는 거야? 저쪽이 어디야?"

"아, 아니. 저쪽이라는 게, 그래, 저기."

구마타로는 우시타키도 쪽을 가리켰다.

"저쪽은 우리 집인데."

"아, 그래, 그래. 너희 집이지. 그러니까, 그래, 늦었으니까 바래다줄까 묻는 거야."

"괜찮아. 게다가 여긴 너희 집 바로 앞이잖아."

"그런 건 신경 안 써도 돼."

구마타로가 절박한 목소리로 대꾸하자 도미는 "뭐야, 장사꾼처럼"이라며 웃음을 터뜨렸다.

"정말 괜찮아. 그럼 이만."

도미는 밝은 목소리로 말하더니 그대로 가버렸다.

구마타로는 집 앞에 남겨졌다.

집에서는 불빛이 흘러나왔고 도미가 가는 길 쪽은 어두웠지만 구마타로는 집 앞이 어둡고 도미의 뒷모습이 빛인 것처럼 느껴졌다.

도미가 떠난 뒤, 실체가 없는 향기 같은 것이 공기 중에 감돌았다. 도미의 뒷모습이 멀어질수록 그 향기도 옅어져갔다.

뒷모습이 어둠 속으로 숨어 보이지 않기 직전에 도미는 뒤를 돌아보며 손을 흔들었다.

대담한 몸짓이었다.

구마타로도 손을 흔들어주었다. 도미는 그대로 어둠 속으로 사라져 보이지 않게 되었다.

그래도 구마타로는 그대로 계속 서 있다가 한참 지난 뒤에야 집으로 들어갔다.

구마타로는 행복했다.

집 안은 조용했다. 아버지 헤이지와 어머니 도요, 그리고 동생 미쓰조도 본오도리에 갔었지만 가장 빠른 길로 먼저 집으로 돌아와서 새끼를 꼬고, 바느질을 하고 있었다.

구마타로는 그렇게 조용한 집 안으로 몰래 들어온 침입자 같았다.

"다녀왔습니다."

"목소리가 크구나. 어디 갔다 온 거냐?"

"본오도리 다녀왔는데."

"그건 알아. 네가 멍청이 같은 꼴로 춤추는 바람에 내가 창피해서 견딜 수가 없더라. 다들 '저거 기도네 집 자식 아니냐'라고 하는 것 같았어. 그런데 다시 보니 네가 어디론가 사라졌더구나. 나야 마음이 놓여 더는 춤추기 싫어져 그냥 돌아왔는데 넌 그 뒤에 어딜 갔던 거냐?"

"아하하하."

"목소리가 크다니까. 뭐가 우스운 거냐?"

"에구, 이런. 걱정이 지나치셔서 웃고 말았네. 그렇게 걱정하지 않아도 돼요. 근처를 거닐고 있었으니까."

"그렇다면 다행이지만. 그럼 이제 얼른 가서 자."

"그럴게요."

구마타로는 이렇게 대꾸하고 침실로 갔지만 헤이지는 이상하다는 생각이 들어 견딜 수 없었다.

"여보."

"왜요?"

"구마 녀석 좀 이상하지 않아?"

"그러게요. 평소엔 저렇게 큰 목소리로 말하거나 웃지 않는데. 왠지 묘하게 들뜬 것 같아."

"당신도 그렇게 생각해? 사실은 나도 그런 생각했어. 저 녀석 요새 무슨 꿍꿍이속인지 모르겠네."

헤이지는 침실 문을 노려보았다. 하지만 침실로 건너간 구마타로는 아무런 꿍꿍이도 없이 그저 몸과 마음이 들떠 이불 안에서 "오오옷" 하고 외치며 팔다리를 파닥거리고, 뜬금

없이 "야레코라세에돗코이사, 소라요이토코삿사노소라요이
야사" 하고 노래를 부르기도 하며 흥분을 감추지 못하고 있
었다.

그렇게 키득키득 웃고 팔다리를 파닥거리던 구마타로는
불쑥 앗 하고 큰 소리를 지르며 어둠 속에서 절망했다.

도미와 나란히 걷는 게 마냥 기뻐서 다른 생각은 하지 못
했는데, 한동안 이불 안에서 그렇게 버둥거리다가 지쳐 깜빡
깜빡 졸음이 밀려올 무렵이 되자 비로소 숲속의 작은 도깨비
가 머릿속에 떠오른 것이다.

앗 하는 소리는 그걸 깜빡 잊었다는 사실에 놀라서 지른
소리이기도 하지만 뒤늦게 깊은 슬픔과 절망에 빠져 순간적
으로 내뱉은 탄식이기도 했다. 둥실둥실 구름 위를 걷다가
갑자기 발을 헛디뎌 나락으로 떨어진 기분이 들었다. 구마타
로의 머릿속에 걱정이 먹구름처럼 피어올랐다.

이미 밤이 늦었다. 본오도리가 파한 뒤 작은 도깨비가 스이
분 고개를 넘어 고세로 돌아가는 먼 길을 갔을 리 없다. 오늘
은 아마 스이분이나 모리야에서 하루 묵으리라. 작은 도깨비
는 여관에 머물까? 그렇다면 다행이지만 누구 집에라도 머문
다면 골치다. 재워줄 정도라면 분명히 무척 친한 사람일 테
고, 그러면 이런저런 잡담을 나눌 터이다. 게다가 오늘은 춤

까지 추어 흥분했기 때문에 술을 한잔하다가 취할 수도 있다. 그래서 입이 가벼워지면 틀림없이 '여기 스이분에 기도 구마타로란 놈 살지?'라고 물을 테고 상대방은 별 생각 없이 '살지'라고 대답하리라. 그러면 작은 도깨비는 '그 기도란 녀석이 지금으로부터 십 년 전에 내 팔을 꺾어놓았어. 게다가 내 형인 가쓰라기 도루를 능 안에서 죽여 시체로 만들고 보물까지 훔쳐 달아났지. 몹쓸 놈이야. 난 그 녀석에게 복수할 거야'라고 주절거릴 테지. 누군지 모르는 그 대화 상대는 '엥?' 하고 놀라면서 '그게 정말이야?'라고 물을 것이다. 작은 도깨비는 '거짓말 같으면 이걸 봐'라며 왼쪽 팔을 내밀고 '여길 봐, 내 왼쪽 팔을. 심하게 굽었잖아? 그 기도 구마타로란 놈이 팔을 꺾어 이렇게 되고 말았어. 덕분에 난 농사도 지을 수 없어 가난뱅이로 살지. 게다가 형까지 죽였으니 가만히 있을 수 있겠어? 난 무슨 일이 있어도 기도 구마타로에게 복수할 테야'라고 하면 상대방은 그 말을 고스란히 믿고 '구마 녀석이 그토록 나쁜 놈인 줄 전혀 몰랐어. 그래, 내가 도울 테니 네 형 원수를 갚자'라는 식으로 나올 수도 있다. 알랑거리는 놈이. 그러면 마음이 흔들린 작은 도깨비는 목도라도 들고 쳐들어올 게 틀림없다. 작은 도깨비가 목도를 들고 달려오는 정도라면 내가 두들겨 팰 수 있겠지만 문제는 소동이 일어났다고 돈다바야시 파출소로 달려가 신고하는 녀석이 나타날 거라는 점이다. 다케다나 고이데 같은 녀석이라면 틀림없이 그렇게 하리라. 골치 아픈 일이 된다. 그러면 나는 결국 끝장난다. 사람을 죽인 죄, 능을 망친 죄로 사형을 당하리라. 으으, 무서워.

구마타로는 두려웠다. 정체를 알 수 없는 시커먼 무엇인가가 자기를 짓누르는 기분이었다. 머리에서 열이 났다. 구마타로는 무엇으로부턴가 도망치려는 듯이 몸을 뒤척였다. 작은 도깨비 생각을 떨치려고 억지로 도미를 떠올렸다.

그래, 내겐 도미가 있다. 도미가 있어. 그 어여쁜 도미가. 으흐흐. 내게 먼저 말을 걸었다. 나는 도미와 나란히 걸었다. 으흐흐. 그것 봐라. 고마타로나 고이데는 소면을 먹는 원숭이, 이시카와 고에몬, 폭포수를 맞는 수도승하고나 어울리면 된다. 그 사이에 나는 그 아리따운 도미와 어깨를 나란히 하고 달빛 비치는 돈다바야시 가도를 걸었다. 으흐흐. 게다가 도미의 말투를 보면 아무리 생각해도 나를 마음에 들어 하는 것 같다. 도미는 본오도리도 싫고 거기에 열광하는 마을 녀석들도 멍청이라고 비판했다. 그런데 나는 그런 마을 녀석들에게 따돌림 당한다. 이게 무슨 소리인가 하면 결국 도미는 나를 좋아한다는 이야기다. 그런 정도로는 약하다고 한다면 좋다,

도미는 이미 나에 대한 나쁜 소문을 들어 알고 있다. 그런데도 먼저 말을 걸었다. 뿐만 아니라 좋지 않은 소문의 주인공인 나에게 자기는 그런 거 신경 쓰지 않는다고 잘라 말했다. 그건 자기가 나를 좋아한다고 또렷하게 밝힌 것이나 마찬가지다. 결국 도미는 내게 반했다고 생각할 수밖에 없다. 어떤가. 이제 알겠나? 지금까지 나를 농사일 하나 제대로 못하는 얼간이라고 무시하던 고마타로나 고이데, 다케다. 날 우습게 보았지? 그렇지만 봐라. 내가 도미와 친해졌다는 사실을 놈들이 알면 얼마나 부러워할까. 분하게 여기리라. 으헤헤. 도미는 그 정도로 아름답다. 너무 좋아, 도미. 도미만 생각하면 어쩔 줄 모르겠다. 애가 탄다.

그런 생각을 하며 구마타로는 다시 이불 속에서 손발을 쭉 뻗고 파닥거리며 으흐흐, 으흐흐 하고 웃었다.

으흐흐. 다들 부러워할 아름다운 도미. 그런 도미와 나는 요조코 터 근처를 걷는다. 맞은편에서 고마타로가 걸어온다. 고마타로는 어떻게 생각할까. 으하하. 구마 이 자식, 저런 미인과 함께 걷다니, 하며 분하게 여길 게 틀림없다. 두고 보자. 분하게 여긴 고마타로는 어떻게 나올까. 으흐흐. 분해서 앙갚음을 하려고 들지도 모른다. 구체적으로 무슨 짓을 할까? 으흐흐. 그런 녀석이 뭘 할 수 있겠나. 기껏해야 험담이나 하겠지. 예를 들면 '저 구마타로는 사실 예전에 고세에서 사람을 죽였다' 같은 소리를 하며 돌아다니는 정도이리라. 하하. 뭘 떠벌리고 돌아다니는 거냐. 그따위 헛소리 지껄여봤자 난 끄떡…… 없지 않다. 이 문제에 관해서는 가장 확실한 증인인 작은 도깨비가 지금 스이분에 와 있지 않은가. 으아아, 도미 생각을 하며 모처럼 기분 좋아졌는데 또 작은 도깨비 문제를 떠올리고 말았다.

구마타로는 절망한 나머지 신음 소리를 내며 몸을 뒤척였다.

어쩌지? 어쩌면 좋지? 구마타로는 공포와 불안에 휩싸여 미칠 것만 같아 거기서 자기를 구출해줄 손길로 다시 도미를 떠올리며 잠시 행복에 잠겼다가, 다시 숲속의 작은 도깨비를 떠올리고는 행복과 불안 사이에서 전전반측하며 새벽녘까지 뜬눈으로 지새웠다.

이튿날 아침, 일찍 일어나 봉당으로 나온 구마타로가 아버지 헤이지를 보고 인사했다.

"안녕히 주무셨어요?"

우푸푸. 봉당에서 입을 가시던 헤이지는 깜짝 놀라 기침을 했다.

"아니, 구마 아니냐? 깜짝 놀랐잖아. 잘 잤느냐?"

"안녕히 주무셨습니까?"

구마타로는 다시 인사했다.

"어쩐 일로 그렇게 깍듯이 인사를 하냐? 게다가 이렇게 일찍 일어나다니 어쩐 일이냐?"

"별일 아닌데. 잠깐 밖에 다녀오겠사옵니다."

"정말 이상한 말투로구나. 대체 뭐가 어떻게 된 건지…… 알 수가 없네. 여보, 당신도 들었어? 얘가 다녀오겠사옵니다, 라고 했어."

"어젯밤부터 정말 이상하네."

의아하게 여기는 부모를 곁눈질하며 구마타로는 이른 아침에 마을로 뛰쳐나왔다.

구마타로는 왜 이처럼 이른 아침에 집을 나섰는가. 어쩌면 오다가다 도미를 만나게 될지도 모른다고 생각했기 때문이다. 구마타로는 도미와 우연히 만나기를 꿈꾸면서 이른 아침부터 마을길을 어슬렁어슬렁 걸었다.

이렇게 걷다보면 저쪽에서 도미가 나타나겠지. 뭐, 내가 먼저 말을 걸자. '아, 어젠 고마웠어.' 그러면 도미가 대꾸할 것이다. '정말 어제는……' 하며 마주보는 얼굴과 얼굴. 뭐라고 말을 해야 하나. 내가 '오늘은 이렇게 일찍 어딜 가는 거야?' 라고 묻는다. 그러면 도미는 '야마토코리야마에 심부름 다녀오라고 해서'라고 대답한다. 그러고는 내 얼굴을 그윽하게 바라보며 '그러는 넌 어디 가는 거야?'라고 묻겠지. 나는 '별일 없이 그냥 어슬렁거리던 중이야. 아, 참. 마침 잘되었네. 야마토코리야마에 간다고? 거기 내 친구가 있는데 방금 갑자기 얼굴을 보러 갈까 하는 생각이 들었어. 괜찮다면 길동무 할까?'라고 하고 도미는 기쁜 표정을 지으며 '정말? 아이 좋아라'라며 함께 야마토코리야마로 가는 거다. 가는 길에 경치 좋은 곳이 나오면 잠시 쉬기도 하고, 경단을 먹기도 하느라 시간이 제법 걸릴 테지. 야마토타카타 부근에서 해가 저문다. '어떡하지? 어쩌면 좋을까?' 걱정해봤자 별 도리 없다. 여관에 묵게 되리라. 적당한 여관에 들어가면 지배인이 눈치가 빨라서인지 어째서인지 몰라도 방이 하나밖에 남지 않았다고 한다. 내가 '거 참 곤란하군'이라며 당황한 척하면 여자가 오히려 대담하게 '상관없잖아'라며 한 이부자리에 베개 둘. 아아, 부끄러워라. 흐아.

멍청한 몽상을 하며 구마타로가 길을 걷는데 맞은편에서 누가 걸어왔다. 구마타로는 혹시 도미인가 싶어 가슴이 설렜다. 하지만 웬걸, 걸어오는 사람은 남자 두 명이었다.

번거로운 녀석들이다. 내가 길을 걸을 때면 남자는 나다니지 말라고.

말도 안 되는 생각을 하면서 구마타로는 다시 우연히 도미와 마주쳐 야마토코리야마에 가게 되는 스토리를 짜기 시작했다. 그러는 동안 저쪽에서 오는 두 사람이 점점 가까워졌다. 가까워지면 상대의 체구나 옷차림으로 직업과 나이를 짐작하게 된다. 더 가까워지면 얼굴 생김새나 주름까지 알 수 있다. 얼굴이 맞닿을 정도는 아니지만 두 사람이 누군지 알 수 있는 거리까지 오자 구마타로는 저도 모르게 소리를 지를 뻔했다.

두 사람 가운데 한 명은 고마타로, 그리고 신나게 입을 놀리며 걸어오는 다른 한 명은 틀림없이 숲속의 작은 도깨비였다.

구마타로는 심장이 오그라드는 기분이었다. 팔꿈치 아래쪽이 싸하게 얼어붙는 느낌마저 들었다. 머릿속에 '어쩌지?'라는 말이 팔백만 개나 나타나 이리저리 날뛰었다.

어쩌지? 어쩌지? 어쩌지? 어쩌지? 어쩌지? 어쩌지? 어쩌지? 어쩌지? 어쩌지? 어쩌지? 어쩌지? 어쩌지? 어쩌지? 어쩌지? 어쩌지? 어쩌지? 하지만 별 방법이 없다. 정말 어떡해야 하지?

초조해진 구마타로는 여러 가지 생각을 하고 대처해야 할 일이 있었지만 일단은 이 국면을 어떻게 헤쳐나가야 할지 망설였다. 태연하게 인사를 할까? 아니면 완전히 무시하고 지나칠까? 어떤 태도를 취할까 망설였던 것이다.

작은 도깨비라면 몰라도 고마타로는 어렸을 때부터 밤낮없이 얼굴을 보며 지냈기 때문에 인사하지 않으면 아무래도 부자연스럽다. 사람들이 붐비는 장소라면 모르는 척하고 지나칠 수 있을지 모른다. 그렇지만 좌우로 시야가 툭 트인 밭 사이 외길이라 앞에서 오는 사람을 알아차리지 못할 리 없다. 그렇지만 인사를 하는 순간 끝장이다. 숲속의 작은 도깨비를 상대해야만 하고, 그렇게 되면 당연히 1872년의 그 일 이야기가 나올 수밖에 없다. 게다가 고마타로와 작은 도깨비는 사이좋게 어깨동무를 하고 얼굴을 가까이 한 채 이야기를 나누며 걸어오고 있다. 저 모습으로 보아 당연히 작은 도깨비는 고마타로에게 그 일을 이야기했을 것이다. 인사는커녕 마주치자마자 둘이서 나를 붙잡으려고 들지도 모른다. 그렇다면 아예 지금이라도 등을 돌려 뺑소니칠까? 하지만 긴장과 공포 때문에 다리가 후들거려 걷기조차 힘들다. 이런 상태에서 도망쳐봐야 바로 붙잡히리라.

그런 생각을 하는 중에도 고마타로와 작은 도깨비는 점점 더 가까워졌다. 할 수 없다. 구마타로는 잠자코 지나치기로 했다. 하지만 아무리 생각해도 말없이 지나치기는 너무 속

보인다 싶어 왼쪽 밭에서 뭔가 낯설고 이상한 것을 발견한 척하며 오른쪽으로 고개를 90도 꺾고 걸었다.

그렇지만 남이 보기에는 그런 행동 자체가 이상해서 무심코 지나치려던 사람마저 더 신경을 쓰게 될 게 분명하다.

하지만 다행히도 고마타로와 작은 도깨비는 이야기에 정신이 팔려 서로의 얼굴만 보고 있었다. 게다가 약간 취한 듯해 앞에서 오는 사람이 구마타로라는 걸 모르는 듯 눈길 한 번 주지 않고 지나쳤다. 숨죽이고 걷던 구마타로는 후우 하고 숨을 토했다. 그때였다. 뒤에서 "어? 구마 아니야?" 하며 고마타로가 큰 소리로 부르는 바람에 구마타로는 그 자리에 얼어붙었다.

구마타로는 '이제 끝장이다'라고 생각했다. 고마타로와 달리 힘없는 목소리로 대꾸했다.

"아, 고마. 잘 잤나?"

"잘 자기는." 고마타로는 또 큰 목소리로 말하더니 작은 도깨비를 데리고 구마타로 쪽으로 돌아왔다.

"너 왜 고개를 돌리고 그냥 지나치는 거야?'

고마타로가 큰 소리로 물었다.

"아니야. 고개 돌리지 않았는데."

"무슨 소리야. 지금 고개 돌리고 지나갔잖아. 안 그래?"

고마타로가 옆에 있는 작은 도깨비를 보며 말했다.

작은 도깨비는 그 물음에 바로 대답하지 않고 키들키들 웃었다. 그러고는 두 팔을 소매 안으로 쑥 집어넣어 옷깃 언저리로 꺼내더니 손바닥을 두 뺨에 대고 처녀가 수줍어하듯 몸을 배배 꼬는 시늉을 했다. 그리고 눈을 크게 뜨고 병아리나 문어처럼 주둥이를 삐죽 내밀었다. 고마타로도 그 모습을 보고 키들키들 웃었다. 구마타로는 이런 까닭 모를 짓을 하는 걸 보면 역시 작은 도깨비가 맞다고 생각했다. 구마타로가 말했다.

"고마."

"왜 그래?"

"고마, 너 술 취했어?"

"크하하. 한잔했지. 취했어."

구마타로는 고마타로가 술에 취했다면 물어볼 수 있겠다는 생각에 용기를 내어 물었다.

"이 사람은 누구야?"

구마타로의 목소리가 비브라토로 나왔다. 그만큼 긴장했다는 이야기다. 말을 내뱉고 구마타로는 '망했다'고 생각했다.

"이 사람은 누구야?"라고 묻는 순간 그때까지 키들키들 웃던 고마타로의 얼굴에 갑자기 긴장한 표정이 스쳐지나갔기 때문이다.

"구마, 너 지금 나한테 이 사람이 누군지 물은 거냐?"

고마타로가 심각하게 물었다. 이제 와서 아니라고 할 수는 없어 구마타로는 기어들어가는 목소리로 대답했다.

"그, 그랬는데."

"정말 물어본 거냐?"

"저, 정말 물었다니까. 미, 미안."

"그렇다고 미안할 건 없지."

고마타로는 일단 말을 끊었다가 "이쪽에 계신 분이 누구신가 하면" 하고 구마타로를 슬쩍 노려보더니 "바로 이런 분이시지" 하고 소리를 질렀다. 그러고는 두 팔을 소매 안으로 쑥 집어넣어 옷깃 언저리로 꺼내더니 손바닥을 두 뺨에 대고 처녀가 수줍어하듯 몸을 배배 꼬면서, 병아리나 문어처럼 주둥이를 삐죽 내밀었다. 작은 도깨비가 방금 했던 몸짓과 똑같았다. 대체 왜 이런 짓을 하는가 하면 구마타로를 놀리기 위해서였다.

이제 좀 진정되었나 싶던 작은 도깨비도 그 모습을 보더니 다시 몸을 배배 꼬기 시작했다. 두 사람은 처녀처럼 두 뺨에 수줍게 손을 대고 문어처럼 입을 삐죽 내밀고 고개를 좌우로 갸웃거리며 아양을 떨었다.

고마타로와 작은 도깨비는 한동안 표정을 꾸미며 몸을 배배 틀다가 결국 고마타로가 참지 못하고 풋, 푸하하하하하하하하하 하며 웃음을 터뜨렸다. 거의 동시에 작은 도깨비도 풋, 푸풋, 푸하하하하하하하하하하하하하하하하하하하 하고 웃음이 터졌다.

고마타로와 작은 도깨비는 침을 질질 흘리며 크게 웃었다.

발작을 일으킨 사람들 같았다.

두 사람은 한바탕 웃고 나서야 등을 들썩이며 히이이이익 하고 힘겹게 숨을 내쉬었다. 그러나 곧 다시 참지 못해 푸하 하하하핫 하고 웃음을 터뜨렸다.

왜 저런 우습지도 않은 짓을 하며 저토록 웃어대는 걸까? 정말로 멍청이들인가? 그렇지는 않았다. 지금은 이른 아침이다. 경험한 사람이라면 알겠지만 밤을 꼬박 새고 아침까지 깨어 있으면 머릿속이 몽롱해져 여느 때 같으면 웃지 않을 일에도 웃음이 터지고 마는 때가 있다.

또 고마타로와 작은 도깨비는 술을 마셨다. 춤추느라 잔뜩 흥분해 그냥 집에 들어가기 섭섭해서 어디선지 몰라도 청주를 밤새 퍼마신 것이다. 술을 마시면 사람이 멍청이가 되고 감정이 원시적으로 변한다는 사실은 다들 알 것이다. 게다가 고마타로와 작은 도깨비의 몸에서는 희미하게 향긋한 냄새

가 났다. 작은 도깨비가 가지고 있던 대마 잎을 나눠 피운 것
이다.

구마타로는 멍하니 서 있었다. 작은 도깨비와 고마타로는
그런 구마타로를 아랑곳하지 않고 계속 크게 웃고 서로 어깨
를 두드리기도 하며 다시 길을 갔다.

구마타로는 혼자 남았다. 꼼짝 않고 서 있는데도 하늘과 땅
이 출렁거리는 느낌이 들었다.

"다녀왔습니다."

비틀거리며 집에 도착한 구마타로는 인사도 하는 둥 마는
둥 거실로 들어가 이불을 뒤집어쓰고 누웠다. 헤이지가 도요
에게 말했다.

"여보. 저것 좀 봐. 어쩐 일이지? 이른 아침부터 나가나 싶
더니 벌써 돌아와서 저렇게 벌렁 자빠져버리네. 무슨 짓을
하고 온 거지?"

"무슨 일이든 하고 오셨겠지."

"정말 한심스러운 녀석이로군."

헤이지는 한숨을 내쉬었다.

집안을 이어가야 할 큰아들이 저런 꼬락서니이니 아비로
서 어쩔 수 없이 나오는 슬픈 한숨이었다.

원래 우람하고 튼튼했던 헤이지도 요즘 들어 허리가 아프
거나 가슴이 갑자기 답답해지는 일이 있어 그럴 때면 쇠약해
지는 자기 몸도 걱정이지만 구마타로의 얼굴이 자꾸만 머릿
속에 떠올라 나중 일을 생각하면 마음이 어두워졌다.

나이가 들어 못난 아들 때문에 마음고생을 하는 헤이지도
불쌍했지만 구마타로는 구마타로대로 고민에 잠겨 있었다.
십 년 동안 내내 두려움에 떠느라 인생을 망쳤다고나 할까,
농사일을 제대로 해보려고 해도 그 일이 머릿속에 떠오르는
바람에 자포자기하고 노는 데 정신이 팔렸다. 그러다가 발굴
조사를 좋아하던 사이쇼 아쓰시가 물러나면서 어쩌면 이제
그 두려움도 끝일지 모른다고 생각했는데 다시 숲속의 작은
도깨비가 세상에 모습을 드러내려고 한다.

자리에 누운 구마타로는 거대한 검은 덩어리가 온몸을 덮
치며 천천히 주무르는 듯한 기분이 들었다. 그 무게에 짓눌
릴 것만 같았다.

모로 누워 도미 생각을 하면 조금은 숨을 쉴 수 있을 것 같
았다. 하지만 정체를 알 수 없는 시커먼 덩어리는 바로 다시
옆으로 돌아들어 구마타로의 눈이며 코를 가리지 않고 짓눌
렀다. 구마타로는 이내 숨을 쉬기 힘들어졌다.

좁은 마을이다. 본오도리 이튿날 구마타로가 몸져누웠다는

소문은 이내 온 마을 사람들에게 퍼졌다.

그 소식을 들은 마을 사람들은 "그 구마가 누워만 있다니", "정말? 알 수가 없군. 노름꾼 주제에"라며 수군거렸다.

방탕무뢰하게 사는 놈은 자기들과 달리 얻어맞거나 칼에 찔리더라도 아무렇지 않고 고통에 무감각한 별종이라고 생각하는 것이다. 그럴 리 없는데.

구마타로는 사흘 동안 누워 지냈다. 원인은 극심한 마음의 피로였다. 마음의 피로 때문에 신체의 여러 기능이 일시적으로 떨어졌다. 그건 결국 정신적인 증상이라는 말이라 특별히 어디가 좋지 않은 것은 아니기 때문에 이틀째 낮에는 일어나 앉아 물을 마시기도 하고 밖을 바라보기도 했으며 사흘째 되는 날은 식사도 할 수 있게 되었다. 그렇다고 다 나은 것은 아니었다. '어서 일어나 일을 해야지, 멍청아'라고 해야겠지만, 구마타로의 마음속에는 여전히 큰 근심이 응어리져 있었다.

그런 구마타로의 마음을 달래준 사람은 역시 도미였다. 구마타로는 자기 이야기를 듣고 도미가 병문안을 와주지 않을까 하는 몽상을 하며 누워서도 히죽히죽 웃었다.

'구마, 별일 없지? 혹시라도 네게 무슨 일이 생기면 난, 난 ……'

'걱정 마. 이 기도 구마타로가 이만한 일로 죽을 리 없잖아.

곧 기운 차리면 노름으로 백만 엔쯤 딸 테니 그러면 함께 방방곡곡 여행하며 돌아다니자.'

'정말로?'

'두말하면 잔소리.'

'어머, 좋아라. 그런데, 구마.'

'왜, 도미?'

그다음에는 당연히 '좋, 아, 해'라는 말이 이어지지 않겠나? "으아, 어쩜 좋아"라고 중얼거리며 구마타로는 이불을 부둥켜안고 뒹굴었다. 진짜 멍청한 짓이다.

구마타로가 이불을 끌어안고 뒹굴고 있는 바로 그때, 현관에서 도요가 말하는 소리가 들렸다.

"구마야, 친구가 병문안 왔는데."

"으아, 진짜 왔네."

구마타로가 얼른 이불을 정돈하고 뒤집어쓰자마자 문이 열리더니 "구마야, 괜찮아?" 하는 굵직한 목소리가 들려왔다.

고마타로였다.

구마타로는 "제기랄" 하며 눈을 감았다.

하지만 더 나쁜 일이 일어났다.

"본오도리 다음 날부터 편치 않은 거냐? 그래도 이젠 일어날 수 있네. 걱정했던 것보다 괜찮아 보여."

상투적인 병문안 인사를 늘어놓으며 들어오는 구마타로 뒤를 따라 숲속의 작은 도깨비가 방 안으로 들어왔다.

기운이 있다면 감정이 흔들려 심장 박동이 빨라지고 두근거리거나 현기증이 났을지도 모른다. 하지만 자리에 누운 구마타로는 뜻밖에 동요가 없었다.

열이 심해 체력이 소진된 구마타로는 여느 때보다 훨씬 마음이 약해져 옛날 그 일에 대해서는 이제 체념한 상태였기 때문이다.

이제 난 글렀어. 그렇게 생각하면 덧없는 세상사에 일일이 마음을 쓰지 않게 된다. 구마타로는 고마타로와 작은 도깨비를 멍한 눈으로 번갈아 보며 '대체 뭐 하러 온 걸까' 하는 생각을 했다.

고마타로는 나를 농사일도 못하는 얼간이라고 무시한다. 내가 몸져누웠다고 해서 병문안을 올 리 없다. 그런데 이렇게 찾아오다니, 대체 어찌 된 일일까?

구마타로의 표정을 읽은 고마타로가 말했다.

"아냐, 난 네가 몸져누웠다고 해도 어차피 별일 아닐 테니 병문안 같은 건 안 해도 된다고 했어. 그런데 이 녀석이, 자기가 걱정되어 그런다면서 병문안 가는 데 함께 가달라고 해서 온 거야."

변명하듯 이야기하는 고마타로의 입 주위 근육이 실룩거렸다. 구마타로는 생각했다.

역시. 내가 기운이 없는 때를 틈타 단숨에 처치하려고 온 거로구나. 그렇게 하려면 해라. 해치울 수 있으면 당장 결판을 지어다오. 어차피 난 이제 글렀다.

구마타로는 작은 도깨비가 아니라 고마타로에게 말했다.

"고마."

"왜?"

"그래, 이제 너 어쩔 작정이냐?"

"어쩌다니, 뭘?"

"아니, 얼버무리지 말고. 난 말이야. 언젠가 오늘 같은 날이 올 거라고 진작 각오하고 있었어."

"무슨 소리야? 곧 죽을 사람 같은 소리를 하고 그래. 그리 심각한 병은 아닌 것 같은데."

"아냐, 아냐. 고마, 돌려 말하지 마. 그런데 넌 어디까지 들었냐?"

"무슨 소린지 도통 모르겠네. 어디까지 듣다니, 무슨 소리야?"

"고마, 난 이제 정말 상관없어. 난 말이야. 이제 지칠 대로 지쳤어. 그렇지만 네가 숲속의 작은 도깨비와 함께 올 줄은

356

전혀 몰랐지. 언제부터 한 패였냐? 설마 고세에서 처음 만났을 때 한 패가 된 건 아닐 테지? 언제부터 한 패야? 하긴 물어도 모르는 척하겠지. 이제 그만하자. 뭐 대답하기 싫다면 굳이 하지 않아도 돼. 너도 거짓말하면 불알친구를 배반한 셈이니까. 아닌가? 나 같은 놈은 친구로 생각하지 않나? 하하, 됐어. 그런데 정말 어떻게 할 거야? 주재소에는 갔었냐? 아니면 여기서 날 끝장낼 거야?"

이렇게 묻는 구마타로의 머리 쪽으로 고마타로가 손을 쓱 뻗었다.

이미 각오를 한 구마타로였다. 할 테면 해보라며 눈을 꾹 감고 똥구멍에 힘을 빡 주었지만 고마타로는 뜻밖에도 목을 조르지 않고 이마에 손을 댄 채 말했다.

"열은 그리 높지 않은데."

"뭐야."

"아니, 도무지 영문을 알 수 없는 소리를 하니 열이 있나 싶어서."

"뭐가 영문을 알 수 없다는 거지?"

"아까부터 무슨 말인지 전혀 알아들을 수가 없잖아. 어디까지 들었느냐는 영문 모를 소리를 하더니 널 끝장낸다느니, 주재소니, 그게 무슨 소리야? 고세에 갔을 때가 이러니저러니, 친구를 배신한다느니, 무슨 소린지, 원. 그리고 뭐? 숲속의 작은 도깨비? 뭐야, 그게 누구야? 너 꿈이라도 꾼 거니?"

고마타로는 참으로 이상하다는 듯이 말했다. 그 모습을 보고 구마타로는 모두지 이해가 되지 않아 진짜 이상하다는 표정으로 말했다.

"숲속의 작은 도깨비가 누구냐고? 네 옆에 앉아 있잖아."

"내 옆에는 아무도 없는데."

"그쪽 옆에 있잖아. 그 옆에. 그래, 앉아서 히죽히죽 웃고 있는데."

"무슨 소릴 하는 건지. 이 녀석은 너도 잘 알 텐데."

"그래. 잘 알지. 잊을 수 없는 얼굴이니까. 내 평생을 엉망으로 만들었는데. 숲속의 작은 도깨비잖아."

"또 그런 소리를. 야, 이 녀석은 마쓰나가 구마지로(松永熊次郎)잖아."

고마타로는 그러면서 옆에 앉은 사내의 어깨를 두드렸다.

"하기야 못 알아보는 것도 무리는 아닌가? 벌써 십 년이나 지났으니. 그렇지만 난 바로 알아봤는데. 어, 저기 오는 게 구마지로 아닌가, 하고 알아봤다니까. 그런데 구마, 넌 모를지도 모르겠다. 왜냐하면 넌 그때 우리하고 별로 어울리지 않았거든. 너는 구마지로가 우지로 이사하고 나서 우리와 어울리기 시작했어."

구마타로는 여전히 무슨 소린지 이해하지 못했다. 석연치
않다는 말투로 물었다.

"모르겠는데. 그럼 넌 그쪽에 있는 게 숲속의 작은 도깨비
가 아니라는 거야?"

"그래. 이 녀석은 마쓰나가 구마지로라니까."

"마쓰나가라고 하면, 바로 그 마쓰나가?"

구마타로는 마쓰나가 덴지로의 얼굴을 떠올렸다. 지역의회
의원을 지내고 있어 제법 행세를 하는 아저씨다.

"그래. 몇 번이나 말했잖아. 여기 있는 건 마쓰나가 씨네 집
장남이야. 십 년 전에 우지로 이사했다가 얼마 전 다시 이쪽
으로 이사 온 마쓰나가 구마지로라고."

아하. 마쓰나가. 구마타로는 생각했다.

그러고 보니 마쓰나가 씨네 집에 그만한 아들이 있었던 것
같다. 하지만 어떻게 생겼는지는 기억이 나지 않는다. 그리
고 바로 앞에 앉아 히죽거리고 있는, 눈꼬리가 치켜 올라가
고 콧날이 오뚝하며 입술이 이상하게 붉은데다가 머리카락
이 덥수룩한 이 남자는 아무리 보아도 숲속의 작은 도깨비
같다. 구마타로는 혼란스러웠다.

"그렇다면 이 친구는 숲속의 작은 도깨비가 아니고 마쓰나

가 구마지로?"

"그렇다니까. 아니, 아까부터 계속 물어볼까 생각했는데 그 숲속의 작은 도깨비란 대체 누구야?"

고마타로가 이상하다는 듯이 묻자 구마타로는 무심코 큰 소리를 내고 말았다.

"무슨 소리야? 숲속의 작은 도깨비는 전에 그 아카마쓰 긴 조네 물레방아가 망가져서 우리 함께 고세에 갔을 때, 너희는 빼고 나만 끌고 간 그 기분 나쁜 꼬마 녀석이잖아."

"무슨 소린지 전혀 모르겠네."

"그러니까." 구마타로는 숨을 들이쉬고 큰 목소리로 "우리가 씨름할 때⋯⋯"라고 말한 뒤 곁눈질로 구마지로 쪽을 보고는 얼른 목소리를 죽였다.

"우리가 신사에서 씨름할 때 왔던 녀석 있잖아. 그래서⋯⋯"

구마타로의 말이 빨라진 까닭은 옆에 있는 구마지로에게 신경이 쓰였기 때문이다.

남자가 구마지로라면 거리낌 없이 숲속의 작은 도깨비 이야기를 해도 되지만 숲속의 작은 도깨비일 가능성을 완전히 배제할 수는 없다.

남자가 마쓰나가 구마지로라는 말은 새빨간 거짓말이고,

이것이 모두 작은 도깨비와 고마타로의 모략이라면…… 하지만 이런 게 무슨 모략이 된단 말인가. 어차피 당장 주재소에 가서 신고하거나 내가 자기 형을 죽였다고 마을에 소문을 내면 그만인데. 그러지 않고 왜 마쓰나가 집안의 장남이니 어쩌니 하며 번거로운 짓을 하겠나. 그런 건 마쓰나가 씨 집에 가서 물어보면 바로 알 수 있는 일 아닌가.

그런 생각을 하니 구마타로는 마음이 너무 어지러웠다. 고마타로는 여전히 느긋한 표정으로 되물었다.

"씨름? 그런 걸 한 적이 있었나?"

구마타로는 목소리를 낮추고 더 빠른 말투로 이야기했다.

"무슨 소리야? 했잖아. 그래서 고세에 갔다가 시카조가 뱀 구덩이에 빠지고……"

고마타로는 그제야 생각이 났다는 듯이 소리를 질렀다.

"아, 그러고 보니 그런 일이 있었지!"

"거봐, 거봐. 있었잖아."

"그래, 맞아. 네가 뱀 구덩이에 빠져서……"

"아니라니까. 뱀 구덩이에 빠진 건 시카조라고."

"엥? 그랬나?"

"그래."

"그랬었나?"

"그렇다니까. 그리고 그때 우리가 왜 고세에 갔었는지 생각해봐."

"왜 갔었더라?"

"그게 그러니까." 구마타로는 말하며 누운 채 턱으로 구마지로를 가리켰다. 하지만 아무런 눈치도 채지 못한 고마타로는 "그게 이 구마지로하고 관계가 있단 거야?"라며 진지한 표정으로 물었다. 구마타로는 그렇다면 나도 진지하게 묻겠다는 생각에 심각한 표정으로 말했다.

"네가 그렇게 이야기하니 나도 하나 물어보자. 아까 넌 이 사람이 반드시 병문안을 오고 싶어 했다고 그랬지?"

"그랬지."

"그럼 다시 묻지. 이 사람이 네 말대로 구마지로라고 한다면 왜 내 병문안을 오려고 했을까? 이상하잖아. 구마지로는 어렸을 때 우지로 이사해 날 전혀 모르잖아. 그런데 왜 내 병문안을 오고 싶어 했지?"

"그러고 보니 그렇군. 구마지로, 왜야?"

고마타로가 묻자 그때까지 가만히 앉아 히죽히죽 웃기만 하던 구마지로가 비로소 입을 열었다. 구마타로는 그 목소리를 듣고 깜짝 놀랐다.

구마지로는 생김새가 숲속의 작은 도깨비와 똑같았다. 구마타로는 아직 그가 숲속의 작은 도깨비가 아닐까 의심할 정도다. 그 생김새가 어떤가 하면 머리카락이 붉고 눈꼬리가 치켜 올라갔으며 입술도 묘하게 빨개서 특이하다. 전체적인 인상은 야위었고 키도 작아 몸집은 자그마한 편이랄까 가냘픈 느낌이다. 그래서 구마타로는 그의 목소리도 새될 거라고 생각했다. 숲속의 작은 도깨비는 그런 새청맞은 목소리였다.

그렇지만 이 구마지로는 체격이 그렇게 가냘픈데도 목소리만은 굵직해 눈을 감고 들으면 건장한 아저씨가 나니와부시* 가사를 중얼거리는 것 같았다. 구마타로는 어쩌면 숲속의 작은 도깨비가 변성기를 지나 이런 목소리가 되었는지도 모른다고 생각했다. 그래도 저런 얼굴에서 이렇게 굵은 목소리가 나올 줄은 전혀 예상하지 못했다. 남자는 얼굴과 어울리지 않는 목소리로 "형씨, 그게 이렇게 된 거요"라며 이야기하기 시작했다.

"우지에서 돌아와 구마타로 씨 이야기를 여기저기서 들었는데 화가 너무 나더군요. 노름만 하고 대낮부터 술에 취해 일도 전혀 하지 않는다고. 사실 나도 그런 사람이오. 우지에 살 땐 전혀 일하지 않고 노름이나 하고 술이나 마시며 지내

---

* 샤미센 반주에 맞추어 서사적인 내용의 가사가 있는 곡을 부르는 일본 고유의 창으로, 간사이 지방에서 시작되었다.

다 이리 돌아왔으니까. 그래서 아버지에게 욕을 얻어먹었지. 구마타로 씨 이야기를 듣고 아, 그 사람 한번 만나고 싶다는 생각이 들더군요. 그런데 몸져누웠다는 소리를 듣고 고마에게 이야기했더니 본오도리 이튿날 보았다고 해서 한번 병문안하러 갑시다, 이렇게 돼서 온 거요."

아직 청년인데도 구마지로의 말투는 마치 아저씨 같았다.

고마타로와 구마지로가 돌아간 뒤 구마타로는 거실 구석에 누운 채 햇빛이 들어오는 쪽을 뚫어지게 쳐다보고 있었다. 다다미 위 햇빛이 내려앉은 곳에서 산초나무 잎사귀 그림자가 흔들렸다.

조용했다. 구마타로는 생각에 잠겼다. 세상에는 혈육이 아니라도 똑같이 생긴 사람이 있다고 한다. 하지만 아무리 그래도 너무 닮았다. 도저히 다른 사람이라고 생각할 수 없을 만큼. 그렇게 기분 나쁜 녀석이 이 세상에 두 명이나 있다고 생각하면 끔찍하다. 게다가 그 목소리. 그건 무엇인가. 남의 정신을 위협하는 목소리다. 반즈이인 초베에*가 어여쁜 아가씨 목소리로 속삭인다면 어떨까. 절세미녀가 기다유**처럼 무서

---

* 에도 시대 인물로 일본 협객의 원조로 불린다.

운 목소리를 낸다면? 세상이 엉망진창이리라. 매화나무에서는 휘파람새가 울어야 제격이고 소나무에는 흰 두루미가 어울린다. 세상에는 역시 조화로움이라는 게 있다. 그게 있어서 사람들은 마음 놓고 살아갈 수 있다. 그런데 녀석은 그렇게 가냘픈 체격이면서도 굵직하고 아저씨 같은 목소리를 냈다. 도무지 정상이 아니다. 말도 안 된다. 그런 놈이 노름판에 있으면 안 되는 거 아닌가? 무슨 말을 할 때마다 뭔가 잘못한 것 같아 돈을 다 잃고 말리라. 하지만 내게도 그놈과 비슷한 면이 있다. 나는 가와치에 사는 농사꾼의 자식인데 사변적이고 겉과 속이 일치하지 않는다. 이게 그 녀석과 내가 닮은 부분이다. 농사꾼 자식이면서 사변적. 체격은 가냘픈데 굵은 목소리. 닮았다. 비슷하다. 다만 내 경우에는 그 많은 생각들을 사람들이 쓰는 말과 같은 말로 전달할 줄 몰라 사변은 내 안으로만 달려 머릿속을 폭주하며 신체를 잠식한다. 결국 다른 사람들보다 훨씬 더 거친 표현을 쓰거나 말조차 하지 못하고 거친 행동으로 어리석은 짓을 하고 행패를 벌이기도 한다. 이것은 아주 괴로운 일인데 작은 도깨비, 아니 구마지로는 어떨까. 듣기에는 그 녀석도 내면에 뭔가 괴로운 것이 있

** 샤미센 반주에 맞추어 옛이야기를 낭독하는 일본의 음악극 '조루리'의 일종. 호쾌한 목소리로 노래하는 것이 특징이다.

어 그걸 숨기느라 억지로 그런 굵은 목소리를 내는 것 같기도 한데. '왜 술을 마시느냐?', '괴로워서', '괴롭다면서 신나게 바보처럼 춤을 추기도 하고 손을 얼굴에 대고 사람을 놀리기도 하지 않았는가?', '그것도 괴로워서'라는 식으로. 그리고 그 내면의 괴로움이란 자기 형인 가쓰라기 도루가 처참하게 죽었다는 슬픔과 괴로움.

이런 생각이 들자 구마타로는 전율했다. 하지만 이내 이상하지 않은가 하고 생각을 바꾸었다.

친형을 잃은 슬픈 인간이 목소리를 이용해 그 슬픔을 달랜다는 이야기는 들어본 적이 없기 때문이다.

그렇다면 역시 작은 도깨비와 구마지로는 똑같이 생긴 남이라는 이야기. 숲속의 작은 도깨비는 가쓰라기 모헤아이고, 오늘 온 녀석은 마쓰나가 덴지로의 장남 마쓰나가 구마지로다.

그렇다면 구마타로에게도 다행스러운 일이다.

그야 당연하지 않은가. 살인사건 증인인 숲속의 작은 도깨비가 마을 안을 어슬렁거리며 고마타로와 친해지는 것과 이곳에 없는 것은 큰 차이다. 하지만 구마타로는 기분이 개운하지 않았다.

구마타로는 이부자리에서 나와 거실 구석까지 기어가 양

달에 드러누웠다.

산초나무 잎사귀 그림자가 구마타로의 얼굴에 드리웠다.

산초나무가 바람에 흔들릴 때마다 그 그림자도 흔들렸다. 구마타로는 손바닥을 가만히 들여다보았다. 손바닥 위에 드리운 그림자도 흔들렸다.

구마지로가 숲속의 작은 도깨비가 아니라는 사실은 기뻐해야 할 일인데도 구마타로의 기분이 개운하지 못했던 까닭은 숲속의 작은 도깨비와 꼭 닮은 마쓰나가 구마지로와 앞으로 마을 안에서 자주 마주쳐야 한다는 게 싫었기 때문이다. 구마타로는 평소 내키지 않는 일은 되도록 생각하지 않으려고 애썼다. 하지만 숲속의 작은 도깨비와 꼭 닮은 마쓰나가 구마지로가 마을 안을 어슬렁거리면 여러 가지 골치 아픈 일들 가운데 가장 기분 나쁜, 그 석실에서 있었던 일을 늘 떠올리게 될 것이다.

구마타로는 그걸 무의식중에 깨닫고 기분이 찌뿌듯했던 것이다.

구마지로는 돌아갔다.

하지만 그 얼굴만은 구마지로라는 존재를 떠나 구마타로를 조롱하듯 주위를 빙빙 맴돌다가 결국 숲속의 작은 도깨비 얼굴에 찰싹 달라붙어 구마타로 옆으로 다가와 코를 꼬집거나 엉덩이를 핥기도 했다.

구마타로는 안절부절못하고 얼룩덜룩한 양달에서 빠져나와 몸을 일으켰다.

구마타로는 사흘 만에 옷을 갈아입고 방을 나갔다. 이런 때일수록 도미를 만나 이야기를 나누고 기분을 전환하고 싶었기 때문이다.

오늘은 틀림없이 어디선가 도미를 만나게 될 거라고 믿었다.

구마타로가 나간 어두컴컴한 방에서 그림자가 살아 있는 생명체처럼 꿈틀거렸다.

구마타로는 매일 마을 안을 쏘다녔다. 하지만 도미를 만날 수는 없었다.

좁은 마을이니 당연히 도미를 우연히 본 적은 있었다. 그렇지만 말을 걸 수 있는 상황이 아니었다.

예를 들어 한번은 길을 지나가는 도미를 보았는데, 시끄럽게 떠들어대는 노파와 다른 아가씨 몇 명이 함께 있었기 때문에 그 틈을 파고들 수 없었다. 구마타로는 자기가 있다는 사실을 알리고 싶어 스쳐 지나기 전부터 내내 도미를 바라보았지만 도미는 다른 아가씨와 이야기하느라 정신이 팔려 구마타로를 보지 못했다.

오히려 그 바로 앞에 있던, 머리에 지저분한 수건을 둘러쓰고 손에는 마치 짓테(十手)처럼 생긴 농기구를 든 아가씨가 구마타로의 시선을 눈치채고 '어라, 저 사람 아까부터 우리 쪽을 뚫어져라 바라보네. 틀림없이 내게 마음이 있는 거야. 어머, 별꼴이야' 하는 표정을 지으며 구마타로를 노려보았다. 그리고 옆에 있던 아가씨에게 뭐라고 속삭였다. 그러자 옆 아가씨도 '어머, 엉큼한 눈으로 여자를 보다니, 별꼴이야' 하는 비난 섞인 눈빛으로 구마타로를 째려보았다.

구마타로는 얼른 시선을 거두고 허둥지둥 그곳을 떠났지만 도무지 이해할 수 없었다. '대체 누가 별꼴이란 말인가. 내가 너 같은 것을 보았을까. 돼지처럼 생겨서는'이라고 호통을 쳐주고 싶었다. 하지만 그랬다가는 상황을 제대로 모르는 도미가 어떻게 생각할까. 까닭 없이 버럭 화를 내며 행패나 부리는 흉악한 놈으로 여기리라. 게다가 그 지저분한 수건을 머리에 두른 여자가 자기를 엉큼한 눈으로 바라보았다고 거짓말을 한다면.

그런 생각이 들어 구마타로는 소리를 지르지 않았다.

그때 말고도 도미를 우연히 볼 기회는 여러 차례 있었지만 그때마다 부모가 옆에 있거나, 지금은 말을 걸 수 있겠다고 생각한 순간 지나가던 사람이 길을 묻는 바람에 가르쳐주고 나니 도미는 어디론가 가버리고 없었다.

딱 한 번, 천재일우의 기회라고 여긴 때가 있었다. 구마타로가 '맥주라는 게 참 맛있겠던데' 하는 쓸데없는 생각을 하면서 스이분 신사 참배길을 올라가고 있을 때 배전*으로 이어지는 계단을 내려오는 도미를 보았다. 경내에는 인기척이 없어 나뭇가지가 바람에 흔들리는 소리만 들려올 뿐이었다.

구마타로가 '드디어, 이제야 때가 왔구나. 슬펐어. 괴로웠어'라고 생각하면서 막 경내를 가로질러 배전 쪽으로 가려고 한 바로 그 순간, 몸에 이상이 생겼다. 갑자기 해우소가 급해진 것이다.

구마타로는 일단 회마당 뒤로 몸을 숨기고, 거기서 쭈그리고 앉아 변의가 가라앉기를 기다렸다. 그러고 난 뒤에 도미에게 말을 걸려고 생각했던 것이다. 그런데 아무리 기다려도 변의는 가라앉지 않고 오히려 더 심해질 뿐이었다. 구마타로는 옆에 있는 나뭇가지를 부여잡고 으윽 하고 신음하며 참았다. 그리고 방귀를 흘려 좀 달래보려고 했다.

항문에 힘을 주고 아주 조심스럽게 방귀를 내보냈다. 하지만 그게 실수였다. 방귀를 흘리면 흘릴수록 더욱 절박해졌다.

---

* 일본 신사의 본전 앞에 절하며 예를 올리기 위해 지은 건물.

더는 일각도 미룰 수 없는 상태가 되고 말았다.

도미는 배전 계단을 내려와 경내를 가로질러 참배로 쪽으로 가는 중이었다. 서둘지 않으면 도미가 신사에서 나가고 만다.

애가 탄 구마타로는 당장 따라가서 말을 걸까도 생각했지만 그랬다가는 틀림없이 도미 앞에서 똥을 싸는 추태를 보이고 말리라는 생각에 그만두었다.

그러는 사이에 아니나 다를까, 도미는 참배로를 빠져나가 버렸다. 구마타로는 이 좋은 기회를 놓치면 너무 아깝다는 생각에 일어서서 괴상망측한 모습으로 걷기 시작했다.

그러다가 도저히 참을 수가 없어 조금이기는 하지만 살짝 지리고 말았다.

어쨌든 그러저러하다보니 구마타로는 도미와 한 번도 이야기를 나눌 수 없었다. 하지만 마쓰나가 구마지로와는 뻔질나게 마주쳤다.

너무 자주 보게 되는 바람에 그가 자신을 따라다니는 게 아닐까 하는 의심이 들 정도였다. 오늘도 그랬다. 구마지로는 굵직한 목소리로 "오홋. 아니, 구마야, 어디 가니?" 하고 물었다.

구마타로는 속으로 '어린놈이 저런 목소리에 건방지기까지 하네'라고 생각했다.

고마지로와 병문안하러 왔을 때만 해도 우지 쪽에 살다 와서 그런지 말투가 부드러웠고 나이가 위인 구마타로에게 나름대로 정중했다.

그런데 조금씩 태도가 바뀌더니 전에는 구마타로 씨라고 하던 것이 요즘은 그냥 '구마 씨'라고도 하고 세 번에 한 번쯤은 '구마야'라고도 불렀다. 대여섯 살 아래인 꼬마에게 그런 소리를 듣고 아무 말 않을 수는 없기에 구마타로는 '어딜 가건 내게 자꾸 묻지 마, 이 멍청한 자식아'라고 쏘아붙이고 싶었지만 그렇게 하지는 못했다.

숲속의 작은 도깨비를 꼭 닮은 구마지로가 굵은 목소리로 툭툭 말을 내뱉는 모습에 뭐라고 표현할 수 없는 인간적인 압박감을 느꼈기 때문이다.

기분 나쁜 압박감이었다.

녀석이 숲속의 작은 도깨비가 아니라는 사실은 안다. 하지만 똑같이 생긴 얼굴을 보면 마음속 깊은 곳에서, 사실 구마지로는 숲속의 작은 도깨비이고 내가 예전에 저지른 짓을 다 알기 때문에 언젠가는 틀림없이 떠벌릴 것이다, 하는 생각이 든다.

숲속의 작은 도깨비이자 마쓰나가 구마지로라는 이중성은 구마타로의 마음 깊은 곳에서 가냘픈 체격에 굵은 목소리,

어린 나이에 대담한 태도라는 이중성과 딱 맞아떨어졌다. 그리고 각각의 이중성이 다른 이중성의 근거가 되어 숲속의 작은 도깨비는 마쓰나가 구마지로다, 라는 현실적이지 못한 생각을 뒷받침했다. 즉 나이도 어린 주제에 건방지게 행동하는 까닭은 그가 사실 숲속의 작은 도깨비라서 구마타로의 비밀을 알기 때문이다. 작은 도깨비가 구마지로라는 것은 체격은 가냘픈데 목소리가 굵다는 신체적 특징이 증명한다. 체격은 가냘픈데 목소리가 굵직한 것은 그가 어린데 대담하다는 것과 연결된다. 대담하기 때문에 목소리가 굵은 것이다.

그처럼 인간적인 압박감을 느끼던 구마타로는 "구마야, 어디 가니?"라고 친근하게 묻는 목소리에 기분이 상했지만 '귀찮아. 저리 꺼져'라고 하지는 못해 내심 저항감을 느끼면서도 어떻게든 연장자로서의 위엄을 갖추려고 "어딜 가긴 어딜 가. 아무데도 안 가. 요즘은 노름판에도 제대로 가지 못하는데"라며 불평 섞인 대꾸를 했다.

구마지로가 그 굵직한 목소리로 말했다.

"어? 구마, 노름하고 싶은 거야?"

구마타로는 '쳇, 계속 구마라고 부르네'라며 기분 나쁘게 생각했지만 노름은 하고 싶어 참지 못하고 이렇게 대꾸했다.

"그야 하고 싶지. 그런데 요즘 괜찮은 노름판이 없잖아."

"내가 아는 집에서 물 좋은 노름판이 벌어지는데, 지금 갈까 생각했어. 괜찮다면 함께 갈까?"

"가도 좋지만 너희가 이야기하는 물 좋은 노름판이라고 해봤자 별거 없지 않겠어?"

"정말 괜찮은 판이라니까. 속는 셈치고 따라와봐."

"하지만 난 돈 없는데."

"걱정 마. 난 오늘 돈 있어."

"그럼 가볼까?"

구마타로는 구마지로를 따라 나섰다. 정말이지 이래서야 누가 연장자인지 알 수가 없다.

노름판에 도착했을 무렵에는 해가 완전히 저물어 있었다.

노름판은 창고 같기도 하고 공장 같기도 한 커다란 건물들이 늘어선 곳 한쪽에 있었다. 머리를 깍두기처럼 깎은 남자가 커다란 건물 벽에 등을 기대고 서 있고 그 옆으로 작은 문이 보였다.

구마지로는 구마타로에게 굵은 목소리로 "여기야"라고 말하더니 깍두기머리 남자에게 "놀러 왔는데"라고 했다. 그러자 남자는 "아, 구마로구나? 이리 오서"라며 문을 열어주었다.

구마지로는 깍두기머리 남자에게 손을 슬쩍 들어 보이고

허리를 구부려 안으로 들어갔다. 그 태도나 말투로 미루어 무척 익숙해 보였다. 구마타로는 무슨 이런 녀석이 있나 생각하면서 구마지로를 따라 안으로 들어갔다.

어두컴컴한 창고 한쪽 구석에 굵은 초가 밝혀져 있고 커다란 돗자리가 깔려 있었다. 서른 명쯤 되는 사내들이 돗자리를 둘러싸고 눈에 핏발을 세우고 있었다. 구마타로는 큰 판이라는 생각이 들었다. 평소 드나들던 작은 노름판과는 수준이 달랐다. 이런 노름판이라면 나이가 어린 구마지로가 낯이 서지 않을 거라고 생각했는데 노름판에서 일하는 젊은이나 물주를 거드는 나카본이 "어어, 구마냐? 잘 왔어"라며 말을 걸기도 하고 웃음을 지어 보이기도 했다. 그 뒤를 따라가다 보니 구마타로도 모르는 척하고 지나칠 수는 없어 눈인사를 하거나 고개를 숙였는데 상대방은 무표정으로 외면하거나 다른 사람에게 말을 걸거나 했다. 개중에는 구마타로를 보자마자 노골적으로 쯧 하고 혀를 차는 사람도 있어 구마타로는 노름을 시작하기도 전에 잔뜩 기분이 상했다.

'하기야 여기서는 네 얼굴이 잘 통하겠지. 그렇지만 내가 자주 가는 판에 가봐라. 거기서는 내가……' 구마타로는 생각하다가 그만두었다. 구마타로가 노름판에 얼굴을 내민다고 해서 이렇게 친근하게 맞아주는 이는 없었기 때문이다.

돈을 걸기 시작한 뒤에도 구마타로는 기분이 말이 아니었다. 왠지 구마지로에게 눌리는 기분이 들었고, 주위 사람들도 구마지로에게만 살갑게 대하며 자기는 무시했다. 시무룩해진 구마타로는 계속해서 구마지로와 반대로 돈을 걸었다. 그런데 어찌 된 영문인지 주사위는 구마지로 편만 들고 구마타로가 거는 쪽으로는 나오지 않았다.

구마지로에게 이 엔을 빌려 노름판에 낀 구마타로는 순식간에 몇 푼 남지 않게 되었다. 구마타로는 이쯤에서 고민해야 한다고 생각했다.

구마지로와 같은 편에 돈을 걸기는 마음이 내키지 않았다. 그렇지만 여기서 몽땅 잃으면 끝이다. 한신이 건달의 가랑이 사이로 기어갔다는 이야기가 있지 않은가. 사람이란 한때의 감정에 휘둘려서는 안 된다. 잠깐은 굴욕일 테지만 최종적으로는 승리해 영광을 움켜쥐면 된다. 무슨 이야기냐 하면, 당장은 일시적으로 구마지로에게 굽히고 들어가 같은 편에 돈을 거는 거다. 그렇지만 맨 나중에 크게 따서 구마지로에게 '으헤헤. 내가 여자라도 한 턱 낼까?'라고 말하는 거다. 그게 목표다.

그렇게 생각한 구마타로는 "이번에는 그쪽에 걸지"라며 구마지로와 함께 짝에 돈을 걸었다.

"됐소? 갑니다. 자."

주사위를 덮었던 소쿠리를 치웠다.

"5와 2, 홀."

구마지로가 이번에는 잃었다. 하지만 그동안 돈을 많이 딴 구마지로는 한 번쯤 잃는다고 해도 별일 아니었다. 그는 굵은 목소리로 "이런, 당했네"라며 웃었다.

그렇지만 이제 돈이 떨어진 구마타로는 그걸로 끝이었다.

구마타로는 몸속에서 뭔가가 쿡쿡 치미는 듯한, 마음속에서 뭔가가 질주하는 기분이 되어 돗자리 앞을 떠났다.

하지만 노름을 좋아하는 이는 미련을 버리지 못한다. 돈도 없는 주제에 구마지로의 뒤로 돌아가 거기서 "앗", "그래, 좋았어"라고 작은 목소리로 참견하며 승부의 행방을 지켜보았다.

그런 구마타로에게 노름판에서 일하는 젊은이가 말을 걸었다.

"형씨, 뭐 하는 거요?"

"뭘 하다니? 구경하지."

"구경만 하고 돈을 안 거나?"

"조금 전까지 돈 걸었어."

"그래서 다 잃었소?"

"뭘 꼬치꼬치 물어, 귀찮게. 내버려둬."

"그러지, 그럴 거야. 그렇지만 훼방은 놓지 마. 돈 떨어졌으면 미련을 버리고 나가는 게 어때?"

"누가 돈이 없어, 멍청한 놈. 나중에 돈을 걸려는 거라니까, 이 바보야."

"아, 미안, 미안해. 화났나? 어, 무섭네. 어어, 무서워."

젊은이는 완전히 무시하는 듯한 말투로 대꾸하더니 가버렸다. 구마타로는 화가 났지만 풀 길이 없어 어떻게든 권토중래하고 싶었지만 어쩌랴, 돈이 없는걸.

구마타로는 고민했다. 어떻게든 한 판 더 해서 돈을 딸 수 없을까? 뭐, 해서 안 될 건 없다. 옷을 벗어 맡기면 돈을 빌려주리라. 하지만 계속해서 따는 구마지로 앞에서 옷을 맡기는 게 아무래도 자기가 구마지로보다 못한 인간 같은 느낌이 들어 내키지 않는다. 그래도 나중에 구마지로보다 많이 따서 으헤헤 하고 웃기 위해 겪어야 할 일시적인 모욕이라면 어쩔 수 없다.

그렇게 마음먹은 구마타로가 허리띠를 풀기 시작했을 때 이번 판에서도 또 돈을 딴 구마지로가 뒤를 돌아보더니 말했다.

"어, 구마. 뭐 하는 거야? 허리띠 풀고 어쩌려고?"

구마타로는 구마지로의 건방진 말투에 배알이 뒤틀렸지만 애써 냉정한 척하며 대꾸했다.

"옷 맡길까 해서."

"뭐야. 벌써 다 잃었어?"

"그래."

"으하하. 약하구나. 옷 맡기지 마. 그만둬."

"돈이 없으면 판에 낄 수 없잖아."

"돈? 무슨 소리야? 그런 건 내가 빌려주면 되지."

"정말이냐?"

"그 대신 나중에 아까 빌려준 돈하고 합쳐서 차용증 써줘."

"그야 쓰지. 쓸 테니까 꿔줘."

구마타로는 구마지로에게 오 엔을 빌렸다.

구마타로는 굵은 목소리로 건방진 소리를 하면서 돈을 건네는 구마지로에게 '어디 두고 보자'라고 속으로 말했다.

지금이야 그렇게 잘난 척 거드름을 피우지만 끗발이라는 게 그리 오래가지 않는 법이다. 달도 차면 기울 일만 남는다. 바로 그때가 내 차례. 꾼 돈을 모두 갚은 다음 옷까지 맡긴 너를 보며 오호호 하고 웃어줄 테니. 아니, 내가 왜 여학생 같은 말투를 쓰는 거지? 어휴, 이제 모르겠다.

잔뜩 흥분한 구마타로는 물주 앞에 앉아 "날 얕보지 마"라고 중얼거리며 돈을 걸었다. 노름과 연애는 닮은 면이 있다. 더 냉정한 사람이 주도권을 쥐고 자기 페이스로 끌고 갈 수 있다. 열을 내는 사람은 늘 자기 페이스를 잃는다. 그러니 이런 상태인 구마타로가 돈을 딸 리 없다. 구마타로는 바로 이엔을 잃고 화가 치밀었고, 그 뒤로도 계속 잃었다.

연전연패하는 가운데 구마타로는 머릿속이 안개가 낀 듯 멍해졌다. 현실과 자기 사이를 얇은 막이 가로막은 느낌이었다. 그렇게 현실감을 잃은 상태에 빠진 구마타로는 이제 돈을 따서 구마지로 앞에서 뻐기겠다는 생각은 하지도 못했다. 외려 전혀 반대되는 생각을 했다.

돌이켜보면 나는 어렸을 때부터 직선적으로 행사하는 힘을 증오했다. 경멸했다. 만두를 먹고 싶다고 "만두, 만두" 하며 소리 지르거나 손으로 덥석 집어 먹는 고마타로 같은 애들을 한심하게 여겼다. 그리고 노름. 사람들이 왜 노름을 하는가 하면 원하는 패가 나왔을 때의 짜릿한 기분을 맛보기 위해서다. 돈을 따기 위해서만 하는 게 아니다. 오로지 돈을 벌고 싶어서라면 장사를 하면 그만이다. 그런 재능이 없으면 최악의 경우 강도짓을 할 수도 있다. 그러지 않고 노름을 하는 이유는 역시 승부를 가릴 때 자기와 세계가 하나가 되는 듯한 그 야릇한 쾌감을 맛보기 위해서다. 그걸 위해서라면 돈을 잃어도 좋고 재산을 날려도 상관없다. 그건 쾌감을 맛보는 대가다. 얼핏 하찮은 돈 거래에 광분하는 것처럼 보여도 노름판은 그런 쾌락을 추구하는 사람들이 모여드는 장소다. 노골적이고 직선적이며 거친 힘과는 애초에 거리가 먼 공간이다. 그런 노름판에 이 구마지로와 와서 대체 무엇을 하고 있는 건가. 마치 노동하듯 직선적이고 지저분한 승부에 매달리고 있다.

구마타로는 속으로 중얼거렸다.

'구마지로, 네게 패배가 얼마나 무서운지 맛을 보여주마.'

너는 그렇게 승리했다고 뻐기고 있다. 그런 네 옆에 처참한 패배를 맛보고도 어쩔 수 없이 계속 돈을 잃으며 더할 나위 없는 패배의 즐거움을 체현하는 사람이 있다는 사실을 구마지로, 네게 보여주마. 기분이고 뭐고 따지지 않고 승부에서는 그저 이기기만 하면 그만이라고 생각하는 네게. 흥. 네 정신은 그걸 견뎌낼 수 있을까?

구마타로는 그런 생각을 하며 미친 듯이 계속 잃었다. 눈깜빡할 사이에 나머지 삼 엔도 잃었다. 구마지로에게 삼 엔을 더 빌려 그것마저 잃었다.

지면서도 구마타로는 패배에 취했다.

두고 봐라, 구마지로. 좀스러운 농사꾼인 너는 평생이 걸려도 이렇게 잃을 수는 없으리라. 나는 진짜 협객이다. 다시 태어난 다이난 공이다. 부럽지?

그렇게 생각하며 구마타로는 구마지로의 옆얼굴을 보았다.

전혀 부럽지 않은 눈치였다. 구마지로는 돈다발 앞에서 행복에 젖어 있었다. 그는 돈다발을 품에 안더니 구마타로에게 굵은 목소리로 말했다.

"자, 난 갈게. 여러분, 미안."

구마지로는 벌떡 일어섰다. 그 바람에 덩달아 일어난 구마타로에게 그가 말했다.

"자, 차용증 써야지."

그러더니 노름판 계산대에서 종이와 붓을 빌려왔다.

쓱쓱 뭔가를 적은 구마지로는 구마타로에게 종이를 가리키며 말했다.

"자, 여기, 여기. 이름 써, 이름."

구마지로가 급히 말하며 붓을 건넸다. 구마타로가 이름을 쓰자 "썼으면 그 아래 손도장 찍어, 손도장" 하며 재촉하더니 손도장 찍는 걸 확인하고 품에 쑥 찔러 넣었다. 그리고 차분하기 짝이 없는 말투로 말했다.

"자, 그럼 가볼까?"

냉큼 "그래"라고 대답해버린 구마타로는 자기 자신에게 화가 치밀었다.

하지만 따로따로 돌아갈 이유도 없다.

구마타로는 구마지로와 나란히 걸었다. 마을로 돌아오는 길에 술과 밥을 얻어먹고, '면목이 없군'이라고 말해야 하는 건가 생각하면서 애써 "미안해"라고 말하는 등 갈등이 심했다.

그건 구마타로가 늘 구마지로에게 인간적인 압박감을 느끼고 있었기 때문이다.

그렇지 않아도 숲속의 작은 도깨비를 꼭 닮아 마음에 들지 않는 구마지로가 굵은 목소리로 압박해 들어오면 왠지 모르게 정체를 알 수 없는 관록이 느껴졌다. 옆에 있으면 자기가 노름판 똘마니나 부하가 된 기분이 들어 너무 싫었다.

그런데 그렇게 싫어하는 구마지로와 자주 마주쳤다. "어어, 구마타로잖아"라며 말을 건네는 바람에 이야기를 나누기도 하고 때론 술을 받아 마시기도 했다. 하지만 도미와는 전혀 이야기를 나누지 못했다. 게다가 도미는 요즘 모습도 보이지 않았다. 구마타로는 애가 탔다.

구마타로가 구마지로를 따라 노름판에 다녀온 지 한 달쯤 지난 어느 날 아침이었다.

주인 이케다 센타로는 가게 앞에 걸터앉아 술을 마시는 취객 때문에 난처했다.

이제 겨우 오전 여덟 시였다. 제정신인 사람이라면 술을 마실 시간이 아니다.

하지만 손님은 머리를 제대로 가누지도 못할 만큼 취해 당장이라도 고꾸라질 듯했다. 온몸이 흠뻑 젖어 있었다. 얼굴이 새빨간 걸 넘어 검붉은 상태였다. 그래도 손님은 술잔을 놓지 않고 천천히 입까지 가져가 그걸 마시려고 입에 털어 넣었다. 그 모습을 지켜보던 이케다 센타로는 골치 아프게 되었다고 생각했다.

대체 언제까지 붙어 있을 작정인가. 얼른 가버리면 좋겠는데. 하기야 평범한 사람이라면 이런 시간에 한가하게 술이나 마시고 있지는 못할 테지. 특별한 놈이니까 어지간해서는 가지 않겠어. 저러다간 술 마시다가 죽겠군. 아, 아니지. 저 녀석 엄청 마셨는데 돈이나 받을 수 있을까? 갑자기 걱정되네. 어디 한번 물어나보자.

그렇게 생각한 이케다 센타로는 취객에게 다가가 "이봐" 하고 말을 건넸다. 술에 취한 몽롱한 눈으로 이케다를 바라보는 사내는 바로 기도 구마타로였다. 구마타로가 말했다.

"아, 이 집 술은 나하고 궁합이 맞지 않는군."

"그래?"

"그래고 뭐고, 이 멍청아. 지금 내가 마시려고 하는데 수, 술이 내가 마시는 게 싫은지 입 근처까지 왔다가 확 도망가 버리잖아."

"뭔 소리요? 그거야 네가 취해서 흘리는 거잖아."

"자꾸 핑계 대지 말고 한 병 더 가져와."

"한 병 더? 구마, 너 엄청 취했어."

"시끄러. 내 돈으로 내가 마시는데 뭐가 안 된다는 거야. 취하건 말건 내 맘이야. 얼른 가져와, 이 멍청아."

"그야 난 장사치니까 가지고 오기는 할 텐데, 너 돈은 있어?"

"칵. 한심한 녀석. 돈 못 받을까봐 걱정했나? 염려 마."

"돈 있군."

"돈 없어. 뭘 꾸물거려. 나중에 낼게. 나중에 낸다고. 그러니까 한 병 더…… 뭐? 돈 내지 않으면 주지 않겠다는 거야? 좋아. 돈 가지고 오지. 가지고 와. 그 대신 오늘 밤 조심해."

"뭘 조심해?"

"바람이 부는 때를 봐서 오늘 밤 이 가게에 불을 지를 테다."

"제정신이야? 기분 나쁜 소리 하지 마. 자, 한 병만 더 줄 테니 돈 내."

"낸다니까, 낸다고. 멍청이. 빨리 술 가져와."

그러더니 구마타로는 술을 입에 털어 넣었다.

완전히 고주망태였다. 아무리 구마타로가 술과 노름으로 신세를 망쳤어도 오전 여덟 시부터 취하는 일은 드문 일이었다. 구마타로는 왜 이리 취한 걸까?

마음속에 큰 근심거리가 있어 마시지 않고는 견딜 수 없었기 때문이다. 뭐가 그렇게 근심인가 하면, 오늘 아침, 밥을 먹을 때 부모님이 '오늘 기시다 도미가 시집가니 거들어주러 가야 한다. 구경하러 가야겠다'는 이야기를 하는 걸 들었기 때문이다.

도미가 시집간다.

그 말을 들은 순간 구마타로는 온몸이 화끈 달아올랐다. 그러더니 갑자기 팔다리가 싸늘해지며 마비되고, 눈이 아프고 비듬까지 마구 쏟아졌다. 미친 시인이 자작 하이쿠(俳句)를 외치며 명치와 위 부근에 보릿가루를 뿌리는 듯한 기분 나쁜 느낌이었다. 머릿속에서 소용돌이가 한꺼번에 마흔 개쯤 일어 온갖 쓰레기와 잡동사니를 쓸어 올리며 무섭게 도는 듯했다. 손이 중풍 걸린 사람처럼 힘없이 흐늘거렸다. 밥을 떠서 제대로 입으로 가져갈 수도 없었다. 심장이 뛸 때마다 화산이 폭발하는 듯했다. 넘쳐흐르는 용암처럼, 마구 쏟아지는 화산재처럼 슬픔이 온몸을 휩쌌다.

구마타로는 젓가락을 내려놓고 말없이 일어섰다. 헤이지가 한마디 했다.

"구마야, 밥 먹다가 어딜 가는 거냐?"

구마타로는 대꾸하지 않고 봉당으로 내려갔다.

"여보, 쟤 왜 저러지?"

"글쎄, 안색이 창백하네."

"어, 나갈 거야? 아침부터 비가 오는데. 야, 구마야, 비 오는데 우산이라도 쓰고 나가야지 감기 걸릴라. 이 녀석아, 나가려면 우산 쓰고…… 나가버렸네. 정말 곤란한 녀석이로군."

한숨을 내쉰 헤이지는 젓가락질을 멈추고 잠시 멍하니 앉아 있었다. 하지만 도요가 부르는 바람에 정신을 차리고 다시 천천히 밥을 먹기 시작했다.

밖은 비가 억수같이 쏟아졌다. 하늘은 먹구름으로 뒤덮였고 산도 강도 논도 밭도 먹물에 젖은 듯 어두웠다.

그 모습을 본 구마타로는 미칠 듯이 기뻤다.

구마타로는 내리는 비를 기뻐하며 아무도 보이지 않는 마을에서 흠뻑 젖어 걸으며 중얼거렸다.

"으헤헤, 비가 오네. 비가 오면 어떻게 되지? 시집가는 행렬이 출발할 수 없다는 이야기잖아. 으헤헤, 으헤헤, 으흐흐."

구마타로는 생각했다.

비가 이렇게 쏟아지면 신부 행렬은 나가지 못한다. 억지로

하려다가는 고리짝이고 장이고 몽땅 젖는다. 하하, 재미있군.
구마타로는 좋아하며 걷다가 낡고 작은 사당을 보았다. 길에
서 약간 안으로 들어간 곳, 나무들 사이에 있는 사당이다. 무
슨 신을 모시는지는 잘 모른다. 다들 그냥 나무에 관한 신이
라고 했다.

구마타로는 사당 앞에서 머리를 조아리며 소원을 빌었다.

"이 비가 그치지 않게 해주세요. 계속 내리게 해주십시오.
이렇게 빕니다. 만약 비가 그치지 않는다면 저는 이제 술도
끊고 노름도 끊고 열심히 일해 번듯한 석등 하나를 지어 바
치겠습니다."

그렇게 빌고 몸을 일으키자 동녘 하늘, 곤고산 상공에 갑자
기 몇 줄기 햇살이 비치더니 비가 딱 그쳤다.

햇살이 나뭇가지 사이를 비스듬히 가로지르며 땅 위의 모
든 것을 고루 비추었다. 나무와 풀, 이끼에서 떨어지는 물방
울이 햇살을 받아 반짝였다. 하늘에 낮게 깔려 있던 먹구름
은 어느새 흩어지고 맑은 금빛 햇살에 모든 생명이 희망에
가득 차 반짝이는 듯했다.

구마타로 혼자만 절망에 빠져 있었다.

구마타로는 나지막하지만 위협적인 말투로 사당을 향해
말했다.

"너 날 우습게 여기는 거냐?"

사당은 당연히 아무런 대꾸도 없었다.

구마타로는 고개를 숙여 땅에 떨어진 나뭇가지를 줍더니 갑자기 비굴한 태도로 자포자기한 듯 말했다.

"아하, 하하하. 뭐, 특별히 우습게 여기는 건 아니시겠죠. 그냥 내가 비가 계속 내리게 해달라고 했기 때문에 그치게 한 거겠죠. 그치게 해달라고 했다면 계속 비가 내리게 하지 않았겠어요? 아하, 하하하. 바로 그게 신이라는 거겠죠. 아하, 알았어. 알겠습니다. 신님, 이거나 드셔."

그러더니 구마타로는 손에 든 나뭇가지로 힘껏 사당을 때리며 "이 멍청한 신!"이라고 욕을 퍼부었다.

나뭇가지가 두 동강이 났다. 사당은 끄덕도 없었다. 그저 검은 자국만 남았을 뿐이다.

구마타로는 그 자국을 보자 신이 내릴 벌이 두려워졌다. 하지만 욕을 해놓고 냉큼 사과하기도 겸연쩍었다.

"벌을 내리려면 내려보셔. 그전에 술이나 진탕 마시고 죽어버릴 테니까, 멍청아. 미안."

그렇게 허세를 부리며 이케다 센타로네 가게로 달려가 단숨에 세 홉이나 퍼마시고 정신이 가물가물할 지경이 되었다.

스스로를 처벌한 셈이라고나 할까?

하지만 마시다보니 점점 간이 부었다.

도미가 뭐라고. 멍청하긴. 그냥 여자일 뿐이잖아. 여자는 돈이 있으면 얼마든지 달라붙어. 도미에게 얽매일 이유는 없지. 구마타로는 그런 생각을 하며 술을 들이켰다.

가게 앞으로 사람들이 지나다녔다. 다들 아침부터 술을 마시는 구마타로를 보고 인상을 쓰거나 경멸 섞인 표정을 지었다. 얼른 고개를 돌리는 이도 있었다.

구마타로는 그런 사람들을 얼간이라고 생각했다.

이렇게 아침부터 술을 마시는 나. 타락, 몰락한 나를 보며 저런 표정을 짓는다. 구마지로는 패배해 울부짖는 사람의 애절한 소리를 듣지 못했다. 너희들도 마찬가지다. 그게 어떤 소린지 가르쳐줄까? 그건 끄윽 하는 소리야. 나무통 마개를 뽑을 때 나는 소리. 하, 어처구니없다. 그런 소리가 뭐라고. 아무것도 아니다. 흔한 말로 승부를 가린다고 하지만 승부의 잔혹함을 너희들이 알기나 하는가? 이기는 사람이 있다는 건 지는 사람이 있다는 이야기와도 같다. 그렇기에 다 함께 이기자는 소리는 사실 공염불이다. 아득바득 이기려는 놈이 있으면 반드시 그 사람에게 짓밟히는 패배자가 있다. 그 좋은 예가 요조코 터에서 다들 고집스럽게 앞으로만 나아가려고 한 일이다. 그래서 내가 희생해 소를 물에 빠뜨리고 말았다. 내가 희생하지 않았다면 다른 누군가가 희생당했을 게 틀림없다. 그 희생자는 너일 수도 있다, 바로 너. 지금 인상을 쓰며 내 앞을 지나간 너일지도 모를 일이다. 그런데도 너희들은 나를 멍청하다고 무시한다. 다이난 공은 미나토가와 전투에서 패배하고 죽음을 맞이했다. 다이난 공쯤 되면 이기기 위한 전략은 얼마든지 있었으리라. 하지만 자기가 모시는 이에게 충성하기 위해 지는 전투를 했다. 나도 마찬가지다. 너희들 모두를 대신해 나 홀로 진 것이다. 왜 그걸 이해하지 못하는 거냐, 이 멍청이들아. 저따위 표정을 하고 지나가다니, 쳇. 그래, 도미도 마찬가지다. 자기는 마을 사람들과 다른 척하더니 결국은 부잣집 아들에게 시집을 간다. 나 같은 가난뱅이에 술주정뱅이, 노름꾼에게는 시집오지 않으리라. 여자란 결국 그런 존재인가? 뭐랄까, 도미는, 도미만은 다를 거라고 생각했는데.

구마타로는 또 그렇게 미련을 떨치지 못하고 본오도리 이후에 도미를 만났던 일을 떠올리며 술을 홀짝 들이켰다.

그때 구마타로는 게이코 주키치라는 사람에게 이십 센을 품삯으로 받고 수레를 끌고 있었다. 언덕으로 이어지는 경치 좋은 길을 걷는데 논을 사이에 두고 건너편에 도미와 친구인 듯한 두 아가씨가 서 있는 것이 보였다. 나들이라도 나왔는지 기모노를 차려입고 셋이서 같은 방향을 바라보고 있는 걸 보면 누군가를 기다리는 모양이었다. 구마타로는 멈춰 서서 땀을 닦으며 오랜만에 도미의 모습을 멍하니 바라보았다. 어차피 자기가 보고 있다는 사실을 알지 못할 것이라고 생각했기 때문이다. 하지만 도미는 수레를 끄는 구마타로를 보고 그를 향해 크게 손을 흔들었다. 그것도 반가운 듯 웃으며.

구마타로는 기뻐서 어쩔 줄 몰랐다.

도미는 그날 밤 함께 걸었던 일을 잊지 않았던 것이다. 그렇지 않으면 친구들 앞인데도 저렇게 호의적으로 손을 흔들 리 없다.

그렇게 생각한 구마타로는 할 수만 있다면 수레를 버리고 논 한복판을 가로질러 도미에게 달려가고 싶었다. 하지만 그랬다가는 도미의 옆에 있는 아가씨들이 틀림없이 자기들을 덮치려는 줄로 착각해 비명을 지를 것이다. 그러면 모처럼 도미가 내게 손을 흔들어준 호의를 저버리는 꼴이 된다. 그래서 구마타로는 슬쩍 손을 들어 흔들고는 다시 수레를 끌기 시작했다.

그 일이 있고 나서 구마타로는 여태까지 희망을 품고 살아올 수 있었다.

그때 구마타로는 상황이 마땅치 않아 도미와 이야기를 나눌 수 없었다. 그렇지만 도미가 자신에게 호감을 품고 있다고 확신했다.

으헤헤. 으헤헤. 구마타로는 히죽히죽 웃으며 수레를 끌었다. 짐을 내린 다음 다시 짐을 싣고 게이코 주키치의 집으로 돌아가서도 여전히 히죽히죽 웃었다. 게이코에게 "뭐야? 이상한 놈이로군" 하는 소리를 듣고도 마냥 웃었다.

그런데 도미가 시집을 간다고 한다. 그렇다면 그 웃는 얼굴은 무엇이었단 말인가.

구마타로는 미련을 떨치지 못하고 그런 생각을 하면서 술이 잔뜩 취했는데도 또 술을 따르려고 했다. 하지만 술병은 비어 있었다. 구마타로는 비틀비틀 일어났다. 이케다가 더는 외상을 주지 않을 거라고 생각했기 때문이다.

"잘 마셨어. 또 올게."

가게를 나서는 고마타로에게 이케다 센타로는 작은 목소리로 "또 오지 않아도 돼"라고 중얼거렸다.

이케다는 작은 목소리로 중얼거렸지만 구마타로에게는 그 말이 들렸다. 하지만 듣지 못한 척 사뭇 기분 좋다는 듯이 큰길로 나왔다.

정말로 침울했는데도. 어쩌면 너무 침울했기 때문에.

구마타로는 가게 밖으로 나왔다.

햇살이 따가웠다.

구마타로가 사당에서 기도할 때 햇살은 금빛으로 빛나며 지상의 모든 것에 은총을 베푸는 듯했다. 하지만 지금의 햇볕은 시련 같았다.

따가운 볕이 지상의 모든 것들을 가차 없이 비추고 수분을 빼앗았다. 농부는 차츰 체력이 떨어졌다. 튼튼한 소나 말마저도 일에 진척이 없어 힘들어했다. 소나 말, 건강한 농부마저 그러했으니 변변히 잠도 못 잔데다가 잔뜩 취한 구마타로야 오죽했겠는가.

앉아서 한창 마실 때는 잘 몰랐는데 일어서서 걷기 시작하니 머릿속이 빙빙 돌았다. 구역질과 현기증이 밀려왔고 가슴이 두근거렸다.

너무 짧은 시간에 많은 술을 마셨기 때문에 머리가 띵했다.

그런 구마타로의 등과 머리에 햇볕이 쨍쨍 내리쬐었다.

구마타로는 "으아, 힘드네"라며 신음했다.

그렇게 힘들다면 집에 돌아가 쉬면 그만이다.

그런데도 구마타로는 집과 전혀 다른 방향으로 걷기 시작했다. 구마타로는 중얼거렸다.

난 지지 않아. 난 지지 않아.

대체 무슨 호기를 부리는 걸까? 조금 전까지만 해도 무조건 이기려드는 사람들을 증오하지 않았던가.

구마타로는 안락한 집으로 돌아가지 않고 이 뜨거운 햇볕 속을 계속 걸으면 자기 혼을 더 끌어올릴 수 있을 거라고 믿었다. 즉 이 고된 행군을 개인적인 수행이라고 느꼈던 것이다.

하지만 이게 대체 무슨 수행이 된다는 말인가.

고통스러운 자기희생을 통해 다른 사람을 도우면 그건 숭고한 보살행이다. 혹은 정해진 방식에 따라 마음을 갈고 닦는 일도 수행이리라. 그런데 구마타로는 술이 잔뜩 취한 상태로 햇볕이 내리쬐는 길을 걸을 뿐이다. 그런 짓은 그저 본인이 고통스러울 뿐 아무 소용도 없고 누구에게도 도움이 되지 않는다.

존경도 받지 못한다. 설사 이게 금연이라거나 체중 감량 같은 일이라면 사람들이 '호오, 의지가 대단하시군요'라며 감탄하기라도 한다. 그러나 '잔뜩 취해 뜨거운 햇볕 아래 쓰러질 때까지 계속 걷겠습니다'라고 하면 기껏해야 '멍청이 아니냐?'라는 소리나 듣는다.

그런데도 구마타로는 이 짓을 수행이라고 믿었다.

고주망태가 되어 앞뒤 연결도 제대로 되지 않는 생각을 하며 구마타로는 아무런 근거도 없이 '이런 괴로움을 견디고 있으니 괜찮다. 이런 고통을 받고 있으니 틀림없이 보상이 있으리라'고 믿었다.

사실 구마타로는 참담한 상태였다.

짓누르는 듯한 불쾌감이 온몸에 퍼져나감과 동시에 뼈가 부러질 듯 아팠다. 썩은 우무 같은 머릿속. 땀이 줄줄 흘러내렸다. 당장이라도 토할 것 같은 느낌이 가시지 않았다. 실제로 몇 번이나 토했다. 물을 마시고 싶었다.

어느새 구마타로는 양쪽이 숲인 언덕길을 오르고 있었다.

구마타로는 한 걸음씩 내디딜 때마다 저도 모르게 헉, 헉, 헉 하고 소리를 냈다. 소리를 내면 그나마 조금 편해지는 기분이었기 때문이다.

힘들게 언덕을 오르면서 구마타로는 바로 지금이라고 생각했다.

바로 지금이야. 이 난국, 위기를 극복하면 어떻게든 일이 풀린다. 이 난국만 넘어서면.

그런 생각을 하면서 구마타로는 계속 걸었다.

내리막길을 다 내려가니 헉헉거리는 소리가 더는 나오지 않았다. 동시에 걸음도 멈췄다. 온몸의 불쾌감을 견디기 힘들어 더는 한 걸음도 걸을 수 없었다.

주위를 둘러보고는 '여기는 나카사비구나'라고 생각했다.

나카사비면 나카사비지. 이런 곳에서 주저앉으면 안 되지. 여기서 포기하면 끝장이다. 구마타로는 일어섰다. 너무 힘들다. 하지만 여기서 쓰러지면 나는 멸망한다. 멸망에 비하면 이 정도쯤이야 아무것도 아니다.

구마타로는 별일 아닌 척하며 일어섰다. 쓸데없는 노력이었다.

구마타로는 잉어가 숨 가빠하는 듯한 표정을 짓고 있었다. 머릿속이 어질어질했다. 오른쪽에 있는 강가를 따라 저지대를 걸으면 돈다바야시, 똑바로 가다가 다시 언덕을 오르면 다키다니후도다.

구마타로는 똑바로 나아갔다.

오르막길은 걷기 힘들었다.

헉, 헉, 헉, 헉.

구마타로는 다시 한 걸음을 내디딜 때마다 헉헉거리기 시작했다. 인적은 끊어졌다. 해는 이미 중천에 올라 햇볕은 더욱 뜨거워졌다. 그림자가 짙었다.

헉헉거리던 소리가 어느새 "더는 안 되겠어"라는 소리로 바뀌었다. 구마타로는 한 걸음 걸을 때마다 "더는 안 되겠어, 더는 안 되겠어"라고 하면서 아무도 없는 고갯길을 홀로 걸었다.

아무런 의미도 없는 고역을 수행이라고 굳게 믿으며.

한 시간 뒤. 구마타로는 다키다니후도묘오지(滝谷不動明王寺)에 다다랐다.

이 사찰은 고닌(弘仁) 2년, 즉 821년에 고보대사(弘法大師)가 연 오래된 절이다. 눈과 관련된 병을 고치는 데 영험이 있다고 하며 또 딱 한 마디라면 소원을 들어준다는 일언성취 부동명왕으로도 유명하다.

구마타로는 사찰에서 산을 등진 본전이 아니라 폭포에 들어가 수련하는 터가 있는 계곡 쪽으로 내려갔다. 폭포에서 수행하려는 것은 아니었다. 그냥 아무 생각이 없었다. 습기가 느껴지는 쪽으로 걸었던 것이다.

수행하는 터로 내려가는 길은 나무가 우거져 어두컴컴하고 서늘했다.

물 흐르는 소리가 들렸다.

좀 낮군. 구마타로가 비탈을 내려가다보니 중간에 벼랑을 등진 부동당(不動堂)이 보였다. 부동존(不動尊) 앞에 수반과 국자가 있었다. 사람들은 이걸로 부동존에게 물을 끼얹으며 염불하면 눈병이 낫는다, 혹은 소원을 이룬다고 믿었다.

그러나 구마타로는 목이 너무 말라 국자로 물을 떠 정신없이 마셨다.

연달아 세 번을 마신 다음 끄윽 트림을 하고 두 차례 더 떠 마셨다.

갈증은 가셨지만 몸을 휘감은 불쾌감은 여전히 심했다. 구마타로는 한숨 같은 숨을 내쉬면서 부동존에 대충 물을 끼얹고 절했다. 그렇게 절하는 시늉을 하는 것마저도 버거웠다.

'그래도 일단 절은 했다'고 생각하며 돌아선 구마타로는 헉 하는 소리를 지르며 펄쩍 뛰었다. 주위에 아무도 없는 줄 알았는데 부동당 맞은편에 노파가 쭈그리고 앉아 있었다.

이런 곳에 노파가 쭈그리고 앉아 있다니, 이상했다.

게다가 그냥 쭈그리고 앉아 있는 게 아니었다. 노파 앞에는 나무로 만든 판이 놓여 있고 그 판 위에는 엉성하게 만든 밥공기가 몇 개 놓여 있었다. 대체 뭘 하는 걸까? 영문을 알 수 없었다.

얽히지 않는 게 최고라고 생각해 눈을 마주치지 않고 그냥 가려는데 노파가 말을 걸었다.

"보소."

머리가 새하얀 노파와는 어울리지 않게 지옥 밑바닥에서 들려오는 듯한 낮은 목소리였다.

구마타로는 순간 목을 움츠리고 뒤를 돌아보았다. 구마타로를 똑바로 쳐다보는 노파의 눈은 주름투성이 얼굴에 어울리지 않을 만큼 사나웠다.

구마타로는 노파의 눈을 보고 소름이 끼쳤지만 여기서 주눅이 들거나 꿀린 모습을 보여서는 상대방이 파고들 기회를 주는 것이라고 생각해 애써 허세를 부리며 "뭐요?"라고 대꾸했다.

머뭇거리며 말하고 보니 박력이라고는 전혀 없는 겁쟁이처럼 보여 후회했지만 어쩔 수 없다. 내뱉은 말을 다시 쓸어 담을 수는 없으니. 그런 것은 아랑곳하지 않고 노파는 거만한 말투로 물었다.

"폭포에 수행하러 가는 게요?"

"아뇨. 그냥 참배하러 왔소."

"그래, 그래. 그런 거 해봤자 아무 소용 없지."

노파는 무뚝뚝한 말투로 그렇게 말하더니 "그런데 말이오"라고 하면서 구마타로의 눈을 똑바로 보았다.

"뭐, 뭐요?"

"미꾸라지 방생하지그래."

"미꾸라지?"

"아니, 미꾸라지 모르오?"

"미꾸라지는 알죠. 그걸 어떻게 하라고요?"

"요 아래 강에 풀어주란 이야기지."

그 말을 듣고서야 구마타로는 노파가 미꾸라지를 방생해 공덕을 쌓으라는 말을 한다는 걸 깨달았다. 괜히 겁을 먹었다고 생각했다.

"그런데 미꾸라지가 어디 있다는 거요?"

"자넨 눈도 안 떴나? 이리 와서 한번 봐."

노파의 말에 구마타로는 나무판 위를 들여다보았다. 공기 안에 손가락만 한 검고 길쭉한 것이 움직이지 않고 가만히 있는 게 보였다. 구마타로가 생각하는 미꾸라지와는 무척 달라 보였다.

구마타로가 알기로 미꾸라지는 훨씬 기운이 좋다. 펄떡펄떡 탄력 있고 기운차게 움직이며 요리해 먹으려고 건져 올리면 더욱 사납게 날뛴다. 죽어서 밥상에 오른 것들은 그 살이 두툼하다. 그런데 이 미꾸라지는 뭐지?

구마타로는 다시 공기 안을 들여다보았다.

바닥에서 미꾸라지 한 마리가 조금씩 움직이고 있었다. 기운이 하나도 없다. 체념한 듯이 제대로 움직이지도 않아 살았는지 죽었는지조차 의심스러웠다.

구마타로는 공기를 손에 들고 좌우로 흔들었다. 하지만 미꾸라지는 축 늘어진 채 좌우로 흔들릴 뿐이었다. 구마타로가 말했다.

"이거 살아 있는 거요?"

"살았는데. 한 마리 사서 풀어주시지."

돌아서려고 하는 구마타로를 노파가 불러 세웠다.

"이봐, 이봐."

"뭐요?"

"돈. 돈."

"뭐요? 돈 달라고? 나쁜 할망구네."

"나쁠 게 뭐가 있나? 돈을 내면 공덕이 쌓이잖아. 일 센이야."

"비싸네. 자, 여기 일 센."

"그래, 잘했어."

"그렇겠죠. 내겐 잘한 일 같지 않지만."

그런 소리를 하며 공기를 들고 폭포 아래의 수행 터로 가려는 구마타로에게 노파가 말했다.

"어딜 가셔? 그냥 거기서 놔주지."

"아니. 더 아래쪽에서 풀어주려고. 그러지 않으면 할멈이 다시 잡아서 팔 테니까."

"공기 나중에 돌려줘."

"안 그래도 돌려줄 거요."

그렇게 내뱉고 구마타로는 수행하는 터로 내려갔다.

부동당에서 계곡을 따라 조금 내려가 작은 다리를 건너면 오른쪽에 수행 터가 있다. 정면에는 작은 당집이 있고 그 왼쪽에는 요란한 소리를 내며 떨어지는 폭포가 있다.

폭포 왼쪽에 마애불이 새겨져 있었다.

폭포 소리. 그리고 새 우는 소리가 들렸다.

나뭇가지 사이로 푸른 하늘이 조금씩 보였다.

구마타로는 공기를 든 채 당집 옆으로 난 오솔길을 내려가다가 문득 멈춰 서서 폭포를 쳐다보고는 "아아" 하고 소리를 질렀다.

구마타로는 작은 다리까지 가서 난간에서 몸을 내밀고 수면을 살폈다. 수면까지는 어른 키만 한 거리. 계곡 양옆으로는 깎아지른 절벽이라 폭이 좁았다. 건너편에 둑을 쌓아두었기 때문인지 물 깊이는 얕고 흐름도 완만해 개울 밑에 있는 모래나 자갈이 또렷하게 보였다.

공기에 담긴 미꾸라지는 여전히 움직이지 않았다. 구마타로는 속으로 '지금은 절망하고 있을지 모르지만 곧 물에 풀어줄 테니 마음껏 자유롭게 헤엄치며 돌아다녀라' 하고 미꾸라지에게 말하고 공기를 기울였다. 물 약간과 미꾸라지가 계곡물로 떨어졌다.

첨벙하는 소리도 없이 미꾸라지는 물로 돌아갔다. 구마타로는 몸을 더 내밀고 미꾸라지를 살폈다.

눈을 부릅뜨고 물결이 잔잔해진 계곡물 안을 들여다보니 미꾸라지는 오른쪽 절벽 아래 모래흙이 드러나고 물이 고여 흐르지 않는 곳에 있었다.

그렇지만 미꾸라지는 모처럼 물로 돌아갔는데 좁은 공기 안에 있을 때와 마찬가지로 꼼짝도 하지 않았다. 얼핏 보면 시커먼 나뭇가지로밖에 보이지 않았다.

구마타로는 미꾸라지를 보면서 속이 탔다.

애써 놓아주었더니 뭐 하는 건가. 오랜 시간 공기 안에서 지내다보니 스스로를 끝장난 미꾸라지라고 생각하게 된 걸까. 그렇지 않아. 넌 이제 내 도움을 받아 자연의 품으로 돌아갔으니 어디든 내키는 곳으로 갈 수 있어. 유쾌한 미꾸라지로 살아갈 수 있지. 아직 그걸 모르는 거야.

구마타로는 미꾸라지에게 기운을 보내 그 정신을 일깨워주려고 했다.

옆에 있던 돌을 들어 미꾸라지 쪽을 겨냥해 던졌다. 물이 흔들리고 미꾸라지가 출렁거렸다. 그렇지만 자세히 보니 흔들리는 물에 몸을 맡기고 출렁거리는 게 아니라 스스로 몸을 꿈틀거리는 것처럼 보이기도 했다.

그래, 그렇게 해. 구마타로는 다시 돌을 던졌다.

그랬더니 미꾸라지는 이번에는 '돌 던지면 싫어, 싫어'라고 하듯이 몸을 꿈틀거리기 시작했다.

점점 나아지는군. 그래, 그래. 그렇게 기운을 내. 구마타로는 기뻐서 돌을 더 던졌다.

그러자 미꾸라지는 드디어 꿈틀하면서 십 센티미터쯤이기는 하지만 스스로 헤엄쳐 움직였다. 그 모습을 보고 구마타로는 이제 걱정할 일 없다고 생각했다.

저만큼 헤엄칠 수 있다면 계곡물 속에서도 편하게 살아갈 수 있으리라. 구마타로는 기뻐하며 미꾸라지를 살폈다.

미꾸라지는 신바람이 났다. 공기 안에 있을 때는 절망에 빠져 막대기처럼 움직이지도 않았는데 이제는 기운차게 몸을 좌우로 마구 흔들면서 쭉쭉 물속에서 활발하게 움직였다. 곧 미꾸라지는 보이지 않게 되었다. 크게 만족한 구마타로가 노파에게 공기를 돌려주러 가려고 한 바로 그때였다.

어디선지 부리가 긴 알록달록한 작은 새가 날아와 수면에 착 내려앉나 싶더니 미꾸라지를 물고 냉큼 날아올라 절벽에서 쑥 튀어나온 나뭇가지에 앉았다. 미꾸라지는 꿈틀꿈틀 몸부림쳤다.

작은 새는 한동안 동그란 눈을 뜨고 고개를 갸웃거리며 그 꿈틀거리는 것을 어떻게 할까 고민하는 듯했다. 이윽고 새는 머리를 위아래로 마구 움직여 미꾸라지를 나뭇가지에 탁탁 후려쳐 기절시키고 양치질할 때처럼 머리를 들어 하늘을 보더니 통째로 삼켰다. 미꾸라지를 삼킨 작은 새는 아무 일도 없었다는 듯 어디론가 날아갔다.

구마타로는 절망했다.

모처럼 내가 구해주었는데 새가 와서 먹어버렸다. 결국 미꾸라지를 구해주지 못했다. 아마 지금쯤이면 도미의 신부 행렬이 출발했으리라.

구마타로는 다리 위에서 움직이지 않았다. 깎아지른 벼랑에 솟아난 풀고사리가 천천히 위아래로 흔들렸다.

풀고사리가 '이리 와, 이리 와' 하며 부르는 듯했다.

구마타로를 어디론가 데리고 가려는 것 같았다.

구마타로는 당연히 그곳이 좋은 곳은 아닐 거라고 생각했다. 그는 결심했다.

이제 끝장난 거 아닌가? 어차피 나나 미꾸라지나 구원받기는 글렀다. 그렇다면 평생 아무렇게나 막 살자. 니들 하고 싶은 대로 해봐라, 멍청한 것들아.

구마타로의 마음은 부글부글 끓어올랐다. 계곡은 조용했

다. 폭포수 떨어지는 소리만 요란하게 울려 퍼졌다.

　메이지 24년인 1891년 가을. 구마타로는 서른네 살이 되었다. 다키다니후도에서 평생 아무렇게나 살겠다고 맹세한 지십 년. 구마타로는 이미 돌이킬 수 없는 지점까지 와 있었다. 허구한 날을 술, 여자, 노름, 싸움으로 보냈다.

　이제 구마타로는 어느 노름판에 얼굴을 내밀어도 다들 알아보고 인사를 할 정도였다. 마을 녀석들은 무슨 짓을 할지, 어떤 말도 안 되는 짓을 할지 모를 사람이라며 구마타로를 꺼리기도 했다. 그럭저럭 사람들에게 무시당하게 않게 된 구마타로는 어엿한 협객 같은 표정을 하고 마을 안을 휘저으며 다녔다.

　전에는 이따금 구마타로를 따라 노름판에 드나들거나 유곽에 출입하기도 했던 고마타로와 고이데 같은 녀석들은 장가를 들고 자식을 얻어 요즘은 겉모습까지 완전히 농사꾼 아저씨가 되었다. 이제는 그런 곳에는 절대 걸음하지 않고 우연히 구마타로를 보더라도 마치 다른 세계에 사는 사람 대하듯 했다.

　이건 프리터*와 대학생이 어울려 록 밴드를 꾸렸을 때와 비슷하다. 프리터는 밴드가 한동안 지속될 것으로 생각하고 자기 인생에서 중요한 부분으로 여긴다. 하지만 대학생은 그렇지 않다. 밴드는 사회 활동이 아니라 학생 활동 가운데 하나이기 때문에 취직해서 사회에 나가면 그런 활동은 계속할 수 없을 거라고 생각한다.

그래서 프리터는 학생과 달리 밴드 활동을 계속하고 학생은 취직해 사회인이 된다.

그래도 처음에는 가끔 만나 술도 한잔하고 근황을 나누기도 한다. 그렇지만 십 년도 되기 전에 왕래는 끊기고 우연히 마주쳐도 이제는 애당초 전혀 몰랐던 사람이나 매한가지다. 더 이상 나눌 이야기도 없고 하는 말에서부터 얼굴 생김새, 복장에 이르기까지 완전히 차이가 나 간단한 인사조차 변변히 나누지 않게 된다.

이 경우 마음이 쓸쓸한 쪽은 누구인가 하면 여전히 밴드 활동을 계속하는 프리터다.

학생이었던 멤버는 예전과 전혀 다른 사람 같다. 사회의 중심이 되어 의미 있는 일을 하며 처자식을 부양한다는 자신감에 넘친다. 그에 비해 자신은 어떤가. 십 년 전과 같은 모습으로 같은 일을 하고 있다. 그렇게 해서 밴드가 인기를 얻으면

---

* 특정한 직업 없이 아르바이트로만 생계를 이어가는 사람.

좋지만 그럴 기미는 전혀 보이지 않는다. 도무지 발전이 없다. 오히려 나이를 먹은 만큼 체력이 떨어진다. 그래서 자기만 남겨진 것 같은 쓸쓸함을 느낀다.

어엿한 협객 같은 얼굴로 돌아다니는 구마타로도 마음 한구석에 그런 쓸쓸함을 품고 있었다. 자기만 남겨진 듯한 기분이었다. 그런 쓸쓸함을 달래기 위해 점점 더 술이나 노름에 빠져들고 폭력적인 행동을 하다보니 쓸쓸함은 더욱 커졌다. 악순환이다.

1891년 가을에도 구마타로는 농사일을 하지 않고 허구한 날 '이케다야'에서 술을 마셨다.

그날도 구마타로는 오가는 사람들을 빤히 보면서 술을 마시고 있었다.

아가씨가 큼직한 바구니를 들고 지나갔다.

구마타로는 그 모습을 보며 냉소적으로 말했다.

"허, 바구니를 들고 가네. 뭘 하려는 거지? 마쓰리가 얼마 남지 않아 다들 호두떡 만들 때 쓸 콩을 가지고 가는구나. 흥, 해마다 그렇게 맛도 없는 떡을 해 먹으면서 뭐가 그리 좋다는 거지? 얼간이들. 하기야 우리 집도 어머니가 아침부터 콩을 꺼내 물을 끓이던데, 난 그런 거 먹지 않아. 뭐랄까, 남들다 하니까 나도 한다는 게 싫어. 외려 다른 사람이 하지 않는 걸 해야지. 그래야 사나이라고 할 수 있지 않나? 남들과 똑같이 논 갈고 똑같이 호두떡이나 먹고. 으아아, 말만 해도 지겹군. 에헤, 지금 내가 누구에게 이야기하는 거지? 그나저나 이 술 맛있네."

구마타로는 혼잣말을 하며 두툼한 유리잔에 담긴 술을 마셨다.

하늘은 맑고 바람은 상쾌했다.

구마타로는 하늘을 보며 말했다.

"뭐가 상쾌하고 맑은 날이라는 거야? 난 도무지 그 상쾌하다는 느낌이 마음에 들지 않아. 비가 억수같이 쏟아지면 안 되나? 하핫, 그래. 난 우산이 없으니 흠뻑 젖을 테지. 흥, 멍청하긴."

농기구를 어깨에 걸멘 젊은 남자가 구마타로의 시야를 가로질렀다.

구마타로는 입을 찡그리고 웃으며 이렇게 말했다.

"히힛, 히히히힛. 괭이를 걸쳐 메고 가는군. 괭이란 건 다들 저렇게 어깨에 걸메는구나. 재미없어. 때론 칼처럼 허리에 차고 다니면 어떤가? 총을 거머쥐듯 들고 성큼성큼 다니면 어떻고? 그런 궁리를 하는 사람을 난 농사꾼이라고 부르고 싶어. 뭐, 말뿐이긴 하지만. 소금물에 푹 절인 가지처럼 나는 좀 슬프다."

무슨 소리를 하는 건지 도무지 알 수 없는, 맥락이 이어지지도 않는 술 취한 사내의 머릿속 생각이었다. 그런 말을 중얼거리며 구마타로가 술을 한 모금 마셨을 때 한 사내가 이케다야로 달려들어오며 "아저씨, 물 한 잔만"이라고 소리쳤다. 급히 달려온 그 사내는 옆 탁자에 손을 짚고 숨을 몰아쉬었다. 구마타로는 의아한 눈빛으로 사내의 얼굴을 살폈다.

저 녀석은 틀림없이 다카하시 론지로라는 놈이다. 하핫. 다카하시(高橋) 좋아하네. 코가 저렇게 납작한데. 그런데 저 녀석은 뭘 저렇게 허둥대는 거지? 무슨 변이라도 생겼나? 한번 물어볼까? 그렇지만 마을이라는 사회에 아무런 관심이 없던 나다. 별일 아니라고 얼버무릴지도 몰라. 어떡하지? 구마타로가 망설이는데 가게 주인이 "왜 그렇게 허둥대나? 왜 그래? 무슨 일 있어?"라고 바로 물었다. 그러자 사내가 "큰일 났어"라며 털어놓기 시작했다.

"큰일 났다고."

"대체 무슨 일이야?"

"신사에서 마을 젊은이들이 마쓰리 때문에 가마를 메는 연습을 하고 있었어요. 그런데 얼마 전부터 쓰지모토 씨네 산에서 일을 도와주는 녀석 알죠?"

"그래, 그래. 알지, 알아. 잘 알지는 못하지만. 나카무라 마을에 사는 다니 젠노스케의 양자가 되었다던데."

"그래요? 그건 몰랐네. 그건 난 모르지만, 어쨌든 그 녀석이 불쑥 찾아와서 우리에게 가마를 메게 해달라고 하더라고. 그렇지만 신사 제례를 지낼 때 그 가마를 메는 사람은 이미 정해진 거잖아요? 당연히 안 된다고 했죠."

"응, 응. 그랬더니?"

"미친놈. 그래도 자꾸 잠깐인데 괜찮지 않느냐는 거예요. 가마 메는 사람은 이미 정해져 있으니 안 된다고 했죠. 귀찮으니까 저리 꺼지라고 했어요. 그랬더니 그놈이 계속 잠깐인데 어때서 그러느냐는 거야."

"응, 응. 그랬더니?"

"너무 끈덕지게 조르더라고요. 젊은 놈이라 혈기왕성하겠지. 우리는 스무 명쯤이었고 그쪽은 혼자였거든. 그래서 '참 끈질긴 놈이로구나, 어디 호된 맛 좀 봐라' 하며 앞에 있던 네댓 명이 녀석에게 덤벼들었어요."

"응, 응."

"그런데 놈이 세긴 세더라고."

"어떻게 됐는데?"

"정말 싸움 잘하더라니까. 덤벼드는 사람들을 슬쩍 피하더니 픽, 픽, 픽. 그야말로 순식간이었어요. 네댓 명이 대번에 쭉 뻗어버리데. 그 모습을 본 다른 녀석들도 겁을 집어먹고 '형님, 미안하오. 용서해주쇼'라고 사과했죠."

"진짜 겁쟁이들이네."

"아니라니까. 그놈이 너무 센 거죠. 그런데 그 녀석 말이 '사과한다는 건 너희가 잘못했다고 인정하는 거다. 그야 그렇지 않은가. 난 점잖게 말했는데 갑자기 덤벼들었으니까. 봐라, 여길 봐. 내 정수리에 혹이 났다. 너희들 잘못이니 위자료를 받아야겠다'라는 거예요."

"아, 골치 아프게 되었군. 얼마나 달라는 건가?"

"그게 말이죠, 이십 엔이나 내놓으라고."

"으악. 이십 엔? 끔찍하군."

"그렇죠? 그때 다케베 아저씨가 와서 보더니 이 정도면 위자료는 이 엔이면 될 거라고 했어요. 그런데 녀석이 전혀 들어먹질 않아서. 어떻게든 이십 엔을 받아야겠다며 성질을 내더라고요. 옆에 있던 고이데 아저씨가 '너 가서 경관 나리를 불러와라'라고 귓속말을 하더라고요. 그래서 부르러 가는 길이죠."

"그거 골치 아프게 되었군."

옆에서 히죽히죽 웃으며 술잔을 만지작거리던 구마타로는 '그렇게 된 거로구나' 생각했다.

그런 녀석이 있다는 이야기는 구마타로도 들었다.

임업을 하는 쓰지모토라는 사람이 고용한 젊은 사내가 다케다 이치고로의 셋집을 얻어 그대로 눌러 살고 있다, 제법 위세가 좋은 사내라 노름 같은 것도 좀 한다는 이야기를 들었던 것이다.

구마타로는 두 사람이 하는 이야기를 듣고 쌤통이라고 생각했다. 하하, 재미있네.

배타적인 마을 녀석들이 난처해하는 게 고소했다.

그야 누구나 화려하게 장식한 가마를 메고 싶어 한다. 하지만 그 일을 맡을 사람은 그야말로 멋대로 정한다. 겉으로는 키가 맞아야 한다고 하지만 결국 마을 유지, 발 넓은 사람, 논밭을 많이 지닌 사람, 이른바 양갓집 자제가 아니면 그 가마를 메지 못한다. 구마타로도 한 번쯤 메고 싶었지만 어차피 시켜줄 리 없다고 생각해 포기했다. 그리고 애써 그런 일에는 관심이 없는 척하며 지낸 것이다.

그런데 다른 지방에서 온 녀석이 그 가마를 자기도 메겠다고 떡하니 나섰고, 그 결과 마을 사람들이 큰돈을 물게 되었다니 참으로 재미있다.

구마타로는 으헤헤 하고 웃으며 술을 마셨다. 그런 구마타로를 보고 이케다 센타로는 그럴듯한 생각을 떠올렸다. 술을 마시면 외상을 긋고는 늘 떼먹는 구마타로다. 이케다는 이참에 구마타로를 골려주기로 마음먹었다.

이케다가 히죽히죽 웃었다. 남이 곤경에 처했다는 이야기를 듣고 히죽히죽 웃는 녀석을 골탕 먹이기로 마음먹고 히죽히죽 웃는 녀석이 있다. 인간 세상이란 참으로 무서운 곳이다.

이케다가 다카하시에게 말했다.

"그 남자가 어지간히 센 모양이로군."

"그럼, 세지. 그래서 어떻게 해볼 방법이 없어서 내가 경찰을 부르러 가는 거야."

"그렇지만 경관 나리가 오면 너희들한테도 뭐라고 할 텐데."

"그야 그렇겠지. 어차피 먼저 손을 댄 건 우리니까. 하지만 우리는 이제 감당할 수 없어서, 어쩔 수 없이 경찰을 부르러 가는 거잖아."

"그게 말이야. 굳이 경찰을 부르지 않아도 잘 마무리할 수 있을 텐데."

"어떻게 하면 되죠?"

"저기서 술 마시는 사람 잠깐 봐."

"저기? 아아, 정말. 밝은 데서 들어왔더니 잘 안 보여서 몰랐네. 아니, 구마타로 아니야? 골치 아픈 녀석이로군."

"누가 골치 아픈 녀석이라는 거야?"

"헤헤헷. 구마, 잘 지냈어?"

"너 정신 나갔냐?"

"아, 구마. 그렇게 화내지 말고."

이케다는 그렇게 구마타로를 달래면서 다카하시에게 말했다.

"여기 있는 구마는 이른바 협객이야. 그런데 넌 지금 경찰에 싸움을 중재해달라고 부탁하러 갈 거잖아. 싸움을 중재하는 일이라면 협객의 본업이야. 굳이 경찰에 갈 일 있어? 구마에게 부탁해봐. 아무리 상대가 세다고 해도 중간에 끼어들어 양쪽 체면을 모두 세워줄 수 있을 거야. 안 그런가? 그렇지, 구마?"

이케다는 그렇게 말하며 실실 웃었다.

구마타로의 안색이 변했다.

평소 협객처럼 마을 안을 건들거리며 돌아다니는 구마타로다. 그런 센 녀석을 상대할 수는 없다고 꽁무니를 뺄 수 없어 우물거렸다.

"아, 그게 글쎄, 사실은."

"뭐야, 중재 못하겠나?"

"못하는 게 아니고, 그런 상황인데 내가 가서 뭘 어떻게 하겠느냐는 거지. 물론 내 전문 분야지만 역시 그게, 만에 하나라는 게 있어서. 그러니까 실제로 싸움이 붙으면 어떻게 할지를 생각해야 하잖아?"

"역시, 너도 싸우면 질 것 같아?"

"멍청하긴. 넌 이 기도 구마타로가 그놈에게 질 거라는 거냐? 내가 걱정하는 건 그 반대야. 만약 내가 나섰다가 그 녀석 팔 하나라도 부러뜨려봐. 오히려 마을 사람들에게 폐를 끼치는 거 아닌가? 난 그걸 걱정하는 거라니까."

"신경 쓸 거 있어? 해치워. 애당초 이십 엔이라는 말도 안 되는 소리를 한 건 그쪽이야. 따끔한 맛을 보여주는 게 약이 되고 더 좋아. 안 그래, 구마? 이번엔 한번 마을을 위해 나서 봐. 응? 구마. 그게 협객의 의리잖아."

"뭐 협객의 의리라고 해도 내 경우는 절반쯤은 농사꾼이니까. 나머지 절반은 협객이니 의리를 생각해 애를 좀 쓰라고 해도, 거기에는 자연히 한계 같은 게 있기 마련이거든."

"그런 소리 하지 말고. 야, 너 뭐 하냐? 너도 와서 부탁드리지 못해?"

이케다가 그렇게 말하자 옆에 멍하니 서 있던 다카하시는 나이가 어려서 이케다가 구마타로의 비위를 맞추며 억지로 몰아가고 있다는 사실은 깨닫지 못하고 경찰에 가지 않아도 해결될 수 있으면 더할 나위 없다고 생각해 고개를 숙이며 말했다.

"부탁드리겠습니다. 중재에 나서주세요. 이렇게 부탁드립니다."

구마타로는 평소 협객 행세를 하고 다닌 만큼 물러설 곳이 없었다.

"할 수 없지. 그럼 함께 가볼까?"

구마타로는 담담하게 자리에서 일어났다.

가게 주인 이케다는 "야아, 구마가 나서준다니 이제 걱정할 것 없겠네"라고 큰 소리로 말했다. 천연덕스러운 표정이었다.

구마타로는 골치 아프게 되었다고 생각했지만 상황이 어쩔 수 없었다. 내 인생은 이런 일들의 연속이다. 이렇게 된 이상 마음을 단단히 먹고 해보자. 닥치면 어떻게든 되겠지. 그런 생각을 하며 상쾌한 가을 하늘을 올려다보았다.

심각한 표정을 짓고 있는 다카하시와 실실 웃는 이케다, 그리고 내키지 않는 표정의 구마타로가 함께 스이분 신사 참배길을 올라갔다. 경내에서 젊은 남자 하나와 마을 어른들이 서서 이야기를 하는 모습이 보였다.

한쪽에서는 마을 젊은이들이 모여 걱정스러운 듯이 지켜보고 있었다. 그 옆에는 통나무 두 개에 무게가 나가도록 추를 매단 연습용 가마가 놓여 있었다.

젊은 남자는 실실 웃으며 조용한 말투로 무슨 이야기를 하다가 갑자기 흥분해 큰 소리로 윽박지르기도 했다. 마을 남자들은 그저 고개를 꾸벅거리고 사과할 뿐이었다.

구마타로는 젊은 남자를 보고 오싹했다.

얼굴 생김새는 제법 사내다웠지만 전체적으로 거친 인상이었다. 원래 잘생긴 얼굴이라 그런지 거칠어도 박력이 느껴졌다. 힘든 노동을 해서인지 근육이 우락부락했고 상반신은 빚은 듯 다부졌다.

마을 어른들은 모두 한고집 하는 이들이었다. 여느 때 같으면 젊은이들이 투덜거려봐야 들은 척도 않지만 바로 앞에 있는 젊은이의 왠지 죽을 각오가 된 듯한, 내 말을 듣지 않는다면 나도 이 자리에서 죽겠다, 그 대신 너희도 모두 죽는다, 라는 듯한 박력에 기가 질려 아무도 입을 열지 못했다.

일단 마음을 굳게 먹고 온 구마타로였지만 남자를 보자 풀이 죽어 그 자리에 멈춰 서고 말았다. 다카하시가 말했다.

"어떻게 하죠? 저 사람인데."

"아, 알았어."

구마타로는 그렇게 대꾸하며 이렇게 된 이상 진짜 마음을 다부지게 먹고 나설 수밖에 없겠다고 생각했다. 그러면서도 상대방이 품에 단도를 품고 있다가 푹 찌르기라도 하면 진짜 아플 텐데, 그건 싫다, 하는 걱정을 하며 일찌감치 질 생각을 하고 남자에게 다가갔다. 하지만 약한 모습을 보일 수는 없어서 애써 허세를 부리며 "이봐, 젊은이" 하고 말을 건넸다.

분위기에 휘말려 기가 꺾인 상태였기 때문에 목소리가 크게 나오지 않아 남자는 알아듣지 못했다. 어쩔 수 없이 다시 "이봐, 실례 좀 합시다"라고 말하자 그제야 젊은이와 마을 어른들은 구마타로가 왔다는 사실을 깨달았다.

어른들은 구마타로가 왜 여기 왔는지 의아한 모양이었다. 저리 가라는 시늉을 하는 사람도 있었다.

한편 젊은 남자는 더 확실한 반응을 보였다.

남자는 구마타로를 쏘아보며 "뭐요, 당신은" 하고 호통을 쳤다.

남자의 얼굴을 가까이서 본 구마타로는 정신이 멍했다.

무시무시한 얼굴이었다. 미친 짐승 같았다. 귀신 같기도 했다. 구마타로에게는 이미 공포심 같은 건 없었지만 기운이 도무지 나지 않는다고나 할까, 남자의 얼굴을 보니 의욕이 엑토플라즘처럼 코로 흘러나가는 기분이었다.

어떻게든 되겠지 하고 마음을 다진 구마타로에게 귀신처럼 생긴 남자와 그 앞에서 고개를 숙인 마을 어른들은 유리 진열장 안에 있는 사람들처럼 보였다. 구마타로에게는 가을 하늘 아래 있는 이 신사 경내 전체가 현실이 아닌 듯했다.

구마타로는 일단 하늘을 올려다본 다음 다시 남자의 얼굴을 보았다. 그러자 '어라?' 하는 생각이 들었다.

틀림없이 남자는 흉악하고 난폭한 얼굴이다. 하지만 뜻밖에 그 흉악하고 난폭한 얼굴 안에 어딘지 이야기가 통하지 않을까 하는 생각이 들게 만드는 부분이 있었다.

그에 비하면.

예를 들어 고마타로는 결코 흉악하거나 난폭한 얼굴은 아니다. 하지만 그 표정을 보면 절대로 말이 통하지 않으리라는, 생각이 통하지 않으리라는 느낌이 들게 만드는, 철가면같이 무엇인가를 거부하는 면이 있다. 그런데 이 남자는 저렇게 위협적인 표정을 짓고 있어도 그처럼 거부하는 면은 보이지 않는다. 외려 상대방을 받아들이려는, 다른 방식으로 대화하면 이야기가 통할 거라거나 대화하고 싶어 한다는 의욕이 느껴진다. 말하자면 친밀감 같은. 그건 내 이야기가 통할 거라거나 이야기가 잘 마무리될 거라는 말은 아니다. 물론 저 녀석은 내가 중재에 나선 것 자체에 화가 나 나를 두들겨 패 반쯤 죽일지도 모른다. 그렇지만 나는 저 녀석의 얼굴을 보면 그마저도 납득할 수 있을 것 같다. 설사 반쯤 죽는다고 해도 그건 충분히 이야기한 뒤에 찾아오는 결과라고나 할까, 서로 이해하고 이렇게 되면 반쯤 죽을 수밖에 없겠구나 하고 인정한 다음에 당하는 반죽음 같은, 그런 반죽음을 당할 것 같은 기분이다. 물론 그런 기분이 들 뿐이지 실제로는 대화고 이해고 없는 터무니없는 반죽음이 될 테지만, 하하.

구마타로는 속으로 웃었다. 가장 나쁜 결과를 예측하면서도 왠지 낙관적인 정신 상태였다.

사람들은 한마디도 못하고 구마타로의 남자를 번갈아 바라보았다.

기침 소리 하나 들리지 않았지만 슬쩍 방귀를 뀌는 놈은 있었다.

"형씨, 난 이 마을에 사는 기도 구마타로란 사람인데, 이 싸움 내게 맡겨주지 않겠나?"

젊은 남자에게 말하는 구마타로의 목소리는 침착했다.

젊은 남자는 아무런 대꾸도 없었다. 구마타로가 말을 이었다.

"이야기 들었네. 분명히 먼저 손을 댄 저 녀석들이 잘못이지. 그 문제에 대해서는 내가 이렇게 사과하네. 미안해. 하지만 형씨, 고약값 이십 엔이라는 건 좀 지나치지 않은가? 보니크게 다치지도 않은 모양인데. 내 얼굴을 봐서 일단 이 엔 정도로 넘어가세. 그렇게 하세, 형씨."

거침없이 단숨에 말한 구마타로는 놀랐다.

자기가 이렇게 술술 이야기할 수 있을 줄은 몰랐기 때문이다.

하지만 중재에 나선 구마타로가 이야기하는 데도 아랑곳하지 않고 남자는 '내게 그런 소리를 겁 없이 지껄이다니, 믿을 수 없다'는 얼굴로 아무런 대꾸도 하지 않았다.

구마타로는 마을 사람들의 표정을 살폈다.

마을 사람들은 구마타로가 대체 어떤 결말을 낼까, 두들겨 맞아 반쯤 죽게 되면 그건 그것대로 재미있겠다며 흥미진진하다는 듯 지켜보고 있었다.

구마타로는 무슨 저런 놈들이 있나 싶었다.

조금 전까지만 해도 겁을 집어먹고 거의 울 듯했던 주제에 지금은 재미있어 하며 가슴 설레는 표정이다.

구마타로는 부아가 치밀었지만 지금 그만두면 마을 놈들에게 '으헤헤. 구마 녀석 잘도 중재하겠다고 떠벌렸어'라며 비웃음을 당할 게 틀림없다. 그건 그것대로 화가 치민다. 그렇다면 차라리, 라고 생각하며 구마타로는 목소리를 높였다.

"이봐, 형씨. 내가 이렇게 알아듣게 이야기했잖아. 그런데 왜 아무 말도 없지? 아니면 뭔가? 중재하는 사람이 나로는 부족한가? 난 힘으로 해도 상관없어. 그게 싫다면 대답을 해야지."

이렇게 말해버린 구마타로는 드디어 나아갈 수도 물러설 수도 없게 되었다는 생각이 들었다.

이렇게까지 이야기하면 상대도 가만히 있지는 않으리라. 일단 어렸을 때 쓰던 '팔 찍기'나 '허벅지 차기'라도 먹여야 할까? 으헤헤. 그런 수법이 통할까? 난 이제 저 녀석에게 얻어맞아 너덜너덜해질 것이다. 그래도 그건 방관자 같은 표정으로 남을 비웃는 녀석들보다는 훨씬 낫다. 으헤헤.

구마타로는 자세를 가다듬었다. 그러자 젊은 남자는 구마타로의 눈을 똑바로 바라보며 성큼 다가섰다. 구마타로와 남자 사이에는 불꽃 튀는 긴장감이 흘렀지만 조금 떨어진 곳에서 지켜보는 젊은이들이나 가게 주인 이케다 같은 사람들은 멀뚱멀뚱했다. 그 가운데 한 사람이 옆에 있는 녀석에게 작은 목소리로 말했다.

"야, 구마가 겁 없는 소리를 하네. 힘으로 해도 상관없다니."

"진짜. 저런 소리를 해도 괜찮을까? 저 젊은 친구는 싸움을 아주 잘할 것 같은데."

"맞아. 몸집이 달라. 저 젊은 친구는 탄탄하지만 구마는 왠지 원숭이가 인형극 연습을 하는 것처럼 보여."

"어쩌지? 그런데 정말 괜찮을까? 저렇게 큰소리치고. 흠씬 얻어맞을 텐데."

"재미있겠군."

"인마, 너 무슨 소리를 하는 거야?"

"미안. 그렇지만 재미있지 않아?"

"그야 재미있기는 하지."

"거봐, 너도 마찬가지잖아."

그런 소리를 하며 방관자들은 재미있어 했지만 구마타로는 절망했다.

결국 늘 이런 식이다. 나는 굳이 이렇게 되기를 바라지 않았는데. 숲속의 작은 도깨비 때도 그랬다. 주위 사람들이 등을 떠미는 바람에 정신을 차리고 나면 내가 가장 위험한 역할을 떠맡는다. 왜 이렇게 되는 걸까? 그건 아마 내가 침착하지 못하고 사려 깊지 않기 때문이리라. 내가 하는 말이 상대에게 통하지 않는 게 아닐까? 상대는 사실 다른 이야기를 하고 싶은 게 아닐까? 그런 생각을 하며 초조해하기 때문에 그만 제대로 된 판단을 내리지 못하고 정신을 차려보면 나는 손해 보는 역할을 떠맡고 있다. 하지만 그런 생각을 하지 않는 뻔뻔한 놈들은 늘 거리를 두고 지켜본다. 그리고 허세도 문제다. 지금 거절하면 체면이 상하는 게 아닐까 하는 생각도 있다. 내 행동에 지나치게 논리적인 정합성을 요구하는 것이다. 다른 사람들은 그러지 않기 때문에 편하게 산다. 하지만 나는 힘들게 산다. 지금도 그렇다. 나는 이제 이 녀석에게 흠씬 두들겨 맞을 것이다.

그런 생각을 하면서 구마타로는 지금 이 상황에서조차 형식을 생각했다.

나는 지금부터 당할 테지만 그래도 공포와 아픔 때문에 우는 꼴사나운 모습은 보이고 싶지 않다. 얻어맞는 거야 어쩔 수 없다고 해도 얻어맞는 방식이 문제다. 예를 들어 이렇게 하면 어떨까? 일단 퍽, 퍽, 퍽 얻어맞은 다음 상대방의 얼굴을 보고 씩 웃으면서 '어때, 형씨. 이제 속이 좀 풀렸나?'라고 묻는다. 결국 둔해서 얻어맞는 게 아니라 마음만 먹으면 상대를 두들겨 팰 수 있지만 일부러 얻어맞아주는 척하는 것이다. 그러면 상대방은 저런 여유가 어디서 나오는 거지? 혹시 이 녀석 엄청나게 센 놈 아닌가? 하고 겁을 집어먹어 더는 때리지 않을지 모른다. 또 내내 지켜보던 사람들도 중재하기 위해 일부러 얻어맞다니 얼마나 배짱 두둑한 사나이인가 하며 감탄할 게 틀림없다. 다만 이런 방식의 문제점은 퍽, 퍽, 퍽 얻어맞고 씩 웃기 전에 또 퍽, 퍽, 퍽 하고 얻어맞게 되면 아파서 웃지도 못하고 외려 울게 될지도 모른다는 사실이다. 상대방의 힘이 셀 경우에는 첫 번째 퍽, 퍽, 퍽에 울어버려 웃을 기회도 없을지 모른다. 하지만 그건 내 인내력에 달린 문제이리라. 즉 나 자신이 얼마나 노력하느냐에 달려 있다. 방심하지 않고 아랫배에 힘을 끙 주고 이를 꽉 문 다음 꾹 참아야 한다. 그다음에 씩 웃는다. 이건 상당히 어려운 일이다. 꾹 참다가 불쑥 힘이 빠지기도 하니까. 너무 일찍 힘을 빼면 한 방에 나가떨어진다. 반대로 계속 힘을 주고 있다가는 '속이 좀 풀렸나?'라고 물을 때 박력이 넘쳐 좋지 않다. '끙' 하고 참는 것과 '씩' 하고 웃는 사이의 호흡과 타이밍이 중요하다.

그런 생각을 하며 구마타로는 '자, 때려라'라고 하듯 남자 쪽으로 얼굴을 디밀었다. 남자도 한 걸음 더 구마타로 쪽으로 다가섰다. 긴장감이 더욱 높아졌다.

이제 더 입을 놀리는 사람은 없었다. 스이분 신사 경내에 일촉즉발, 심상치 않은 분위기가 떠돌았다. '드디어 시작이구나' 생각한 구마타로가 아랫배에 힘을 끙 하고 준 순간 남자

427

가 뜻밖의 말을 했다.

"알았소. 이 문제는 당신에게 맡기지."

"뭐?"

"이 싸움 해결, 댁에게 맡기겠다고."

구마타로는 자기 귀를 의심했다. 영문을 알 수 없었다.

구마타로가 영문을 모르니 다른 사람들은 더 영문을 몰랐다. "싸움 해결을 맡기다니, 어떻게 하겠다는 거지?", "글쎄, 모르겠군." 이런 이야기를 하며 고개를 갸웃거렸다. 구마타로도 "그러니까 뭐야, 내게 이 싸움 해결을 맡긴다는 거네. 정말인가? 진짜로?" 거듭 물으며 여전히 반신반의했다. 하지만 뭐가 뭔지 몰라도 체면을 지킨 이상 이대로 중재인 역할을 계속할 수밖에 없어 마음속 동요를 숨기고 애써 침착한 척하며 마을 어른들을 불러 모았다.

"여러분, 이리 와주시죠. 다 모였죠? 자, 이 사람은 제게 이 싸움 해결을 맡기겠다고 했는데 여러분도 그렇게 하겠습니까?"

어른들 가운데 한 명이 대답했다.

"그래, 좋아. 상관없어. 자네에게 맡기지. 그 대신 이십 엔은 큰돈이라서……"

"알아요, 알았다고. 내가 맡은 이상 옆에서 구시렁거리지 말아주세요. 자, 다들 제게 이 싸움 해결을 맡겨주셔서 감사합니다. 그럼, 거기 젊은이, 자네 못써. 이 마을에 살면 이곳 규칙에 따라야지. 새치기로 가마를 메게 해달라고 하면 안 되지. 그건 다 마을 쪽에서 결정해왔잖아. 그러니 자넨 우선 마을 사람들에게 사과하게."

구마타로가 그렇게 말하자 남자는 순순히 "예, 그럼 사과하죠"라고 하더니 목에 두른 수건을 풀고 "여러분, 정말 죄송하게 되었습니다"라며 고개를 숙였다.

이어서 구마타로는 마을 사람들을 향해 말했다.

"그리고 당신들도 마찬가지요."

"그런가?"

"그렇죠. 우르르 몰려와 한 사람을 때리면 안 되지. 이 사람에 힘이 셌기에 망정이지 약한 사람이었다면 반 죽었을지도 모를 일이잖소. 그러면 안 되지. 그러니 마을 사람들은 이 사람에게 약값, 아니, 이십 엔이라는 게 아니오. 일 엔 오십 센을 주시오. 그 정도 금액이면 지금 당장이라도 모을 수 있겠지. 돈을 모아서 지금 건네줘요."

구마타로가 그렇게 말하는 걸 듣고 마을 어른들은 안도하는 모습이었다.

구마타로는 만족스러웠다. 게다가 처음에는 이 엔을 이야기했지만 거기서 오십 센을 더 깎아주었다. 그것도 감사하게 여겨주기를 바랐다.

마을 어른 가운데 한 명이 돈을 모으기 시작했다.

"자, 다들 돈을 내요. 한 사람이 십 센만 내면 돼. 엥? 넌 지금 돈 없다고? 할 수 없지. 자, 당신. 뭐? 당신도? 당신도?"

"그야 당연하죠. 가마 메는 연습을 하러 왔기 때문에 돈을 안 가지고 왔어요."

"할 수 없군. 그럼 우리가 꿔줄 테니까 나중에 갚아. 우리 다섯 명이서 한 사람에 삼십 센씩이면 되지. 엥? 십 센밖에 없다고? 한심한 놈. 넌? 뭐? 오 센? 작작 좀 해라. 다 큰 남자가 오 센밖에 안 가지고 다니다니. 뭐? 그러는 나는 얼마나 있냐고? 정신 나갔군. 내가 오 센이나 십 센밖에 안 들고 나다닐 것 같나? 멍청하긴. 지금 낼 테니까 기다려. 어? 어라?"

"얼마 있어?"

"이 센."

"우리보다 적잖아."

와글와글 떠들면서 돈을 모으는 한편에서는 젊은이들이 구마타로에 대해 이야기하고 있었다.

"저 구마타로 말이야. 난 멍청이인 줄 알았는데 보통이 아닌데."

"정말, 맞아. 분수를 모르는 녀석인 줄 알았는데 여간내기가 아니로군. 사냥 잘하는 매는 발톱을 숨긴다고 하더니 제법 협객 행세를 하네."

그 소리가 구마타로의 귀에도 들려와 구마타로는 기분이 정말 좋았다. 하지만 전혀 못 들은 척하며 아무 일 없다는 얼굴로 손가락으로 땅바닥을 파고 고개를 좌우로 흔들거나 하는 사이에 어른들이 돈을 가지고 왔다.

"구마야, 미안. 오십 센밖에 못 모았네. 나머지 일 엔은 나중에 줄 테니 지금은 이것만 받으라고 해줘."

"아, 상관없어요. 괜찮아요."

돈을 받아든 구마타로는 그걸 젊은 남자에게 그대로 건넸다.

"들은 대로야. 나머지 돈은 나중에 준다고 하니까, 나중에 이러니저러니 딴소리하는 녀석이 있으면 바로 내게 말해줘."

그렇게 말한 구마타로는 마을 사람들을 돌아보았다.

"당신들도 그래. 내가 맡은 이상 나중에 또 문제가 생기는 일 없도록 합시다. 자, 그러면 이만 실례."

이렇게 내뱉고 구마타로는 뒤편 참배로 쪽으로 걸어갔다.

참배로의 좁은 돌계단을 내려가며 구마타로는 '그런데 이게 어떻게 된 일이지?' 하고 고개를 갸웃거렸다.

저 남자가 왜 그렇게 선뜻 자신의 중재를 받아들였는지 도통 알 수 없었다. 혹시 지금은 저렇게 물러섰다가 나중에 시비를 걸 작정일까? '좀 전에는 여러 사람 앞이라 일부러 물러서준 거야. 잠깐 좋았을 텐데, 이 자식아' 이따위 소리를 하며 두들겨 패려고 드는 게 아닐까? 어쨌든 얼른 꺼져라.

그런 생각을 하며 걸음을 재촉하는데 뒤에서 "아, 잠깐" 하고 부르는 소리가 들려 구마타로는 화들짝 놀랐다.

돌아보니 아까 그 남자가 서 있었다.

구마타로는 아니나 다를까, 역시 복수하러 왔구나, 하고 생각했지만 조금 전까지 허세를 부리며 떠들었는데 갑자기 비굴하게 나갈 수도 없어 무서운 걸 참고 "뭐야?"라고 여유 있는 척 낮은 목소리로 물었다.

"충분히 납득하고 마무리한 거 아닌가? 이제 와서 이러니저러니 딴소리하려는 거야?"

구마타로가 낮은 목소리로 말한 이유는 여유 있어 보이려는 의도이기도 했지만 큰 소리로 퍼부으면 상대방이 화를 낼지도 모른다고 생각했기 때문이다.

하지만 상대방은 "아니, 그게 아니고" 하며 여전히 저자세로 나왔다.

구마타로는 눈이 부신 듯 눈을 가늘게 뜨며 말했다.

"그럼 뭐야?"

"그쪽 이름이 기도 구마타로라고?"

"그래. 내가 기도인데."

"내 얼굴 기억 못하나?"

"불쑥 얼굴 기억 못하냐고 들이대도…… 아니, 모르겠네."

"정말 기억 못해? 잘 보라니까."

"아냐, 몰라. 어디서 만난 적이라도 있나?"

"그래? 내가 이야기하지. 나는 지금으로부터 약 십 년 전에 후시라는 물주가 벌인 노름판에서 위기에 처했을 때 그쪽이 구해준 다니 야고로라고 해."

남자가 이름을 밝히자 구마타로는 그제야 "아, 그때 그!"라고 소리를 질렀다. 다니는 "그렇다니까"라면서 머리를 긁적이며 웃었다.

십 년이란 세월은 아직 소년이었던 다니 야고로를 건장한 청년으로 바꾸어놓았다. 그리고 그 십 년 사이에 구마타로는 도저히 손을 쓸 수 없는 게으름뱅이가 되었다. 구마타로는 잠깐 상념에 잠겼다.

그 무렵이면 나도 새롭게 출발할 수 있었어. 하지만 이젠 글렀지. 그 어린 녀석이 이렇게 컸을 정도로 시간이 흘렀으니. 하하. 돌이킬 수 없겠지. 하지만 그때는 그때대로 나는 이미 글렀다고 생각했었어. 으헤헤. 그때만 해도 정말 새 삶을 살려고 노력할 수 있었는데. 그런데 노력하지 않았지.

그런 생각을 하면서 구마타로는 야고로를 유심히 살펴보았다.

틀림없이 야고로는 골격이 건장한 젊은이로 성장했다. 하지만 그렇다고 해서 햇볕 아래에서 농사를 짓거나 고기잡이를 하거나, 혹은 씩 웃으며 풀피리를 부는 건전한 젊은이로 자란 건 아니었다. 가만히 보면 남의 눈에 잘 안 띄는 곳에서 술을 마시고 여자와 시시덕거리며 주사위와 화투장을 만지작거리며 단도를 휘둘러 행패를 부리는 퇴폐적이고 타락한 분위기를 풍기는 망가진 젊은이로 성장했다. 결국 허랑방탕한 녀석이 되고 말았다는 이야기다.

구마타로는 이해가 되었다.

그 허랑방탕한 야고로가 십 년 전에 입은 은혜를 떠올려 내 말을 들어주었다는 것은 인연이자 업보인 셈.

그런 생각을 하는 구마타로에게 다니가 말했다.

"그땐 정말 형님에게 큰 신세를 졌지."

"무슨 소리야? 그런 거 신경 쓰지 마."

"그건 그렇고. 지금 시간 있어?"

"시간 있지. 그냥 어슬렁거리던 중이었으니까."

"그럼 그때 진 신세를 갚고 싶은데, 저리 좀 같이 가지."

"그래, 좋아."

"그럼 갈까?"

구마타로와 야고로는 함께 뒤편 참배로를 내려갔다.

구마타로보다 야고로가 십 센티미터쯤 더 컸고 나이 차이도 났지만 어딘지 닮은 두 사람이었다. 참배로 나뭇가지에 부엉이가 앉아 있었다.

점점 멀어지는 두 사람을 지켜본 부엉이가 부엉 하고 울더니 곤고산 쪽으로 날아갔다.

후시라는 물주가 벌인 노름판에서 구마타로의 도움을 받았던 야고로는 여동생 야나와 그 뒤로 이곳저곳을 전전하다가 결국 나카무라에 사는 먼 친척 다니 젠노스케라는 이의 양자로 들어갔다. 이후 야나는 니가라베에 사는 닛타 효고로라는 사람 집에서 남의집살이를 하게 되고 야고로는 쓰지모토라는 임업을 하는 사람의 일을 돕게 되어 봉당까지 합쳐도 기껏해야 네 평쯤 되는 다케다 이치고로의 셋집을 얻어 한 달에 십 센씩 내며 살고 있었다.

모리야에 있는 음식점에서 이런 이야기를 구마타로에게 털어놓은 야고로는 "스이분에서 살면 형을 만날 수 있을 거라고 생각했는데 내내 산에서 지냈거든. 그런데 드디어 오늘

만나게 되어 기뻐"라며 진짜 반가운 듯이 술잔을 기울였다.

구마타로는 이 야고로가 왜 이리도 자기를 좋아하는지 의아했는데 하긴 그건 당연한 노릇이었다.

어린 시절 고생을 많이 한 야고로에게, 어른이란 모두 야고로한테서 뭔가를 빼앗아가는 사람들이었다.

어른들은 툭하면 야고로한테서 빼앗아갔다. 노동력을 빼앗고 그 대가로 줘야 할 품삯마저 야고로가 어리다는 빌미로 제대로 주지 않았다.

그렇게 자기가 많은 것을 빼앗기고 있다는 사실을 깨달은 야고로는 어른과 사회로부터 빼앗긴 것을 되찾는 게 당연하다고 생각했다. 그런데 어른들은 자기들이 빼앗아갈 때는 당연하다는 듯 행동하더니 야고로가 되찾으려고 들자 무뢰한이니 악당이니 하며 비난을 퍼부었다. 또 물주 후시 씨가 그러했듯 야고로가 되찾은 것을 다시 빼앗는 어른마저 있었다. 그런데 그런 어른을 비난하는 이는 없었다. 야고로는 그게 이해되지 않아 도저히 견딜 수 없었다. 어른이 어린 사람한테서 빼앗는 건 아무렇지도 않게 여기면서 어린 사람이 어른한테서 되찾으려고 하면 극악무도한 놈 취급을 하는 것이다.

그렇게 자란 야고로에게 구마타로는 또렷한 인상을 남겼다. 왜냐하면 구마타로는 야고로를 감싸준 단 한 명의 어른이었기 때문이다.

구마타로는 술을 마시면서 "날 도와준 사람은 처음이야"라는 야고로의 말을 듣고 '그렇구나' 하고 생각했다.

그때 내가 이 녀석 편을 들었다. 나는 그걸 잊고 지냈는데 그게 오늘 내게 도움이 되었다. 결국 그때 내가 이 녀석을 돕지 않았다면 오늘 내 체면치레를 할 일은 없었을 터이다. 착한 일을 하면 언젠가는 반드시 보답이 돌아온다더니. 역시 착한 일은 많이 해두어야겠다.

그러나 그 착한 일을 하지 않았다면 나중에 더욱 끔찍한 일은 일어나지 않았을지도 모르니, 그야말로 인간 세상의 유위전변(有爲轉變)이란 알 수 없는 노릇이다.

이날 구마타로와 야고로는 술잔을 나누며 의형제를 맺었다. '사나이라면 구마타로와 야고로'라고 쇼와(昭和) 시대까지 이름을 남기며 가와치온도 노래 속 이야기가 된 의형제 결의가 이때 맺어진 셈이다. 그렇다고 정식으로 격식을 갖춘 것은 아니고, 기대면 벽에 바른 흙이 부슬부슬 떨어지고 문짝도 망가진 허름한 주막 술자리에서 보잘것없는 안주를 집어 먹으며 술에 취해 "너와 나는 오늘부터 형제다"라며 술잔을 건넸을 뿐이다.

그런 정도는 드문 일도 아니다. 헤이세이(平成) 시대인 오늘날도 고가도로 밑에 있는 꼬치구이집 같은 데서 술에 취해 감정이 북받쳐 "너와 난 형제다"라느니 어쩌니 하며 술잔을 주고받고 "으아, 기분 좋다"라고 소리 지르는 사람은 얼마든지 있다. 그리고 이튿날이면 서로 모른 체하며 근무한다.

그러나 야고로는 진심이었다. 이튿날이 되어도 모른 체하지 않고 구마타로를 형님, 형님하고 받들며 어딜 가나 붙어 다녔다.

이 일은 구마타로에게 많은 이익을 가져다주었다. 구마타로는 노름을 좋아하기는 했지만 솔직히 얼간이였다. 하지만 야고로는 달랐다. 세상 쓴맛 다 보며 자란 야고로는 후각이 예민했다. 구마타로가 노름판에서 멍청한 짓을 하려고 들면 "형님아, 그건 안 돼"라고 말려 손해 보지 않도록 미리 막아 주었다.

또한 구마타로는 싸움에 아주 약했는데, 그것을 굳이 드러내지 않았고 싸워야 할 상황이 닥치면 대충 얼버무리고 넘어갔다. 하지만 야고로는 보기에도 세 보였고 실제로도 싸움을 잘했다. 그런 야고로가 '형님, 형님' 하며 떠받드니 구마타로는 남들에게 이런 모습만 보여주면 남들은 자기가 약한 줄 모를 거라고 생각했다.

어렸을 때는 스스로를 다이난 공처럼 여겼던 구마타로는

이제는 자기가 아무런 힘도 없는 고다이고 천황이 아닐까 생
각했다. 그것이 창피하다는 생각도 들어서 이따금 야고로가
말리는데도 듣지 않고 고집을 부려 어처구니없는 실패를 맛
보기도 했다.

구마타로에게 야고로는 참으로 좋은 아우였다. 이따금 구
마타로는 '야고로는 내게 보석 같은 존재가 아닐까' 하는 생
각을 했다. 그리고 그럴 때마다 자신은 길바닥에 구르는 돌
멩이 같다는 생각을 했다. 그런 사실을 알게 되면 야고로는
자신을 떠나리라는 생각도 했다.

구마타로와 야고로는 허구한 날 어울렸다. 오늘도 둘은 고
조(伍條)에 생긴 노름판에 가는 길이었다.

어젯밤에는 밤새 비가 내렸는데 오늘은 활짝 개어 좀 더
웠다.

'야래송우백룡거, 편편옥린표효풍(夜來送雨白龍去, 片片玉鱗
飄曉風)'이라고 노래한 시가 있는 고조 18경 가운데 한 곳인 다
이젠지(大善寺)를 지날 무렵 다니 야고로가 입을 열었다.

"형님아, 형님아. 잠깐만."

"왜 그래? 빨리 가자."

"잠깐 기다려. 정말 노름판에 가는 걸음은 너무 빠르다니

까."

"그런가?"

"그렇지. 뭘 그렇게 서둘러? 서두르면 늘 손해를 보기 마련
인데."

"별소릴 다 하네. 그럼 좀 천천히 걸을까?"

그렇게 말하며 구마타로는 거의 멈춰 선 게 아닐까 싶을
정도로 천천히 걷기 시작했다.

"아니, 대체 뭐 하는 거야?"

"천천히 걷잖아."

"멍청한 짓 하지 마."

이런 쓸데없는 소리를 하며 걷는 구마타로와 야고로가 고조
의 신마치 길에 도착한 때는 오후 다섯 시 무렵이었다.

큰길을 따라 아주 넓고 멋진 가게들이 늘어서 있어 구마타
로는 주눅이 들 정도였다. 그러나 앞으로 노름판에서 승부를
겨루려면 기운을 좀 내야 했다.

큰길 바로 뒤편으로 들어가 적당한 집에서 우동과 초밥을
먹고 기운을 내 찾아간 노름판. 전체를 관리하는 우두머리가
관록이 있어서인지 신마치 길에서 강가 쪽으로 들어가면 나
오는 커다란 여관 이 층 넓은 방에서 서른 명쯤 되는 손님이
노름을 즐기고 있었다.

"실례합니다."

안내받은 구마타로와 야고로가 안으로 들어갔다. "자, 한 판 붙어볼까?"라며 자리를 차지하고 앉는 구마타로를 야고로가 "형님아" 하고 불렀다.

"뭐야, 시끄럽게."

"저기 저 녀석 좀 봐."

야고로가 바라보는 쪽을 보니 주사위를 던지는 돗자리 건너편, 물주를 거드는 녀석 옆에 마쓰나가 구마지로가 떡하니 앉아 있었다. 그리고 그의 앞에는 고마후다*가 수북하게 쌓여 있었다.

"어라, 저거 마쓰나가 구마지로 아니냐?"

"맞아. 형님아, 어떡하지? 가서 인사나 할까?"

"아냐. 됐어."

구마타로는 불쾌한 듯이 대꾸했다. 왜 불쾌했는가 하면, 물론 구마지로가 숲속의 도깨비와 똑같이 생겼기 때문인데, 사실 구마타로가 구마지로를 보고 불쾌해지는 건 그 이유뿐만이 아니었다.

구마타로는 방탕한 생활에 빠져 마을 사람들로부터 완전

---

* 노름판에서 승부를 겨룬 후 돈으로 다시 바꾸는 데 쓰는 패.

히 따돌림을 받았다. 어린 시절 친구인 고마타로나 고이데 같은 녀석들은 구마타로를 두려워하면서도 왠지 무시하고 얕보는 느낌이었다.

방탕한 생활을 하던 우지에서 성실한 사람들이 많이 사는 마을로 돌아온 마쓰나가 구마지로 또한 구마타로와 마찬가지로 노름판에 드나들며 낮술을 마셨다. 하지만 그런 짓을 하면서도 마쓰나가 구마지로는 아버지 마쓰나가 덴지로와 함께 무척 넓은 농토를 관리했기 때문에 수입이 꽤 좋았다. 마을 사람들은 다들 마쓰나가 집안이 겉보기보다 살림살이가 훨씬 넉넉하다고 수군거렸다.

구마지로는 마을 사람들과도 자연스럽게 교유하고 마을 모임 같은 데도 얼굴을 내밀었다. 덴지로가 마을 유지이니 그 아들인 구마지로는 자기보다 나이가 위인 고마타로 무리들도 대수롭지 않게 여기는 듯했다.

구마타로는 그게 이해가 되지 않았다.

똑같이 방탕하게 사는데 저놈은 생업을 번듯하게 꾸리고 있다. 어떻게 그럴 수가 있나.

나는 사람들에게 무시당하고 부모에게는 불효하고 도미는 다른 남자에게 시집갔으며 다키다니후도에서 방생한 미꾸라지는 이내 새에게 잡아먹혔다. 이제는 씨름판에서 가장자리로 몰려 거의 완전히 밀려난 상태에서 방탕한 생활을 하고 있다. 그런데 뭐지, 저 구마지로는? 대체 무슨 여유를 부리는 거지? 응? 뭐냔 말이다.

노름을 잘 못하면 그나마 나을 텐데. 저 고마지로는 노름도 잘한다. 구마타로는 이 점도 도무지 이해가 되지 않았다.

집 팔아 살림 팔아 몽땅 다 꽂아 넣고 인생마저 노름판에 때려 넣으며 죽을힘을 다해 노름에 매달리는 구마타로가 판판이 잃는 데 비해 다른 쪽에서 여유 있게 농사도 제대로 지으면서 재미삼아 하는 구마지로는 큰돈을 딴다.

구마타로는 그런 구마지로를 보면 왠지 자기가 너무 형편없는 인간처럼 느껴져 괜스레 불쾌해졌다.

게다가 구마타로는 구마지로의 태도도 불쾌했다.

처음 소개받았을 때 녀석은 구마타로에게 같은 노름꾼으로서 깍듯이 경의를 표했다. 그렇지만 노름판에 처음 함께 갔을 때 녀석은 크게 딴 반면 구마타로는 완전히 잃었다. 그 모습을 본 녀석은 바로 구마타로를 우습게 여기기 시작했다.

그리고 그런 경향은 날이 갈수록 더 심해져 요즘은 마을에서 오다가다 만나도 노골적으로 무시하듯 실실 웃으며 인사도 하지 않고 볼일이 없는 한 말도 걸지 않았다.

그 무시하는 듯한 표정이 또 숲속의 작은 도깨비와 똑같아 구마타로는 부아가 치미는 것과 동시에 속이 부글부글 끓어올랐다. 구마지로의 그런 태도를 본 야고로는 바로 화를 내며 "형님에게 저런 건방진 태도를 보이다니, 저 녀석 한번 혼내줄까"라며 씩씩거렸지만 왠지 마쓰나가 집안이라는 게 마음에 걸려 구마타로는 "그만둬"라며 야고로를 말렸다.

사실 야고로가 화를 내는 것도 무리는 아니었다.

마을 안에서 일어나는 일들에 힘을 쓸 수 있는 구마지로는 산일, 도랑 치우기, 우물 파기를 할 때 임시로 일꾼을 주선하는 일도 했다. 자기 논밭이 없는 야고로도 몇 차례 일을 소개받았는데 구마지로는 처음에 품삯을 미리 이야기하지 않은 걸 빌미로 대략 삼십 센은 받을 만한 일에 이십 센만 주기도 하는 등 장난을 쳤다. 그때마다 야고로는 불평했지만 구마지로는 "아니 왜, 그게 뭐" 하는 식으로 억지를 부리는지 어떤지 알 수 없는 굵직한 목소리로 느물거렸다. 그 말투에 그만 설득되어 야고로는 결국 애매하게 넘어간 일이 많았다.

그렇지만 진짜로 설득되어 이해한 것이 아니기 때문에 자꾸만 생각이 나서 야고로 또한 구마지로의 얼굴을 보면 뭐라 표현할 수 없는 불쾌감을 느꼈다.

형제는 그런 불쾌감을 마음속에 품고 구마지로를 곁눈질했다. 아무리 큰 판이라고 해도 같은 판을 앞에 두고 있으니 그렇게 흘끔흘끔 보는 두 사람의 시선을 눈치채지 못할 리 없다. 하지만 마쓰나가 구마지로는 도대체 무슨 심산인지 눈인사도 하지 않고 곁에 있는 사람들과 웃고 떠들며 즐겁게 놀기만 했다.

잠시 뒤 야고로가 말했다.

"형님아. 저 구마지로 녀석 뭐야. 우리가 왔는데 눈도 마주치지 않네."

"정말. 우리가 온 줄 모르나?"

"무슨 소릴. 이렇게 한 판에 끼어 있는데 알아차리지 못할 리가 있겠어? 일부러 모른 척하는 거지. 기분 나쁜 녀석이네."

"그렇다고 우리가 먼저 인사하기도 기분 상하는데."

"그렇지? 정말 기분 나쁜 놈이네. 아, 지금 우리 쪽을 보더니 바로 고개를 돌리네. 역시 알고 있었어."

"그냥 됐다. 저런 놈은 내버려두고 돈이나 걸어."

구마타로는 야고로를 타일렀지만 사실은 자기도 구마지로의 태도가 마음에 걸려 찜찜했다.

야고로가 가르쳐줘서 구마지로가 있다는 걸 안 구마타로는 처음에는 방이 넓어 구마지로가 눈치채지 못했을 거라고 생각하며 잠시 구마지로 쪽을 가만히 바라보았다. 구마지로가 눈치채면 먼저 인사를 할 거라고 생각했기 때문이다.

속으로는 구마지로라는 존재를 불쾌하게 여기면서 왜 그런 생각을 했느냐 하면, 이곳 야마토에서도 고조라는 타향에서 같은 마을 사람을 만난 게 반가웠기 때문이다. 세상이 좁아진 요즘과 비교하면 아프리카 고지를 여행하다가 일본인을 만난 듯한 경우라 당연히 말을 걸고 싶은 게 사람 마음이다.

그때 구마지로가 잠깐 이쪽을 바라보았기 때문에 구마타로는 헷 하고 웃으며 슬쩍 고개를 숙였다. 하지만 구마지로는 아무런 반응도 보이지 않고 말없이 고개를 돌렸다.

아무리 사람을 무시한다 해도 타향에서 우연히 마주치면 인사 정도는 하는 게 도리 아닌가. 인사마저 하지 않을 정도로 날 얕잡아보는 건가?

구마타로는 마음에 상처를 입었지만 어쩌면 녀석이 진짜 눈치채지 못했을지도 모른다는 생각도 했다. 왜냐하면 구마지로가 고개를 돌리는 동작이 너무나 자연스러웠기 때문이다. 밤낮 얼굴을 보는 사람이 건넨 인사를 이렇게 가까운 거리에서 굳이 무시하는 것에는 '나는 너를 무시한다'는 느낌을 더 강하게 내비치고 싶다는 의욕이 담겨 있어야 한다. 그런데 구마지로는 그야말로 자연스럽게, 그런 기미는 전혀 없이 고개를 돌렸다. 그런 동작을 연기하는 것은 대단한 배우가 아니고서는 불가능하다. 구마지로는 어쩌면 진짜 내가 온 걸 모르는지도 모른다.

그래서 구마타로는 다시 구마지로의 얼굴을 바라보았다. 하지만 구마지로의 시선은 결국 구마타로를 향하지 않았다. 구마타로는 '역시 나를 무시하는 건가. 그렇다면 너무도 비열한 놈이다. 나보다 어린 구마지로에게 이토록 무시당하는 건가' 하는 생각에 끙끙 속만 끓였다.

그러고 있는데 야고로가 "눈도 마주치지 않네"라고 에두르지 않고 말했던 것이다.

야고로가 그렇게 말하자 될 수 있으면 없었던 일로 치고 넘어가고 싶었던 구마타로의 상처 입은 자아는 그 상처가 더 크게 벌어졌다. 그러나 그래서 마음이 편해진 것 또한 사실이었다. 구마타로는 야고로의 그런 면이 좋았다.

구마타로는 자기 마음을 추스르듯 다시 말했다.

"자, 이제 돈 걸자."

두 시간 뒤. 구마타로와 야고로는 요시노 강을 따라 난 길을 말없이 걷고 있었다.

이미 해는 저물어 사방이 어두웠고 강물 흐르는 소리만 들려왔다. 두 사람의 걸음걸이는 힘이 없었다.

그런 아무 소리도 나지 않는 어두운 길을 말없이 걷는 게 즐겁겠는가.

전혀 즐겁지 않았다. 그럼 두 사람은 왜 그런 길을 걷는 것
인가.

노름판에서 돈을 잃었기 때문이다.

탈탈 털렸다.

하기야 구마타로가 돈을 잃는 일은 드물지 않았다. 하지만
노름을 잘하는 야고로까지 이렇게 털리는 일은 드물었다. 왜
이렇게 되었는가.

노름이란 직감이나 집중력이 중요한 정신의 스포츠이기
때문이다.

구마타로나 야고로나 지나치게 건방을 부린데다 이해할
수 없는 태도를 보인 구마지로 때문에 감이 흐트러졌다. 게
다가 부아가 치밀게 만드는 그 구마지로가 돈을 잔뜩 따면서
실실 웃는 꼴을 보니 열이 올라 판단력이 흐려져 넋 나간 초
보자 같은 상태가 되어버렸다. 이런 상태로 노름을 해 돈을
딸 수 있을 리 없다.

그래도 구마지로가 평범한 반응을 보였다면 같은 마을 사
는 처지에, 또 구마지로는 돈을 많이 딴 상태이니 말을 걸어
돈을 꿀 수도 있었으리라. 하지만 여태 모른 척하고 있다가
돈을 잃은 뒤에 불쑥 '어, 마쓰나가' 하며 말을 건네기는 구마

타로나 야고로나 내키지 않았다.

그러나 구마타로와 야고로가 옷을 걸치고 갈 수 있게 된 것은 구마지로 덕분이었다.

평소 같으면 옷을 벗어 맡기고 돈을 걸었을 테지만 구마지로 앞에서 훈도시 차림이 되는 꼴은 보일 수 없으니 그만두자며 구마타로가 야고로를 말렸던 것이다.

옷을 맡기고 노름을 계속했다면 분명 지금쯤 그 돈도 다 잃어 두 사람은 발가벗은 채로 걷고 있었을 게 틀림없다. 노름판이 있는 여관을 나온 두 사람은 "어떡하지?" 하며 서로 마주보았다.

주머니에는 한 푼도 없다.

그러니 얌전히 스이분으로 돌아갈 수밖에 없지만 먹지도 마시지도 않고 캄캄한 가와치 가도를 걸어 곤고산을 넘어 터 덜터덜 돌아가기에는 마음이 너무도 무거웠다. 그러나 "어떡 하지?"라고 해봐야 방법이 없다. 구마타로는 아무런 대책도 없이 "일단 저리 가볼까?"라며 요시노 강 쪽을 향해 걷기 시작했다. 스이분과는 반대 방향이었다. 야고로가 말을 걸었다.

"형님아, 그리 가면 반대 방향인데."

"반대 방향이어도 상관없어."

"그러면 갈 길이 더 멀어지잖아."

"상관없다니까. 난 말이야, 이 시간에 곤고산을 넘어야만 하는 사실에서 눈을 돌리고 싶어. 그래서 곤고산과 반대편인 요시노 강 쪽으로 가보려는 거야."

구마타로는 그런 말도 안 되는 소리를 했다. 두 사람은 힘없이 요시노 강을 따라 걸었다.

구마타로가 불쑥 입을 열었다.

"아, 그쪽에 강가로 내려가는 길이 있지?"

"강가는 왜?"

"모닥불 피우자."

"모닥불? 왜 그런 걸 피워?"

"다 이유가 있어서 그래."

"무슨 이유?"

"난 말이야. 이제 더는 걷기 싫어졌어. 그러니 멈출 수밖에 없지. 그렇지만 이렇게 캄캄한 데 가만히 멈춰 있으면 무섭잖아. 그래서 불을 피우는 거지. 모닥불을 피워 그걸 쬐자. 이게 내 이유야."

"뭘 그리 거추장스러운 생각을 해. 결국은 강가에서 모닥불 피우고 노숙하자는 이야기잖아?"

"뭐 간단하게 말하면 그렇지."

"빨리 말하면 안 돼?"

역시 산에서 일하는 야고로다. 주변을 부지런히 돌아다니며 땔감이 될 만한 적당한 나무토막을 주워 모으더니 커다란 바위가 여기저기 있는 강가에서 좋은 자리를 골라 바로 모닥불을 붙였다.

구마타로는 평평한 바위에 등을 기대고 앉았다.

"아아, 이거 팔자 좋군."

"그래? 그럼 이건 어때?"

야고로는 그렇게 말하더니 구마타로 앞에 작은 술병 세 개를 늘어놓았다. 구마타로는 깜짝 놀라 물었다.

"이게 뭐냐? 어떻게 된 거야?"

"아까 옆방에 초밥과 술이 있더라고. 완전히 탈탈 털려서 화가 나 나올 때 훈도시 띠에 숨겨 나왔지."

야고로는 그렇게 말하며 의기양양하게 코를 벌름거렸다. 구마타로는 그런 야고로를 보며 진심으로 이 녀석 대단하네, 하고 생각했다. 술을 마시며 야고로가 말했다.

"형님아, 그런데 말이야. 노름은 왜 중간에 손을 뺄 수 없을까?"

"그게 뭔 소리냐?"

"노름이란 게 원래 따건 잃건 상관없다고 생각하고 하는 거잖아? 그렇잖아."

"그건 말이야, 노름이란 게 돈을 걸어서 잃잖아? 그러면 이 상하다고 생각하는 거야. 왜 잃는 거지? 하는 생각을 해. 왜 그런가 하면 노름하는 사람은 다들 다음에는 돈을 걸면 딸 거라고 믿기 때문이야."

"그렇지만 노름이란 게 따기도 하고 잃기도 하는 거지. 그 정도는 어린애들도 알 텐데."

"그래. 노름이란 게 따기도 하고 잃기도 한다는 건 알지. 그 래서 다음에는 분명히 딸 거라고 생각하는 거야. 지금까지 줄곧 잃었으니까 다음에는 분명히 딸 거라고 믿는 거지. 그 래서 잃는 거야. 그래놓고 또, 다음에는 진짜 딸 거라고 생각 하고."

"그렇지만 그건 잃고 있을 때 이야기잖아. 따고 있을 때는 어때? 돈을 따는데도 적당한 때 그만두지 못하고 한 번 더, 한 번 더 하며 돈을 계속 걸다가 한 푼도 남지 않을 때도 있 잖아. 그건 왜 그런 거지?"

"그건 말이야."

구마타로는 거침없이 대답했다.

"계속 잃다가 나중에는 마침내 따게 되잖아. 그러면 이렇 게 생각하지. 지금까지는 가난한 사람을 못살게 구는 그릇된

세상이었지만 이제 드디어 나 같은 사람도 구원을 얻을 수 있는 미륵세상이 왔구나 하고. 옳은 건 옳은 것이니, 옳은 일이 금방 끝날 리 없다고 생각하지. 이건 옳은 일이니 앞으로도 계속 이어질 거라고 생각하는 거야. 돈을 걸었다가 잃잖아? 그러면 이상하다고 생각해. 자기가 돈을 잃는 것은 옳지 않다고 생각해. 그래서 옳지 않은 일이 계속될 리 없다는 생각에 다시 돈을 걸고 또 잃지. 또 걸고 또 잃고. 이만큼 잃었으니 다음엔 틀림없이 딸 거라고 생각하고……"

"다시 처음으로 돌아오네."

"맞아. 그래서 노름은 중간에 그만둘 수 없는 거야."

"그렇구나. 재미있네."

"재미는 무슨."

그렇게 대꾸하며 구마타로는 자기 팔을 베고 모로 누웠다.

구마타로는 야고로에게 설명하면서 이런 생각을 했다.

마쓰나가 구마지로는 그런 틀에 갇히지 않았다. 오늘은 끗발이 오르지 않나 싶다가도 바로 다시 따기 시작해 충분히 벌었다 싶으면 꾸물거리지 않고 바로 손을 뺀다. 참으로 비겁한 놈이다. 노름은 그저 돈을 따기만 한다고 좋은 게 아니다. 그럼 어쩌라는 거냐고 따지면 곤란하지만. 나는 이런 생각이나 하니 노름을 못하는 거로구나. 실제로 이런 생각을 전혀 하지 않는 야고로는 나보다 노름을 훨씬 잘한다. 그런데 내가 도무지 이해되지 않는 것은 야고로를 상대로 노름꾼의 심리라는 미묘하고 복잡한 내용을 제대로 설명했다는 점이다. 마을 사람들이 상대였다면 무리였으리라. 뭐랄까, 내가 지금 이렇게 강가에서 주머니에 돈 한 푼 없이 노숙하는 신세가 된 데는 어렸을 때부터 생각과 말이 한 가닥으로 이어지지 않는다는 특별한 사정이 가장 큰 영향을 끼쳤다. 그런데 왜 야고로에게만은 거리낌 없이 설명할 수 있는 걸까?

구마타로는 그런 생각을 하며 야고로를 보았다. 조금 전까지만 해도 이야기를 나누던 야고로는 이미 입을 벌리고 곯아떨어져 있었다. 옷깃이 풀어헤쳐져 배가 고스란히 드러났다.

구마타로는 "허, 속 편한 녀석" 하고 웃었다. 구마타로의 배 속은 술 때문에 뜨겁고 몸은 모닥불 덕분에 따스했다. 야고로를 보며 웃던 구마타로 역시 어느새 잠에 빠져들었다.

고요한 어둠 속에 그저 모닥불만 타올랐다.

모닥불은 어둠 속에서 너무도 위태롭고 불안했다.

이튿날 아침, 구마타로는 으에취 하고 재채기를 하며 잠에서 깼다.

"아아. 으으."

구마타로는 두 팔을 문지르며 주위를 둘러보았다.

스이분을 흐르는 강과는 무척 다른 모습이었다.

아침 안개가 피어오르는 건너편에 절벽이 있고 그 절벽 위에는 나무가 우거져 있었다. 절벽 아래는 물이 흐르지 않는 듯 고여 있었다. 구마타로가 자던 쪽 강기슭은 드넓은 들판이었는데, 큰 돌이 여기저기 보였고 강물이 바위에 부딪혀 흰 물방울이 튀어 오르는 곳도 있었다. 구마타로는 "와아, 으아!" 하고 의미를 알 수 없는 소리를 지르며 팔을 문지르고 다시 으에쥐 하고 재채기를 했다.

구마타로는 배가 너무 고팠다. 당연한 노릇이었다. 어제 초저녁에 우동과 초밥을 조금 먹은 뒤로 아무것도 먹지 못했다. 배가 너무 고파 잠에서 깬 구마타로 옆에서 야고로가 곯아떨어져 있었다. 노름판에서 크게 따는 꿈이라도 꾸는지 자면서도 히죽 웃었다.

"녀석, 기분 나쁘게 자면서 웃네."

구마타로는 야고로의 어깨에 손을 얹고 "야, 일어나지 못해?"라며 흔들어 깨웠다.

억지로 눈을 뜬 야고로는 "아아, 으으" 하고 구마타로와 마찬가지로 의미를 알 수 없는 소리를 내면서 팔을 문지르고 주위를 둘러보았다. 그리고 구마타로의 얼굴을 보더니 잘 잤

느냐고 물었다. 속 편한 녀석이다. 구마타로는 연신 하품을
해대는 야고로에게 말했다.

"너 방금 자면서 웃더라. 얼큰하게 취해서 예쁜 아가씨 무
릎베개 베고 자는 꿈이라도 꾼 모양이다."

"그럴 리가 있나."

"그럼 무슨 꿈을 꾼 거냐?"

"말도 안 되는 소리긴 한데, 이세온도를 부르면서 총을 빵
빵 쏘는 꿈을 꾸었지."

"그게 무슨 꿈이냐. 그건 그렇고 배고프지 않아?"

"으악."

"왜 깜짝 놀래?"

"배고프지 않느냐고 물으니 너무 배가 고픈 걸 깨닫고 깜
짝 놀라서 그랬지."

"이상한 녀석이군. 어쨌든 나도 배가 고파. 뭐든 먹자."

"뭘 먹어도 괜찮지만 돈은 어떻게 하고?"

"돈은 없지만 넌 내 아우잖아. 아우라면 형을 위해 아침밥
정도는 어떻게 해야지."

"진짜 한심한 형님이셔. 그러면 강에 들어가 물고기 잡아
먹을까?"

"물고기? 어떻게 잡냐?"

"이 부근에 돌로 울타리를 만들고 와아 하고 소리 지르며 막대기로 물을 때리면서 울타리 안으로 물고기를 몰아넣으면 되지."

"그걸 누가 하는데?"

"누가 하다니? 빤하잖아? 형님과 내가 해야지."

"곰이로군. 난 그런 거 말고 좀 사람다운 아침을 먹고 싶은데."

돌아다니다보면 뜻밖의 행운을 만날 수도 있다. 그런 소리를 하면서 구마타로와 야고로는 일단 가게들이 늘어선 거리 쪽으로 걸어갔다.

신마치 길 변두리에 아침 일찍부터 문을 연 밥집이 있었다.

큰길로 난 네 칸짜리 문이 활짝 열려 있고 밖에는 말과 짐수레가 세워져 있었다. 가게 안은 마부와 도붓장수들로 붐볐고 맛있는 밥 냄새가 바깥까지 풍겼다. 구마타로는 침을 삼키며 말했다.

"난 도저히 못 참겠다. 여기서 아침밥 먹자."

"진짜. 나도 못 참겠어. 들어가자, 들어가."

두 사람은 돈도 없이 밥집에 들어가 가게 여자에게 밥과 두부, 술을 시켰다. 내온 밥이 맛있어 각자 세 공기씩 먹고는 움직이기도 힘든 상태가 되었다.

"으아, 힘들다. 배불러."

"진짜, 배부르네. 아아, 잘 먹었다."

야고로는 이렇게 말하더니 갑자기 목소리를 낮추고 말했다.

"형님아, 그런데 밥값은 어쩌지?"

"어쩌긴. 없는 거야 없는 거지. 먹고 튀자."

"엥? 튀자고?"

"쉿. 목소리가 커. 잘 들어. 가게 사람이 이쪽을 보지 않는 틈을 타서 얼른 일어나 후다닥 가버리자. 내가 지금 틈을 노리고 있으니까 지금은 안 돼."

구마타로는 흉악하게 생긴 에벳상* 같은 얼굴로 종업원의 움직임을 지켜보다가 모든 종업원이 다른 데를 보는 순간 그 틈을 노려 "좋아. 지금이야"라고 속삭이더니 자리에서 일어나려고 했다.

그런데 어쩐 일인지 몸을 일으킬 수 없었다.

"어라? 왜 이러지? 어라? 일어날 수가 없네. 어어? 어라?"

이상하게 여긴 구마타로가 고개를 꼬아 뒤를 돌아보니 야고로가 구마타로의 허리띠를 꽉 잡고 키들키들 웃고 있었다.

---

* 상업의 신 에비스를 오사카 지역에서 친근하게 부르는 말.

구마타로는 도망쳐야 하기 때문에 남들 눈에 띄고 싶지 않아 목소리를 죽이고 물었다.

"너 장난치면 죽어."

"자, 잠깐만."

"왜 그래? 나는 진짜 필사적으로 틈을 노리고 있는데 넌 무슨 짓이냐?"

"형님아, 그게 아니고. 내 말 좀 들어봐."

야고로는 벌떡 일어서더니 구마타로를 말렸다.

"조금 전까지 여기서 밥 먹던 남자 있잖아. 그 녀석이 계산을 마치고 옷매무새를 가다듬더니 변소에 갔어."

"변소 갔나?"

"그 뒤에 이리 돌아올 줄 알았더니 그냥 나가버렸어. 이걸 놔둔 걸 까먹은 거지."

그러면서 야고로는 탁자 아래에서 무릎 위에 놓인 전대를 손가락으로 가리켰다.

"엇, 돈."

"쉿. 큰 소리 내면 안 돼."

이번에는 야고로가 구마타로를 나무랐다. 구마타로는 두근거리는 가슴을 안고 말했다.

"어쩌지?"

"얼마나 들었는지 모르지만 일단 이 돈으로 여기 밥값을
내자."

그 말을 들은 구마타로는 갑자기 불안해졌다.

"그래, 얼른 내버리자. 아까 그 녀석이 두고 간 걸 알아차리
고 돌아오기 전에."

"그렇지만 갑자기 나가면 수상하게 여길 거야. 일단 내게
맡겨봐."

야고로는 느긋하게 이쑤시개를 쓰고 차를 마신 다음에야
점원을 불러 계산을 마쳤다.

그 사이에도 구마타로는 전대를 잊고 나간 남자가 돌아오
지는 않을까 걱정되어 애가 탔다. 탁자 아래로 손을 더듬어
돈을 꺼내 건네고 여자 점원에게 농담을 건네는 여유까지 부
리는 야고로에게 "야, 돈 냈으면 얼른 가자"라고 내뱉고 혼자
밖으로 뛰쳐나갔다. 가게 안에 더 있기에는 정신이 견딜 수
없었기 때문이다.

야고로는 바로 따라 나왔다.

"형님아, 잠깐만. 혼자 먼저 가지 마."

"뭐 하는 거야. 서둘지 않으면 아까 그 녀석이……"

"아니, 왜 그 걱정만 해? 그렇게 서둘면 수상하게 여기잖
아."

그런 소리를 하면서 두 사람은 밥집 앞을 떠나 동쪽으로 걸어 사쿠라이지(桜井寺) 앞까지 왔다. 이 사찰은 분큐(文久) 3년인 1863년 8월 17일에 고조의 다이칸쇼*를 습격한 덴추구미**가 본거지로 삼았던 절이다.

그러나 구마타로와 야고로는 그런 내력은 아무래도 상관없었다. 야고로는 "여기까지 왔으니 이제 괜찮겠지"라며 사방을 둘러보고 따라오는 사람이 없나 확인한 다음 품에서 전대를 꺼내 "꽤 묵직하네"라며 웃었다. 구마타로는 "정말?" 하며 야고로가 들고 있는 전대를 들여다보았다.

전대 안에 든 내용물을 확인하는 야고로를 지켜보다가 구마타로는 깜짝 놀랐다. 그런 곳에서 밥을 사 먹던 장사치다. 삼 엔쯤 들어 있으면 감지덕지라고 생각했는데 어찌 상상이나 했으랴. 전대 안에는 모두 합쳐 백 엔 넘는 돈이 들어 있었던 것이다.

"우와, 이건."

야고로는 탄성을 질렀다. 구마타로도 "아니, 이건" 하며 살짝 몸을 떨었다. 미국인이라면 '오우'라고 했을까? 아니면 더

---

* 에도 시대에 막부에서 파견한 관리 '다이칸'이 일하던 관청.
** 막부를 타도하고 천황을 중심으로 한 정치를 확립하려 했던 존왕양이파 무장 집단.

놀라 '오 마이 갓'이라고 했을지도 모른다.

재앙과 복은 꼬아놓은 새끼줄처럼 번갈아 나타난다고들 하던데 정말 맞는 말이다.

고조에서 벌어진 노름판에 놀러 갔다가 탈탈 털리고, 노숙을 한 뒤 강에서 물고기를 잡아먹어야 하나 무전취식하고 뺑소니를 쳐야 하나 고민하던 녀석이 이제는 백 엔도 넘는 돈을 손에 넣었다. 그렇다고 마냥 기뻐만 할 수 없는 까닭은 역시 재앙과 복은 꼬아놓은 새끼줄 같기 때문이다. 지금은 큰돈을 손에 쥐고 운 좋다며 기뻐할지 모르지만 행운 다음 순서는 불행일 터이다. 까놓고 이야기하면 구마타로와 야고로는 그런 생각은 하지도 않았지만. 다른 사람이 잃어버린 걸 주웠으면 관청에 가져다주어야 하는데 그걸 꿀꺽하는 건 습득물 횡령이라는 나쁜 짓이다. 더 파고들자면 둘이 이걸 꿀꺽하려고 의논하는 곳이 어디인가. 사쿠라이지라는 절이다. 절이란 부처님을 모신 곳이고 그 부처님은 불투도계(不偸盜戒)라고 해서 남의 물건을 훔치면 안 된다고 가르친다. 그런데도 훔치면 어떻게 되는가. 벌을 받는다. 결국 어쨌든 두 사람은 앞으로 큰일을 당하게 될 텐데, 지금은 그걸 모르고 신이 나서 돈을 어디에 쓸까를 의논했다.

"형님아, 어떡하지?"

"어떡하긴 뭘 어떡해. 어차피 이런 돈은 확 써버려야 돼."

"그럼 어제 거기 가서 한 판 더 붙어볼까?"

"그것도 한 가지 방법이로군."

"뭘 그렇게 복잡하게 이야기해?"

"그렇지만 어제 거기는 왠지 재수가 없었어. 나라 쪽으로 진출할까?"

"그거야 괜찮지만 나라에 괜찮은 판이 있으려나?"

"없어도 상관없어. 돈은 얼마든지 있으니까 구경이나 해도 괜찮지 뭐."

"그렇다면."

야고로의 말에 구마타로는 "뭔데?"라고 물었다.

"난 나라의 대불(大佛)을 본 적이 없거든."

야고로가 밝은 목소리로 말했다.

"뭐야, 아직도 본 적이 없어?"

겉으로는 대수롭지 않은 척했지만 구마타로는 밝은 목소리로 나라 대불을 본 적이 없다고 하는 야고로가 너무도 측은하게 느껴졌다.

물론 야고로도 나라에 간 적은 있으리라. 하지만 나라에 가도 유곽과 노름판에만 드나들었지 절이나 신사에 참배하러 간 일은 없었으리라. 어릴 때부터 밤낮 혹독한 노동에 시달려 나라에 있는 절에 참배하러 갈 만한 정신적 여유가 없었던 것이다. 커서는 기쓰지에만 드나들며 정신적, 문화적으로 황폐한 생활을 해왔으리라. 그게 다 가난 때문이다. 너무 가엾은 녀석이다.

구마타로가 말했다.

"그렇다면 나라에 가자. 가서 여기저기 구경하고 맛있는 음식도 배불리 먹고 놀자."

야고로가 밝게 대꾸했다.

"그거 좋지. 그렇게 해."

그리하여 속 편한 두 사람은 발걸음을 북쪽으로 향했다. 도중에 사쿠라이에서 해가 저물었지만 지갑은 두둑했다. 여관에 묵으며 맛있는 음식을 실컷 먹고 술도 마시며 그날은 일찍 잠자리에 들고 이튿날 점심때가 지나서 나라에 도착했다.

두 사람은 나라의 산조 거리를 어슬렁어슬렁 걸어 난엔도 앞까지 갔다가 거기서 북쪽 도다이지(東大寺) 쪽으로 향해 난다이몬(南大門)으로 들어가 대불전(大佛殿)에 이르렀다.

"자, 이게 나라의 대불이야."

"으아, 깜짝 놀랄 만큼 크네."

"키가 십오 미터 가까이 되고 콧구멍을 우산 쓰고 지나갈 수 있다니까."

"형님아, 그런데 왜 이렇게 큰 불상을 만든 거지?"

"그야 뭐…… 크면 클수록 좋으니까 그랬겠지."

"음, 그렇군. 귀도 크네. 우리 소원도 잘 들리겠다."

야고로가 잘못 이해하고 "그럼 좀 빌어야지"라고 하더니 대불을 향해 열심히 기도하기 시작했다.

구마타로도 일단 합장은 했지만 야고로가 너무 진지하게 비는 바람에 기도에 집중하기 힘들어 이내 그만두었다. 하지만 야고로는 계속 기도했다. 구마타로는 뒤로 물러나 야고로의 기도가 끝나기를 기다리면서 야고로는 부처님을 믿지 않은 게 아니라 그냥 절에 올 여유가 없었을 뿐이구나 하는 생각을 했다.

그런데 구마타로는 점점 창피해졌다.

어두컴컴한 대불전으로 사람들이 계속 밀려들었는데 다들 거대한 대불을 보며 실실 웃거나 야지키타*가 빠져나가지 못한 기둥의 구멍을 지나며 장난을 치거나 할 뿐 야고로처럼 진지하게 기도하는 놈은 한 명도 없었기 때문이다. 그렇게

---

* 일본의 옛 소설에 등장하는 두 인물 '야지로베에'와 '기타하치'를 말한다. 둘은 여행 중 이 대불전 큰 기둥 아래 뚫린 구멍을 지나는데, 야지가 구멍을 빠져나가지 못해 소동이 벌어진다.

생각하며 다시 보니 거대한 대불은 별로 거룩하지 않게 느껴졌다. 세상 물정을 좀 아는 사람이라면 이런 대불은 구경이나 하지 이 앞에서 기도는 하지 않을 것이다. 절은 이월당(二月堂), 삼월당(三月堂) 같은 데서나 진지하게 할 게 틀림없다. 그것도 모르고 저렇게 진지하게 기도하는 야고로는 구경꾼들의 눈으로 보면 그야말로 시골뜨기랄까, 얼간이로 비칠 게 틀림없다. 그리고 그 일행인 나 역시 멍청한 시골뜨기로 여기리라. 모양새 구겨진다. 얼른 끝내면 좋을 텐데.

그런 생각을 하며 초조하게 기다리는데 마침내 기도를 마치고 돌아온 야고로가 불당 안에 쩌렁쩌렁 울려 퍼질 만큼 큰 목소리로 "형님아, 오래 기다렸다"라고 말했다. 구마타로는 더욱 안절부절못하며 "가자"라고 작게 말하고 대불전을 나왔다.

그다음에는 이월당 옆에 있는 우물인 와카사노요비미즈, 도다이지를 창건한 로벤 스님과 얽힌 일화가 있는 삼나무 로벤스기, 이월당에 들렀다. 구마타로는 야고로에게 말했다.

"여기가 나라의 오미즈토리*로 이름난 곳이지. 십일면관세

---

* 도다이지 이월당에서 매년 3월에 열리는 축제. 새벽 두 시경에 옆 우물에서 일 년 동안 불단에 올릴 물을 긷고 큰 횃불을 밝혀 당집을 도는데 이 물을 마시면 병이 낫는다고 한다.

음보살을 모신 불당이야. 이 불상은 만지면 사람 살갗처럼 따스해 육신의 불상이라고도 하지."

"형님아, 십일면관세음보살이란 게 뭐야?"

"뭐냐고? 관세음보살님이지."

"아니, 그건 아는데. 그 십일면이 뭐냐고."

"얼굴이 열한 개 있다는 뜻이야."

"열한 개면 어떻게 되는데?"

"얼굴이 앞, 뒤, 옆에 주르륵 붙어 있지. 정수리에도 작은 머리가 쑥 튀어나와 있고."

"무섭네."

"무섭긴 뭐가. 거룩하지. 아무리 나쁜 짓을 했어도 이 관세음보살님에게 잘못했다고 빌면 용서해주시거든."

그렇게 말하며 구마타로는 진지하게 기도하고 싶은 마음이 들었다.

"나 잠깐 절 좀 할게."

구마타로는 진지하게 절했다.

가쓰라기 도루를 때려눕히고 죽인 것. 능을 망가뜨린 것. 부모를 공경하지 않고 농사일을 하지 않으며 술과 노름만 한 것. 그런 것들을 용서해달라고 빌었다.

손바닥과 목덜미가 뜨거워지고 땀이 줄줄 흘렀다.

그다음으로 찾은 곳은 가스가대사(春日大社). 구마타로가 야고로에게 말했다.

"저기 봐. 방금 지나온 저곳이 와카쿠사산이야. 그럼 여기가 가스가대사라는 건가?"

"과연 예쁜 산이네. 그런데 형님아, 하나 물어봐도 돼?"

"그럼."

"난 말이야. 전부터 이상하게 생각했는데, 왜 여기는 사슴이 이리 많은 거지?"

"여기 사슴은 모두 가스가 신의 심부름꾼들이거든."

"정말?"

"정말인지 거짓말인지는 모르지만 다들 그렇게 이야기해. 그래서 여기 사슴은 귀하게 여겨야 돼."

"정말인가? 그럼 저기 저 할머니가 사슴 먹이 팔잖아. 저거 사 와서 주는 게 좋지 않겠어?"

"잘 모르지만, 그러면 공덕을 쌓는 셈이 되겠지."

"그럼 나 조금 사 올게."

말을 마치자마자 야고로는 노파에게 달려가 사슴 먹이를 사 왔다. 그리고 "자, 이건 형님 몫"이라며 구마타로에게 건넸다.

"뭐야, 내 것도 사 왔어?"

구마타로가 받아든 사슴 먹이는 쌀겨로 대충 만든 센베이 열 개였다. 센베이를 묶은 끈을 풀자마자 재빨리 눈치를 챈 사슴들이 구마타로를 둘러싸고 코를 킁킁거리며 커다란 눈으로 구마타로를 쳐다보았다.

야고로도 마찬가지로 사슴에 둘러싸여 "으헤헤. 동그란 눈이 귀엽네"라며 노름꾼 주제에 어울리지 않게 동화 속 주인공 같은 기분에 젖어 기뻐했다.

구마타로는 먼저 달라고 보채는 사슴에게 먹이를 주었다.

덩치 큰 사슴이라 머리를 흔들면서 먹이를 달라고 조르는 모습이 사랑스러웠다.

구마타로는 그 사슴에게 센베이 두 개를 주고, 이어서 그 뒤에 있던 좀 작은 사슴에게도 먹이를 주려고 했다. 작은 사슴도 배가 고픈지 머리를 살짝 흔들면서 조르고 있었기 때문이다.

그런데 구마타로가 뒤에 있는 사슴에게 "자, 너도 먹어라" 하며 먹이를 주려는 순간, 큰 사슴이 '싫어. 내 먹이야'라고 하듯 구마타로의 손에 얼굴을 들이대고 억지로 먹이를 빼앗아 먹었다. 구마타로는 화가 치밀었다.

이런 뻔뻔한 사슴이 다 있나. 뒤에 있는 사슴에게 나누어줄 생각은 없는 건가? 순진해 보이는 동그란 눈을 보니 더욱 부아가 치밀었다.

그러고 있는 중에도 큰 사슴은 구마타로의 손에 머리를 들이밀었다.

정말 뻔뻔스럽기 짝이 없는 놈이로구나. 구마타로는 기가 막혀 "네겐 주지 않겠다잖아"라고 사슴에게 호통을 치고 뒤에 있던 작은 사슴에게 먹이를 주었다.

작은 사슴은 맛있게 먹이를 먹었다. 나머지 일곱 개도 다 먹어치웠다. 작은 사슴은 만족스러운 듯 코를 벌름거리며 어디론가 가버렸다.

뻔뻔한 큰 사슴은 믿을 수 없다는 듯 우두커니 서 있다가 이윽고 구마타로의 눈을 가만히 보며 세상에서 가장 구슬픈 목소리로 '끄이이이익' 하고 울었다.

사람의 마음을 울리는 듯한 울음소리였다. 지나가던 사람들이 무슨 일인가 싶어 구마타로를 돌아보았다.

구마타로는 속으로 '아니야'라고 외쳤다.

아니다. 이 녀석이 이리 구슬피 울어대니 내가 이놈에게 무슨 짓이라도 한 것처럼 보이지만 정반대다. 오히려 나는 이 녀석에게 먹이를 주었다. 이놈이 너무 뻔뻔스럽게 다른 사슴과 먹이를 나누려고 하지 않아 부아가 치밀어 더 주지 않았을 뿐 학대하거나 나쁜 짓을 한 게 아니다.

구마타로의 그런 심정을 꿰뚫어본 듯 사슴은 다시 한 번 이때다 하고 구슬피 울었다. 더 많은 사람들이 구마타로를 빤히 바라보았다.

제기랄. 더러운 놈. 구마타로는 분했지만 사람들 시선을 이기지 못해 결국 직접 먹이를 사서 뻔뻔하기 짝이 없는 사슴에게 주었다. '제기랄. 화가 치미는군' 하고 분해하면서.

그러고는 어슬렁어슬렁 걸어 다다른 곳이 사루자와 연못이었다. 구마타로는 "물 반, 고기 반이라던데 실제로는 어떤가?" 하는 쓸데없는 소리를 하면서 그곳을 지났다. 그리고 여기저기 더 구경을 하다보니 해가 제법 저물었다.

자, 슬슬 오늘 밤 묵을 곳을 정해야 할 텐데. 돈은 있으니 산조 거리로 다시 나가 인반야나 고가타나야 같은 큰 여관에라도 묵을까? 그런 생각도 했지만 역시 기쓰지에 가보자는 쪽으로 이야기가 흘러 사루자와 연못에서 오른쪽으로 꺾어 기쓰지로 향했다.

기쓰지에 늘어선 유곽 미요시야, 다이호로, 시로이시로, 가쓰라기로, 닛신로, 시키시마로, 후쿠야마로, 마쓰다로, 혼아리마로, 미야코로, 가게쓰로, 이코마로, 하쓰네로. 두 사람은 가게 앞에 나와 앉아 손님을 기다리는 아가씨들을 희롱하며 걸

다가 "아, 슬슬 어디 정해서 들어가자"라고 하며 이와타니로라는 가게로 들어갔다.

어쨌든 돈이 있다. 여느 때와 달리 크게 한상 차려내라며 잔뜩 호기를 부렸다. 조방꾸니나 아가씨들을 관리하는 할멈도 돈을 지닌 손님에게는 확실하게 서비스한다. 이들이 부지런히 시중을 들자 구마타로는 무척 기분이 좋았다. 그러나 차츰 할멈의 시중에 화가 나기 시작했다.

물론 구마타로도 인간이니 환심을 사려고 간살부리는 사람에게는 기본적으로 화를 내지 않는다. 하지만 이 쓰가네 미도리라는 할멈은 너무 지나쳤다.

"두 분 손님은 어디서 오셨습니까?"라고 묻기에 "우린 가와치 사람이오"라고 대답하자 "어머머, 가와치라고요? 그야말로 문화의 발신지에서……"라는 식으로 진부한 선전 문구 같은 대사를 노래하듯 읊어댔다.

처음에는 구마타로도 '도대체 가와치가 무슨 문화의 발신지란 말인가'라는 생각을 하면서도 그냥 열심히 비나리 치는 모양이다 싶어 흘려들었다.

그렇지만 차츰 할멈이 정성껏 대하고 있는 게 아니라 완전히 자동적으로 주절주절 대충 지껄인다는 사실을 알게 되었다.

요리를 한상 받으면 "그야말로 미식가이신 두 분에게 어울리는……"이라고 했다. 야고로의 옷차림을 보더니 "참으로 빈틈없는 옷매무새와 단정한 태도……"라고 칭찬했고, 두 사람의 상대 아가씨가 결정되자 "그야말로 가슴 설레는 관능과 쾌락의 밤이 이제부터?"라는 뜻 모를 소리를 했다.

화가 난 구마타로는 쓰가네 할멈이 한마디 할 때마다 "우린 평생 찻물에 끓인 죽이나 먹던 사람들이라서", "이거 아줌마가 밭일하러 나갈 때 입는 옷인데", "왠지 배가 살살 아프네" 하며 대꾸했지만 쓰가네 미도리는 전혀 듣지 못한 듯 아무런 반응도 보이지 않고 여전히 "그야말로 잘난 남자의 전형이라고 해야 할 두 분이……"라거나 "두 분의 앞날에 빛나는 미래가……"라는 진부한 선전 문구를 노래하듯 읊어댔다.

속이 빤히 들여다보이는 입에 발린 말에 질려서 구마타로는 아가씨와 야고로를 재촉해 각자의 방으로 갔다. 요로(養老) 2년, 서기 718년에 간고지(元興寺)라는 절을 세우며 사람들 발길을 붙들기 위한 방책으로 아가씨들을 끌어 모았다는, 일본에서 가장 오래된 환락가라고 불리는 기쓰지다. 게다가 그 안에서도 손꼽히는 '이와타니로'라서 다들 미인이다. 방도 멋지게 꾸몄고 아가씨도 험한 직업치고는 차분하게 손님을 대했는데, 물론 이불 안에서는 전혀 달랐다. 실컷 놀고 이튿날 침실에서 담배를 피우고 아가씨 방에서 아침밥을 먹고 있으려니 계산서가 나왔다. 살펴보니 생각보다 많이 나오지는 않아서 깔끔하게 돈을 내고 야고로를 부르러 가자 이 녀석도 실컷 즐겼는지 입이 헤벌어져 "아, 형님아. 며칠 더 놀까?"라는 말을 했다. 구마지로는 "멍청이냐?"라고 대꾸하고 등을 떠밀며 "곧 다시 올게", "꼭이오"라고, 아버지가 들으면 울음을 터뜨릴 만한 소리를 아가씨와 나누고 방을 나왔다.

두 사람이 복도를 걷는데 "이 자식이 제정신인가?"라는 남자의 호통과 아가씨가 퍼붓는 욕이 들려왔다. 이어서 "미안합니다. 미안합니다"라며 장난치는 듯한 목소리가 들리는가 싶더니 방에서 쌍올실로 짠 기모노를 입은 젊은 사내가 튀어나와 "사, 살려주세요"라며 구마타로의 다리를 붙들고 늘어졌다.

그 남자의 뒤를 이어 어제 구마타로와 야고로를 이 집으로 안내한 조방꾸니가 튀어나왔다. 그 뒤로는 한들한들 금붕어 같은 아가씨가 보였다.

조방꾸니가 "미쳤구나. 살려달라고? 멍청한 놈. 아, 손님. 이거 정말 죄송합니다"라고 말했다. 젊은 남자에게 한 말이지만 "정말 죄송합니다"라고 할 때는 잠깐 구마타로와 야고로를 향해 고개를 숙였다. 구마타로가 조방꾸니에게 물었다.

"뭐야? 무슨 일이지?"

"에구, 정말 죄송합니다. 이 녀석이 말이죠, 어제 들어왔는데 실컷 놀더니 오늘은 돈이 한 푼도 없다고 하네요. 그래서 그렇다면 너희 집에 받으러 가겠다고 했더니 집을 가르쳐줄 수 없다면서 버티더군요. 그러면 곤란하다고 했죠. 그랬더니 뭘 그렇게까지 하느냐면서 실실 웃더라고요. 그래서 제가 화가 치밀어 언성을 높인 겁니다. 정말 죄송합니다. 야, 인마. 작작 해."

그러면서 조방꾸니는 남자의 머리통을 때리고 볼따구니를 꼬집어 잡아당겼다.

"아야야, 아야야."

"꼴에 아픈 줄은 아느냐, 이놈아?"

버럭 화를 내는 조방꾸니에게 구마타로가 물었다.

"그런데 이 녀석을 어떻게 할 건가?"

"뭐 어떻게 하겠습니까? 일단 집을 알아내고 그다음에 이놈을 끌고 집으로 받으러 가야죠."

"그렇지만 집을 가르쳐주지 않잖아. 말하지 않으면 어쩌려고?"

"그럼 별수 없죠. 일단 반쯤 죽여놓은 뒤에 궁리해야죠."

"맞아, 그렇군. 그냥 놔두면 버릇이 되겠지."

그렇게 대꾸하고 구마타로는 나가려고 했다. 그러자 젊은 남자가 다시 구마타로의 다리에 매달리며 말했다.

"그러지 마시고 살려주십쇼."

남자의 얼굴을 본 구마타로는 호오 하고 탄식했다.

남자가 너무도 미남이었기 때문이다. 구마타로가 남자에게 말했다.

"형씨, 미남이네."

"그렇습니까? 미남이라고요? 이거 쑥스럽군요."

남자가 묘한 억양으로 대꾸하며 히죽히죽 웃었다.

하지만 진심으로 히죽히죽 웃는 게 아니라 미남이라는 말을 듣고 히죽거리는 남자를 연기하는 얼굴이었는데, 그걸 다른 사람이 알아차리도록 하려고 더욱 능글맞게 웃어대는 표정이었다.

구마타로는 '이런 농담을 하고 있을 여유는 없을 텐데' 생각하면서 남자의 얼굴을 보았다. 그도 구마타로의 얼굴을 쳐다보았다. 그리고 뜻밖의 말을 했다.

"그럼 이 미남을 용서하고 살려주십시오, 기도 구마타로 씨."

구마타로가 깜짝 놀랐다. 낯선 사람이 내 이름을 알고 있다니.

구마타로는 야고로를 돌아보며 말했다.

"이 녀석이 어떻게 내 이름을 알지?"

476

"글쎄, 어떻게 알까?"

야고로도 이상하다는 표정을 지었다.

구마타로는 쭈그리고 앉아 으름장을 놓듯 사내의 얼굴에 자기 얼굴을 들이대고 물었다.

"넌 뭐야? 누구냐?"

"저 말입니까? 저는 빈다 룬조라고 할 수는 없고, 베테베테 야마타로라고 하면 농담이 될 테고, 4대째 쇼후쿠테이 쇼카쿠라고 하면 거짓말이 될 테고……"

"죽여버린다."

"죄송합니다. 진짜 이름을 말씀드리죠. 저는 가와치노쿠니 이시카와 군 아카사카 촌 아자 스이분에 살며 농사를 짓는 마쓰나가 덴지로의 차남인 도라키치(寅吉)라고 합니다. 앞으로 많은 지도편달 부탁드립니다."

"무슨 헛소리야. 그러고 보니 그 집에 어린 동생이 있었는데 이렇게 컸나?"

"예, 많이 자랐습니다."

"남의 일처럼 이야기하는군. 좋아. 네가 우리 마을 사람이란 걸 알았으니 그냥 두고 갈 수야 없지. 도와주마."

구마타로의 말을 듣고 야고로는 깜짝 놀랐다.

아니, 그렇지 않은가. 마쓰나가 도라키치가 마쓰나가 덴지로의 차남이라는 이야기는 마쓰나가 구마지로의 동생이란 이야기다. 그 마쓰나가 구마지로가 고조에 있는 노름판에서 구마타로와 야고로에게 어떤 태도를 취했던가.

까놓고 말하면 완전히 무시했다.

구마타로와 야고로가 돈을 모두 잃었다는 걸 알았을 테니 같은 마을 사람으로서 필요하다면 꿔주겠다고 하는 게 당연한 일이다. 그렇지만 구마지로는 그러기는커녕 인사조차 하지 않고 외면했다. 이따금 빈정거리는 눈빛으로 이쪽을 훔쳐보면서 히죽거렸다. 그런 녀석의 동생을 왜 도와줘야 한다는 말인가.

하지만 구마타로에게는 다른 생각이 있었다.

하나는 바로 그렇기 때문에 구해주자는 생각이었다.

구마타로는 자신이 또렷한 악의를 가지고 대한 상대가 뜻밖에 선의로 나오면 어떤 심정이 될지 생각했다.

당혹. 그리고 부끄러운 감정에 사로잡히리라. 나는 이 사람이 이토록 선의를 지닌 사람인 줄 모르고 악의를 가지고 대하고 말았다. 얼마나 비열한가. 부끄럽다. 그렇게 생각하고 침울해질 것이다. 나는 고마후다를 긁어모아 돈을 잔뜩 땄다. 그래서 돈을 몽땅 잃은 같은 마을 사람을 완전히 무시했다. 그런데 그렇게 무시한 사람이 어려움에 처한 내 동생을 구해주었다. 구마지로는 틀림없이 당혹스러워할 것이다.

　그뿐만이 아니었다. 구마타로에게는 다른 속셈이 있었다. 예를 들면 다니 야고로 같은 경우다. 나는 물주 후시 씨가 벌인 노름판에서 뜻하지 않게 야고로를 구했다. 특별히 구하려고 했던 것은 아니지만 결과적으로 그렇게 되었다. 그런데 그게 훗날 내게 도움이 되었다. 스이분 신사에서 행패를 부리던 남자가 다니 야고로였고, 내게 신세를 졌다고 생각하던 야고로는 내 중재를 선뜻 받아들여 마을 사람들 앞에서 체면을 세울 수 있었다. 지금 이 도라키치를 구해주면 마쓰나가 집안은 내게 빚을 지게 된다. 야고로와 달리 돈도 있고 또 많은 논밭과 임야를 지닌 마쓰나가 집안이니 훗날 크게 이득을 보지 않겠는가? 물론 타산적인 생각이기는 하지만 내가 마냥 타산적이기만 한 것은 아니다. 기도도 제대로 드렸다. 어제 나는 이월당의 십일면관세음보살 앞에서 가쓰라기 도루를 때려 죽게 만든 것, 능을 망가뜨린 것, 부모를 공경하지 않고 일도 하지 않으며 술과 노름만 한 것을 용서해달라고 기도했다. 그때 손바닥과 목덜미가 뜨거워지며 땀이 솟았다. 전에는 어차피 죄업을 많이 쌓았기 때문에 착한 일을 조금 해도 구원받지 못할 거라고 생각해 착한 일을 할 마음이 없었다. 그러나 십일면관세음보살께 기도한 지금은 그런 죄업이 모두

탕감되었을지도 모를 상황이라 조금이라도 착한 일을 하면 그만큼 좋은 사람이 될 수 있는 기회다.

이렇게 자기 편한 생각만 해서야 관세음보살께서 보답을 해주실 리 없지만 구마타로는 그런 속셈으로 마쓰나가 도라 키치를 구하려고 했다.

잠시 후, 일 층에 있는 방에서 구마타로가 담배를 피우고 있는 옆에 다니 야고로는 책상다리를 하고 앉았고, 조금 떨 어진 곳에 도라키치가 얌전히 무릎 꿇고 앉았다. 구마타로 맞은편에는 조방꾸니가 돈을 세고 있었고 그 옆에는 쓰가네 미도리가 앉아 이힛이힛 웃고 있었다.

"넷, 다섯, 여섯. 육 엔. 그럼 이십오 센을 거슬러드려야겠 군요."

"그냥 둬. 이십오 센을 받아서 뭐해. 넣어둬."

"헤헤, 정말 고맙게 받겠습니다."

그렇게 대꾸하는 조방꾸니와는 대조적으로 아주 못마땅한 표정으로 구마타로가 말했다.

"그런데 도라야, 너 엄청나게 놀았구나. 우리 두 사람이 치 른 계산보다 많이 나왔잖아."

"이상하군요. 뭔가 잘못되었나?"

도라키치는 영문을 알 수 없는 소리를 하며 얼버무렸다. 쓰가네 미도리가 노래하듯 말했다.

"곤경에 빠진 친구를 돕다니, 그야말로 현대판 반즈이인 초베에……"

구마타로는 '때려주고 싶네' 하고 생각했다.

이와타니로를 나온 구마타로는 도라키치의 얼굴을 다시 찬찬히 보았다. 아무리 보아도 미남이다. 게다가 왠지 영리해 보이는 얼굴이었다. 그런데도 돈 한 푼 없이 유곽에 드나드는 멍청한 짓을 하다니, 대체 어떻게 된 일일까. 그런 생각을 하는 구마타로에게 도라키치가 말했다.

"정말 죄송합니다. 이 은혜는 죽을 때까지 잊지 않겠습니다. 빌려주신 돈은 평생 걸리더라도 갚을까요?"

"뭐?"

"아, 그러니까 말입니다. 은혜를 잊지 않겠다, 이렇게 말씀 드린 겁니다."

"그건 알아들었고. 그다음에 뭐라고 한 거지?"

"빚진 돈은 평생 걸리더라도 갚을까요?"

"잠깐만. 갚을까요, 라니 뭔 소리야? 보통 평생 걸리더라도 갚겠습니다, 라고 하지 않나?"

"뭐, 보통 그럴지도 모르죠."

"그럴지도 모른다니. 무슨 그런 말이 있나. 그럼 물어보지. 넌 보통이라는 거냐?"

"뭐, 보통이긴 하죠. 다만 보통이라는 건 어디까지나 보통이라 역시 재미가 없겠죠. 재미없는 건 역시 재미가 없으니 재미있게 하려고 좀 바꿔본 거예요."

야고로가 끼어들었다.

"그게 까부는 거하고 뭐가 달라?"

"다를 게 없죠."

"형씨, 혼 좀 내도 좋겠어?"

"형씨, 혼 좀 나도 좋겠어?"

"가케아이*네."

구마타로는 아하 하고 깨달았다. 그러니까 이 마쓰나가 도라키치라는 녀석은 뭔가 재미있는 말을 해서 늘 사람을 웃기려고 한다. 그런데 실제로는 자기가 웃음을 사고 있는 꼴이다.

하지만 구마타로는 화가 나지는 않았다.

그건 대화 방식이 어딘지 묘한 도라키치 안에 자기와 비슷한 뭔가가 있다는 걸 발견했기 때문이다. 또한 도라키치의 형인 그 구마지로가 보여주는 너무도 실리적이고 현실적인

---

* 코미디나 만담에서 두 사람 이상이 번갈아 말하며 엮어가는 공연 방법.

삶과는 정반대의 삶을 도라키치에게서 발견했기 때문이다.

이 녀석하고는 친구가 될 수 있겠다. 막연히 그런 생각을 하는 구마타로에게 도라키치가 물었다.

"그런데 이제 어떻게 할 거죠?"

구마타로는 '이놈, 보통 사람들처럼 말할 수 있잖아'라고 생각하며 말했다.

"정한 거 없어."

그렇다면 이세에 가지 않을래요? 괜찮은 노름판이 있는데. 도라키치가 이렇게 꾀는 바람에 구마타로와 야고로와 도라키치는 함께 이세로 향했다.

처음에는 짜증을 내던 야고로도 마쓰나가 구마지로와는 정반대로 허물없이 대하는 도라키치가 마음에 들었는지 완전히 의기투합해 술을 마셔도 셋이서, 밥을 먹어도 셋이서, 무얼 하건 셋이서 했다. 게다가 품 안에는 아직 돈이 많았다. 세 사람은 유곽에도 가고 이 노름판 저 노름판 끼어들며 재미있고 우스운 여행을 한 뒤, 있던 돈을 몽땅 다 쓰고 빈털터리가 되어 스이분으로 돌아왔다.

"하하, 재미있었어."

"정말이야. 그렇지만 이제 돈이 한 푼도 없네."

"그럼 또 어디 밥집에 가서 백 엔 주울까?"

"그렇게 자주 주울 수 있겠어? 멍청하긴."

이런 하찮은 소리나 하면서 마쓰나가의 집 근처에 이르자 어느 집 앞에 마을 사람들이 모여 시끄럽게 떠들고 있었다. "뭐지?", "무슨 일 있나?" 하며 구마타로 일행은 그리로 다가가 제일 뒤에 멍하니 서 있던 이마다 시카조에게 "무슨 일 있었나?"라고 물었다. 그러자 그는 "이 집 딸이 이와미긴잔을 먹었대"라고 대답했다.

시카조가 '이 집'이라는 곳은 다케다 산사부로라는 홀아비의 집인데, 산사부로에게는 구미라는 딸이 하나 있었다. 이 딸이 이와미긴잔이라는 쥐약을 마시고 자살을 기도했다는 이야기였다.

자살 원인은 실연이었다.

상대 남자는 돈다바야시에서 양조장을 하는 집 아들이었다. 도쿄에서 대학에 다니던 그 집 아들은 여름방학을 맞아 고향에 돌아왔다가 친척 부탁으로 일을 거들러 와 있던 구미와 눈이 맞고 말았다. 그렇다고 그 집 아들이 구미를 사랑했다는 이야기는 아니다. 빈말로 사랑한다고는 했지만 그건 말뿐이고 사실은 그저 성욕을 채우기 위해 구미를 자기 것으로 만들었을 뿐이다. 남자는 자기 집이 돈을 잘 버는 양조장을 가진 지주이니 가난한 농사꾼의 딸이 자기 뜻을 거스를 일은 없을 거라고 계산했다.

실제로도 그리되었다. 부잣집 도련님이 "내가 시키는 대로 해"라고 하자 구미는 자기 신분 때문에 '귀찮게 굴지 마, 멍청한 놈아'라고 매몰차게 대하지도 못하고 겨우 "이러시면 안 돼요"라고 애원했다. 그러나 역시 약자인 처지라 결국 시키는 대로 하고 말았던 것이다.

지위나 처지를 이용해 여자를 멋대로 주무르려는 건 어처구니없는 멍청이나 하는 짓이지 대학에서 번듯한 학문을 익히고 있는 사람이 대체 무슨 짓이냐 하고 생각할 테지만 헤이세이 시대인 오늘날에도 이런 일은 흔하다. 남자라는 것들은 자주 이성을 잃고 이런 짓을 저지르니 참으로 골치가 아프다.

그 뒤로 구미는 그 집 아들과 몰래 자주 만났다. 그때마다 남자는 사랑한다, 결혼하자, 함께 도쿄로 가자는 둥 여러 말을 했다. 물론 아무렇게나 내뱉었을 뿐이다. 하지만 구미는 순진하게도 그 말을 믿고 남자에게 시집갈 수 있을 거라고 생각했다. 당연하지만 남자에게는 그럴 마음이 추호도 없었다. 처음에야 그런 소리를 했지만 차츰 구미가 "신부로 맞이할 거죠?"라고 하면 "뭐, 기본적으로는 그런 방향으로 가고 싶다고 생각하고 있기는 하지만" 하며 얼버무렸다.

그러자 구미도 불안해져 끈덕지게 물었다. 자꾸 묻자 성가시다고 여긴 남자는 점점 귀찮아져 결국 속마음을 드러냈다.

"처음엔 진심으로 결혼할 생각이었는데 끈덕지게 묻는 바람에 싫어졌어. 그러니 원인을 만든 건 너야. 내가 아니라고. 날 원망하면 안 돼."

염치없는 소리를 하고 남자는 예정보다 빨리 도쿄로 돌아가고 말았다. 게다가 그런 소리를 지껄여놓고도 헤어질 때는 다시 한 번 덮치고 갔다니 비열하기 짝이 없는 놈이다.

집에 돈 좀 있다고 어려서부터 많은 사람들의 시중을 받으며 도련님, 도련님 소리를 듣고 자랐기 때문에 이런 에고이스틱한 얼간이가 만들어지는 것이다. 집에 아무리 돈이 많아도 이런 됨됨이로는 재산을 지키기 어렵다. 실제로 이 집도 메이지 시대 말기 그 아들 대에 파산하고 말았다고 한다.

그건 그렇고, 불쌍한 것은 남자에게 배신당한 구미다. 매일 슬픔에 젖어 지냈는데, 상황은 더욱 나빠졌다. 구미가 임신한 것이었다.

아버지에게 이야기할 수도 없고 상담할 상대도 없던 구미는 결국 생각다 못해 쥐약을 먹고 숨이 끊어질 듯한 상태로 발견되었다. 그리고 고통스럽게 구역질하면서 지금까지의 경위를 아버지에게 눈물 흘리며 털어놓았다.

"아버지, 죄송해요."

구미가 이렇게 사과했다니 참으로 가련하다.

시카조와 다른 사람들 입을 통해 그런 사정을 전해들은 구마타로는 상대 남자가 참으로 악랄한 놈이라고 생각했다. 사랑스러운 아가씨였는데 안타깝게도 그런 놈에게 속았다니 같은 마을 사는 사람으로서 부아가 치밀었다. 구마타로가 시카조에게 물었다.

"그래서, 죽었나?"

"아니, 죽진 않았어. 그렇지만 의사 선생 말로는 약을 써도 내일 새벽까지 버틸 수 있을지 모르겠다고 하더라."

시카조는 그렇게 말하고 엉덩이를 긁더니 무슨 생각을 했는지 자기 가슴을 문질렀다.

결국 구미는 고통스러워하다가 한밤중에 숨을 거두고 말았다. 눈물을 흘리며 몇 번이고 몇 번이고 아버지에게 잘못을 빌었다고 한다. 마을 사람들은 원래 몸가짐이 가벼운 아가씨였다고 수군거리기는 했지만 그래도 딱한 일이었다.

구미의 장례를 치르며 아버지인 다케다 산사부로는 눈물을 흘리며 원통해했다.

"아무리 그래도 하나뿐인 딸일세. 내 딸을 이런 꼴로 만든 놈을 그냥 둘 수 있나. 내가 혼자 그쪽에 한마디 하러 갔

지. 그랬더니 마름 같은 놈이 나와 뭐라는 줄 아나? 내 얼굴
을 보고 실실 웃으면서 가난뱅이 농사꾼이 말도 안 되는 소
리로 억지를 부린다더군. 분통이 터질 노릇이지. 남의 집 딸
을 죽여놓고 그따위 소리를 하다니 무슨 짓이냐고 따졌지.
그 마름 같은 놈의 멱살을 잡고 비틀었어. 그랬더니 그때까
지만 해도 잘난 척하던 주제에 히이이익 하고 비명을 지르더
군. 어디 맛 좀 봐라 싶었는데 그때 누가 내 뒷덜미를 낚아채
뜰에 패대기를 치는 거야. 저쪽에서 일하던 젊은 놈 대여섯
이 몰려오더니 날 두들겨 패더군. 너무 화가 나서 당장 경찰
에 신고했네. 그런데 그쪽에서 날 상대도 해주지 않는 거야.
날 공갈치는 놈이거나 미친놈쯤으로 여긴 모양이야. 그 뒤로
는 누구를 잡고 이야기해도 내 편을 들어주지 않아. 정말 복
장이 터져 견딜 수가 없네."

산사부로는 눈물을 뚝뚝 흘리며 술을 들이켰다. 그런 산사
부로의 이야기를 듣고 있는 이는 마쓰나가 구마지로였다.

구마지로는 고개를 끄덕이고 맞장구를 치며 때로는 뜻밖
이라는 표정을 짓고 질문도 하는 등 더 바랄 나위 없는 태도
로 듣고 있었다. 그런 모습을 멀리서 바라보던 구마타로가
옆에 앉은 야고로에게 말했다.

"아우야, 저기 좀 봐라. 구마지로가 다케다가 하는 이야기

488

를 듣고 있네."

"정말. 되게 열심히 듣고 있네."

"좀 이상하군."

"뭐가 이상해?"

"그렇잖아? 고조에서 벌어진 노름판에서 만났을 때 인사도 않던 녀석이야. 그런 녀석이 저렇게 친절한 태도로 이야기를 듣고 있으니 말이야."

"그야 고조에서 우릴 무시한 건 우리가 싫어서였겠지."

"그런 소리 마."

"어째서?"

"마음이 아프잖아."

진짜 상처 입은 사람처럼 말하는 구마타로에게 옆에 있던 도라키치가 말했다.

"우리 형에겐 신경 쓰지 마."

형에겐 신경 쓰지 마. 친동생이 다른 사람에게 이런 소리를 하다니 거의 없는 일이다.

그러나 우지에서 살다가 동네로 다시 돌아왔을 때는 인사까지 하러 왔으면서, 그 뒤로 구마타로를 노골적으로 경멸하고 결국은 고조에서처럼 완전히 무시한 구마지로는 실제로 손해를 끼치는 일은 없지만 매우 불쾌한 존재다. 그 불쾌한 구마지로를 제삼자가 비난하는 것은 그런 불쾌한 압박감이 조금이나마 줄어드는 효과가 있다. 구마타로는 위로받은 듯해 기분이 좋았다.

게다가 그런 비난을 한 사람이 구마지로에게는 가장 가까운, 피붙이인 도라키치다. 구마지로와 사이가 나쁜 사람이 비난했다면 어쩌면 싫어해서 하는 소리라고 생각했을지도 모른다. 하지만 도라키치는 구마지로를 비난하는 사람이 있으면 나서서 자기 형을 감싸야 할 친형제다. 그런 피붙이가 비난하니 그것은 매우 정당한 것 같다. 그렇게 생각하니 구마지로는 더욱 기분이 좋았다. 정신이 아로마테라피와 페이셜마사지 서비스를 받은 느낌이 들어 마음이 푸근해졌다. 그런 좋은 기분을 될 수 있으면 오래 느끼고 싶어 구마타로가 물었다.

"뭐? 구마지로가 성격이 그렇게 삐뚤어졌나?"

그렇게 묻고 구마타로는 바로 '표현이 좀 심했나?' 하는 생각을 했다. 이런 표현을 쓰면 도라키치도 발끈해서 가만히 있지 않을 텐데. 그러나 도라키치는 아랑곳하지 않았다.

"성격은 동생인 내가 보기에도 삐뚤어질 대로 삐뚤어졌지. 형은 말이야. 목적을 위해선 수단 방법을 가리지 않거든. 차갑다고 할까? 대체 무슨 생각을 하는 건지 도무지 알 수 없는 면도 있고. 때론 아무 말 없이 한 시간 가까이 소를 바라볼

때도 있는데 아주 끔찍한 눈빛이야. 무슨 생각을 하는지 몰
라도 동생인 나도 무섭다니까."

"그렇구나."

그런 이야기를 나누며 세 사람은 구미의 영전에 분향했다.

세 사람은 향을 사르고 술을 조금 마신 다음 상가를 빠져
나왔지만 구마지로는 그 뒤에도 다케다 산사부로를 따라 장
례 행렬까지 참석했다고 한다.

다케다네 집을 나와 이케다야로 자리를 옮겨 술을 마시며
구미에 대한 이런저런 소문을 이야기하던 세 사람은 나중에
상가에서 빠져나온 이마다 시카조에게 그 이야기를 듣고 '그
렇게 불손한 구마지로가 어쩐 일이지' 하고 다시 고개를 꼬
았다. 하지만 술에 취해 구미 이야기를 하다보니 이야기는
발칙하게도 음란한 내용으로 흘러 다들 그런 문제는 까맣게
잊고 말았다.

(하권으로 계속)

옮긴이 권일영

서울에서 태어나 중앙일보사에서 기자로 일했다. 무라타 기요코의 《남비 속》(1987년 아쿠타가와상 수상작)을 우리말로 옮기며 번역을 시작했다. 기리노 나쓰오, 미야베 미유키, 히가시노 게이고 등의 소설을 번역했고, 하라 료의 '사와자키 탐정 시리즈'를 비롯해 《에도가와 란포 결정판》 시리즈 등을 우리말로 옮기고 있다.

살인의 고백 상

초판 1쇄 인쇄 2018년 6월 8일
초판 1쇄 발행 2018년 6월 15일

지은이 마치다 고
옮긴이 권일영
펴낸이 이상훈
편집인 김수영
기획편집 김수현 임선영 김준섭 류기일
마케팅 조재성 천용호 박신영 노유리 조은별
경영지원 이해돈 정혜진 장혜정 이송이

펴낸곳 한겨레출판(주) www.hanibook.co.kr
주소 서울시 마포구 효창목길 6(공덕동) 한겨레신문사 4층
전화 02-6383-1602~3
팩스 02-6383-1610
메일 munhak@hanibook.co.kr

ISBN 979-11-6040-167-7 04830
      979-11-6040-166-0(세트)